Horst Rankl

Im Spiel der Mächte

Roman
um
Leidenschaft und Krieg

rosenheimer

Der Autor dankt dem Rosenheimer Stadtheimatpfleger,
Herrn Willi Birkmaier,
sowie posthum seinem literarischen Ziehvater
Dr. Carl Oskar Renner
für die freundliche Unterstützung.

Inhalt

Das Testament

Die Passauer Innseite wirkt an diesem Herbstabend wie ausgestorben. Ein grimmiger Westwind peitscht immer wieder kalte Regenschauer über die Stadt. Das ist kein Wetter, bei dem man sich gern draußen aufhält. Auch die hartgesottenen Schiffer haben es vorgezogen, sich frühzeitig in die Schänke am Fluss zurückzuziehen und ihre ausgefrorenen Knochen zu wärmen. Immerhin, die Geschäfte sind bestens gelaufen und die Stimmung ist entsprechend fröhlich.

»Hast du alles an den Mann gebracht?«, fragt der Ruderführer Gundolf Leisinger vom Linzer Schiffszug den Passauer Schiffsführer Ludwig Kreiderer.

»Und wie!«, antwortet dieser stolz. »So viel Erlös, wie ich diesmal für meine Ladung Getreide eingebracht habe, ist mir beinah schon unheimlich.«

»Der Kreiderer sagt genau das, was ich gestern auch erlebt habe«, meint der Rosenheimer Schiffsführer Kristof Pernauer. »Die Passauer Getreidemesser nehmen dir glatt alles ab, was du ihnen erzählst. Die glauben dir jedes Wort und vergüten dir jede Zahl an Getreidesäcken, die du ihnen vorgibst.«

Den Schiffsleuten scheint dieses Verhalten schon bemerkenswert. Das Warum aber kennen sie nicht und es soll ihnen auch verschlossen bleiben. Denn die niederbayrischen Offiziale haben in diesem Spätherbst des Jahres 1503 bestimmte Anweisungen für großzügiges Handeln ohne selbst die wahren Gründe zu kennen.

»Ich hab gehört, Herzog Georg soll gesagt haben, ihm gehe es darum, Getreide in großen Mengen einzustapeln, weil er einen langen, harten Winter erwartet.« Der Philipp Scheuerecker aus Braunau sagt's und kommt sich dabei recht wichtig vor.

»Das kann für den kommenden Winter gut gemeint sein,

aber wir haben unter derselben Begründung auch voriges Jahr schon verstärkt Waren transportiert«, ereifert sich der Euphras Winkl aus Wasserburg.

»Magst schon Recht haben, Euphras«, entgegnet ihm der Scheuerecker. »Aber der Herzog ist ein kluger Mann, wenn's um die rechtzeitige Einlagerung von Getreide und ums Vieh geht, das wir so landauf, landab transportieren. Da denkt er gut und weise an sein Volk.«

Darauf meint der Andreas Freiberger aus Regensburg: »Aber wie steht's mit den anderen Waren? Ich hatte neulich Kanonenkugeln und Rohre für Geschütze geladen. In Ingolstadt hab ich alles abgegeben. Der Zollmeister dort hat mir mehr Kreuzer ausgezahlt als üblich. Er hat gemeint, wenn ich schnell die noch ausstehende zweite Fuhre erledige, zeige er sich wieder großzügig. So bin ich gleich losgezogen und meine Plätten sind jetzt wieder voll bis zum Rand.«

»Was willst du damit sagen, Freiberger?«, will der Pernauer aus Rosenheim wissen.

»Ich will damit sagen, Pernauer, dass die Fürsorge unseres Herzogs eher eine Ausrede ist. Wenn's um Getreide alleine ginge, dann tät ich's glauben. Aber sollen die Leute Pulver und Blei fressen, wenn's ein strenger Winter wird?«

Der Freiberger hat da nicht so Unrecht. Die Schiffsleute am Tisch werden hellhörig.

»Meinst, wir transportieren Waren für einen Krieg?«, fragt rundheraus der Hannsjörg Zienerer aus Ingolstadt.

»Wennst mich so fragst, so sag ich glattweg ja«, ist des Freibergers Antwort.

»Aber warum und vor allem gegen wen soll der Herzog einen Krieg führen? Im Land herrscht Ruhe. Und rundherum hält auch alles still. Das gibt mir keinen Sinn.«

Der Zienerer wackelt bedächtig mit dem Kopf.

Der Passauer Ludwig Kreiderer meint: »Zienerer, du hast im Grunde Recht, wenn du an einem Krieg zweifelst. Mir fehlt auch so recht der Glaube. Aber eins gibt mir zu denken. Ich komm viel rum und da hab ich gesehen, wie die niederbayrischen Festungen in den letzten Jahren ausgebaut worden sind. So zum Beispiel die Burg zu Lauingen, die Feste zu Ingolstadt oder auch zu Burghausen. Ob nicht doch was dran ist?«

»Von der Hand ist's nicht zu weisen«, meint der Rosenheimer. »So viel Getreide und Vieh wie im letzten Jahr haben wir meines Wissens schon lange nicht mehr gefahren.«

Der Schiffsknecht Peter Strobl, der zusammen mit dem Pernauer schon viele Fahrten auf dem Inn mitgemacht hat, meint wichtig: »Die Getreidespeicher in den Städten am Inn sind alle schon übervoll. Da kannst du hinschauen, wo du willst, Kreiderer. Die Speicher von Passau innaufwärts bis Rosenheim quellen über. Jetzt fahren wir auch noch weiter den Inn hinauf bis Hall und es scheint kein End zu haben!«

»Lang wird's mit der Fahrt auf dem Wasser aber nicht mehr gehen«, gibt der Winkl zu bedenken. »Wenn die ersten grimmigen Fröste aufkommen, dann können wir unsere Plätten winterfest machen. Denk daran, wir sind schon weit im November.«

»Dann fahren wir eben im Frühjahr wieder rechtzeitig hinaus und verfrachten umso mehr. Mir kann's recht sein, wenn's jetzt wieder ein wenig ruhiger wird.« Der Scheuerecker lehnt sich genüsslich in seinem Stuhl zurück und streckt die Beine von sich. Er tut gerade so, als hätte er sich schon ins Winterquartier zurückgezogen.

»Hast Recht, Scheuerecker«, pflichtet ihm der Linzer Ruderführer Gundolf Leisinger bei. »Ein paar ruhige Wochen daheim bei Weib und Kindern schaden auch nicht!«

Da lacht der Andreas Freiberger hellauf: »Musst bloß aufpassen, Gundolf, dass aus deinen elf Kindern nicht ein Dutzend wird!«

»Wenn schon, denn schon«, gibt der zurück. »In der Bibel steht: Ziehet hinaus und mehret euch. Ich mach's halt daheim. Das ist gottgefälliger. Das meint auch unser Herr Pfarrer. Ich komm in den Himmel, die anderen, die das Gleiche machen, in die Höll!«

Da hat er die Lacher auf seiner Seite.

»Prost!«, ruft der Kristof Pernauer und hebt seinen Becher. Die anderen machen's ihm nach und trinken kräftig mit. Am längsten zieht der Zienerer am Becher und leert ihn bis auf den letzten Tropfen. Dann stellt er sein Gefäß bedächtig auf den Tisch, wischt mit dem Handrücken über den Mund, schaut den Kristof Pernauer listig an und meint mit einem verstohlenen Lächeln:

»Pernauer, du hast grad als erster ›Prost!‹ gerufen. Mir scheint, du bist noch weit weg von den Weiberleuten. Du greifst lieber zum Becher als den Weibern unter die Röck'!«

»Red keinen Unsinn, der Kristof ...« Der Schiffsknecht Peter Strobl will seinem Herrn zu Hilfe kommen. Doch dieser unterbricht ihn mit einem sanften Stoß in die Seite und flüstert: »Las gut sein, Peter!«

Und dann meint der Pernauer laut zum Hannsjörg Zienerer: »Weißt, Zienerer, es gibt Leut, die verstecken ihre hübschen Dirndln, damit so schiache Teufel wie du nicht an sie herankommen und sie dann verderben!«

Das hat gesessen!

Die Schiffsleute am Tisch brechen in schallendes Gelächter aus. Der Leisinger aus Linz, der gerade einen kräftigen Schluck gemacht hat, prustet den Wein dem ihm gegenübersitzenden Freiberger voll ins Gesicht.

Der Freiberger ist ganz verdattert; ebenso die anderen. Die Situation ist ernst geworden. Doch dann lacht der Freiberger laut auf, wischt sich den roten Wein mit dem rechten Ärmel aus dem Gesicht und sagt:

»Pernauer, das Weib möchte ich schon gern sehen, das du vor uns verstecken musst. Wahrscheinlich ist die krumm und bucklig und so hässlich wie die Nacht!«

Dem Schiffsknecht Peter Strobl juckt es in den Fingern. Seinen Herrn lässt er nicht gern beleidigen. Am liebsten würde er dem Freiberger an die Gurgel springen. Der Pernauer merkt's und drückt den Strobl auf den Stuhl.

»Wenn's so weit ist, Freiberger, dann lad ich dich zu meiner Hochzeit ein. Dann wirst schon sehen, wer die Schönere zu Hause hat.«

»Genau!«, schreit der Peter Strobl, ganz aufgeregt, »vor so viel Glanz und Anmut wirst blind werden, sag ich dir, blind wie eine Henne!«

Da gibt's wieder viele Lacher in der Runde.

So geht es noch eine ganze Weile hin und her, bis sich die Prahlereien und Flachsereien erschöpft haben.

Spät nachts suchen die Schiffsleute ihre Quartiere auf.

Als sie am nächsten Morgen, zur fünften Stunde, geweckt werden, will so mancher der standhaften Trinker nicht unter der Decke hervor. Doch die Glocke läutet, die Pflicht ruft und ein Schiffsführer muss nun einmal mit gutem Beispiel vorangehen.

Nach einem kräftigen Frühstück aus Brot und Bier gehen der Braunauer, der Wasserburger und der Rosenheimer Schiffszug zwei Stunden später, voll beladen mit Getreide, den Inn aufwärts.

Kräftig müssen sich die Pferde heute ins Zeug legen.

❧

Ein eisiger Wind fegt durch die Gassen Ingolstadts. Kalt und neblig ist es schon die letzten Tage gewesen, aber heute ist es besonders ungemütlich. Schnee liegt allenthalben; an den Straßenrändern ist er hoch aufgeschaufelt. Die Knechte und Stadtwächter haben in den letzten Stunden viel zu tun gehabt. Der Winter, der so lange auf sich warten ließ, ist plötzlich und unangemeldet hereingebrochen. Über Nacht hat der Himmel mächtig die Wolken geschüttelt, weiß und frostig ist es geworden.

Zur frühen Morgenstunde scheinen die Wolken im Osten rot-lila hinter den Dächern und Türmen hervor und tauchen die Stadt in ein beängstigendes Licht.

Morgenrot, Schlechtwetterbot, heißt es im Volksmund.

Dieser 30. November des Jahres 1503 scheint ein seltsamer Tag zu werden, denkt Herzog Georgs Hofmarschall, Sigmund von Haag. Mit mächtig ausholenden Schritten eilt er über den Schlosshof. Es ist die achte Morgenstunde, längst Zeit zur Audienz. Der Herzog hat's nicht gern, wenn man ihn warten lässt.

Doch mittendrin wird der Schritt des Hofmarschalls langsamer. Die Stille um ihn herum bringt ihn zurück in die Wirklichkeit. Heute kann's auch langsamer gehen. Herzog Georg ruft nicht ungeduldig nach ihm und seinem Ratschlag.

Der Herr liegt im Sterben.

Darum auch die Stille im Neuen Schloss. Kein lautes Lachen der Stallburschen, kein Hufeklappern von ein- und ausreitenden Boten, kein Zetern aufgebrachter Stubenmägde, kein Kichern und Schäkern der Knechte und Dirnen in den Stallungen und aus den Vorratskammern. Nur leises Wispern, verhaltene Reden, stummes Deuten und Nicken.

Der Herr liegt im Sterben.

Schon seit längerem hat es sich angedeutet, dass Herzog Georg der Reiche, wie sie ihn alle mit Achtung nennen, dahinkränkelt. Er ist im 48. Lebensjahr. Für viele noch nicht die Zeit, um sich alt oder gar krank zu fühlen, doch für den Herzog gilt dies leider nicht. Er ist schon seit einigen Jahren nicht mehr der, der er einmal war. Im Geschwindschritt hat ihn das leidige Alter eingeholt, das Zipperlein, die Müdigkeit, der Schmerz im Rücken, die Krämpfe im Magen, die Kälte am ganzen Körper. Und nun auch noch dieser Wintereinbruch. Wenn die Gesundheit angeschlagen ist, tut die Kälte besonders weh. Da hilft auch kein Kamin, kein Feuer, und sei es noch so groß und mächtig.

Darum hatten die vier Leibärzte dem Herzog schon im Herbst einen Badeaufenthalt beim Markgrafen in Baden verordnet, damit sich der hohe Herr wieder erhole.

Schon in schlechter Verfassung hatte man sich im Oktober aufgemacht von Landshut, der niederbayrischen Residenzstadt, um in Baden die Krankheit auszukurieren.

In einer großen, vierräderigen Sänfte, dem herzoglichen Rollwagen, eingehüllt in Decken und gestützt von Kissen, geleitete man den Kranken auf dem langen Weg.

Mehr als zweihundert Reiter, ein Teil des Hofstaates, seine persönlichen Berater und Rechtsgelehrten, Pagen, Mägde und Knechte, Tross- und Proviantwagen, alles, was zur Bequemlichkeit des Herzogs und seiner adeligen Begleitung gehörte, zog mit.

Die Reise kam den Herzog arg an: die Fahrt, das Rütteln und Schütteln des Rollwagens über die unebenen Straßen und Wege, die schleichende, nasse Kälte des beginnenden Herbstes, der dicke Nebel, der ihn zeitweise umgab, die unendlich langen Stunden in Schmerzen. Deshalb eilte es ihm auch, schnell an die warmen Quellen im badischen Wildbad zu kommen.

Zu Anfang des Jahres 1503 hatte das Übel angefangen. Die Ärzte erklärten, die immer stärker werdenden Magenschmerzen kämen vom Turnierstechen, das der Herzog mit Kaiser Maximilian vier Jahre zuvor ausgetragen habe.

Damals, so meinten die Doktores, habe der Herzog etliche starke Stöße und Treffer in den Magen erhalten. Und dann, das wisse er ja selber, habe er Blut erbrochen und seither sei sein Magen erhärtet.

So ganz Unrecht haben die Ärzte nicht. Dass es dem Herzog nach dem Turnier mit dem Kaiser schlecht ging, ist rundum bekannt. Aber da ist er selber schuld, sagen seine engsten Vertrauten unter vorgehaltener Hand. Es war ein dummer Gedanke, mit dem Kaiser um die Gunst der Damen zu ringen und ins Scharfrennen einzuwilligen. Wer den Kaiser kennt, weiß, was man da zu erwarten hat. Maximilian geht los wie ein Berserker. Er ist stark und geschickt im Umgang mit der Waffe. Die meisten Ritter versagen, wenn sie gegen Maximilian in die Schranken ziehen.

So ging es auch Herzog Georg von Landshut. Kaum, dass er im Sattel saß und seinem Ross die Sporen gab, da tauchte auch schon die Lanzenspitze des Kaisers vor ihm auf, prallte auf seinen Harnisch und hob ihn unsanft aus dem Sattel. Und das nicht nur einmal, sondern mehrmals hintereinander. Der letzte Strauß, den sie ausfochten, war dann wohl der ärgste. Scharf jagte Maximilian auf Georg zu, ein Schlag auf den Panzer in der Magengegend, ein Splittern der langen Lanze, ein entsetzter Aufschrei der vielen edlen Damen und Herzog Georg lag im Staub der Rennbahn. Aufstehen konnte er nicht mehr. Den Helm hatte es ihm weggerissen, blank lag der Kopf im Sand. Blut rann aus seinem Mund, frisches, rotes Blut. Vom Magen, diagnostizierten die Ärzte.

Und dann im Oktober 1503, auf dem Weg nach Baden, wurde es immer schlimmer mit des Herzogs Beschwerden. Zu Lauingen an der Donau machte man auf der Burg Halt. Die Burg gehört Herzog Georg und wurde erst in den letzten Jahren wehrhaft verstärkt.

Von dort aus schickte man unverzüglich nach Ulm zu dem berühmtesten deutschen Arzt, dem Doktor Stockher. Der untersuchte den kranken Herzog. Nach kurzer Konsultation gab der Gelehrte ein niederschmetterndes Ergebnis bekannt.

»Fürstliche Gnaden«, meinte er in ruhigem Ton, »Euch kann weder die Kur in Baden noch ein anderes Bad helfen. Eure Krankheit ist ein Mitgefährte am Ende Eures Lebens. Wenn ich an Eurer Stelle wäre, so würde ich lieber in meinem eigenen Lande als an einem fremden Orte sterben.«

Es waren harte, aber ehrliche Worte. Hätte es ein anderer Arzt gesagt, der Herzog hätte ihn böse beschimpft und aus der Burg gejagt. Doch was sollte er gegen Doktor Stockher sagen, den größten Gelehrten im deutschen Lande?

So ordnete der Herzog an, unverzüglich, noch am selben Tag, nach Ingolstadt zu reisen.

Nun liegt der Herzog schon seit einigen Wochen im Neuen Schloss zu Ingolstadt und quält sich mit seinen Schmerzen. Die beste Fürsorge und die liebevollste Anteilnahme scheinen aber nicht mehr anzuschlagen.

In den letzten Tagen geht es immer schneller abwärts. Wenn ihn seine Magenschmerzen nicht quälen, so liegt er da und phantasiert. Er spricht mit sich und anderen, besonders oft mit Kaiser Maximilian und Herzog Albrecht. Mit beiden hadert er. Seine Rede ist unverständlich, doch die ihn umgeben, wissen, was der hohe Herr meint. Er ist ihnen gram, weil sie seine Erbfolge nicht anerkennen. Dass er nämlich seine Tochter Elisabeth und ihren jungen Gemahl, Ruprecht von der Pfalz, als seine Nachfolger eingesetzt hat. Ruprecht hat der Herzog sogar noch adoptiert, damit er nur ja einen männlichen Erben vorweisen kann.

Und dann glaubt man wieder zu hören, dass er mit den beiden jungen Leuten, mit Elisabeth und Ruprecht, spricht. Der Hofmarschall, als er einmal kurz im Zimmer weilte, meint gehört zu haben, dass der Herzog flüsterte: »Alles gilt, lieb Elslein, alles, auch nach meinem Tode. Mein Recht gilt, nur mein Recht.« Da muss er wohl auf das Testament angespielt haben, der hohe Herr, als er im Fieber redete.

Todeskampf und Zukunftssorgen lasten auf dem Herzog. Es ist betrüblich, das miterleben zu müssen.

Als Sigmund von Haag die obere Stube des Neuen Schlosses betritt, wo der sterbende Herzog untergebracht ist, erwartet ihn dort kein geschäftiges Treiben. Stille herrscht in der Stube und den angrenzenden Räumen, beängstigende Stille. Die Diener gehen mit leisen Schritten ihrer Arbeit nach.

Auf Zehenspitzen tritt der Hofmarschall zum herzoglichen Bett. Er ist erschüttert vom Anblick des Sterbenden. Seit gestern ist der Herr sichtlich gealtert. Ja, es stimmt, was ihm der Doktor und Obrister-Hauptmann Graf Dietrich von Witzleben vorhin berichtete: Es sieht nicht gut aus um Seine Gnaden.

Ob's schon so weit ist, dass der Allmächtige ihn heute zu sich holen wird? Und was wird sein, wenn Herzog Georg nicht mehr ist? Wie wird's weitergehen mit der Nachfolge? Wird die Rechnung aufgehen, so wie sich's der Herzog ausgedacht und auch mit seiner, des Hofmarschalls, Hilfe geregelt hat?

Was Herzog Georg am Sterbebett bewegt, ist auch die Sorge des Hofmarschalls.

Die Erbfolge ist auf die Landshuter Linie gesetzt, auf Tochter Elisabeth und den Schwiegersohn Ruprecht. Wie werden sich die Herzöge zu München, Albrecht und sein Bruder Wolfgang, verhalten, sobald Georg tot ist?

Bisher war der gute Sigmund von Haag immer der Meinung gewesen, das werde schon so laufen, wie's sein Herr bestimmt hat. Aber jetzt wird ihm doch ein wenig Angst und Bang.

Während er so sinniert, hätte er bald das Winken des Herzogs übersehen. Es deutet dem Hofmarschall sich zu ihm herabzubeugen.

Leise, mit matter Stimme hört der von Haag ihn sagen: »Gib mir auf mein lieb Elslein Acht.«

Sein letztes Trachten, denkt der Hofmarschall, gilt Elisabeth, seiner einzigen Tochter, seinem Ein und Alles, seinem Augapfel.

Da vernimmt er den Herzog erneut: »Hörst du?« Und dabei greift der hohe Herr nach des Hofmarschalls Hand und drückt sie fest.

»Ja, Euer Gnaden. Ich werd gut aufpassen.«

Noch einmal drückt der Herzog seine Hand.

Ich werd's versuchen, denkt Sigmund von Haag. Es wird nicht leicht sein, dem Wunsch des hohen Herren zu entsprechen.

Wenn der Hofmarschall an Elisabeth denkt, so überkommt ihn die Angst, sie könnte Ingolstadt nicht mehr vor dem Ableben des Herzogs erreichen.

Elisabeth hält sich zusammen mit Ruprecht in Heidelberg

auf und erholt sich gerade von der Niederkunft ihres zweiten Sohnes, den sie nach ihrem Schwiegervater Philipp nannte.

Als Herzog Georg von Lauingen nach Ingolstadt verbracht wurde, hatte man sofort Boten nach Heidelberg gesandt und Elisabeth und Ruprecht über den Gesundheitszustand des Vaters informiert. Sie sollten unbedingt nach Ingolstadt kommen, bevor es zu spät sei, hieß es.

Während der Hofmarschall in Gedanken versinkt, wird der Wind draußen stärker. Jetzt faucht er wie wild um die dicken Mauern, wirbelt den Schnee auf und verdunkelt den Himmel über dem Ingolstädter Schloss.

Das Feuer im Kamin des Sterbezimmers wirft gespenstische Schatten an die Wände. Die Kerzen am Altar in der Ecke flackern. Die geschlossenen Fensterläden und die Felle davor können den Wind nicht aufhalten. Man spürt, man fühlt den Sturm da draußen. Und wieder und wieder rüttelt er an den schweren Läden, als wollte er dem sterbenden Herzog zurufen: »Komm mit, komm mit, ich trag deine Seele fort in eine bessere Welt. Dorthin, wo es keine Last und Sorgen mehr gibt, dorthin, wo Licht und Wärme dich umhüllen, wo der allmächtige Herr dich aufnimmt in die Unendlichkeit des ewigen Lichts!«

Oder ist es gar die Stimme Hedwigs, des Herzogs verstorbener Gemahlin, die da ruft? Im vorigen Jahr ist sie ihm in die Ewigkeit vorausgegangen.

Sie ist zu Burghausen am 18. Februar 1502 verstorben. 27 Jahre waren sie verheiratet. Nicht immer glücklich und einvernehmlich.

Der Aufenthalt seiner Gemahlin Hedwig in Burghausen entsprach alter Tradition. Während die Herzöge zu Landshut regierten, lebten die Frauen und Kinder dort auf der Burg in einem eigenen Geviert.

Dem Herzog kam's nicht ungelegen, dass Burghausen offiziell als Frauensitz gilt. So hatte er genügend Zeit sich seinen Kurtisanen anderenorts, aber auch in Landshut, zu widmen.

Burghausen war weit weg und zum Austoben seiner Leidenschaften war diese legitime Trennung gerade recht.

Seine Mutter verlebte einen Großteil ihrer Ehejahre auf Burghausen und auch seine Großmutter. Er selbst wurde bis zu seinem 13. Lebensjahr auf Burghausen erzogen. So wurde er schon als Kind mit der selbstverständlichen Trennung von Vater und Mutter vertraut gemacht.

Als der junge Herzog Georg am 14. November 1475 in großer Festlichkeit zu Landshut die hübsche und liebreizende Hedwig aus dem polnischen Königshause der Jagellonen heiratete, dachten viele, Burghausen werde als Frauensitz aufgegeben werden. Denn die junge Liebe schien grenzenlos. Doch man täuschte sich. Bald nach der Hochzeit schielte der junge Georg auf andere Maiden. Und ehe sich Hedwig versah, war sie mit ihren Kindern in der großen Burg einquartiert. In Freiheit eingesperrt, hieß es dann.

Vier Kinder waren es, die sie gemeinsam in die Welt setzten; drei Buben und ein Mädchen. Die drei Buben, Ruprecht, Wolfgang und Ludwig, starben schon im Kindesalter. Übrig blieb Elisabeth. Sie wuchs dem Herzog ans Herz. Einmal, weil sie Ersatz für den fehlenden Erbprinzen war, und zum anderen, weil sie es auch gut mit dem Vater verstand. Elisabeth, sein »lieb Elslein«, wie er sie immer zärtlich nannte, nahm nun die Stelle eines Prinzen und Erben ein und wurde vom Vater von klein auf auch so behandelt.

Noch immer hält der Herzog die Hand des Hofmarschalls fest. Als sich dieser umwendet, blickt er geradewegs in die Augen des Beichtvaters. Leicht zieht der Pater die Schultern hoch, als wolle er sagen, der liebe Gott wird alles richten, lasst es gut sein, Hofmarschall.

Auch die anderen Herren, die Räte und Hauptleute, die das Sterbebett des Herzogs umringen, sind in dieser schweren Stunde bedrückt. Keiner wagt ein Wort, obwohl sie sonst oft ein lautes, gar loses Maulwerk haben. Besonders die Hauptleute, die grob und lästerlich durchs Leben reden, stehen sprachlos am Ende des großen Bettes.

Es sind der Obrister-Hauptmann Doktor Dietrich von Witzleben und der Hauptmann Georg von Wispeck, aber auch die klugen Berater und Freunde des Herzogs und die vielen Weggefährten.

Da wird es unruhig an der Tür. Atemlos erscheint Elisabeth im Reisegewand. Sie stürzt ans Bett, kniet nieder und ergreift die Hände des Sterbenden.

Ein kurzer Augenaufschlag, ein müdes Lächeln, der Herzog hat seine Tochter erkannt.

Man bringt einen Stuhl für Elisabeth. Während sie den Mantel ablegt und Platz nimmt, betritt auch Herzog Ruprecht das Sterbezimmer. Dem Hofmarschall fällt ein Stein vom Herzen. Gott sei Dank treffen beide, Tochter und Schwiegersohn, den Herzog noch lebend an.

Herzog Ruprecht tritt hinter Elisabeth. Die Rechte legt er auf die Schulter seiner Gemahlin. Ein sanfter Druck zeigt ihr an, dass er sie trösten möchte.

Ein schönes Paar, denkt der Hofmarschall, bemerkenswerte junge Menschen. Nicht umsonst war es der Wunsch Herzog Georgs und des Grafen Philipp von der Pfalz, die beiden zum Ehebund zu führen. Hübsche, junge Menschen an der Spitze des Landes machen sich allemal bezahlt. Sie können gut repräsentieren mit ihrer Schönheit und sie haben oft mehr Möglichkeiten, so manche Türe aufzustoßen, die anderen verschlossen bleibt.

Elisabeth und Ruprecht sollten aber nicht nur zusammenkommen, weil sie gut zueinander passen, sondern damit sich der geheime Wunsch des schlauen Herzogs Georg auch erfülle: die Vergrößerung Landshuts um die Rheinpfalz und somit die Vermehrung seiner bayrischen Einflussnahme im Reich. Das ist sicherlich gelungen, zumindest solange der Herzog noch lebt.

Aber was wird danach?

Da spürt der Hofmarschall ein zaghaftes Zupfen am rechten Ärmel. Er wendet sich um, es ist der Doktor Stockher.

»Wir können nichts mehr tun. Ihr solltet jetzt gehen und ihn mit seinem Beichtvater alleine lassen.«

Sigmund von Haag nickt.

Als einer der höchsten Autoritäten im Raum gibt er mit einem kaum merkbaren, aber dennoch bestimmten Blick und leichter Bewegung seines Kopfes den Umstehenden zu erkennen, dass sie den Raum verlassen sollen. Auch Elisabeth und Ruprecht schließen sich an; sie möchten dem Beichtvater nicht im Wege stehen.

So vernimmt man ein leises Raunen, ein Rascheln der Gewänder, ein Verbeugen in Achtung und Demut, schlurfende Schritte, dann ist es still im Sterbezimmer. Zurück bleibt der Herzog mit dem Beichtvater.

Die Tür zur Stube wird geschlossen. Die Wachen versperren mit ihren gekreuzten Hellebarden den Zutritt.

Draußen in den Vorzimmern finden sich die Getreuen in kleinen Gruppen zusammen. Nur wenige verlassen den Ort. Die meisten wollen dem Herzog in der Stunde seines Todes nahe sein.

Überaus schnell sind lediglich die Hauptleute verschwunden. Einen Menschen im Bett sterben zu sehen ist für die rauen Gesellen ein bedrückendes Ereignis. Nein, das ist nichts für die alten Haudegen, besonders nicht für den Obrister-Hauptmann Dietrich von Witzleben.

Sigmund von Haag eilt zwei Stockwerke tiefer, in die provisorisch eingerichtete Kanzlei. Auch wenn der Herzog im Sterben liegt, müssen die Hofräte, die Offizials und Schreiber stets parat sein für wichtige Staatsgeschäfte.

Mit schnellen Schritten betritt er den Raum, wo man ihn schon ungeduldig erwartet. Kaum hat er die Schwelle überschritten, stürmen sie alle auf ihn ein. Jeder will wissen, was es Neues gibt von dort oben.

»Langsam, langsam, meine Herren, lasst mich erst zu Atem kommen.«

Ein paar Mal schnauft er kräftig durch. Der Raum ist überhitzt. Die warme Luft reizt ihn zu einem leichten Hüsteln. Er ist nicht mehr der Jüngste; so merkt er die Kälte in den Gängen, das hastige Herabeilen vom oberen Stockwerk, die Sorgen und die Verantwortung, die er mit sich herumträgt. Und nun auch noch diese Hitze im Raum.

Doch für ihn gilt's Würde zu wahren. Vorbild muss er sein. »Also«, beginnt er, »schlecht sieht's aus mit unserem hohen Herrn, sehr schlecht. Wenn ich's recht deute, wird der heutige Tag wahrscheinlich der letzte sein. Auch die Ärzte haben die Hoffnung aufgegeben.«

»Sollen wir uns da nicht über das Begräbnis Gedanken machen, Euer Gnaden?«, meint einer der Räte.

Alle sind entsetzt über die vorlaute Rede. Sie stehen da, teils erstaunt über die Worte des Kollegen, teils in banger Erwartung der Antwort des Hofmarschalls. Gibt's jetzt ein Donnerwetter?

»Ihr könnt Euch Gedanken machen, lieber Freund«, erwidert der Hofmarschall gnädig.

Ein Aufatmen geht durch den Raum. Keine Schelte, eher Zustimmung.

Im gleichen Atemzuge fährt Sigmund von Haag fort: »Meine Herren vom Rat, ich bitte Euch zu einer geheimen Sitzung.«

»Sofort?«, ist da die Frage aus der hinteren Reihe zu vernehmen.

»Ja, sofort! Gehen wir ins Beratungszimmer hinüber«, bestimmt der Hofmarschall in der Hoffnung, dass dort die Luft etwas kühler sei.

Er geht voraus, die Wachen öffnen die Türen, ihm folgen die herzoglichen Räte. Die Schreiber und Kanzlisten bleiben zurück.

»Setzt Euch!«

Jeder nimmt im provisorischen Beratungszimmer einen

Platz am viereckigen Tisch ein, Sigmund am Kopfende, genauso wie zu Landshut in der Kanzlei. Die Türen schließen sich von außen.

Stille, erwartungsvolle Stille, herrscht im Raum.

Nun wird über das Begräbniszeremonial verhandelt, so wie's vorhin angeklungen ist, denken die Herren. Man wird jetzt darüber reden, wer welche Aufgaben wahrzunehmen haben wird, wer wo stehen wird, ob in der ersten oder zweiten Reihe des Trauerzuges, wer in der Kirche beim Gottesdienst welche Dienste zu verrichten haben wird und Ähnliches.

Doch schnell werden sie durch des Hofmarschalls herbe Worte in die Realität versetzt.

»Nach dem Tode unseres Herzogs wird es schwierig werden, unser Land zu regieren, seid Ihr Euch darüber im Klaren, meine Herren?«

Alle nicken. Warum sollten sie widersprechen. Nach dem Tod des Herzogs wird vieles in anderem Licht erscheinen. Das wissen sie.

»Die Erbfolge macht mir Kopfzerbrechen«, meint der Hofmarschall.

Doch nicht nur ihm, sondern auch den Herren des Kollegiums bereitet sie Sorge! Besonders jener Gruppe, die von Anfang an dem Vorhaben des Herzogs mit der Testamentsänderung kritisch gegenüberstanden. Das heißt nicht, dass sie dem Herzog nicht treu und ergeben wären. Aber mit der Erbfolge für Elisabeth und Ruprecht können sie sich nicht so recht einverstanden erklären. Unter den Kritikern sind durchaus gewichtige Personen. Da sind der Erasmus Seiboltsdorfer, der Hanns von Closen, der Doktor Peter Baumgartner aus Wasserburg, der Doktor Sebastian Ilsung und der Hanns von Paulsdorf.

Sie alle, die juristische Bildung besitzen, sehen die Übertragung des Herzogtums auf Tochter und Schwiegersohn doch als einen recht gewagten Schritt an.

Der Hanns von Paulsdorf, so meinen böse Zungen am Hof zu Landshut, sehe das sogar mit den Augen Herzog Albrechts zu München. Beweisen kann's aber keiner. Man munkelt nur!

»Ihr wisst, Herzog Georg hat bestimmt, dass seine Tochter Elisabeth und sein Schwiegersohn Ruprecht die Erbfolge antreten sollen. Sie sollen Regenten zu Landshut sein«, beginnt der Hofmarschall.

»Das wissen wir schon seit dem Tage der Ausfertigung des Erbvertrages. Ihr habt ihn uns damals selbst gezeigt. Warum bringt Ihr das ins Gespräch?«

»Ich muss dies tun, weil es eine wittelsbachische Regularie gibt, nach der nur ein männlicher Nachfolger Herzog in Bayern werden kann. Die Töchter sind ausgeschlossen, die Schwiegersöhne gleich gar.«

Diejenigen, die sich mit dem Recht auskennen, stimmen dem Hofmarschall zu. Die anderen aber verwerfen die Rede verächtlich.

»Das mag schon sein. Doch kann der Herzog bestimmen, wie er's gern hätte. Er ist der erste Wittelsbacher zu Landshut, so steht im das Recht zu, Verträge zu ändern und die Erbfolge zu bestimmen. Neues Recht bricht altes«, meint da der Hanns von Bodmann.

»Das haben der Herzog und wir alle auch gedacht, damals, als wir den neuen Erbvertrag aufsetzten«, erwidert Sigmund von Haag und deutet auf die Gruppe der Rechtsgelehrten.

»Ach was, hebt die Versammlung auf, es ist alles gut geregelt. Macht Euch keine Gedanken«, meint da ein anderer von der Seite drüben am Tisch.

»Ich muss mir aber Gedanken machen, weil mancher sich an der neuen Erbfolge reibt.«

»Mancher?« Die Frage kommt aus vieler Munde.

»Ja, mancher! Die Herzöge Albrecht und Wolfgang zu München, die Oberbayern. Sie erheben Anspruch auf die Herzogschaft im ganzen Bayernland. Albrecht, der ältere der beiden, besteht auf Einhaltung der wittelsbachischen Hausverträge.«

»Die wittelsbachische Erbfolge für Landshuter Gebiet hat

Herzog Georg neu geregelt. So soll's auch bleiben. Die Münchner sollen sich um ihren eigenen Kram kümmern. Wir reden ihnen doch auch nicht dazwischen!«

»Ihr denkt aber schon daran, dass zwischen Herzog Georg und Herzog Albrecht am 7. Juli anno 1485 ein Vertrag geschlossen wurde, wonach sich beide als gegenseitige Erben eingesetzt haben. Dort heißt es expressis verbis: ›damit Bayern wieder vereinigt in mehr Würde, Aufnahme und Ansehen käme‹«, entgegnet der Hanns von Paulsdorf.

»Die wittelsbachische Erbfolge hat Herzog Georg zu Gunsten seiner Tochter und seines Schwiegersohnes später eben neu gefasst. Neues Recht bricht altes! Ich hab's schon einmal gesagt, dabei bleib ich«, ruft erregt der Hanns von Bodmann dazwischen.

»In diesem Falle nicht«, entgegnet der Peter Baumgartner, »weil der Vertrag bereits anno 1496 einseitig gelöst wurde. Herzog Georg hat zu Worms ein Testament zu Gunsten von Tochter Elisabeth und Schwiegersohn Ruprecht verfasst, das dem Vertrag von 1485 entgegensteht.« Und er fügt hinzu: »Es gibt auch noch ältere Verträge, also nicht nur den von 1485; es gibt auch noch den wittelsbachischen Hausvertrag von 1392. Uralte Rechte, die wir bei der Abfassung des Erbvertrages außer Acht gelassen haben, bewusst, wie viele von Euch wissen, weil der hohe Herr es so wollte!«

»Wir stehen zu Elisabeth und Ruprecht. Und Ruprecht ist jetzt sogar sein Adoptivsohn mit allen Rechten und Pflichten eines männlichen Abkömmlings«, ruft erneut der Hanns von Bodmann laut und heftig gestikulierend.

Zustimmung von allen Seiten. Man spürt's, dass die Herren des Hofrates fest zu ihrem Herzog stehen.

Da meint der Marschall Adam von Törring zum Stein: »Und noch eins sag ich Euch, liebe Freunde: Selbst wenn dem einen oder anderen Zweifel über die Rechtmäßigkeit der Erbregelung aufkommen sollte, so muss er daran denken, dass bereits die nächste Generation des Fürstenhauses unter unserer Obhut steht. Die Enkel von Herzog Georg werden künftig das Anrecht auf die Erbfolge geltend machen. Die Prinzen, Ottheinrich und Philipp, sind noch jung, der letztere gar erst ein paar Wochen, doch ihnen steht das Recht von Geburt an zu, das Erbe in Anspruch zu nehmen, für das der sterbende Großvater, zusammen mit uns und zeit seines Lebens, gekämpft hat.«

Dem ist nichts entgegenzusetzen, was der Törring zum Stein da erklärt. Das leuchtet allen ein und im Übrigen sind sich die Anwesenden sowieso schon seit langem einig, dass ihnen die Münchner mit ihren Erbansprüchen gestohlen bleiben können.

Der wilde Hauptmann Hanns von Bodmann trifft die Stimmung am besten. Mit einem »Hurra!« reißt er sein Schwert aus der Scheide, stößt es mit der Spitze nach oben in die Luft und schreit mit leuchtenden Augen: »Auf Georg, Elisabeth, Ruprecht und die Prinzen.«

Allgemeine Zustimmung, viele Hurras werden durcheinander gerufen.

»Ihr steht zu dem jungen Paar und seinen Kindern! Das ehrt Euch, liebe Freunde! Doch die Münchner sind anderer Meinung. Sie pochen auf die alten Verträge; so hört: Sie haben jetzt den Kaiser auf sich eingestimmt«, meint der Hofmarschall in ruhigem, aber bestimmtem Ton.

Da wird's still im Raum. Damit hat keiner gerechnet, dass die Münchner den Kaiser so schnell hinzugezogen haben.

»Der Kaiser wird sich nicht um unser bayrisches Recht kümmern. Er hat anderes zu tun«, meint da einer der Hofräte, dem das Hin und Her allmählich zu viel wird.

Darauf sein Gegenüber: »Richtig, der Kaiser regiert zu Innsbruck und muss sich um das habsburgische Erbe kümmern und um die Schulden, die ihm sein Weib stets hinterlässt.«

Man schmunzelt allenthalben in der Runde.

»Ihr habt nicht ganz Unrecht«, grollt der Hofmarschall. Man sieht ihm den Ärger an, den er nun mit der vertrackten Erbfolge am Hals hat. »Es mag sogar sein, dass die Schulden der Kaiserin ihren Ehemann auf den Plan gerufen hatten; aber nicht nur deshalb. Dem Kaiser geht es in erster Linie um die Mehrung seiner Hausmacht.«

»Hat Maximilian nicht schon genug?«, hört man eine erregte Stimme.

»Der Kaiser hat nie genug! Deshalb hat er auf Anfrage Herzog Albrechts Hilfe im Falle eines Erbstreites zugesagt. Er hat sich einen mächtigen Profit ausgerechnet«, erklärt Sigmund von Haag.

»Wie soll denn die Hilfe aussehen?«

»Soldaten, Waffen, Gerätschaften liefern, dann Krieg! Und wenn die Erbfolge zu Gunsten der Münchner entschieden werden sollte, bekommt der Kaiser vielleicht einige Liegenschaften und einen schönen Batzen Geld obendrein!«

»Was heißt vielleicht? Wisst Ihr nichts Genaueres, Hofmarschall?«

»Nein, denn die Verhandlungen wurden geheim geführt. Ich weiß nur durch Vertraute, dass es um mehr als nur das Schwarze unter den Fingernägeln geht.«

»Ach was, lasst Euch nicht in Angst versetzen. Das wird sich alles regeln lassen«, ist die mehrheitliche Meinung.

»Täuscht Euch nicht! Den Münchnern geht's ums Ganze. Die wollen die Erbfolge ohne Wenn und Aber. Da ist ihnen der Kaiser mit seiner Finanznot gerade recht. Und was noch hinzukommt. Hört jetzt gut zu: Des Münchner Herzogs Gattin Kunigunde ist die Schwester des Kaisers. Da geht's auch um die Familie der Habsburger.«

Das hat erneut getroffen. Sie lassen die Köpfe hängen, wie begossene Pudel. Daran haben sie gar nicht gedacht, an die Familienbande der beiden Fürstenhäuser.

»Dem Kaiser ist jedes Mittel recht, wenn seine Familie begünstigt wird«, fährt Sigmund von Haag fort. »Um so weniger Sorgen hat er dann, weil er ja ständig in Geldnöten steckt. Die deutschen Fürsten weigern sich ihm Steuern und Abgaben zu entrichten, wenn's nicht unbedingt sein muss. Betteln gehen musste er schon mehrmals bei den Fürsten des

Reiches. Und als ihm diese nichts mehr gaben, hat er sich den Fuggern und Welsern ausliefern müssen. Eine Schande! Ein Kaiser geht zu Krämern und Kaufleuten und macht einen Kniefall. Maximilian ärgert das im Grunde. Gerade deshalb ist es ihm gar recht, wenn sich aus der Verwandtschaft zu den Wittelsbachern Mittel und Wege aufzeigen, zu Geld zu kommen. So verhandelt der Kaiser eben mit jedem Fürsten, der ihm Vorteile in einem Kriege bringt. Totschlagen und rauben scheint ihm immer noch ehrenhafter zu sein als betteln zu gehen bei den reichen Pfeffersäcken.«

Eine tiefe Niedergeschlagenheit macht sich breit. Die anwesenden Herren starren vor sich hin auf den blanken Tisch. Keiner wagt das Wort zu ergreifen.

In die bedrückende Stille hinein wird eine Seitentüre des Beratungszimmers aufgerissen und atemlos stammelt ein Page:

»Euer Gnaden Hofmarschall, Ihr und die Herren Räte mögen nach oben kommen. Der hochwürdige Herr Beichtvater bittet Euch, schnellstens seinem Wunsche zu entsprechen.«

Sofort machen sich die Herren auf, springen die breite Treppe nach oben und laufen eilig den Gang entlang bis zum Sterbezimmer des Herzogs. Davor sind bereits die anderen Würdenträger versammelt. Die zahlreichen Menschen verschließen fast den Durchgang. Die Tür ist geöffnet. Im Zimmer der Beichtvater und der im Bett von Kissen aufgerichtete Herzog Georg. Trotz dessen Blässe und Schwäche erkennt man seine Erregtheit.

»Ich werde nicht auf Euch eingehen«, hören die Hinzukommenden den Herzog mit brüchiger, aber doch aufgebrachter Stimme rufen. »Nie und nimmer, oder glaubt Ihr, dieser Albrecht kommt mir ungeschoren davon?«

Da zeigt er sich wieder, der unbändige Hass, den Herzog Ruprecht gegen den Münchner Vetter Albrecht hegt. Er kann es ihm nicht verzeihen, dass dieser mehr Einfluss im Reich genießt, dass der Kaiser ihm stets zu Hilfe eilt, wenn er ihn braucht, und dass der Reichtum des Münchners in den letzten Jahren schneller wuchs als sein eigener.

Doch am meisten hasst er seinen Vetter deshalb, weil dieser ihm einen Strich durch die Rechnung machen will. Die Erbfolge zu Gunsten seiner Tochter Elisabeth und des Schwiegersohnes Ruprecht erkennt Albrecht nicht an.

Der Beichtvater ist verzweifelt. Er versucht den Herzog von der Notwendigkeit einer gütlichen Einigung zu überzeugen.

»Jetzt, in dieser Stunde, Hoheit, ist Aussöhnung unerlässlich! Verzeiht Eurem Vetter!«

»Lasst mich in Frieden, zum Teufel mit Euch!«

»Hoher Herr, warum werft Ihr Herzog Albrecht ständig das vor, was Ihr selbst verschuldet habt? Ist es Albrechts Werk, dass die Erbfolge geändert wurde, oder Eures? Nehmt Euch selbst an der Nase, seht Eure Fehler ein und seid friedlich, verzeiht im Namen Jesu!«

»Ich verbiete Euch den Namen unseres Herrn Jesus Christus ins Gespräch zu bringen, wenn es um Albrecht geht. Ich kann und will allen Menschen verzeihen im Wissen um meinen nahen Tod, aber Herzog Albrecht verzeihe ich nicht! Er hat meine Liebe verspielt!«

»Georg, Bruder in Christo, Ihr müsst auch Albrecht vergeben im Namen Gottes. Denkt an die Vergänglichkeit des weltlichen Ruhms. Erlangt das ewige Heil, verschließt Euch nicht das Tor zum Himmel.«

»Ich will und kann nicht; gebt Ruhe!«, stöhnt der todkranke Herzog.

Doch sein Beichtvater gibt nicht nach. »Wenn Ihr Albrecht vorwerft, er habe Euch Böses getan, so denkt daran, dass auch ihr vielen anderen Menschen Leid zugefügt habt, von denen Ihr in der Stunde Eures Todes Vergebung erwartet! Hat nicht auch Euer liebes Weib beim Hinscheiden Euch verziehen ob Eurer Ehebrüche und wilden Hurereien?«

»Wenn Ihr nicht schweigt, Ihr Lästermaul«, ruft der Herzog erbost, »so lass ich Euch in den Kerker werfen!«

»Ich fürchte mich nicht vor dem Kerker, damit könnt Ihr mir nicht drohen. – Ich bin ein ernster Streiter Gottes, das wisst Ihr, darum sage ich Euch, nehmt Verstand an in der Stunde Eures Todes. Verzeiht Albrecht, wenngleich er vielleicht mehr Glück und Reichtum erfahren haben sollte als Ihr. Doch Glück ist vergänglich und Reichtum könnt weder Ihr noch Albrecht ins Jenseits mitnehmen. Denkt daran, das letzte Hemd hat keine Taschen.«

Da bäumt sich der sterbende Herzog auf und ruft mit leidender Stimme: »Ich hab den Reichtum nicht für mich, sondern für mein lieb Elslein geschaffen, verstehst du, für mein lieb Elslein!«

Dann sinkt er erschöpft zurück in die Kissen und atmet schwer und hörbar.

Verzweifelt über den Starrsinn des Herzogs entgegnet der Pater böse: »Euer lieb Elslein wird schon noch genug haben um überleben zu können! – Ihr solltet verzeihen, in Gottes Namen, verzeihen!«

»Ich mag nicht, in drei Teufels Namen, und ich kann nicht!«, stöhnt der Herzog und richtet dabei starr und trotzig seinen Blick zur Decke.

Noch einmal wendet sich der Beichtvater eindringlich dem Herzog zu: »Wollt Ihr in der Finsternis der Verdammnis braten?«

»Lieber in der Hölle braten als dem Münchner verzeihen. Ich will nichts mehr hören, auch wenn Ihr mir die letzte Ölung versagen solltet. Spart Euch das Öl für diejenigen, die zu feig sind einen angefangenen Streit zu Ende zu fechten. Sie sollen darin braten!«

»Oh, dieser Starrsinn«, hört man verzweifelt den Beichtvater stöhnen. »Als Diener Gottes habe ich auf Barmherzigkeit und Nächstenliebe in meiner Herde zu achten. Ich tue dies nach meinem Gelübde. Dazu gehört auch, die Spreu vom Weizen zu trennen. Ihr seid die Spreu; weil ihr uneinsichtig seid und einen sturen Schädel habt. Wenn Ihr nicht wollt, so fahret zur Hölle in drei Teufels Namen.«

Dabei schlägt der Pater das Kreuz, kehrt auf der Stelle um und verlässt wutentbrannt das Sterbezimmer.

Entsetzt blicken ihm die im Gang Stehenden nach. Sie kennen den Pater nur zu gut. Er ist ein scharfer Streiter für die Sache der Kirche, er nimmt kein Blatt vor den Mund und er kennt seinen Herrn sehr gut. Ob er aber jetzt das Richtige getan, ob er jetzt die richtigen Worte gewählt hat? Zweifel machen sich breit. Sie blicken ängstlich zum Herzog.

Auf einen Wink nehmen ihm die Pagen die Kissen aus dem Rücken. Flach liegt er nun da, bleich, schwer atmend, sein Blick zur Ecke des Raumes gerichtet, wo das große Kruzifix hängt.

Was mag Georg jetzt wohl denken und fühlen?

Langsam wendet er sich dem Hofmarschall zu, der als erster im Türrahmen steht. Die anderen Herren drängen sich neugierig hinten an, damit ihnen nur ja kein Wort entgeht.

»Geht, geht!«, stöhnt der Herzog. Schnell befolgen alle seinen Befehl und gehen.

Die Türe zum Zimmer wird geschlossen, der Herzog ist allein mit sich und seiner Welt, seinen Sorgen und Nöten.

Draußen am Gang und in den angrenzenden Räumen gibt es leise, aber heftige Diskussionen um des Paters Worte. Ging er zu weit oder brauchte der Herzog jetzt eine solche Abreibung? Man ist sich unschlüssig.

Über das Verhalten des sterbenden Herzogs ein Urteil abzugeben hieße für viele der Vertrauten des Hofes Partei für Herzog Georg einerseits und den Pater andererseits zu ergreifen. Dazu fehlt den meisten in dieser Stunde der Mut. Man will sich's mit keinem verderben.

Und des jungen Herzogpaares Ohrenbläser und Speichellecker tummeln sich schon allenthalben in den Gängen des Schlosses.

Der Doktor und Obrister-Hauptmann von Witzleben hat neulich beim Saufgelage, zu vorgerückter Stunde, gegrölt, als es um die undichten Stellen am herzoglichen Hofe und das problematische Testament ging: »Die Leichenfledderei beginnt schon zu Lebzeiten Seiner Gnaden!«

Da gab's viel Gelächter bei den wilden betrunkenen Soldaten am Biertisch. Aber so Unrecht hat der von Witzleben wirklich nicht!

Hofmarschall Sigmund von Haag braucht nach diesem Erlebnis frische Luft. So geht er den Stallungen zu, lässt sich ein Pferd satteln und reitet hinaus in den kalten Wintermorgen.

So manches geht ihm bei diesem Ritt entlang der Donauauen durch den Kopf: die ungeklärte Erbfolge, das junge Herzogpaar, welches beinah unbedarft in die Verantwortung der Regierung hineingezwängt wird, die drohende Kriegsgefahr, Kaiser Maximilians Schachzug, bei Kriegsausbruch den Münchnern beizustehen. Er zweifelt aber auch an seiner eigenen Kraft und Kompetenz, in diesen schweren Stunden immer die richtige Entscheidung zu treffen. Der Hofmarschall weiß zu gut, so manches ist am Hofe zu Landshut schon an den komplizierten Regierungsgeschäften gescheitert. Und solange Herzog Georg noch lebt, ist es nicht auszuschließen, dass dieser, und sei es in der letzten Stunde seines irdischen Daseins, noch Befehle erteilt, deren Tragweite nicht abzusehen ist oder die gar verheerende Folgen für die Zukunft Niederbayerns haben könnten.

❧

Dass Herzog Georg gern mit dem Feuer spielt und in den vergangenen drei Jahren dies immer bewusster getan hat, geht dem Hofmarschall ständig durch den Kopf. Ein Krieg mit München wird immer konkreter, denn des Herzogs Intentionen sind schon lange darauf ausgerichtet.

Am Tag nach dem Neujahrsfest 1501 hatte Herzog Georg den Kanzler Wolfgang Kolberger zu sich gerufen. Auch Hofmarschall Sigmund von Haag und der herzogliche Rat Hanns von Closen waren bei der als geheim anberaumten Unterredung mit anwesend.

»Kolberger«, eröffnete damals der Herzog die Sitzung, »Ihr wisst, dass die durch meinen Willen und Eure Beratung geänderte Erbfolge zu Gunsten meiner Tochter Elisabeth seit einiger Zeit in München für Unruhe sorgt. Wenngleich es mir unverständlich ist, wie diese für uns alle geheime Testamentsfassung dorthin gelangte, bedarf es nun besonderer Aufmerksamkeit unsererseits, auf alle Münchner Aktionen zu achten und schnellstens zu reagieren!«

Der Herzog war wütend über den Verrat aus eigenen Reihen. Die undichte Stelle konnte seiner Meinung nach nur unter den Hofräten sein. Denn nur diese Herren waren über die Testamentsänderung informiert.

»Bevor wir über einen möglichen Münchner Gegenschlag beraten, hoher Herr, sollten wir nach der undichten Stelle suchen«, gab Sigmund von Haag zu bedenken.

»Ihr habt Recht, Haag, doch kann ich mit meinen Absichten gegen München nicht so lange warten, bis der Verräter dingfest gemacht worden ist. Ich muss den Münchnern zuvorkommen!«

»Habt Ihr einen Verdacht?«, wollte der Kämmerer Wolfgang Kolberger wissen.

»Mein Verdacht richtet sich in erster Linie gegen alle, die zu jenem Kreise gehören, die mir beim Abfassen des neuen Testaments behilflich waren.«

Erschrocken reagierte der Hanns von Closen: »Hoher Herr, dann gehören auch wir zu den Verdächtigen?«

»So ist es, Closen! Ich sagte schon, ein jeder, der mir behilflich war, also Kenntnis vom Testament hat, ist verdächtig. Mag sein, dass keiner von Euch der Übeltäter ist, so steht Ihr dennoch alle unter strengster Beobachtung.«

Zum ersten Mal sprach Herzog Georg das schon lange von ihm gegen die Hofräte gehegte Misstrauen offen aus.

»Hoher Herr, ich schwöre hier an diesem Ort Euch nicht verraten zu haben und ich lege auch für den Kolberger und den Closen meine Hand ins Feuer!«, rief Sigmund von Haag erregt.

»Ich nehme Eure Worte zur Kenntnis, Haag. Doch solange der Verräter nicht gefunden ist, begegne ich jedem, auch Euch, mit Misstrauen.«

Solche Worte aus dem Munde des Herzogs zu hören erschreckte die Herren arg. Bisher war das gegenseitige Vertrauensverhältnis ungetrübt gewesen.

Der Herzog merkte die Betroffenheit seiner Hofräte. Um die Situation nicht auf die Spitze zu treiben lenkte er ein. »Ihr Herren, mein neuer Auftrag zielt in Richtung München. Wenn ein Angriff von dort auf uns vorgesehen sein sollte, so müssen wir diesem zuvorkommen. Deshalb stelle ich Forderungen auf, die Ihr schnellstens zu erledigen habt. Werden die Forderungen zügig umgesetzt und bleibt der Grund meiner Bemühungen den Münchnern verborgen, so seid zumindest Ihr drei vom Vorwurf des Verrats verschont. Dann gehe ich davon aus, dass Ihr nicht zu jenem Kreise der Verräter gehört, die stets vorgeben mir treu zur Seite zu stehen, doch im Hintergrund bereits die Messer wetzen.«

»Teilt uns Eure Wünsche mit, hoher Herr, wir werden alles zu Eurer Zufriedenheit erledigen«, bot sich der Kämmerer Kolberger an.

Sigmund von Haag und Hanns von Closen stimmten zu.

»Gut, Ihr Herren, so hört: Wir müssen geeignete Maßnahmen rechtzeitig einleiten: Das heißt zum einen ein schlagkräftiges Heer aufzustellen, zum anderen die Versorgung unserer Bevölkerung sicherzustellen.

Zum Ersten: Sorgt mir dafür, dass Waffen, Munition und Ausrüstung der Truppe in ausreichendem Maße vorgehalten werden. Schafft volle Arsenale und kümmert Euch um noch bessere Ausbildung der Landsknechte.

Zum Zweiten: Baut in all unseren Städten und Märkten Lagerhäuser für Getreide und sonstige Waren und haltet die Bürgermeister, Kastner und Pflegsverwalter an, die Bestände ausreichend zu schützen.

Alles in allem aber hütet Euch, dass die Vorbereitungen lauthals angegangen werden. Ich will nicht, dass mein Vetter

Albrecht davon erfährt! So wäre mir die Freude auf einen gelungenen Streich genommen.«

Das waren klare Anweisungen, die der Herzog am 2. Januar 1501 bereits in Erwartung eines Gegenschlages von Münchner Seite traf.

Die drei Herren des erlauchten Hofrates waren denn auch bemüht in aller Heimlichkeit die notwendigen Anweisungen zu treffen und jedweden Verdacht auf Kriegsvorbereitungen zu vermeiden.

❧

In den vielen Jahren der engen Zusammenarbeit mit Herzog Georg hat Hofmarschall Sigmund von Haag eine ganz besondere Vertrauensstellung erreicht. Doch diese hatten auch schon andere. Dabei muss Sigmund von Haag an seinen guten Freund, den Kanzler Wolfgang Kolberger, denken.

Kolberger war über viele Jahre der entscheidende Lenker der Außenpolitik des Herzogs gewesen. Auch war er mit Sigmund von Haag und anderen Rechtsgelehrten wesentlich an der Erstellung des Testaments von 1496 beteiligt, das heute Anlass zu so heftigem Streit und Ärger gibt.

Allen, die an der Gestaltung dieses Testaments zu Gunsten Elisabeths und Ruprechts beteiligt waren, hat Herzog Georg besondere Aufmerksamkeit gewidmet. Einer aus dem engsten Kreise musste ein Verräter sein! Herzog Georg verdächtigte bald Wolfgang Kolberger. Denn der Kanzler hatte es nie genau genommen mit rechtsverbindlichen Schreiben und Urkundentexten. Wenn es um das Wohl Herzog Georgs und Landshuts ging, so nahm er schon auch zur rechten Zeit eine Änderung in Originalurkunden vor oder ließ die Urkunde gar fälschen. Herzog Georg lobte Wolfgang Kolberger stets dafür, denn er war sich über die stets günstigen Auswirkungen für ihn selbst sehr wohl bewusst. Doch allmählich verkehrte sich seine Zuneigung in Misstrauen. Das entscheidende Ereignis aber muss wohl gewesen sein, als Kolberger unmittelbar von Kaiser Maximilian ein Schloss für sich erwarb.

Und so schlug Zuneigung in Ablehnung um.

Am Ostersonntag des vorigen Jahres, 1502, ließ der Herzog den Kanzler Kolberger festnehmen und warf ihn ins Gefängnis.

Hofmarschall Sigmund von Haag ist heute noch fest davon überzeugt, dass Wolfgang Kolberger nicht der Verräter sein kann. Doch gegen Herzog Georgs Misstrauen anzugehen war ihm bisher nicht möglich. Sigmund von Haag musste das Gespräch stets sehr behutsam auf den Kanzler bringen um nicht selbst bei Herzog Georg als Fürsprecher in Ungnade zu fallen. Aber der Starrsinn des Herzogs hatte bisher alle Anstrengungen zunichte gemacht. Wie gerne hätte er dem Wolfgang Kolberger doch geholfen!

Die Erfahrungen, die der Hofmarschall mit dem misstrauischen Herzog Georg in vielen Jahren gemacht hat, haben ihn stets zu vorsichtigen Reden angehalten. Seine Ermahnungen und Ratschläge gegenüber Georg waren von Zurückhaltung und Behutsamkeit geprägt um das angestrebte Ziel nicht zu verfehlen und den eigenen Kopf nicht zu riskieren. Seine geschickte Verhandlungsweise hat ihm bisher sein Leben bewahrt.

Wenn der Herzog nun bald nicht mehr sein wird, so ist ihm diese schwere Last der steten Zurückhaltung und Bedachtsamkeit genommen. Das hofft der Hofmarschall zumindest. Aber was kommt dann? Werden Elisabeth und Ruprecht seinen Ratschlägen folgen? Welche Wege muss er künftig einschlagen um Landshut vor dem Untergang zu bewahren? Er ist fest davon überzeugt, dass die Arbeit härter, das Leben noch schwerer werden wird. Der Allmächtige im Himmel möge ihm beistehen!

Nach mehr als drei Stunden Ritt durch die Donauauen kehrt der Hofmarschall, ausgefroren und vom Wind durchgebeutelt, in das Schloss zurück. Er ist voller Spannung, ob nicht zwischenzeitlich schon wieder etwas Unangenehmes geschehen ist.

Ja, vernimmt er, es gibt eine große Neuigkeit.

Kaum sei er außer Haus gewesen, berichtet man ihm, sei der herzogliche Rat Wilhelm von Rohrbach zum Sterbenden vorgedrungen und habe ihm folgendes erklärt:

Die vom Herzog in Auftrag gegebenen 3 000 Briefe an den bayrischen Adel, an die Pfleger, Prälaten, Bürgermeister und Räte, wonach diese seinem Schwiegersohn Ruprecht huldigen und ihm die Erbfolge bestätigen sollen, seien samt und sonders fehlerhaft. Sie seien so voller Mängel, dass es unmöglich sei sie abzusenden. Eigentlich, erklärte der Rohrbach, seien die Briefe nichtig. Deshalb habe er dem Herzog vorgeschlagen noch einmal neue Briefe fertigen zu lassen. Der Herzog stimmte der Empfehlung zu, denn schließlich ging es um die wichtige Erbfolge. Der Rohrbach habe daraufhin sofort alle 3 000 Briefe vernichten lassen.

Als Sigmund von Haag dies vernimmt, gerät er in arge Wut. Ohne sich mit Elisabeth und Ruprecht zu beraten stürmt er in des Herzogs Zimmer und macht dem Todkranken heftige Vorwürfe.

»Ich sag Euch, Durchlaucht, man hat Euch hinters Licht geführt. Ich habe nichts Unrichtiges in den Briefen erkannt. Von Nichtigkeit des Schreibens kann keine Rede sein!«

»Was schlagt Ihr vor, Hofmarschall?« Des Herzogs Stimme ist matt, sie klingt gequält.

»Den Wilhelm von Rohrbach sollte man zur Rechenschaft ziehen. Doch viel wichtiger erscheint mir, dass auf schnellstem Wege Landshut und Burghausen mit ausreichend Truppen gesichert werden, denn dort lagern Eure Schätze. Sind die Schätze erst einmal in Albrechts oder des Kaisers Händen, dann ist's aus mit Eurer oder Eurer Kinder Macht. Um neue Briefe zu schreiben und eine baldige Huldigung einzufordern, dazu fehlt uns jetzt die Zeit.«

Der Herzog gibt mit einem kurzen, matten Nicken sein

Einverständnis und stimmt somit dem Vorschlag des Hofmarschalls ohne große Einwände zu.

»Holt mir Ruprecht!«, befiehlt der Todkranke.

Ruprecht erhält vom Herzog den Auftrag, mit seinen fränkischen Reitern Landshut und Burghausen zu sichern. Es scheint dem Herzog viel daran gelegen zu sein, dass sein Schwiegersohn noch zu seinen Lebzeiten die Sache in Ordnung bringt.

»Nun fahr hin«, sind seine Worte, »fahr hin, mein geliebter Ruprecht, dem ich mein Fleisch und Blut, mein Land und Leut, Hab und Gut anvertraut, übergeben und befohlen habe. Gott behüte dich, mein lieber Sohn. Du wirst noch viel leiden müssen, bis du in Ruhe dein Fürstentum besitzen wirst. Dazu gebe dir Gott der Allmächtige und die Mutter Gottes Gnade und Glück gegen alle deine Feinde. In allem sollen sie dir behilflich sein.«

Mit leichter Verbeugung verabschiedet sich Ruprecht und stürmt die Treppe hinunter.

In Windeseile werden die Pferde gesattelt. Es ist kaum zu glauben, wie schnell das alles geht, und schon reitet der junge Herzog über den Burghof dem Tor zu.

Der Hofmarschall wundert sich über die Eile. Ihm scheint, als wolle Ruprecht so schnell als möglich von Ingolstadt fort.

Vielleicht fühlt Ruprecht sich nicht wohl in der beklemmenden Stille. Macht ihm der nahende Tod des Herzogs zu schaffen?

Georg hat sich in einem Stuhl ans Fenster tragen lassen. Nun beobachtet er, wie Ruprecht mit einem hellen Jauchzer über die hölzerne Zugbrücke hinaus in die vermeintliche Freiheit jagt. Hinter ihm die Herren aus dem fränkischen Heerlager und die geharnischten Reiter.

Mit einem tiefen Seufzer nimmt der Herzog Abschied von seinem Schwiegersohn.

❧

Der Herzog liegt nun schon seit geraumer Weile wach in seinem Bett, hat aber bisher noch nach niemandem verlangt.

Es ist die fünfte Morgenstunde des 1. Dezember 1503.

Die Nacht verlief ruhig.

Plötzlich wird es wieder lebendig in den Gängen und Fluren des Neuen Schlosses. Die Pagen laufen aufgeregt umher, klopfen an die Türen der Zimmer und bitten ins Sterbezimmer des Herzogs.

Derweilen hat Herzog Georg seinen Beichtvater rufen lassen und ihn gebeten die heilige Messe im Beisein aller Vertrauten zu lesen.

Sofort eilt der Pater in großer Geschäftigkeit allen voraus. Er ist froh, dass der Herr einsichtig geworden ist.

Niemals würde es sich der Geistliche verzeihen, wenn er den Herzog ohne christlichen Beistand hätte sterben lassen müssen. Der Herr im Himmel hat es wieder einmal gerichtet; er meint es gut mit beiden. Mit dem Herzog, dass er ihn zur Vernunft hat kommen lassen, mit dem Pater, dass er ihn sein Amt als Priester nun doch noch wahrnehmen lässt.

So hat sich auch wieder einmal der alte Spruch bestätigt, dass man seine Sorgen erst einmal eine Nacht überschlafen solle. Dem Herzog hat das auf alle Fälle gut getan.

In brüderlicher Übereinstimmung zwischen Herzog und Pater beginnt die Messe.

Verspätet erreicht der Hofmarschall das Sterbezimmer. Er hat die verhaltenen Rufe der Pagen in den Gängen des Schlosses überhört. Erst sein Reitknecht, der zufällig Holz für den Ofen brachte, hat ihn auf den Ruf seines hohen Herren aufmerksam gemacht.

So geht die Messe bereits der heiligen Wandlung entgegen. Sigmund von Haag drängt sich behutsam an den Knienden vorbei nach vorne und da hört er gerade des Paters Worte:

»Sehet an das Lamm Gottes, das hinwegnimmt die Sünden der Welt.«

Kaum haben die Versammelten den Antwortvers zu Ende gesprochen, so befiehlt der Herzog einem seiner Kammerdiener ihn aufzurichten und ihm das Kreuz aus der Ecke des Zimmers zu bringen. Schnell sind Kissen im Rücken des Herzogs eingeschoben und schon hält er das Kruzifix in Händen. Fest presst er dieses an seine Brust, küsst den Leib des Herrn mit tränenüberströmtem Gesicht und ruft in Gegenwart des Rates und des Hofstaates aus:

»Jetzt, oh Jesus Christus, werfe ich zu deiner Gnade und meiner Seligkeit allen Hass aus meinem Herzen. Ich verzeihe allen und jedem, insbesondere aber jenen, die mich und die Meinen mit Wort und Werk beschädigt oder beleidigt haben. Auch du, Herr, mögest ihnen verzeihen. Nimm mich auf mit ihnen zusammen in den Schoß deiner Barmherzigkeit.«

Sodann reicht der Pater dem Herzog das heilige Abendmahl.

Der Herzog empfängt die Hostie und versinkt tief im Gebet, die Augen sind geschlossen. Es ist, als ob er das Ende der Messe gar nicht mehr wahrnimmt. Schwer hebt und senkt sich seine Brust mit dem darauf liegenden Kreuz. Der Pater verabreicht ihm die Letzte Ölung.

Da öffnet der Herzog die Augen und spricht das Vaterunser. Die Getreuen knien nieder, ergriffen von des Herzogs inbrünstiger Haltung. Sie sprechen leise das Gebet mit. Die Stimme des Herzogs, am Anfang noch vernehmbar und deutlich, wird immer schwächer. Kaum hörbar noch die letzten Worte des sterbenden Fürsten:

»… und führe uns nicht in Versuchung, sondern erlöse uns von dem Übel. Amen.«

»Amen.«

Mit einem tiefen Seufzer öffnet Georg die Augen, blickt starr zur Decke auf, dann geht ein Schütteln durch den ganzen Körper, ein Aufbäumen gegen die Mächte der Ewigkeit, ein Todeskampf, bei dem man zu spüren glaubt, wie sich die Seele vom Körper trennt um hinzufahren zur großen Prüfung ins Fegfeuer.

Dann fällt der Herzog zurück in die Kissen und gibt seinen Geist in die Obhut des Herrn.

Fest umklammern seine Hände das Kruzifix.

Behutsam schließt ihm sein Beichtvater die Augen. »Requiem aeternam dona ei, domine, et lux perpetua luceat ei, amen.«

»Amen.«

Totenstille im Raum.

Just da hört man die Zeitglocke vom nahen Seitentürmchen siebenmal schlagen. Die Sterbestunde. Und erst leise, dann immer lauter dringt aus der Ferne eine andere Glocke an das Ohr der Trauernden, eintönig und doch jedermann eigenartig berührend, die Totenglocke.

Jetzt wird es den Getreuen so recht bewusst, was geschehen ist: Herzog Georg ist tot.

Aus ist der Traum von einem einig Bayern vom Rhein bis an den Böhmerwald, aus ist der Traum vom Frieden im weißblauen Land.

Ein Frösteln überkommt Sigmund von Haag, ein Schauer fährt ihm über den Rücken. Mit gedämpfter, vor Rührung zittriger Stimme spricht er: »Jetzt ist's so weit! Gott sei seiner Seele gnädig.« Und im Bewusstsein des Todes seines Herrn und auch seiner eigenen Sorgen um Landshuts Zukunft fügt er hinzu: »Der Allmächtige möge uns vor allem Übel verschonen.«

»Amen«, kommt es leise aus dem Munde des Paters.

»Amen!«, folgen verhalten die anderen.

❧

Am 6. Dezember wird Herzog Georg zu Grabe getragen.

Man hatte fünf Tage versucht seinen Tod geheim zu halten um mögliche Unruhen zwischen Landshut und München zu dämpfen.

In der Gruft des Klosters Seligenthal findet Herzog Georg seine letzte Ruhestätte. Schnell ist alles vorübergegangen und nun ist wieder Ruhe eingekehrt in der Stadt Landshut und auf der Burg Trausnitz. Doch die Ruhe trügt. Unter der Decke gärt es. In Landshut und München geht eine böse Saat auf.

❧

Herzog Georg hatte noch zu Lebzeiten einen Rittertag für den 15. November 1503 nach Landshut einberufen. Dieser sollte einen allgemeinen Landtag vorbereiten um die Landshuter Erbfolge zu bestätigen. Hofmarschall Sigmund von Haag hatte damals die Einladung unterschrieben und gesiegelt.

Zum Rittertag entsandte Herzog Georg seinen Schwiegersohn Ruprecht, denn er selbst lag bereits schwer krank zu Ingolstadt.

Ruprecht erlangte für den Allgemeinen Landtag einen Termin auf den 10. Dezember 1503.

Es war zu entscheiden, wem nun endgültig die Erbschaft zustehe. Nachdem viele der hohen Herren anlässlich der Beerdigung in Landshut waren, blieben sie gleich bis zum anberaumten allgemeinen Landtag.

Heute, am 13. Dezember, sind die hohen Herren bereits den dritten Tag zum allgemeinen Landtag versammelt: die von München und die von Landshut.

Auf Seiten der Münchner sind es unter anderem die Ritter Wolf von Ahaim und Wolf von Weichs sowie hochrangige Edelleute, wie zum Beispiel der Rechtsgelehrte Michael von Pientzenau.

Auf Landshuter Seite haben sich Herzog Ruprecht, der Hofmarschall Sigmund von Haag, Graf Ulrich von Ortenburg, Johann von Aichberg, ferner Marschall Adam von Törring zum Stein und Erasmus von Seiboltsdorfer versammelt.

Hitzig geht es schon den ganzen Vormittag zu. Beide Seiten vertreten vehement ihre Ansprüche auf die Erbfolge.

»Ihr wisst«, ruft Herzog Ruprecht in die Runde, »wie mein verstorbener Schwiegervater entschieden hat. Ihr solltet diese Entscheidung nun endlich respektieren. Sie ist testamentarisch verbrieft und besiegelt.«

Da erwidert scharf der Wolf von Weichs als Vertreter Herzog Albrechts: »Wie oft sollen wir Münchner noch betonen, dass das Recht auf unserer Seite steht. Es ist das verbriefte Landesrecht, das uns den Rücken stärkt und das Ihr als Pfälzer ebenso zu achten habt wie jeder andere, der in Niederbayern Untertan ist.«

Mit diesen Worten ruft er Sigmund von Haag auf den Plan: »Ich kann's bei Gott nicht leiden, Herr Wolf von Weichs, wenn Ihr meinen edlen Herrn als Pfälzer tituliert. Er ist pfälzisch geboren, doch durch Heirat mit Elisabeth und Adoption durch Herzog Georg bayrisch veredelt.«

»Veredeln wollte den Pfälzer Ableger Herzog Georg, das mag schon sein. Doch wenn der niederbayrische Stamm morsch ist, so kann man nichts darauf pfropfen«, ruft der Wolf von Ahaim und kommt somit dem von Weichs zu Hilfe.

»Beim Veredeln sollte man auf die Unterschiedlichkeit der Stämme setzen. Gleiches zu Gleichem macht keinen Sinn«, ruft der Pientzenau dazwischen.

»Wie soll ich das verstehen, Pientzenau?«, fragt Adam von Törring.

Da erwidert der Michael von Pientzenau: »Wenn ich von Veredelung spreche, dann meine ich das Überpflanzen von Knospen auf Wildlinge. Ihr aber redet von Veredelung und setzt das Reis auf den gleichen Stamm, von dem Ihr den Zweig zuvor geschnitten habt.«

»Wie können wir Euch folgen, wenn Ihr in Rätseln redet?«, meint der von Haag.

»Ihr braucht nicht lang zu raten. Ich sag's Euch klipp und klar: Mit Ruprecht und Elisabeth haben Cousin und Cousine geheiratet. Wie könnt Ihr da von Veredelung reden. Ich sag Euch, das ist Inzucht, die unseren christlichen Prinzipien widerspricht!«

Der Michael von Pientzenau erhält lebhaften Applaus aus seinen Reihen.

Die Landshuter Seite aber zeigt sich höchst empört. Entrüstet ruft in den Stimmenwirrwarr Graf Ulrich von Ortenburg hinein:

»Sagt das nicht noch einmal, Pientzenau! Hört her, Münchner, wir haben für diese Ehe päpstliche Dispens erwirkt. Der Heilige Vater hat alles geregelt, so bedarf es keiner weiteren Erklärung. Anschuldigungen, wie sie der Pientzenau vorbringt, sind geeignet den Spruch von Gottes Stellvertreter auf Erden in Frage zu stellen. Das ist Blasphemie!«

»Wie oft wurden zu Rom schon Urteile gesprochen, die gegen die Grundsätze der christlichen Lehre und der Natur gerichtet waren. Wenn Päpste selbst der Hurerei frönen, wie sollen dann deren Entscheidungen anders ausfallen als im vorliegenden Casus?«, erwidert scharf der Pientzenau.

»Richtig«, schreit der Wolf von Ahaim dazwischen. »Der Spruch des Heiligen Vaters ist nicht das Papier wert, auf dem er niedergeschrieben steht. Allenfalls könnt Ihr es für Euren Arsch gebrauchen.«

»Ich bitte zum Thema zurückzukehren. Wir haben über die Erbfolge zu beraten und nicht über die eheliche Verbindung von Landshut und Heidelberg oder die angebliche Unmoral der Päpste«, ermahnt Sigmund von Haag.

»Die eheliche Verbindung ist in causa mit der Erbfolge zu sehen. Hier könnt Ihr keine Trennung machen. Wenn Ihr das eine nennt, müsst Ihr mit dem anderen rechnen!«, belehrt der Pientzenau den Hofmarschall.

Solche Äußerungen sind natürlich angetan die Stimmung zu erhitzen. Von Sachlichkeit kann keine Rede mehr sein. Und das bringt Herzog Ruprecht erneut auf den Plan:

»Ich verbitt mir meine Familie ins Gespräch zu bringen; es geht um erbliche Rechtsansprüche, die zu behandeln sind, und es gilt nicht, mit üblen Vorwürfen herumzuwerfen«, ruft er wütend aus, nachdem er sich die letzten Worte des Pientzenau hat anhören müssen.

Auch Hofmarschall Sigmund von Haag ist aufgebracht. Ebenso die niederbayrischen Vertreter. Sie stimmen ihrem Verhandlungsführer mit Beifall demonstrativ zu. Aber die Münchner schlagen sofort wieder zurück.

»Ihr könnt reden, was ihr wollt, ihr Landshuter. Herzog Albrecht hat das Recht auf seiner Seite. Sein Wort gilt, so wie seine Abmachung mit Herzog Georg. Wortbrüchig seid alleine ihr Landshuter geworden. Die alten Verträge scheinen für Euch keine Verbindlichkeit zu besitzen. Und bedenkt, unser Kaiser Maximilian vertritt Albrechts Forderung. Maximilian steht auf unserer Seite.« Der Wolf von Weichs schreit's mit hochrotem Kopf in die Runde.

»Der Kaiser steht auf Eurer Seite, weil Ihr ihn mit hohen Versprechungen bestochen habt«, gibt der Landshuter Vertreter Erasmus von Seiboltsdorfer zurück.

»Das müsst Ihr erst beweisen, dass sich die Majestät bestechen lassen muss, wenn es darum geht, gültiges Recht einzufordern. Wisst Ihr, Herr Seiboltsdorfer, dass Ihr damit den Kaiser beleidigt habt?«, ruft der Michael von Pientzenau erregt.

»Die Abmachungen, Pientzenau, sind uns wohl bekannt. Was Albrecht und Maximilian zum Nachteile Landshuts in Augsburg vereinbarten, schlägt jetzt hohe Wellen. Ihr braucht nicht so zu tun, als sei nichts geschehen,« erwidert Sigmund von Haag mit scharfer Stimme.

Da schreit der Wolf von Weichs ihm entgegen und ballt dabei die Faust: »Es gibt Vereinbarungen zur Unterstützung und Hilfestellung zwischen Albrecht und dem Kaiser, doch keine, die auf Bestechung gründen. Ich warne Euch Landshuter! Wenn Ihr unseren Kaiser in Misskredit bringen wollt, so hol Euch der Teufel.«

Nachdem der Streit noch eine Weile so weiter geht und keine Einigung erzielt werden kann, dafür aber laufend Beschimpfungen und Beleidigungen hin und her gehen, macht Sigmund von Haag einen Vorschlag:

»Ehrbare Verhandlungsführer. Lasst uns wegen der Bedeutung der Sache heute ohne nachtragenden Groll auseinander gehen. Wir sind uns aber bewusst, dass wir ernsthaft über das weitere Vorgehen nachdenken müssen. Wir wollen uns zurückziehen und in Bälde eine endgültige Antwort erteilen.«

Allerseits Zustimmung. Die Verhandlung wird beendet. Ein Termin für eine neue Zusammenkunft aber wird nicht anberaumt. Noch ist man in Sorge vorschnell einen Tag zu bestimmen, an dem dann möglicherweise wieder nur gestritten wird.

Mit großem Unbehagen, aber doch mit der leisen Hoffnung auf eine gütliche Einigung, geht man auseinander.

Dem Hofmarschall Sigmund von Haag ist nicht ganz wohl in seiner Haut nach dieser Gesprächsrunde.

Einerseits hat er die Interessen Landshuts zu vertreten, er hat schließlich dem Herzog auf dem Sterbebett versprochen auf das »lieb Elslein« gut aufzupassen und dazu gehört auch der junge Herzog Ruprecht. Andererseits weiß der Hofmarschall, dass die Ansprüche der Münchner nicht aus der Luft gegriffen sind. Deren Forderung auf die niederbayrischen Gebiete sind vertraglich seit Generationen festgeschrieben und wurden in der Vergangenheit durch weitere Übereinkünfte immer wieder bestätigt.

Dass Herzog Georg noch kurz vor seinem Tode, auch mit Hilfe des Hofmarschalls, den bestehenden Erbverträgen durch eigene Regelung entgegenwirkte, ist sicherlich nicht rechtens gewesen. Aber damals, als Herzog Georg die ganze Sache einläutete, war man sich einig, Landshut werde den längeren Atem haben, die Wünsche und Absichten des nun verstorbenen Herzogs durchzusetzen.

Leicht wird es nicht werden für ihn. Wenngleich er noch verlässliche Mitstreiter hat, wie den Marschall Adam von Törring zum Stein oder den Erasmus von Seiboltsdorfer, so ist doch er der alleinig Verantwortliche Streiter für die Sache Landshuts.

Den Törring zum Stein, den Seiboltsdorfer und den Hofmarschall, diese drei, hatte vor knapp zwei Jahren, am

2. März 1502, Herzog Georg als Kommissäre zur Ausführung seines Testaments bestimmt. Damit hatte der Herzog in weiser Voraussicht bestimmt, dass sein Wille auch nach seinem Tode durch treue Hände verwaltet wird. Seine drei Kommissäre sollten das Land an niemanden anderen als an Herzog Ruprecht und die Herzogin Elisabeth übergeben und sie sollten weiterhin alle Beamten des Landes dahin gehend unterweisen und auch in die Pflicht nehmen.

Ob ihnen dieses gelingen wird, steht in den Sternen und diese hängen bekanntlich sehr hoch!

❧

Zu Rosenheim, wo das Getreide auf dem Landweg und zu Wasser an- und abgefahren wird, hat man auf Geheiß des Landshuter Hofes weitere Lagerschuppen an der Innlände gebaut. Die Anweisung an den Rat kam als persönliche Order von Hofmarschall Sigmund von Haag.

So hat der Kristof Pernauer keine Mühe, seinen Schiffszug zu entladen, das Getreide einzustapeln und für eine weitere Fahrt die Plätten wieder neu einzurichten.

Das Entladen und Herrichten der Plätten dauert meist einige Tage; dafür sind die Knechte zuständig.

In der fahrtfreien Zeit gibt's für einen Schiffsführer viel zu erledigen. Da sind die Ladepapiere in Ordnung zu bringen, das Entladen ist zu überwachen, die Knechte sind auszuzahlen und mit den Pferdeführern muss abgerechnet werden.

Der Schiffsknecht Peter Strobl geht dem Schiffsführer Pernauer gut zur Hand. Er ist einer der wenigen unter den Schiffsleuten, die schreiben und rechnen können. So hat er natürlich eine besondere Stellung auf dem Schiffszug. Der Ruderführer Leonhard Fiz hat neulich einmal bemerkt: »Wenn einer von uns Schiffsführer werden sollt, dann nur der Strobl, denn der kann rechnen!«

Wenn der Fiz das sagt, so ist das eine ehrliche Meinung.

Als am frühen Abend das Gröbste an Arbeit erledigt ist, meint der Peter Strobl: »Kannst dich noch an den Freiberger aus Regensburg erinnern, Kristof? Weißt noch, wie der damals gemeint hat, dein Mädl, sei so hässlich wie die Nacht. Am liebsten hätt ich ihm gleich die Faust gegeben, wie er so gemein dahergeredet hat! Dem sein dummes Gesicht möchte ich sehn, wenn er wirklich einmal der Katharina gegenüberstehen sollt!« Der Peter macht ein böses Gesicht, seine Augen funkeln wild.

»Peter, da darfst du dir nichts daraus machen. Solche Sprüche sind meist nicht ernst gemeint. Und der Freiberger foppt mich immer, wenn wir uns sehen.«

»Aber die Katharina ist nun mal ein hübsches, braves Ding. Die sollt man auch in der Fremde nicht beleidigen lassen!« Der Peter Strobl meint das ehrlich.

»Du hast Recht. Aber lass es jetzt gut sein«, beruhigt der Pernauer seinen Freund.

»Willst du die Katharina heut noch sehen? Ich könnt ihr sagen, dass du sie am Innspitz erwartest. Wenn ich dem Kastner Reich die Abrechnung hinaufbring auf den Berg, dann treff ich sie sicherlich.«

»Ja, Peter, tu mir den Gefallen. Aber nicht am Innspitz. Sag der Katharina, sie soll um die achte Stunde an der Sims sein, sie kennt den Platz. Da hat sie keinen so langen Weg vom Kuglmoos herunter bei der Kälte und der Dunkelheit.«

»Mach ich«, meint der Peter und fügt treuherzig hinzu: »Kristof, du hast ein Glück mit deiner Katharina! So ein Mädel tät ich auch gern haben!«

Dann macht er sich auf, die Abrechnungen auf dem Kuglmoos droben abzuliefern.

❧

Die Sims ist ein kleines Flüsschen, das den Simssee mit dem Inn verbindet. Gleich unterhalb des Amtssitzes vom Kastner

Reich liegt die Mündung. Und dort hat der Peter Strobl die Katharina Schmidinger hinbestellt.

Das Mädel ist immer pünktlich, wenn sie keine unvorhergesehene Arbeit aufhält. Heute ist so ein Tag, an dem niemand im Haus auf dem Kuglmoos nach ihr ruft.

So steht die Katharina in einen dicken Umhang gehüllt am Ufer der Sims und wartet auf ihren Kristof. Nass und kalt ist dieser Dezembertag. Sie fröstelt.

Lange muss sie aber nicht warten, bis der Kristof den Weg am Inn heraufkommt.

Wie die Katharina den Kristof im fahlen Mondlicht erkennt, läuft sie ihm mit ausgebreiteten Armen entgegen.

»Kristof, liebster Kristof!«

»Katharina, mein Mädel!«

Kristof nimmt seine Katharina fest in die Arme. Vom Schwung ihres Laufs dreht sich der Schiffsführer samt dem Mädchen auf der Stelle. Ganz fest hält er sie hoch in den Armen, so dass sie den Boden nicht mehr berührt.

Der Kristof ist ein großer, kräftiger Bursche; es fällt ihm nicht schwer, das kleine, zarte Geschöpf hoch zu halten. Katharina schlingt ihre Arme fest um Kristofs Nacken und bedeckt sein Gesicht mit unzähligen Küssen.

Gut tut es ihm, die Zärtlichkeit seiner Liebsten zu spüren. Dabei wird ihm so recht bewusst, welch unendliche Zeit er seine Katharina schon nicht mehr im Arm gehalten hat.

Er nennt sein Mädchen immer mit ihrem vollen Namen. Wenn die Bediensteten auf dem Kuglmoos sie nur »Kathi« nennen, ärgert es ihn jedes Mal.

»War ich lang weg, Katharina?«, meint er etwas verlegen.

»Sehr lang, Kristof! Jeden Tag hab ich gezählt. Sieben Wochen mal sieben Tage.« Traurig klingt ihre Stimme.

»Jetzt wird's etwas leichter«, versucht er sie aufzuheitern. »Weißt, wenn die starken Fröste kommen, dann ist's aus mit dem Fahren auf dem Wasser. Es kann nicht mehr lange dauern mit der Kälte und dem Eis. Es ist schon Mitte Dezember und Schnee hat's auch schon gegeben.«

»Hoffentlich hast du Recht mit dem Eis. Aber der Kastner hat gemeint, es gibt noch viel zu fahren.«

»Wart's ab und denk nicht dran, Katharina. Der Kastner redet manchmal viel.«

Wieder nimmt Kristof seine Katharina zärtlich in die Arme und beide verlieren sich in einem langen Kuss.

»Komm«, flüstert er ihr ins Ohr, »komm, Katharina.«

Verschwommen hinter drehenden Nebelschwaden zeigen sich die Umrisse der leer stehenden Hütte vom Fischer Martin.

Behutsam führt Kristof seine Katharina dort hinein.

❧

Heute ist Heilige Abend 1503.

Es werden traurige Tage werden bis zum Jahreswechsel. Doch was soll's. Dem Hofmarschall Sigmund von Haag kann's nur recht sein, wenn's etwas ruhiger zugeht in der herzoglichen Kanzlei. Vieles ist liegen geblieben in den hektischen Tagen um des Herzog Georgs Tod. Nun ist Zeit zum Aufarbeiten und zum Aufräumen noch im alten Jahr.

Und die jungen Herrschaften, Elisabeth und Ruprecht, scheinen neue Ideen zu haben. Sie werden seine Zeit, mehr als ihm lieb sein wird, in Anspruch nehmen. Das spürt er bereits.

»Neue Besen kehren gut!«, murmelt er leise vor sich hin, als er von der Burg Trausnitz zurückkehrt und in den Hof der Kanzlei einreitet. Er hat die Order mitgebracht, alle Städte und Prälaten Niederbayerns auf den 27. Dezember aufzufordern sich im Landschaftshaus zu Landshut einzufinden. Die Erbhuldigung muss nach Meinung Ruprechts von allen niederbayrischen Ständen schnellstens eingefordert werden. Man darf es nicht versäumen, dem Münchner Albrecht zuvorzukommen. Man weiß aus sicherer Quelle, dass auch die Münchner versuchen werden den Städten und Märkten sowie den Ständen und sonstigen Dienstherren den Eid auf Erbhuldigung so bald als möglich abzuverlangen.

Landshut muss einen Schritt schneller sein als die Münchner!

So treibt der Hofmarschall denn seine Bediensteten in der Kanzlei gehörig an:

»Sputet Euch, meine Herren! Setzt die Schreiben auf, kopiert, was das Zeug hält, und schickt heute noch, auch wenn's der Heilige Abend ist, die Reiter ins Land hinaus. Maroltinger, Ihr als Oberkanzlist seid mir dafür verantwortlich. Es geht um unser Niederbayern!«

❧

Drei Tage später, am 27. Dezember, kommen die Kontrahenten aus München und Landshut im Landschaftshaus zusammen. Wieder sind es hitzige Debatten, wieder Reden ohne Unterlass, wieder gegenseitige Vorwürfe, Entkräftigungen, für und wider die Erbfolge.

Da platzt Herzog Ruprecht in die Verhandlungen hinein und liest das Testament seines verstorbenen Schwiegervaters vor. Er will alle der noch Unschlüssigen auf sich einstimmen.

Ruprecht verlangt von den Anwesenden unverzüglich die Erbhuldigung. Doch er hat keinen Erfolg; die Stände verweigern vehement und verharren auf ihrer Freiheit, Entscheidungen ohne Druck zu treffen.

Nach langen Beratungen, die sich bis in die Nacht hineinziehen, beschließen die Stände, bis zu einer Schlichtung des Streits Gehorsam gegenüber Herzog Ruprecht walten zu lassen.

Man beschließt aber auch, vorerst weder Herzog Ruprecht noch Herzog Albrecht die Erbhuldigung zu leisten.

Sigmund von Haag gibt sich damit zufrieden und beruhigt seinen aufgebrachten Landesherrn Ruprecht im Anschluss an die turbulente Sitzung.

»Durchlaucht, seht es als Glück an, dass Ihr noch nicht aus dem Rennen seid. Solange in Frieden beraten wird, seid Ihr und Eure liebwerte Gemahlin die Herren im Lande. Herzog Albrecht muss sich zurückhalten, denn seine Unterhändler haben dem Aufschub zugestimmt.«

»Ich sehe es anders, Sigmund. Albrecht plant sicherlich eine Finte. Ich traue ihm zu, dass er versucht uns alle hereinzulegen. Er ist ein böser Spitzbube!«

»Möglich, Durchlaucht, aber wir müssen den Strohhalm nehmen, den Albrecht und der Kaiser uns reichen. Wenngleich auch mir dieses Handeln mächtig auf den Magen schlägt, so empfehle ich stillzuhalten!

»Nun denn, lieber Hofmarschall. Ich werde den Allmächtigen im Himmel bitten uns beizustehen. Ich danke Euch.«

»Und ich, edler Herr, werde in der Arbeit meine Sorgen vergessen.«

So verabschieden sich beide. Jeder geht seiner Wege. Der Herzog in die Kirche, der Hofmarschall in die Kanzlei. Der eine in großem Gottvertrauen, weil er glaubt, mit einer Messe könne er einen göttlichen Beistand und sein Glück herbeibeten, der andere mittlerweile voller Zweifel über die Richtigkeit des bisherigen Handelns und in dem Wunsche, für eine kurze Zeit mit Arbeit die Sorgen zu verdrängen.

In der Kanzlei erwartet bereits der Oberkanzlist Maroltinger seinen Herrn.

»Münchner, Euer Gnaden, Münchner sind da drinnen.« Dabei deutet er auf eine Tür, die von der Kanzlei nach rechts in einen weiteren Raum führt.

»Wer sind sie und was wollen sie?«

»Ich weiß nicht! Sie tun ganz geheimnisvoll. Sie wollen es nur Euch sagen.«

Der Hofmarschall stürmt hinüber.

Um den großen, runden Tisch sitzen die Münchner, sieben an der Zahl. Sie stehen auf, ernste Mienen, sie verbeugen sich.

Manieren haben die Herren, denkt der Hofmarschall. Jetzt bin ich gespannt, was sie von mir wollen.

»Edler Herr von Haag, wir kommen von München. Doch

wir sind nicht von Herzog Albrecht gesandt, sondern von Seiner Majestät Maximilian. Er hat uns persönlich beordert. Hier ist unsere Legitimation.«

Dabei übergibt ihm der Wortführer ein Pergament. Hastig bricht der Hofmarschall das Siegel, überfliegt das Schreiben und rollt es mit sichtlicher Erregung zusammen.

Also ist's doch wahr geworden, was er immer schon befürchtet hat. Der Kaiser setzt die Erbfolge Ruprechts aus, erklärt sie für null und nichtig. Er belehnt Herzog Albrecht zu München mit allen bayrischen Ländereien, also auch mit den niederbayrischen, und beordert Statthalter nach Landshut. Und die sollen so lange bleiben, bis der Streit um die Erbfolge zwischen Landshut und München beendet ist.

»Ihr habt es sehr eilig, meine Herren!«, meint Sigmund von Haag betont zurückhaltend.

»Nicht wir, verehrter Hofmarschall, denn wir sind nur der Vollzug. Seine Majestät hat es eilig. Sie hat sicherzustellen, dass im Deutschen Reich und im Bayernlande nicht noch mehr Unglück geschieht, als schon geschehen ist«, erwidert jener, der ihm das Pergament übergeben hat.

»Ich weiß nicht, von was Ihr redet«, entgegnet nun gereizt der Hofmarschall.

»Meint Ihr, Seine Majestät lässt es noch einmal zu, dass Ihr und Euresgleichen eine Stadt und einen Marktflecken nach dem anderen besetzt und als Euer Eigentum betrachtet?«, gibt der Wortführer mit scharfer Stimme zur Antwort. Und weiter spricht jener: »Ruprecht hat Landshut und Burghausen mit seinen fränkischen Reitern besetzt. Mein Herr, das ist eine grobe Verletzung des Rechts und eine Herausforderung Herzog Albrechts und des Kaisers.«

»Herzog Ruprecht hat nur sichergestellt, dass sein niederbayrisches Land in Frieden weiterleben kann. Darum die Schutztruppen. Dies war übrigens noch ein Auftrag Herzog Georgs zu dessen Lebzeiten.«

Der Hofmarschall ist erregt, ebenso sein Gegenüber, der scharf antwortet:

»Als Georg lebte, war's uns schon nicht recht, was er tat. Seit seinem Ableben aber ist es uns zuwider. Alles, was nach dem Tode Georgs kommt, ist rechtswidrig. So hat Seine Majestät entschieden.«

Sigmund von Haag ist aufgebracht: »Ich respektiere die Haltung des Kaisers, solange es sich um Reichsangelegenheiten handelt. Hier aber werden bayrische Interessen berührt. Über die Rechtmäßigkeit haben die hohen Herrschaften zu Landshut und München zu entscheiden, nicht Seine Majestät.«

»Das ist Eure ganz persönliche Meinung! Doch nicht nur der Kaiser, sondern auch die Herren des Reichskammergerichtes haben entschieden, dass das Recht auf Seiten Herzog Albrechts ist. Nehmt dies zur Kenntnis und behindert unsere künftige Arbeit in Landshut nicht. Wir sind die bestellten Statthalter nach Reichsrecht. Denkt daran: Reichsrecht bricht Landesrecht!«

Diesen klaren, drohenden Worten kann sich der Hofmarschall nicht widersetzen.

Sie reagieren scharf und entschlossen, die Statthalter des Kaisers. Es sind Männer, die im Auftrage Seiner Römischen Majestät anstelle Elisabeth und Ruprecht das niederbayrische Land ab sofort regieren sollen. So wie es sich anhört, werden sie es auch tun. Sie werden hart und unnachgiebig sein. Ihre Rede ist so, auch das Handeln wird nicht anders sein.

Wut steigt in Sigmund hoch, doch er muss sich beherrschen. Er darf nichts mehr erwidern, er darf nicht voreilig handeln! Kommt Zeit, kommt Rat.

Schon vernimmt er aber wieder den Wortführer:

»Ihr werdet so gut sein dies den Hoheiten auf Trausnitz so schnell als möglich mitzuteilen. Und sagt ihnen, sie sollen unverzüglich das Regieren einstellen und diese Arbeit uns überlassen. Auf der Burg können sie bleiben, bis alles entschieden ist. Wir werden von hier aus die Geschicke des Landes leiten. Geht jetzt und erfüllt die kaiserliche Order!«

Der Hofmarschall ist wie betäubt. Das ist zu viel. Schwach

nickt er und verlässt mit schweren Schritten den Raum. Draußen in der Kanzlei fällt er in einen Stuhl: »Wasser, schnell!« Seine Stimme versagt.

Ein Schreiber bringt ein Glas Wasser. Sigmund leert es mit einem hastigen Zug. Allmählich kehrt seine Kraft zurück. Aus der Haut könnte man fahren bei so viel Ungerechtigkeit! Ihm bleibt nichts anderes übrig als wieder hinauf zur Trausnitz zu reiten und über die sichtlich veränderte politische Lage zu berichten.

»Mein Pferd, ich muss auf die Burg. Ein paar Fackelträger sollen mir den Weg leuchten«, ruft er dem Maroltinger zu. Im Hinausgehen dreht er sich noch einmal um: »Versorgt die Münchner, weist ihnen Zimmer zu, sie werden länger bleiben. Cedo maiori!«

Dann eilt er in den Hof, den Stallungen zu, und bei hereinbrechender Dunkelheit geht's in schnellem Galopp zur Burg Trausnitz hinauf.

Auf der Burg kennen ihn die Torwächter und Knechte. So braucht es kein Losungswort, die Wachen machen Platz. Er springt vom Pferd und läuft geradewegs zu den Gemächern des herzoglichen Paares.

»Los, meldet mich, es eilt!«, ruft er den Türstehern von weitem zu, als er mit wehendem Mantel über den Gang hetzt.

Die Knechte haben ihn verstanden, die Türen öffnen sich wie von Geisterhand, auch die zu den Privatgemächern.

Die Wachen weichen zur Seite und der Hofmarschall betritt das Zimmer. Elisabeth und Ruprecht sind beim Abendmahl. Diener, Zofen, Mägde servieren und tragen auf. Ein Musikant erzählt eine Ballade zur Laute. Ruprecht liebt diese Art von Gesang. Hat er doch selbst schon viele seiner eigenen Gedichte vertont und manch höfischen Tanz komponiert.

»Mein lieber Hofmarschall. Was führt Euch zu abendlicher Stunde noch einmal auf die Burg? Hab ich Euch nicht vor kurzem erst hier oben gesehen?« Elisabeth lächelt dem Hofmarschall freundlich zu.

»Hoheit, eine betrübliche Nachricht. Hier, ein Schreiben

aus München, und unten in der Kanzlei warten des Kaisers Statthalter«, berichtet er noch ganz außer Atem.

»So haben die Münchner wahr gemacht, was unsere Spione schon lange berichtet haben«, stellt Elisabeth sachlich fest. Sie gibt den Bediensteten mit einem Wink zu verstehen, dass sie den Raum verlassen sollen.

»Ja, liebwerte Frau. Und mit des Kaisers Hilfe, wenn ich noch hinzufügen darf.«

Elisabeth nimmt alles gelassen hin. Sie hat starke Nerven. Ruprecht dagegen, ihr Gemahl, ist blass geworden. Er hält sich an der Tischkante fest, seine Finger krallen sich in das Holz.

Der Hofmarschall beobachtet Herzog Ruprecht.

Dieser Ruprecht, denkt er sich; ein braver Kerl, aber voller Angst und Bedenken. Ihm fehlt die Kühnheit, von der Elisabeth wohl ein bisschen zu viel hat.

Elisabeth hat die Hosen an auf der Burg und auch im ganzen Herzogtum. Das weiß man bereits und das zeigt sie auch ganz öffentlich.

Am liebsten sieht sie sich in Hosen und Stiefeln. Gekleidet ist sie meist wie ein Jäger, manchmal auch wie ein Landsknecht. Frauenkleider sieht man an ihr höchstens zu festlichen Empfängen, zu einem Staatsakt oder in der Kirche, unten in der Stadt.

Der alte Herzog Georg, Gott hab ihn selig, hat's so eingerichtet, dass sie sich eher als Mann denn als Frau gibt. Wenn ihm schon der liebe Gott keinen Sohn als Nachfolger und Erben gelassen hat, dann zumindest eine Tochter, die sich männlich zeigen soll, war Georgs Devise. Er hat seinem »lieb Elslein« die Erziehung eines Prinzen angedeihen lassen. Mit Pfeil und Bogen, mit Schwert und Degen und auch mit den modernen Feuerwaffen ist sie bestens vertraut.

»Nehmt Platz, Hofmarschall, trinkt einen Becher mit uns. Wenn Ihr wollt, so lass ich Euch zu essen bringen.«

»Danke, liebwerte Frau! Trinken wohl! Doch kein Essen, mir liegen die Sorgen schwer im Magen!«

»Ihr habt dünne Nerven, Hofmarschall! So kenne ich

Euch gar nicht!«, meint Elisabeth mit einem leisen Lächeln, während sie ihm einen Becher einschenkt und zuschiebt.

»Es mag sein, liebwerte Frau«, erwidert dieser etwas verlegen, »doch was sich da zusammenbraut, ist schwer zu verdauen.«

Elisabeth nickt. Sie versteht ihn gut. Man muss ihn gewähren lassen, den guten alten Sigmund von Haag. Man muss ihm Zeit und Ruhe lassen.

So meint die Herzogin: »Macht Euch vorerst keine großen Gedanken. Derartige Dinge sind behutsam anzugehen. Lasst uns eine Nacht darüber schlafen. Morgen wird alles anders aussehen.« Sie hebt den Becher.

Ruprecht, ihr Gemahl, hat sich wieder etwas gefangen, auch er hebt den Becher.

Der Hofmarschall lässt sich nicht lange zum Trunke auffordern. Sein Mund ist trocken von der Aufregung der letzten Stunde. Er prostet dem Herzogspaar zu. »Auf unsere Zukunft, Hoheiten.«

»Wohlan, auf unsere Zukunft!«

Elisabeth führt als erste den Becher zum Mund, sie nippt. Der Hofmarschall dagegen leert den Becher in einem Zug. Ah, das war ein Schluck! Jetzt fühlt er sich wieder besser.

Elisabeth beobachtet den Hofmarschall aufmerksam. »Wir werden morgen mit den Hauptleuten ein Gespräch über unsere Lage führen und auch die möglichen militärischen Schritte dabei erörtern.«

»Keine militärischen Schritte, Hoheit! Die Gefahr einer Eskalation ist zu groß!« Das fehlte gerade noch, denkt sich der Hofmarschall. Nur kein Krieg. Das wäre der Untergang des Herzogtums. Ein Krieg gegen den Kaiser. Nein! Das gilt es abzuwenden. Aber er kennt die Herzogin. Mit der Waffe in der Hand geht sie gut um, einen Streit vom Zaune brechen fällt ihr nicht schwer.

»Lasst uns alles auf diplomatischer Ebene klären. Da wird der Schaden eher in Grenzen gehalten denn bei einer kriegerischen Auseinandersetzung.«

»Gut, gut, mein Lieber. Dennoch möchte ich alle Eventualitäten abklären, bevor wir uns zu weiteren Schritten entschließen. Wir müssen uns neu orientieren.«

»Gut so, liebwerte Frau! Das hör ich gerne.«

Ein Stein fällt ihm vom Herzen.

Wenn sie vernünftig bleibt, denkt er, gibt es kein Debakel. Er will Ruhe und Frieden im Lande. Behutsam steht er auf.

»Ich bitte Eure Hoheiten mich zu entlassen. Ich möchte nun endgültig zu Bett. Der Tag war anstrengend und aufregend genug!«

Elisabeth nickt. Mit einer leichten Verbeugung zieht der Hofmarschall sich zurück.

Auf dem schnellsten Weg nach Hause, das ist sein Ziel. Nach Hause in die warme Stube, drunten in der Kanzlei und dort alleine mit sich und seinen Gedanken, das ist sein sehnlichster Wunsch.

❧

Das Neujahrsfest 1504 wird im ganzen Lande bescheiden gefeiert. An diesem ersten Tagen des neuen Jahres geht unter den Menschen die Angst um.

Weiß man, wie es werden wird nach dem Fest? Überall hat sich die kaiserliche Einflussnahme schon herumgesprochen. Die Anwesenheit der fremden Herren, der Statthalter aus München, ist in Landshut deutlich spürbar. Und noch schlimmer ihr Kriegsvolk, das sie zu ihrem eigenen Schutz mitgebracht haben. Einige hundert Reiter, Bogenschützen und Lanzenträger.

Angeblich sollen die Statthalter sogar schon in manchen Dingen anders entschieden haben, als Elisabeth, Ruprecht und der Hofmarschall es wollten.

Die Statthalter gehen bereits ihre eigenen Wege, es sind die des Kaisers, die gegen Landshut gerichtet sind!

❧

Elisabeth zum Kampfe gegen München zu ermuntern fällt nicht schwer. Dafür ist sie zu haben. Sie will ihr Erbe verteidigen, koste es, was es wolle! Schließlich, das betont sie bei jeder Gelegenheit, seien sie, die leibliche Tochter Herzog Georgs, und ihr Gemahl Ruprecht die alleinigen Erben.

Der Münchner solle sich zum Teufel scheren!

Die Menschen in Niederbayern ergreifen Partei für Elisabeth. Sie stimmen ein in das aufkommende Kriegsgeschrei.

Der Krieg als Mittel zum Zweck ist den meisten gerade recht.

Einer der wenigen, die noch nicht ganz davon überzeugt sind, dass Krieg das alleinige Heilmittel sein kann, ist Herzog Ruprecht. Ihm scheint, ähnlich dem Hofmarschall, dass ein anderer Weg gefunden werden sollte.

Doch Elisabeth lässt ihrem Gemahl keine Wahl. Und so willigt er zögerlich in die Kriegsvorbereitungen ein.

Ruprecht ist kein geborener Kämpfer. Er ist ein Mensch des Ausgleichs. Er ist gläubiger Christ.

Erzogen wurde Ruprecht in Heidelberg, seiner Geburtsstadt. Sein Vater, Kurfürst Philipp von der Pfalz, den sie den »Aufrichtigen« nennen, und seine Mutter Margarethe, eine Tochter des Bayernherzogs Ludwig des Reichen von Landshut, trachteten nach einer gottgefälligen Erziehung des Knaben.

Im Dienst der heiligen Kirche sollte Ruprecht sein Leben gestalten. Sein Vater ebnete ihm mit der Macht und dem Einfluss des Herrschers alle Wege durchs Labyrinth des Klerus. Mit zehn Jahren war Ruprecht Pfarrer in Hofheim und Domherr zu Würzburg. Ein Jahr später wurde er Domherr zu Freising und wieder ein Jahr danach Propst bei St. Maria ad gradus in Mainz. Mit fünfzehn Jahren erhielt Ruprecht bereits die Bischofswürde zu Freising.

Doch bald sollte sich sein Leben ändern. Herzog Georg zu Landshut schielte nach der Pfalz um seine Hausmacht zu vergrößern. Einziges legitimes Mittel, außer kriegerischer Besitzergreifung, war eine Heirat. So vereinbarte Herzog Georg auf diplomatischem Wege die Ehe zwischen Elisabeth, seiner Tochter, und dem Prinzen Ruprecht von der Pfalz.

Und nachdem sich die Väter, Kurfürst Philipp von der Pfalz und Herzog Georg, einig waren, wurde 1499 in Heidelberg der Bund der Ehe geschlossen.

So wurde der Bischof zu Freising über Nacht Herzog zu Landshut. Er war gerade 18 Lenze, Elisabeth zählte 22.

Nun hat es Elisabeth, wie es immer offenkundiger wird, auf einen Krieg abgesehen. Doch mit den Truppen Landshuts alleine kann man keinen Krieg gewinnen; das wissen Elisabeth und Ruprecht sehr genau.

Sie brauchen Verbündete.

Der pfälzische Graf von Henneberg, ein enger Freund des Kurfürsten Philipp von der Pfalz, ist der Erste, der den Landshutern beistehen will. Auch Hofmarschall Sigmund von Haag, der bisher immer zögerte, stellt nun in loyaler Haltung eigene Truppen ab. In seinem Inneren sperrt sich zwar noch alles gegen eine militärische Lösung des Konfliktes, doch seine Treue zum jungen Herzogpaar und deren Bitte um Beistand überwiegt.

Mit den Haager und Henneberger Soldaten sind aber Landshuts Truppen den Münchnern immer noch weit unterlegen.

Am runden Tisch auf Burg Trausnitz ist man in dieser Sache deshalb wieder einmal versammelt: Elisabeth, Ruprecht, der Hofmarschall, der Obrister-Hauptmann Doktor Dietrich von Witzleben, die Hauptleute Georg von Rosenberg, Seitz von Terring, Georg von Wispeck, Hanns von Bodmann, dann der Hanns von Closen sowie Asam und Erasmus Seiboltsdorfer. Geheime Konferenz nennt sich das seit neuestem.

Geheim, weil drunten in der Kanzlei die Statthalter mit Argusaugen jede Bewegung der Pfalzgräfischen, wie sie alle Vertrauten um Elisabeth und Ruprecht verächtlich nennen, beobachten. Dazu scheinen sie auch Spione auf Burg Trausnitz eingeschleust zu haben. Das ist nicht von der Hand zu weisen, denn die Statthalter wissen schon viel zu viel von Elisabeths Bestrebungen. Also heißt es hier oben auf der Burg vorsichtig sein.

»Nun, Ihr Herren«, eröffnet Elisabeth die Gesprächsrunde. »Was schlagt Ihr vor. Wie wollt Ihr unsere Truppen verstärken?«

»Fremde Söldner kaufen, das wär am einfachsten«, meint der von Witzleben. »Die sind geschult im Schießen, Reiten und Fechten. Sie sind schnell einsatzbereit und bedürfen keiner weiteren Ausbildung.«

»Wer soll dafür das Geld aufbringen? Ihr wisst, Witzleben, wie teuer diese Burschen sich bezahlen lassen. Und wenn wir in Verzug kommen mit dem Sold, laufen sie uns davon und womöglich zu den Feinden über!« Der Hofmarschall versucht mit diesen Argumenten immer noch behutsam das böse Spiel der Mächte abzuwenden.

Aber Elisabeth, ganz und gar durch die Denkweise ihrer Hauptleute auf Kampf eingestimmt, fährt ihm in die Parade: »Alles hat sein Risiko, Hofmarschall! Für die Erhaltung der Erbfolge ist mir jedes Mittel recht. Ihr versteht, was ich meine?«

»Sehr wohl, liebwerte Frau!« Der Hofmarschall macht einen Rückzieher. »Wenn Ihr darauf besteht, Truppen anzuwerben, so schlage ich vor: Setzt Euch mit dem böhmischen König in Verbindung. Von dort bekommt Ihr sicherlich Landsknechte in ausreichender Zahl. Und billiger sind die Böhmen obendrein. Zumindest billiger als die wilden Landsknechtshorden aus deutschen oder Schweizer Landen.«

»Ein guter Vorschlag! Ich bin einverstanden, Hofmarschall. Euer Rat ist mir immer gut und teuer. Ich will es halten, wie Ihr mir geraten habt!«

Der Hofmarschall verbeugt sich leicht.

Hauptmann Dietrich von Witzleben fühlt sich aufgerufen dabei mitzuspielen. »Ich gehe nach Prag und verhandle, liebwerte Frau! Ich bring Euch Soldaten, so viel Ihr wollt!«

»Ich dank Euch, Witzleben, doch ist es mir zu gewagt, Euch zu schicken. Zum einen sollten Fürsten in solch wichtigen Angelegenheiten selbst miteinander reden und verhandeln, zum anderen habt Ihr den Auftrag, die bestehenden Landshuter Fähnlein zu formieren. Ich kann Euch jetzt nicht entbehren. Die Truppen meines Schwiegervaters und die des Grafen von Henneberg werden bald eintreffen. Ihr seid mir als Obrister-Hauptmann dafür verantwortlich.«

Der von Witzleben versteht. Er nickt Elisabeth zu. Das ist für ihn, den alten Haudegen, sicherlich besser, als nach Prag zu reisen und dort mit den böhmischen Buchtln zu verhandeln.

Soldaten drillen ist sein Handwerk, nicht auf dem glatten Parkett der Diplomatie herumzuwetzen.

Elisabeth hat wieder richtig entschieden.

Dass sich der Obrister-Hauptmann für den Gang nach Prag gemeldet hat, soll eher symbolisieren, dass er mit Elisabeths Plänen einverstanden ist. Sie hat seine Geste richtig verstanden.

Im Raum herrscht Stille.

Wer soll gehen? Will Elisabeth etwa selbst nach Prag reisen? Hat sie nicht gesagt, dass dies Sache der Fürsten sei? Elisabeth auf Truppensuche? Das wäre unverantwortlich! Elisabeth darf Landshut nicht verlassen. Der Kaiser hat's verboten bis zur endgültigen Klärung der Erbfolge. Ihr Arrest ist die Trausnitz.

Sie blickt stumm in die Runde, sieht die fragenden Gesichter. Dann entscheidet sie: »Mein Herr Gemahl wird Unterhändler in unserer gemeinsamen Sache sein. Er wird gehen. Ihm wird man nicht nachstellen, so wie mir.«

Das ist ein Teufelsweib, denkt der Hofmarschall. Ihre Entscheidungen sind stets gewagt, aber trefflich.

Ruprecht sieht sie dagegen mit großen Augen an. Er ist überrascht von dieser Entscheidung. Einerseits ehrt ihn zwar der Spruch Elisabeths, andererseits wird er nun vollends mit hineingezogen in das unaufhaltsame Kriegstreiben. Da er aber nicht nein sagen kann, verbeugt er sich leicht vor Elisabeth und murmelt: »Ich werd's richten, meine Liebste. Verlass dich auf mich.«

Bis auf den Hofmarschall applaudieren sie alle dem jungen Herzog.

Am lautesten der Hauptmann von Witzleben. Vorlaut wie eh und je ruft er: »Wenn schon nicht ich, dann der Herzog«, dabei deutet er mit großer Geste auf Ruprecht. »Ich wünsch Euch jetzt schon viel Glück. Doch das habt Ihr sowieso! Und den böhmischen König werdet Ihr auf unsere Seite herüberziehen. Mit Geld lässt sich alles regeln.« Er klatscht sich auf den Oberschenkel, dass es nur so durch den Raum hallt. Dann schickt er noch ein polterndes Lachen hinterher.

❧

Das Treiben auf Burg Trausnitz wird in der Münchner Residenz mit Unbehagen gesehen. Herzog Albrecht ist darüber sehr besorgt.

Seine Spione berichten jeden Schachzug, den Elisabeth, Ruprecht, der Hofmarschall oder die Hauptleute planen. So gewinnen die Münchner ein umfassendes Bild über die Kriegsvorbereitungen.

Wilhelm von Rohrbach zum Beispiel, ein enger Vertrauter des verstorbenen Herzogs Georg und nun nach dessen Tode zum engsten Kreise des jungen Herzogpaares gehörend, treibt ein doppeltes Spiel. Er berichtet nach München, was man ihm auf der Trausnitz anvertraut. Was ihn dazu bewegt, scheint Geld zu sein, das Herzog Albrecht mit vollen Händen für solche Dienste ausgibt.

Und wenn man die Sitzungen des Münchner Hofrates in den letzten Wochen in der Residenz mitverfolgt, so merkt man, dass es da noch mehrere solcher Rohrbachs geben muss.

Es gibt Berichte auch aus den Ecken der Zofen und Mägde, der Pagen, Knechte, Söldner und Stallburschen.

Überall sitzen die Lauscher Herzog Albrechts. Und immer wird die Hand aufgehalten für ein paar Gulden um sich die neuesten Nachrichten entlohnen zu lassen.

Gerade wieder, und das zum wievielten Male schon, hat Herzog Albrecht seine Getreuen zum Gespräch in der Münchner Residenz einberufen.

Neben dem für die Regierungsgeschäfte verantwortlichen Hofrat sind auch die Feldhauptleute geladen. Denn es sollen die Ereignisse der vergangenen Wochen erörtert und das weitere Vorgehen gegen die Landshuter besprochen werden.

So sind Jörg von Au, Parzival von Urfahrn, Jörg von Helfenstein, Hanns von Walsee, Steffan von Schauberg und Hanns von Giebingen als verantwortliche Hauptleute dabei. Alles verwegene Haudegen, die nicht nur das Schwert gut führen, sondern auch vorzüglich ihren Verstand gebrauchen können.

Herzog Albrecht umgibt sich ungern mit Dummköpfen. Er selbst ist ein gebildeter Mann, spricht so perfekt das Latein wie das Deutsche, kennt sich aus in Mathematik und Astrologie und nutzt geschickt die geschichtlichen Erfahrungen für seine eigene Hausmachtpolitik.

Zur Gesprächsrunde sind auch noch kaiserliche Vertraute geladen: der Feldhauptmann Reimprecht von Reichenberg und der Kufsteiner Michael von Pientzenau. Der Reimprecht gilt als der verlängerte Arm des Kaisers. Der Kaiser operiert noch mit seinen Truppen am Rhein, so hat er den Reimprecht entsandt.

Der Michael von Pientzenau gilt als kluger Kenner der Lage im bayrischen Oberland und im angrenzenden Tirol. Herzog Albrecht schätzt ihn als besonnenen Mann.

Beide, der Reimprecht und der Pientzenau, sind dem Herzog wichtige Stützen bei der Beurteilung der militärischen Lage und der möglichen weiteren Entwicklungen im Land an Inn und Salzach.

»Lasst uns rekapitulieren«, meint der Reimprecht von

Reichenberg. »Unser Kaiser drängt auf Auseinandersetzung in der festen Überzeugung einer schnellen und endgültigen Lösung der Erbfolge zu Eurem Vorteile und seiner Interessen.«

»Ihr mögt recht haben, Reimprecht. Ich habe die gleichen Interessen, doch will ich nicht der Erste sein, der das Schwert gegen Landshut erhebt.«

»Das ist klug gedacht! Lasst die anderen anfangen, Durchlaucht, dann steht der Kaiser Euch zur Seite wie eine feste Mauer«, ereifert sich der Jörg von Au.

»Ich stimme dem Jörg von Au zu. In voller Überzeugung der Stärke und Ausrüstung unserer Truppen. Gebt uns freie Bahn, so werden wir den Ruhm an Eure Fahne heften.« Der Steffan von Schauberg überschlägt sich fast bei seiner Rede, so eifrig bekundet er dem Herzog seine Bereitschaft. Die anderen Herren Feldhauptleute scheinen nicht minder voller Eifer zu sein. Ihr heftiges Dazureden zeigt dem Herzog, dass er sich auf diese Männer verlassen kann.

»Ich danke Euch, meine Getreuen, für Eure Zustimmung. Doch denkt daran: Lasst Euch Zeit, bereitet Euch auf den großen Schlag behutsam vor und lasst erst noch der Politik die Vorarbeit dazu erledigen. Wir werden verhandeln mit den Landshutern, aber so, dass das Ergebnis Krieg heißen wird. Die Landshuter brauchen eine Abreibung für ihr ungebührliches Verhalten. Denn wer den Wind sät, soll Sturm ernten!«

»Unser hoher Herr, er lebe dreimal hoch«, brüllt der Hanns von Walsee. Die Hauptleute, einschließlich des Kaiserlichen Reichenberg, stehen auf und rufen kräftig dreimal »Hoch, hoch, hoch!«

Die Hofräte, die Offizials, die Administratoren und die anderen anwesenden Paladine verhalten sich eher zurückhaltend. Denn jetzt liegt es an ihnen, die vom Herzog angedeutete politische Vorarbeit zu führen. Und die wird nicht einfach sein.

Auch Michael Pientzenau hält sich zurück. Mit bedenklicher Mine meint er zum Herzog gewandt: »Euer Gnaden, Ihr wisst, dass es mir auch am Herzen liegt, unsere wittelsbachischen Lande wieder vereint zu sehen. Doch möchte ich in Eurer Gegenwart die Herren Hauptleute daran erinnern, dass unsere Spione berichtet haben, dass Herzog Ruprecht unterwegs ist, böhmische Söldner zu verpflichten«:

»Ich sehe dies mit Gelassenheit, lieber Pientzenau, denn die böhmischen Landsknechte mögen zwar grimmig aussehen, doch fehlt es ihnen an soldatischen Tugenden.«

»Ich stimm Euch zu, Durchlaucht«, meint mit einer leichten Verbeugung der Reichenberg. »Unsere Erfahrung zeigt, dass diese Böhmen schnell bei der Hand sind, wenn die Löhnung winkt. Gibt's aber nichts zu holen im Feld oder lässt der Zahlmeister auf sich warten, dann setzen sie sich schnell und unbemerkt in Scharen ab. Fahnenflucht wird bei den Böhmen groß geschrieben.«

»Euer Wort in Gottes Ohr.« Der Pientzenau bleibt skeptisch. Doch er will die Euphorie der Stunde, die durch des Herzogs Rede aufgekommen ist, nicht zerstören. So lehnt er sich bescheiden im Stuhl zurück und meint diplomatisch: »Durchlaucht, ich habe nur Bedenken geäußert, die meine ganz persönlichen sind. Doch füge ich mich Eurer Intention und höre es wohl und gerne, wenn alles gerüstet ist zum Kampf. Ich bete zu Gott, dass seine schützende Hand über uns und dem Lande liegt!«

»Ich dank Euch, lieber Michael von Pientzenau. Euer Wort ist ehrlich, so wie ich es stets kenne. Ich werde Euch wegen Eurer Bedenken keine Vorhaltungen machen. Bedenken gehören zum Geschäft, solange sie nicht schädlich sind.«

Der Pientzenau verbeugt sich vor seinem Herrn. Es tut ihm gut, solche Worte zu hören.

»Nun, denn, frisch auf Gesellen, ans Werk!«, ruft der Herzog fröhlich und beendet das Gespräch.

❧

Herzog Ruprecht hat in Böhmen Glück gehabt bei der Werbung um Soldaten. Die Böhmischen haben geradezu gewartet, dass sie gerufen werden um auch bei den künftigen Auseinandersetzungen im Bayernlande mit dabei zu sein. Nichts lieber als das Kriegshandwerk ausüben, das ist ihr Ruf. Also ließen sie sich schnell und ohne große Formalitäten für die Sache Landshuts gewinnen.

Mit der Bezahlung war man sich auch bald einig. Die böhmischen Hauptleute haben sich ihren Gewinn ausgerechnet und deshalb sofort zugeschlagen. Herzog Ruprecht konnte ja aus dem Vollen schöpfen. Elisabeth hatte ihn ausreichend mit Geld versorgt, so dass er weitgehend freie Hand hatte.

So kehrt er mit erfolgreichem Abschluss nach Landshut zurück. Zwar noch ohne die Soldaten, aber die werden in den nächsten Wochen nachkommen. Dann kann's losgehen. Der Münchner wird sein blaues Wunder erleben!

Kaum ist Ruprecht nach Landshut zurückgekehrt, so erreicht ihn der Ruf des Kaisers nach Augsburg. Zum Reichstag soll er kommen, heißt es. Kaiser Maximilian und Herzog Albrecht wollen noch einmal über die Erbfolge beraten, bevor sie endgültig zum großen Schlag ausholen.

Wie die Beratung ausgehen wird, wissen Albrecht und Maximilian schon vorher. Sie wollen Ruprecht und der Bevölkerung nur zeigen, dass sie guten Willens sind. Die Würfel sind schon längst gefallen: für Krieg.

So macht sich Ruprecht, zusammen mit seinem Hofmarschall Graf Sigmund von Haag, auf nach Augsburg.

Elisabeth ist darüber nicht unglücklich, dass Ruprecht so schnell und unvermittelt nach seiner Rückkehr aus Böhmen vom Kaiser nach Augsburg beordert wird und dass Sigmund von Haag, der Hofmarschall, den jungen Herzog begleitet. Wenn nur beide weit genug weg von Landshut sind!

Ihr gewagtes Vorhaben braucht keine Zweifler!

❧

Der 17. April 1504 ist ein unwirtlicher Morgen. Draußen ist es immer noch recht kalt. Der Frühling lässt auf sich warten. Nebel liegt über Landshut, die Stadt ist eingehüllt wie in weiße Watte. Nur die Burg Trausnitz ragt heraus aus dem Dunstschleier. Und ihr Turm reckt sich keck gen Himmel, so, als wolle er der Erste sein, der die Sonne hinter den Nebelschwaden erspäht, um jenen im Hofe zuzurufen: Es ist so weit!

Unten im Burghof ist es schon sehr lebendig.

Seit den dunklen, frühen Morgenstunden quirlt es auf dem Pflaster. Knechte, Soldaten, Knappen, Reiter, alles läuft durcheinander. Rund 1 000 Mann sind's, die sich auf engstem Raum im Geviert der Mauern drängen. Kommandos werden gerufen, Waffen ausgegeben, Pferde gesattelt und eingeschirrt; die Hauptleute im Harnisch.

Ein Treiben wie vor einer Schlacht.

Inmitten dieser Aufbruchstimmung Elisabeth.

Die Herzogin in einem Landsknechtsgewand. Braunes Wams, grüne Hosen, Beinkleider und festes Schuhwerk. Über dem Wams ein feingliedriges Kettenhemd, den flachen, breitrandigen Helm auf dem stolzen Haupt, gegürtet mit einem Schwert, den Streitkolben mit dem goldenen Schlagkopf in der Rechten. Wie ein Fels in der Brandung sitzt sie auf ihrem Schimmel und beobachtet das Hin und Her von Mensch und Tier.

Der Sturm auf die Kanzlei, unten in der Stadt, zur Zeit der Sitz der verhassten Münchner Statthalter, steht bevor; das ist heute und jetzt ihr Ziel!

Schon kommen die Meldungen, dass alles kampfbereit ist. Das Durcheinander hat sich geordnet. Zwei Marschkolonnen haben sich formiert. An der Spitze der einen steht Hauptmann Georg von Rosenberg, an der Spitze der anderen Hauptmann Georg Wispeck. Zwei Abteilungen zu je 500 Mann stehen bereit.

Elisabeth hebt ihren rechten Arm.

Es wird still im Geviert. Spannung allenthalben, aufmerksames Lauschen auf die nächsten Befehle.

Jetzt ist Elisabeths Stunde angebrochen. Die Stunde, in der sie es den Münchnern und dem Kaiser zeigen wird, aber auch ihren eigenen Leuten und allen, die noch an ihr zweifeln; vor allem aber diesen verdammten Statthaltern unten in der Kanzlei.

Ein scharfer und bestimmter Ruf der Herzogin: »Marsch!«

Landshut wird siegen! Viktoria Elisabeth!

Die im Hof versammelten Soldaten brüllen sich Mut zu und stürmen burgabwärts. Hinein geht's in den hochziehenden Nebel. Schlechte Sicht, doch der Weg ist ihnen bekannt. Hinab in die Stadt, hinab zur Kanzlei, wo die verhasste provisorische Regierung sitzt.

Hauptmann Georg von Rosenberg hetzt mit seinen Mannen direkt auf die Kanzlei zu, Hauptmann von Wispeck kommt über den Narrensteig herab, stürmt in die Vorstadt und überrennt die Schutzwache der Statthalter.

Hei, das ist ein Vergnügen und wie schnell das geht!

Schon treffen die beiden Truppenteile vor der Kanzlei zusammen und mitten unter ihnen ist Elisabeth. Sie springt vom Pferd und stürmt hinein in die Kanzlei um die verdammten Statthalter festzunehmen.

Doch die Herren aus München sind beim ersten Kampfeslärm hinausgestürzt beim Haus, aber nicht vorne hinaus, sondern durch die Hintertüre. Sie wollten sich schnell bewaffnen und die Verteidigung übernehmen. Denn noch ahnten sie ja nicht die Macht der anstürmenden Fähnlein.

Als sie zurückkommen von der Rüstkammer und die große Kriegsmacht Elisabeths erkennen, machen sie auf dem Absatz kehrt und ergreifen die Flucht in Richtung Schärding.

So ist Landshut im Handumdrehen befreit von der kaiserlichen Bevormundung.

Die Statthalter sollen ruhig fliehen, sagt sich Elisabeth. Sie können dann Herzog Albrecht und dem Kaiser berichten, dass sie sich vor nichts und niemandem fürchtet. Und so wie heute wird sie auch in Zukunft verfahren mit allen, die ihr das verbriefte Erbe streitig machen wollen.

❧

Elisabeths Streich war ein Meisterwerk und findet die offene Anerkennung ihrer Mitstreiter.

»Ihr Herren Hauptleute, nun seid Ihr an der Reihe«, verkündet sie am folgenden Tag, als alle wieder zum Appell versammelt sind. Aber dieses Mal nicht auf der Burg Trausnitz, sondern demonstrativ in der befreiten Kanzlei. Elisabeth zeigt es nun den Kaiserlichen und den Münchnern.

Sie spricht ihre Hauptleute an: »Folgende Order: Ihr zieht mit Euren Fähnlein hinaus und fordert alle Dörfer, Märkte und Städte auf, mir und Ruprecht die Erbhuldigung auszusprechen. Sie sollen sich unverzüglich nach Landshut aufmachen und schwören, dass sie uns und nur uns als legitime Erben anerkennen. Sie sollen schwören auf ewig. Wenn sie sich weigern sofort zu gehen, dann überlass ich es Euch, Gewalt anzuwenden.

Jeder Schwur und jeder Kniefall, den sie vor mir machen, festigt ein Stück mehr unsere Macht. Und wenn Ihr die in niederbayrischem Lande alle aufgefordert habt, dann macht bei unseren niederbayrischen Städten am Inn weiter. Schärding, Braunau, Ötting, Mühldorf, Wasserburg, Rosenheim, Kufstein, Rattenberg und die anderen kleineren Orte dazwischen. Und denkt daran: Die Kastner und Pfleger am Inn sind unsere Getreuen. Sie haben meinem Vater den Eid geschworen. Wenn sie nicht wortbrüchig werden wollen, müssen sie kommen!

Sollten die Flecken am Inn nicht gleich mitziehen, so macht die Kastner und Pfleger dafür verantwortlich. Dann wird es schon schnell gehen.«

So ist's richtig! Den Hauptleuten springt das Herz vor Freude.

»Liebwerte Frau, sollen wir heute noch losziehen?« Der von Witzleben kann's kaum erwarten.

»Wenn Ihr wollt, so macht Euch auf. Und wenn die Truppen aus dem Böhmischen kommen, schick ich diese unverzüglich nach.«

Der von Witzleben und der von Rosenberg, der Wispeck, der von Bodmann und all die anderen stimmen da fröhlich zu.

Schließlich ist nicht nur die Erbhuldigung einzufordern, sondern es wird sicherlich auch einiges zu holen sein. So mancher Gulden, manch wertvolles Gold- und Silberstück und manch strammes Weibsbild wird auf der Strecke bleiben. Und wenn den einfachen Landsknechten ab und zu ein Brosamen übrig gelassen wird, werden diese auch in den Jubelschrei mit einstimmen und die Spieße für die Hauptleute heben.

Hoi, das wird ein Leben in diesem Sommer des Jahres 1504! Sieg und Reichtum werden gepflückt werden wie reifes Obst!

Die Landshuter sehen sich schon als die großen Gewinner im Ringen um die Erbfolge.

❧

Ein turbulentes Fest

Draußen auf dem Lande, in den Städten, in den Märkten, in den Dörfern und Flecken, geht das Leben seinen gewohnten Gang. Der Tod des alten Herzogs Georg wird hingenommen als eine Fügung Gottes. Der Streit um die Erbfolge bestimmt nicht das Leben der Bauern und Bürger.

München oder Landshut ist für die meisten Menschen weit weg. Und ob die Abgaben dahin oder dorthin abgeführt werden müssen, bleibt sich gleich. Solange das Volk nicht hineingezogen wird in die Streitigkeiten um die Erbfolge, so lange redet auch kaum jemand von der hohen Politik. Wenige der Menschen verstehen auch etwas davon.

Sie gehen ihren Alltagsgeschäften nach, kümmern sich um ihre Familien, gehen fleißig zur Kirche und feiern die Feste, wie sie fallen.

So ist es rundherum in Bayern: in Erding und Ötting, in Mühldorf und Dingolfing, in Landau, Wasserburg oder Burghausen.

Und so ist es auch im Markt zu Rosenheim am Inn.

Rund 250 Bürger hat der kleine Flecken.

Umgeben ist er von einem Wassergraben und fünf steinernen Toren. Eine feste Stadtmauer brauchen die Rosenheimer nicht. Am Zusammenfluss von Inn und Mangfall gelegen, ist die Gegend von vielen Bächen und Gräben durchzogen. Von dort, besonders aber aus der Mangfall, holen sie das Wasser und leiten es in ihren Wehrgraben. Das machen die Rosenheimer ganz geschickt und sparen sich damit viel Arbeit und Geld.

So manche Stadt sieht neidisch auf Rosenheims Wehranlagen. Keine teuren Mauern und Wehrgänge braucht es hier, sondern eben nur einen einfachen Wassergraben rund um den Markt.

Der Graben ist so breit, dass kein Pferd hinüberspringen kann und keine Sturmleiter lang genug ist, dass man damit das Wasser ungehindert überqueren könnte. So ein Graben ist gegen Eindringlinge fast unüberwindbar und deshalb sicher. Wenn die Wachen an den Toren gut aufpassen, dann können die Bürger in den Häusern ruhig schlafen oder fröhlich ihre Feste feiern.

Heute zum Beispiel ist so ein Tag, an dem gefeiert wird.

Auf der Schranne, dem Marktplatz und Mittelpunkt des lebendigen kleinen Marktes, geht es lustig zu. Dort, wo unter der Woche die Fuhrwerke Salz, Getreide und Wein anliefern, wo Händler aus dem Inngau, aus Tirol oder gar dem Walschenland Waren aller Art feilbieten, wo Pferde und Ochsengespanne vor den Remisen ausgetauscht und umgespannt werden, wo Weinfässer aus Tirol und Ungarn aufgestapelt sind, wo Wirte Speis und Trank anbieten, wo Pflasterzoll und Nachtpfennig entrichtet werden, dort ist ein großes Fest mit viel Musik und lustigem Tanz. Alt und Jung ist versammelt und vergnügt sich beim Spiel der Pfeifer und Trommler, beim Klang der Krummhörner und Drehleiern.

Auch Bürgermeister Erasmus Cronast und die Ratsherren, wie der baumlange Hanns Freudenreich, der Caspar Scheuchenstuel, der Peter Wider und der Sebastian Pernauer genießen die heitere und beschwingte Fröhlichkeit.

Sie stehen ein bisschen abseits des Geschehens, denn tanzen wollen sie nicht. Das überlassen sie den jungen, ausgelassenen Burschen und Dirndln.

Zwar hätten es die Weiberleut der Honoratioren auch noch ganz gerne, wenn sie von ihren Männern zum Tanz aufgefordert würden. Doch die Herren vom Rat tun so, als ob sie Wichtiges zu besprechen hätten, und lassen ihre Gesponsinnen alleine. Den Rücken drehen sie ihnen zu. Nur ab und zu blinzelt einer über die Schulter hinüber zur Tanzfläche, weil ihn die hübschen jungen Dirndln doch mehr interessieren als das, was gerade besprochen wird.

In Begleitung der tanzfaulen Honoratioren ist ein Gast aus

Kufstein. Es ist ein Mann, mit dem der Bürgermeister Erasmus Cronast schon des Öfteren zu tun hatte, wenn's um Rechtsgeschäfte ging. Michael von Pientzenau hat die Juristerei studiert, kennt sich aus in den bayrischen Gesetzen und im Reichsrecht. Sein Ratschlag in kniffligen Fragen war den Rosenheimern bisher immer eine große Hilfe. Herzog Albrecht hat den Rechtsgelehrten aus Kufstein vor Jahren dem Markt empfohlen.

»Ihr Rosenheimer versteht wahrlich zu feiern, Bürgermeister!«, meint der jetzt belustigt über die Ausgelassenheit.

»Warum auch nicht, verehrter Kufsteiner. Man muss die Feste feiern, wie sie fallen. Wer weiß, ob's nicht das letzte Mal ist«, meint der Bürgermeister fröhlich.

»Du hast Recht, Cronast, wer weiß, wer weiß!«, meint der Scheuchenstuel, der bekanntlich das Gras wachsen hört.

»Leider gibt es immer weniger Anlässe zum Feiern. Seit Herzog Georg das Zeitliche gesegnet hat, denkt mancher wieder mehr ans Kriegführen denn ans Feiern.«

Wie der Sebastian Pernauer da wieder einmal eine seiner gescheiten Reden hält, ist der Erhart Reich zu der Gruppe gestoßen.

Der Reich gehört zwar nicht zum Rat, aber doch zu den Großkopferten. Er ist Kastner und wohnt droben auf dem Edelsitz im Kuglmoos, gleich hinter dem Schloss. Der Kastner ist kein Gewappelter, also kein Gewählter aus der Bürgerschaft. Er ist herzoglicher Offizial und untersteht, weil er von Herzog Georg eingesetzt und vereidigt wurde, dem Hof zu Landshut. Rosenheim ist nämlich niederbayrisch, so wie alle Städte am Inn bis hinauf nach Hall. Seit dem Frieden zu Schärding im Jahre 1369 geht das schon so. Die Rosenheimer selber haben mit den Landshutern wenig zu tun. Außer wenn's um die Abführung der Zinsen und Zölle geht, dann werden sie jedes Mal daran erinnert, dass sie nicht zu München, sondern zu Landshut gehören.

Die Landshuter haben es in der Vergangenheit immer gut verstanden, ihre wirtschaftlichen Interessen auch auf oberbayrisches und Tiroler Gebiet auszudehnen.

Und das mit Zustimmung der Münchner Herzöge und der jeweiligen Kaiser.

Denn einen gewichtigen Grund haben sie schon, die Landshuter: Die reichen Getreidevorkommnisse und das Vieh Niederbayerns müssen unbeschadet in die südlichen Gebiete Bayerns und nach Tirol gebracht werden. Also haben sich die Landshuter die Städte am Inn gesichert und machen ihren Profit damit. Das ist halt so ein Geben und Nehmen im fürstlichen Interesse. Damit die Landshuter ihr Geld verdienen, sichern sie die Handelswege auf den Straßen und besonders auf dem Inn.

Die Herzöge zu München und die Erzherzöge, Könige und Kaiser zu Wien und Innsbruck sind dieser Landshuter Stellung keineswegs gram. Denn die Versorgung ihrer Bürger ist auch für sie von besonderer Bedeutung. Und so gehört Rosenheim, wie viele andere Märkte auch, nicht zu München, sondern zu Landshut.

Deshalb auch der Landshuter Kastner auf dem Kuglmoos. Alles was im Kasten Rosenheim, dem Amtsbezirk des Erhart Reich, so vorgeht, hat er zu überwachen. Die Spann- und Frondienste zum Beispiel. Auch ist er verantwortlich für die Einnahme der Steuer- und Zinsabgaben und so gehört auch das Rentamt in seine Zuständigkeit. Liegenschaften, die dem Herzog gehören, hat er zu verwalten, die Domänen, die Wälder und Auen. Straßen und Wege außerhalb des Marktes Rosenheim und der vielen Dörfer und Flecken rundherum sind zu versorgen und in Stand zu halten. Nicht zuletzt untersteht auch die Sicherheit der Warentransporte auf dem Inn seiner Aufsicht. Er ist also ein hoher Landshuter Beamter. Herzogin Elisabeth und Herzog Ruprecht sind seine unmittelbaren Vorgesetzten. Der Kastner Erhart Reich ist eine Autorität im Markt.

Wie der Kastner den Pernauer also da reden hört, fällt er ihm lachend ins Wort ohne zuvor ein »Gott zum Gruße«, wie sich das gehören würde, gesagt zu haben.

»Was denn, was denn, lieber Pernauer! Jetzt wird's erst lustig in unserem Bayernland. Der junge Herzog Ruprecht und seine liebwerte Gemahlin Elisabeth werden's schon richten. Die verstehen zu feiern! Auf Burg Trausnitz gibt's immer fröhliche Tage.«

Doch da kommt er dem Ratsherrn Hanns Freudenreich gerade recht. Der Freudenreich hat was gegen den Kastner Reich. Er mag ihn nicht. Das muss aus früheren Tagen sein. Warum und weshalb, weiß keiner, wahrscheinlich er selbst auch nicht mehr. Und da der Kastner auch noch ein Landshuter ist, mag ihn der Freudenreich erst recht nicht, weil er weder Elisabeth noch Ruprecht, weder Landhut noch sonst etwas Niederbayrisches mag. Also erwidert er, wie immer gleich zornig: »Dort feiert aber ein Herzogpaar, das keines sein darf!«

Der Freudenreich argumentiert immer sehr politisch. Damit zeigt er den anderen, dass er etwas versteht von den Geschehnissen an den Fürstenhöfen und sonst noch rundherum im Deutschen Reich. Und gleich setzt er noch eins drauf: »Ihr wisst, Kastner, die Erbfolge ist falsch geregelt!«

Der Freudenreich redet immer sehr direkt.

Der Reich kennt solche Reden.

Nur, bis jetzt sind sie hinter vorgehaltener Hand geführt worden. Doch je länger der Tod von Herzog Georg zurückliegt, umso lauter und deutlicher wird auch öffentlich darüber geredet.

Diesen Leuten, so denkt der Kastner Reich, muss man aber deutlich entgegentreten.

»Was heißt falsch geregelt!«, gibt er deshalb zurück. Er schaut den Freudenreich scharf an, hebt den Zeigefinger und fährt fort. »Herzog Georg hat seiner Tochter und seinem Schwiegersohn das Erbe verschrieben!«

Der Offizial Reich hält etwas von schriftlichen Abmachungen. Das ist sein täglich Brot: Verträge schließen, darauf achten, dass sie eingehalten werden und auch sonst der Umgang mit den Gesetzen. Nur so ist das Miteinander in den Griff zu bekommen.

»Verschrieben!«, wiederholt der Kastner Reich deshalb sehr betont. »Kann's da noch Zweifel geben an der Rechtmäßigkeit des Erbvertrages?«

Die Rosenheimer schweigen, aber der Kufsteiner meint: »Woll, woll, Kastner Reich, das ist unrechtmäßig, weil die Landshuter nicht erbberechtigt sind.«

Das hat dem Reich gerade noch gefehlt. Jetzt mischt sich der Tiroler auch noch ein. »Aber Kufsteiner, was redest du?«

Doch der Kufsteiner ist noch nicht fertig: »Der legitime Erbe und Nachfolger von Herzog Georg ist der oberbayrische Herzog Albrecht zu München. Ihm steht zu, was Herzog Georg rechtswidrig Elisabeth und Ruprecht vermacht hat. Im Übrigen hat der Kaiser, wie er von der falschen Erbschaft erfahren hat, den Münchner Herzog Albrecht mit allen niederbayrischen Ländereien belehnt und gleichzeitig Statthalter nach Landshut entsandt. Und wenn der Kaiser sich da jetzt auch noch einmischt, so hat das seine Richtigkeit.«

Brav so, denkt sich der Freudenreich. Der Kufsteiner gefällt mir.

»Ich muss dem Kufsteiner da Recht geben«, meint er deshalb sichtlich zufrieden. »Recht und Gesetz gehen persönlichen Wünschen vor, so ist das nun einmal!«

Der Kastner ist verunsichert. Führen die da was im Schilde? Haben die sich etwa vorher schon verabredet um gegen ihn und ganz Landshut Stellung zu nehmen?

Denn schon haut der Kufsteiner weiter in die Kerbe: »Ja, mit den persönlichen Wünschen hat's so seine Bewandtnis, Kastner. Nicht umsonst hat Herzog Georg, Gott hab ihn selig, seine Tochter Elisabeth zur Erbin gemacht. Auf das Mädel hat der alte Georg geschaut wie auf seinen Augapfel. Für sein ›lieb Elslein‹ ging er auch durchs Feuer!« Das kommt schon etwas hämisch aus des Kufsteiners Mund.

»Das Mädel ist missraten«, pulvert der Freudenreich ungestüm los. »Sie trägt Mitschuld daran, dass der Streit zwischen München und Landshut ausgebrochen ist.«

Diese Elisabeth, denkt sich der Freudenreich, wenn die nicht wär, gäb's jetzt keinen Streit unter uns und im ganzen Bayernland. Er mag sie nicht, er hat sie noch nie gemocht. Er weiß zwar nicht warum, aber er mag sie einfach nicht. Das scheint beim Freudenreich so eine Manie zu sein. Er mag so manches im Leben nicht; er weiß auch oft nicht warum, aber wenn's so ist, dann ist's halt so. Da wird nicht länger darüber nachgedacht. Und was er bestimmt auch nicht mag, ist, wenn die Politik des Landes zur Weiberwirtschaft wird. Politik gehört in Männerhand. Das Weib gehört an den Herd und ins Kindbett! So denkt der Freudenreich.

Dabei geht er einen Schritt auf den Kastner Reich zu.

Das war hart. Der Reich muss sich wehren und darf in der Öffentlichkeit keine Beleidigungen gegen seine Herzogin und ihren Gemahl dulden.

»Was redest du da für einen Unsinn, Freudenreich? Bist du verrückt?«

Da kommt er aber dem Freudenreich gerade recht. Jetzt zieht der vom Leder: »Nicht so wie du und die Landshuterische!«

Und wie er merkt, dass der Reich nicht gleich zurückgibt, da setzt er noch eins drauf: »Wie ihr Gemahl, der Herzog Ruprecht, unterwegs nach Augsburg zum Reichstag war, hat sich Elisabeth als Mann verkleidet und zusammen mit ihren Hauptleuten die kaiserlichen Statthalter in einem Handstreich aus der herzoglichen Kanzlei in Landshut rausgeschmissen. Ab dem Augenblick ist's nun aus mit gütlicher Einigung zwischen den beiden Residenzen.«

Der Reich schaut sich im Kreise um. Die anderen, der Bürgermeister und die übrigen Räte, nicken, aber sonst halten sie sich zurück. Sie wollen nicht unangenehm auffallen. Sie wissen, der Reich kann ihnen gefährlich werden. Sein Herz schlägt für Elisabeth und Ruprecht. Das Herz der Rosenheimer aber schlägt für München, für Herzog Albrecht und seinen Bruder Wolfgang.

»Woher weißt du das alles, du Schlaumeier! Warst am End gar dabei?«, geht der Kastner den Freudenreich an.

»Das pfeifen doch die Spatzen von den Dächern«, schreit der Ratsherr und fuchtelt dabei mit den Armen herum, dass er gleich noch einmal um einen Meter größer erscheint, als er sowieso schon ist.

Was der Freudenreich da gesagt hat, das wird schon rundherum im Lande erzählt. Das können keine Märchen und Gerüchte mehr sein. Da steckt Wahrheit dahinter.

Das denkt sich auch der Ratsherr Caspar Scheuchenstuel.

»Also«, meint er auf seine bedächtige Art, »für mich ist Herzog Albrecht zu München der legitime Nachfolger Georgs.« Und weil er sich aber doch nicht ganz im Klaren ist, der gute Scheuchenstuel, wendet er sich dem Bürgermeister Cronast zu: »Was meinst du, Bürgermeister, das stimmt doch?«

Als Bürgermeister sollte sich der Cronast, zumindest in der Öffentlichkeit, weitgehend heraushalten. Denn er sollte über der Sache stehen. Und dann ist auch der Reich noch als Zuhörer da. Dem traut er nicht über den Weg. Andererseits, das, was der Scheuchenstuel da sagt, stimmt schon. So meint er mit gedämpfter Stimme:

»Ja, Caspar, ich sag's unter vorgehaltener Hand: Du magst Recht haben.«

Der Ratsherr Peter Wider, ein grundehrlicher, braver, manchmal etwas einfältiger Mann, steht neben dem Bürgermeister. Der Bürgermeister ist sein Freund, und was der sagt, wird vom Wider stets für richtig befunden und bestätigt. Also wenn der Bürgermeister Cronast öffentlich, zwar unter vorgehaltener Hand, so was meint, dann kann auch er sich dazu äußern: »Gell, Bürgermeister«, sagt er anfangs etwas zögerlich und fährt dann fort, »wir Oberbayern sollten uns zu Albrecht bekennen, weil auch er ein Oberbayer ist. Was meint ihr, Freunde?« Und er sieht sich in der Runde um.

Da geht der Kastner Reich auf. Er faucht den Peter Wider so böse an, dass der sich vor lauter Schreck hinter den Bürgermeister verkriecht.

»Wider, du Klugscheißer, das sind doch keine Argumente! Nur weil ihr oberbayrisch denkt, haltet ihr zu Herzog Albrecht! Die von Herzog Georg bestimmte Erbfolge ist maßgebend, sonst gilt nichts! Schluss jetzt mit dem dummen Gerede!«

Da meldet sich der Kufsteiner: »So nicht, lieber Freund! Die Wittelsbacher Verträge von 1392 und 1450 haben immer noch ihre Gültigkeit! Auf die Verträge kommt es an und sonst auf nichts.«

»Tiroler, halt du dich da raus!«, brüllt der Reich los und geht auf den Kufsteiner wutentbrannt einige Schritte zu.

Jetzt wird die Rede zum Streit. Die Worte werden lauter.

Die Musik bricht ab, die Tänzer halten still und weichen ängstlich zurück.

Der Kastner Erhart Reich gerät in Harnisch, hochrot ist sein Kopf: »Vom Recht verstehst du nichts, Kufsteiner. – Und dein lieber Freund bin ich noch lange nicht, merk dir das!«

Er schaut den von Pientzenau so wütend an, als wollte er ihm jeden Augenblick den Hals umdrehen. Der aber steht fest mit den Beinen auf dem Boden. Keinen Schritt weicht er zurück, als der Reich ihm immer näher rückt.

Warum sollte er sich da auch raushalten oder gar vor dem Reich Angst haben? Er kennt die Lage im Lande besser als alle Anwesenden, sogar besser als der Reich. Der plappert doch nur das nach, was er von Boten und Fahrensleuten, die von Landshut kommen, erfährt. Das ist aber meist nur die halbe Wahrheit. Man kennt doch die Reden der Fuhrleute! Einer übertreibt mehr als der andere.

Der Kufsteiner aber hat seine Nachrichten direkt vom Hof zu München und zu Innsbruck. Auch von Landshut erfährt er oft mehr Neuigkeiten, als so mancher es glaubt. So gibt er dem Reich klar zu verstehen: »Ich halt mich da nicht raus, Kastner Reich, weil wir Kufsteiner genauso mitreden können wie jeder andere auch. Sicher haben wir, so wie ihr zu Rosenheim und wie viele andere Städte am Inn auch, bisher unseren Zins und Zoll nach Landshut zahlen müssen, weil's das Gesetz so befiehlt. Aber wo 's Herz hingehört, hängt nicht vom Geld ab. München wäre auch uns Tirolern lieber! Und wenn du mir mit dem Recht kommst, Kastner, dann täusch dich nicht. Ich hab's studiert, und zwar auf Befehl Herzog Georgs. Merk dir's gut!«

Das bringt den Reich noch mehr in Rage: »Tiroler, ich warn dich. Reiß dein Maul nicht zu weit auf. Ich lass dir's sonst stopfen.«

Da geht der Bürgermeister dazwischen. »Aber, aber, meine Herren!«

Ihm ist nicht mehr ganz wohl in seiner Haut. Er muss jetzt schlichten. Schließlich ist der eine Kastner mit hohen Privilegien der Landshuter, der andere Gast mit guten Verbindungen nach München. So meint er, indem er behutsam zwischen die beiden geht: »Nicht so hitzig, meine Herren! Beenden wir den Streit!«

Wie gerufen taucht da Katharina Schmidinger auf, die beim Reich in Diensten steht. Ob's auch mehr ist, weiß man nicht. Manche, die die Flöhe husten hören, meinen es zwar und reden hinter vorgehaltener Hand darüber.

Der Bürgermeister ergreift den Strohhalm, den ihm das Schicksal in Person der Katharina schickt. »Kastner, schaut, die Katharina da drüben; sie wartet auf einen Tanz. Vergnügt Euch und vergesst den Streit. Lasst uns feiern und Freunde sein.«

Dabei nimmt er den Erhart Reich sanft am Arm und führt ihn ein paar Schritte hinüber, der Katharina zu. Der Kastner lässt es mit sich geschehen. Wer sich einen Tanz mit Katharina entgehen lässt, denkt sich der Reich, ist ein Narr. Also nimmt er das Mädchen bei der Hand.

Der Tanzmeister gibt den Musikanten ein Zeichen. Die

Musik spielt sofort auf, die Paare nehmen sich bei den Händen, beginnen erneut sich zu drehen. Die Mädchen lachen hell auf vor Freude und die Burschen schreien einen lustigen Juchezer hinaus. Alles lässt sich von der Fröhlichkeit mitreißen. Der Reich dreht sich mit der Katharina in schnellen Schritten und im Fluge ist der Streit vergessen.

Ja, jung müsst man noch einmal sein!

Man sieht es den Herren vom Rat an, dass sie alle den gleichen Gedanken haben. Der Freudenreich, der sonst nur poltert, zwinkert mit dem rechten Auge dem Cronast zu, als wolle er sagen: Na, was meinst, Bürgermeister, wäre das nicht auch eine für uns?

Als sie noch so jung waren wie diese lustigen Paare, da haben die Herren Räte auch so manches Mädel in ihren Armen gehalten. Soll ja nur keiner glauben, bloß weil sie alle schon ein gehörig Maß über die Lebensmitte hinaus sind, interessiere sie der Anblick der feschen jungen Dirndln nicht mehr.

Herrgott im Himmel, was ist das auch für ein prächtiges Mädel! 21 Lenze, blond, blaue Augen, gertenschlank, eine Augenweide: die Katharina Schmidinger, die Schönste in Rosenheims Burgfried. Und ausgerechnet bei dem Kastner Reich muss sie in Diensten stehen und jetzt sogar noch mit ihm tanzen. Allein schon deshalb gehörte es dem Reich heftig heimgezahlt!

Na, denken sie, vielleicht kommt der Tag, an dem sie dem Reich zeigen können, wo der Bartl den Most holt!

Ganz neue Möglichkeiten

Dem Kufsteiner geht es beim Anblick der Katharina ähnlich wie den Ratsherren. Auch er findet Gefallen an der hübschen Maid. Wenngleich er fast doppelt so alt ist wie das Mädel, so könnte er dennoch Leidenschaften entwickeln. Er tät die Katharina schon glücklich machen. Und nachdem er Wittiber ist, hätte er alle Hände frei um nach Jüngerem zu greifen.

»Wer ist das saubere Dirndl, das mit dem Kastner tanzt?« Neugierig ist der Pientzenauer geworden.

»Die Tochter von unserem Schreiber Schmidinger«, meint der Bürgermeister.

Der Tiroler ist erstaunt. »Die Tochter vom Marktschreiber Schmidinger?«

»Ja«, erwidert der Bürgermeister.

Den Marktschreiber Schmidinger, den kennt der Kufsteiner gut; auch sein Weib, die Elisabeth Schmidingerin, und drei seiner Töchter, die Maria, die Veronika und die Kunigunde, sind ihm wohl bekannt. Aber die drei Mädel sind noch klein, die Maria so um die zwölf und die anderen zwei noch kleiner. Von der Katharina aber hat er noch nie etwas vernommen.

»Wie passen die zusammen? Der Kastner und die Tochter vom Schmidinger?«

»Die Katharina ist in Diensten beim Kastner. Der Reich hat sie beim Schmidinger angefordert und der Schmidinger hat eingewilligt«, meint der Bürgermeister.

»Und warum?«

»Warum?« Der Bürgermeister zuckt mit den Schultern. »Irgendwo muss sie ja in Diensten stehen. Daheim hat sie keinen Platz mehr. Da gibt's noch drei andere Mäuler zu stopfen. Wenn Katharina nicht heiratet, muss sie eben anderweitig aus dem Haus.«

Da meint der Caspar Scheuchenstuel: »Der Schmidinger wird schon wissen, warum sein Kind beim Reich als Dienstmagd einsteht.«

Und damit ist die Diskussion um die Katharina erst einmal beendet.

Dem Kufsteiner ist's vorerst recht. Sein Interesse gilt jetzt doch mehr dem Kastner Erhart Reich.

»Der Kastner gefällt mir nicht«, meint er kopfschüttelnd.

»Meinst uns, Kufsteiner? Seit es um die Erbfolge geht, nimmt er ohne Unterlass für Ruprecht Stellung. Aber der Kastner ist nun einmal Vertreter der Landshuter in seinem Amt. Und der Markt Rosenheim gehört halt leider dazu.«

Ängstlich meint der Peter Wider: »Oh Gott, oh Gott! Das wird noch was werden!«

Da unterbricht der Freudenreich laut das Lamento des Wider: »Der Reich ist auf die Niederbayern eingeschworen und vergisst dabei unsere gemeinsame bayrische Sache. Mehr sag ich nicht!«

»Und ich sag Euch, eine gemeinsame Sache gibt's sowieso nicht mehr, seit Herzog Georg gestorben ist. Ein tiefer Graben klafft in unserem Bayernland«, entgegnet der alte Pernauer.

Der Tiroler aber ist anderer Meinung. »Noch haben wir unseren Kaiser Maximilian! Der wird uns schon helfen!«

Der Ratsherr Hanns Freudenreich aber hat da so seine Bedenken. Er traut keinem über den Weg da oben, schon gar nicht einem Herzog oder gar einem Kaiser, und darum gibt er zu bedenken: »Helfen wird uns der Kaiser schon, aber nur so lange, bis er seinen Vorteil erlangt hat. Wirst sehen, Kufsteiner, wenn sich zwei streiten, freut sich der Dritte und der heißt Maximilian.« Der Freudenreich kommt sich fast wie ein Prophet vor. »Das ist nämlich so…,« redet er weiter

Der Kufsteiner aber fällt ihm ins Wort: »Wenn der Habsburger Maximilian dem Wittelsbacher Albrecht hilft, dann kann's kosten, was es will! Hauptsache, der Streit ist zu Ende.«

Die Herren stimmen allesamt zu. Die Worte sind gut gewählt. So ist es nun mal im Leben.

Da eilt der Schreiber Wolfgang Schmidinger vom Rathaus her.

Dem Bürgermeister kommt er gerade recht, denn im Markt gibt's Probleme zu lösen, die die Menschen mehr betreffen als die Ärgernisse um die Wittelsbacher.

So meint der Bürgermeister: »Wir haben jetzt einen anderen Streit zu prüfen, Freunde. Der Kufsteiner ist nicht umsonst zu uns gekommen. Denn wenn uns Herzog Albrecht einen Advokaten für die vertrackten Rechtsgeschäfte schickt, so wollen wir seinen Rat auch schnellstens hören. – Nun, Kufsteiner, wie steht's?«

»Also! – Ich habe den Fall geprüft«, meint dieser und da sieht auch er den Schreiber vom Rathaus herbeieilen.

»Ah, da ist ja der Schmidinger mit den Abschriften. – Also, hört, die Wasserburger haben im Grunde Recht. Sie haben einen Freiheitsbrief von 1332. Darauf können sie sich berufen. Kaiser Ludwig hat die Urkunde unterschrieben.«

Der Kufsteiner nimmt die Abschrift dieser Urkunde vom Schmidinger entgegen.

»Hier, seht!« Er deutet auf einen Absatz in dem Papier.

»Daran kann keiner rütteln. Die Salzstraße von Berchtesgaden über Traunstein führt nun einmal mitten durch Wasserburg und dann weiter nach München bis ins Schwäbische.«

Jetzt erfahren die Herren Räte, warum der Kufsteiner wieder einmal vom Bürgermeister zu einem Gespräch gebeten wurde: Um das leidige Thema des Salzweges geht's also.

Das ist ein uraltes Problem.

Salz, das von Bad Reichenhall kommt und für München bestimmt ist, wird nicht über die Rosenheimer Innbrücke geführt, sondern ausschließlich über die Wasserburger. Und das liegt an den alten Privilegien, die den Wasserburgern seit Generationen zustehen. Der Kufsteiner hat's ja gerade bestätigt.

Eigentlich könnte es den Rosenheimern gleichgültig sein, ob der Salzweg über Wasserburg oder ihren Markt führt, wenn nicht das leidige Geld mit im Spiele wäre. Aber jede Salzladung zu Schiff oder auf der Straße, die in Wasserburg ankommt, bringt den Salzpfennig. Und wer diese Einnahme für sich verbuchen kann, wird langsam, aber sicher reich.

An Wasserburg zeigt sich das nun schon seit einigen Jahrzehnten. Der Markt wird immer größer und schöner, die Bürger immer reicher. Die Wasserburger leisten sich alles Mögliche. Und Rosenheim hat oft Mühe, seine ureigensten Geschäfte und notwendigsten Belange zu regeln, weil das Geld fehlt.

Den Bürgermeister Cronast stört das schon lange. Mehr, als die Herren Räte es wahrnehmen. Er ist aber ein Mensch, der nicht so schnell aufgibt. Deshalb hat er auch den Kufsteiner gebeten die Archive zu durchforsten und die Urkunden des Marktes zu studieren. Der Bürgermeister ist fest davon überzeugt, dass auch Rosenheim ein Recht auf Einnahmen aus dem Salzweg zusteht. Er hat schon einiges über ältere Privilegien in Erfahrung gebracht und auch in den Aufzeichnungen bestimmte Hinweise auf einen Rosenheimer Vorteil gefunden.

So meint er jetzt mit dem Brustton der Überzeugung: »Wir Rosenheimer haben da noch ältere Rechte! Aus dem Jahre 1276 und 1280; da gibt's Verträge zwischen den Herzögen von Bayern, dass Salz auch über die Rosenheimer Innbrücke geführt werden darf.« Der Bürgermeister nimmt die Urkunde vom Schmidinger und hält sie hoch. »Hier, seht! Somit steht auch uns der Vorteil zu, den Salzpfennig zu erheben, so wie er den Wasserburgern zusteht.«

Da meint der Kufsteiner: »Die Wasserburger haben Euch in der Vergangenheit aber das Recht der Salzstraße geschickt genommen.«

Die Herren Räte schauen ganz schön dumm aus der Wäsche. Doch der Kufsteiner sagt nur, was war, wie es ist und was er aus den Urkunden herausgelesen hat.

»Zuerst haben sich die Wasserburger einen kleinen Teil und dann Stück für Stück den ganzen Salzübergang verschafft. Während Wasserburg reich geworden ist in den letzten hundert Jahren, habt ihr Rosenheimer geschlafen. Jetzt beschwert ihr euch. Und Ihr, Bürgermeister, beruft Euch auf alte Gesetze, die kaum noch einer kennt oder beachtet, Wasserburg am wenigsten!«

Das sitzt! Verlegen treten die Räte von einem Fuß auf den anderen. Das ist eine ganz vertrackte Lage, in der sie sich da befinden. Da haben sie also angeblich Rechte und doch wieder keine.

Die Geradheit des Kufsteiners erschreckt sie. Das spürt der auch und so mildert er seine Rede: »Verzeiht, aber ich muss euch das so sagen. Ihr seid selbst schuld an dieser Entwicklung. Warum habt ihr nicht früher gehandelt?«

Ja, das ist eine berechtigte Frage. Erst zu schreien, wenn das Kind schon in den Brunnen gefallen ist, hat nicht mehr viel Sinn.

Weil keiner etwas sagt und jeder sich erst einmal auf seine Untätigkeit besinnt, fühlt sich der Freudenreich, der solche Schuldgefühle nicht besitzt, aufgerufen eine Lösung des anstehenden Problems anzubieten. Hemdsärmelig, wie er sich immer gibt, wirkt auch sein Vorschlag.

»Ich hab eine Idee! Wenn wir den Wasserburgern die Bruck'n zusammenhauen, dann ist's aus mit der Streiterei. Dann muss alles über unsere Bruck'n und wir kassieren den Salzpfennig.«

Es ist nicht verwunderlich, wenn der Bürgermeister, verärgert über die eigene Nachlässigkeit, den Freudenreich daraufhin gereizt anschnauzt: »Bist du verrückt! Was meinst, was Herzog Albrecht dazu sagt?«

Der Kufsteiner geht besänftigend dazwischen. »Nein, Leute, nein! So geht das nicht. Hört her: Im Freiheitsbrief von 1332, auf den sich die Wasserburger berufen, steht, dass die Münchner ihr Salz von Wasserburg zu nehmen haben.« Und er fährt fort, jedes Wort betonend: »Es heißt aber ferner, wenn die Münchner von Wasserburg nicht genügend Salz bekommen – passt jetzt gut auf –, dann können sie sich das Salz auch von anderswo besorgen. Also«, der Kufsteiner legt eine Pause ein um es spannend zu machen, »also auch von Rosenheim.«

Die Rosenheimer verstehen die Rede nicht. Der Kufsteiner spricht in Rätseln. Zuerst sagt er, die Wasserburger dürfen nur alleine den Salzpfennig erheben und die Rosenheimer nicht und nun dürfen die Rosenheimer auch, und zwar so, wie die Wasserburger es seit langem praktizieren.

Der Wider ist restlos überfordert bei solchen Worten.

»Und wie soll das Salz nach Rosenheim kommen?«, fragt er deshalb mit großen Augen und lässt noch am Ende der Frage den Mund offen.

»Auf Fuhrwagen und Innplätten, wie denn sonst?«, meint der Scheuchenstuel. Schließlich will er sich nicht nachsagen lassen, er könne dem Kufsteiner nicht folgen.

Darauf der Peter Wider: »Und dann?«

»Dann haben wir's. Dann kassieren wir und lachen die Wasserburger aus«, triumphiert der Scheuchenstuel.

Der Bürgermeister hat auch noch nicht alles verstanden, was der Tiroler da meint, aber er zeigt es ehrlich und ohne dummes Daherreden: »Kufsteiner, das macht mir keinen Sinn. Was soll das?« Dabei schüttelt er leicht seinen Kopf.

»Ihr müsst schauen, Bürgermeister, dass keiner der Salztransporte mehr Wasserburg anfährt. Ich sag Euch, die Fuhrknechte gehen dorthin, wo ihnen der größte Vorteil winkt.« Dabei grinst der Pientzenauer ganz hinterhältig, so, als habe er bei diesem Spiel den Trumpf in der Hand.

Der Bürgermeister aber hat ihn immer noch nicht ganz verstanden. »Du redest in Rätseln, Kufsteiner. Wie meinst du das?«

Der Rechtsgelehrte merkt, dass weder der Bürgermeister noch die Räte ihm so ganz folgen können, und so bemüht er sich um eine deutlichere Erklärung. »Hört mir jetzt gut zu! Wenn die Fuhrknechte statt nach Wasserburg nach Rosenheim fahren, können die Wasserburger das Salz nicht mehr aufbringen, das die Münchner brauchen. Also können die Münchner auch ihr Salz anderswo kaufen. Rosenheim ist zwar expressis verbis nicht in dem Freiheitsbrief genannt, aber es gilt eben als ›anderswo‹.«

»Wann fahren denn die Fuhrknechte nach Rosenheim?«, fragt der Peter Wider einfältig

»Wenn der Pfennig winkt!«, entgegnet ihm der Kufsteiner und reibt Daumen und Zeigefinger der rechten Hand.

Bedenklich schüttelt der Peter Wider seinen Kopf. »Oh Gott, oh Gott, wie soll denn das gehen? Also ich seh da keinen Weg.«

»Ich auch nicht«, meint der Bürgermeister, »die Höhe von Anschüttzoll, Brückenzoll und Salzpfennig sind nach den herzoglichen Kammerstatuten genau geregelt. Der Kastner passt gut auf! Du kannst nicht mehr und auch nicht weniger bezahlen.«

»Woll, woll!« Der Kufsteiner bestätigt dies ebenfalls dem Bürgermeister. Doch im gleichen Atemzuge meint er: »Aber wo steht denn, dass die Fuhrknechte nicht eine Prämie für Salzscheiben und Grätln bekommen dürfen? Je mehr Scheiben und Grätln ein Knecht nach Rosenheim bringt, desto mehr Prämie bekommt er. Was meint Ihr, wie die Fuhrknechte aufladen und wie die Innplätten bis zum Rand gefüllt sind?«

Das ist doch ein Teufelskerl, der Tiroler! Jetzt ist den Herren vom Rat der Knopf aufgesprungen. Alles ist hellauf begeistert. Der Bürgermeister kann sich nicht mehr halten. Seine Erregung ist so groß, dass er mit ausgestreckten Armen auf den Pientzenauer zugeht.

»Kufsteiner, Du bist ein Schlitzohr!«, ruft er aus. Er lacht und die Räte fallen einer nach dem anderen ein.

Da tut sich auf einmal, so mir nichts, dir nichts, eine neue Welt für die Rosenheimer auf. Mit der soeben aufgezeigten Möglichkeit können sie nämlich den Wasserburgern endlich eins auswischen! Darauf haben sie schon lange gewartet!

Der Bürgermeister hat den Arm um des Kufsteiners Schulter gelegt. Wenngleich er großen Respekt vor dem Tiroler hat, so gehen seine Gefühle jetzt mit ihm durch. Er drückt ihn fest an sich. Michael von Pientzenau bekommt fast keine Luft, so heftig ist die Freude des Bürgermeisters.

»Kommt, Freunde, wir gehen auf einen Humpen Wein und besprechen die nächsten Schritte«, ruft er. Er nimmt den Kufsteiner am Arm und zieht ihn in Richtung Rathaus. »Der Wein geht auf meine Kosten.«

Das lassen sich die Herren Räte und der Schreiber Schmidinger nicht zweimal sagen. Schon stürmen sie in Richtung Rathausschänke, dem Bürgermeister und dem Kufsteiner voraus.

In diesem Augenblick kommt des Schmidingers Tochter, die Katharina, von der Kirchenseite her. Sie läuft der abgehenden Gruppe direkt entgegen.

Die Räte bemerken die Katharina gar nicht, so aufgeregt diskutieren sie, so eilig haben sie's in die Schänke zu kommen.

Der Schmidinger aber sieht seine Tochter und bleibt stehen.

Der Bürgermeister, der mit dem Kufsteiner den Schluss bildet, bemerkt es und ruft dem Marktschreiber zu: »Bleib nicht zu lange, Schmidinger. Wir brauchen dich fürs Protokoll!« Dann verschwindet er den Kufsteiner am Arm führend in Richtung Ratskeller.

Die Sorgen des Wolfgang Schmidinger

Vater und Tochter Schmidinger fallen sich in die Arme. Die beiden haben sich schon längere Zeit nicht mehr gesehen. Seit Katharina droben beim Kastner in Diensten steht, treffen sie sich nur ab und zu. Meist dann, wenn Katharina in den Markt zu größeren Einkäufen kommt. Dann schaut sie bei ihm in der Schreibstube vorbei oder macht schnell einen Sprung zur Mutter und den Geschwistern ins neue Haus in der Heiligen-Geist-Gasse hinüber.

Der Schmidinger hält seine Tochter mit beiden Armen fest und sieht ihr lange in die Augen. Das Mädel sieht ein bisschen ernst aus. Das Lachen und die Fröhlichkeit sind aus ihrem Gesicht gewichen. So fragt er besorgt: »Katharina, mein Kind, geht es dir gut?«

»Vater, es geht. Doch wär ich lieber bei euch, bei dir, der Mutter und den Kleinen.«

Die Katharina schaut den Vater mit großen, traurigen Augen an. Der Schreiber streicht seiner Tochter beruhigend übers Haar.

»Katharina, du weißt, wie hart uns das Leben ankommt. Du musst selbst für dich sorgen, du bist groß genug. Vom Rat bekomme ich nur das, was zum Leben reicht.«

Dann lässt der Schmidinger die Katharina behutsam los. Als sie noch daheim war, denkt er wehmütig, gab's immer Freude und gute Laune. Alleine schon durch ihre Anwesenheit hat das Mädel die Familie glücklich gemacht.

Katharina will ihrem Vater keinen Vorwurf machen. Sie versteht die Lage. »Ich weiß, Vater, wie hart das Leben ist. Nur, bitte, versteh auch du mich. Der Reich ist kein guter Mensch. Ich hab immer Angst vor ihm.«

»Kommt er dir zu nahe?« Der Schmidinger ist erschrocken.

»Nein Vater, doch ich habe Angst, dass er's tut.«

Der Schmidinger atmet schwer und besorgt. »Ich werd mit ihm reden.« Er nimmt seine Katharina sanft am Arm und wiederholt noch einmal in fürsorglichem Ton: »Ich werd mit ihm reden.«

Er muss die Katharina beruhigen und sich auch.

»Aber sei vorsichtig, Vater. Der Kastner ist sehr jähzornig. Wenn er kann, so schlägt er zurück und ich muss es dann womöglich ausbaden.«

»Ich werd schon vorsichtig sein, mein Kind. Ich kenn ihn gut, zu gut!«

»Ich muss weiter, Vater. Der Reich will wieder zurück auf den Schlossberg.«

Die Katharina drängt auf einen schnellen Abschied. Sie kennt den Reich. Verspäten darf sie sich nicht. »Grüß mir Mutter und Geschwister.«

Der Schmidinger nimmt seine Tochter noch einmal fest in die Arme und gibt ihr einen Kuss auf die Stirn. »Gott mit dir, Katharina. Nur Mut!«

»Mit Gott, Vater!«

Sie dreht sich um und geht mit schnellen Schritten davon.

Der Schmidinger sieht ihr noch eine kurze Weile nach, dann macht auch er sich auf den Weg in den Ratskeller. Der Bürgermeister, die Räte und der Kufsteiner werden schon auf ihn warten.

Als die Katharina in die Nikolaigasse einbiegt, kommt ihr der Reich entgegen. In seiner Begleitung sind drei Fuhrknechte.

Man sieht's dem Kastner gleich an, dass er's auf die Katharina abgesehen hat. Denn schon faucht er von weiten: »Katharina, warum bist du weggelaufen vom Tanz?«

»Das Tanzen macht mir heute keinen Spaß!«

»Du bist in letzter Zeit ziemlich eigenartig. Du hast doch früher gern getanzt! Was ist? Hast du was?«

»Nein. Es ist alles in Ordnung.«

»Mir scheint, du flunkerst mir was vor. Komm jetzt! Der Wagen muss noch beladen werden!«

Bevor die Katharina auf den Platz kam, war der Schreiber Wolfgang Schmidinger voller Vorfreude auf den Becher Rotwein, den der Bürgermeister versprochen hatte. Aber nun, nach dem kurzen Gespräch mit seiner Tochter, ist ihm das Verlangen nicht mehr danach.

Denn die Katharina hat den Schmidinger sehr schnell in die Wirklichkeit zurückgeholt. Was sie ihm da über den Kastner Reich erzählt, lässt den Schmidinger nichts Gutes ahnen. So geht er nachdenklich und gemäßigten Schrittes zum Ratskeller.

Dort drinnen geht es schon recht hoch her. In der kurzen Zeit, in der sich der Schmidinger mit der Katharina unterhalten hat, scheinen die Herren schon kräftig am Spund gedreht zu haben. Die Becher sind voll, bemerkt der Schmidinger, also ist das sicherlich schon die zweite oder dritte Runde.

»Setz dich, Schmidinger, trink mit«, ruft der Bürgermeister.

Wortlos nickt ihm der Schreiber zu und sucht sich einen Platz am unteren Ende des Tisches. Die Schankdirn bringt ihm einen gefüllten Becher.

»Prost, Gänsekiel«, ruft lachend der Freudenreich vom entgegengesetzten Ende des Tisches herüber.

»Prost!«, rufen auch die anderen und heben die Becher in Richtung Schmidinger.

Der nimmt seinen Becher, prostet den anderen zu und trinkt. Doch der Wein schmeckt ihm nicht mehr. Er nippt nur ein wenig. Und während er langsam den Becher auf den Tisch stellt, überkommt ihn die Vergangenheit.

Wie war das doch mit der Katharina im vorigen Sommer?

Der Schmidinger war damals mitten im Hausbau. Das Geld – der Rat zahlt gerade so viel, dass es zum Leben reicht – war knapp geworden durch die Belastungen, die er durch den Bau einging. Und dann hatte er noch seine Frau, die Katharina und noch drei kleinere Dirndln zu versorgen.

Von seinen aufkommenden Schulden sprach der Marktschreiber nicht, auch nicht gegenüber seiner ihm angetrauten Elisabeth. Die Weiberleut haben sowieso kein Verständnis fürs Geld, sagt sich der Schreiber, also halt ich 's Maul.

Bei den Schmidingers ist es üblich, dass am Sonntag, nach der Messe, der Wolfgang seiner Elisabeth immer das Haushaltsgeld für die Woche gibt. Damit muss sie auskommen. Voriges Jahr, Anfang September war's, da klagte auf einmal seine bessere Hälfte.

»Wolfgang, du gibst mir von Woche zu Woche weniger Geld. Was soll das?«

»Wir müssen sparen, Elisabeth. Das neue Haus kostet viel Geld. Wenn's fertig ist, dann bekommst du wieder mehr für den Haushalt.«

»Und in der Zwischenzeit sind wir allesamt verhungert. Wir sind sechs Leute. Die Kinder brauchen so viel wie die Erwachsenen.«

»Da gibt es nur eine Möglichkeit, damit du mit dem Geld für die Woche besser wirtschaften kannst: Wir müssen die Zahl unserer hungrigen Mäuler verringern!«

»Und wie stellst du dir das vor? Sollen wir die Kinder an die Zigeuner verkaufen oder in einen Sack stecken wie kleine Katzen und sie ersäufen?«

Der Wolfgang lässt sich nicht beirren. Denn wenn der Schreiber einen Gedanken hat, der ihm gelegen kommt, dann bleibt er beharrlich daran kleben. »Du musst nicht gleich so aufgehen, liebe Elisabeth, überleg doch! Wenn wir zum Beispiel die Katharina in Dienst geben, dann ist eine Person weniger und das Geld würde reichen.«

»Mach mir keine solchen Scherze! Die Katharina bleibt!«

»Denk doch einmal, Elisabeth, Weib! Die Katharina ist alt genug. Mädel in ihrem Alter sind oft schon unter der Haube. Ich will jetzt nicht von Heirat reden und sie aus dem

Haus vertreiben. Aber wenn sie anderswo in Diensten stehen könnte, wäre uns schon viel geholfen.«

Die Schmidingerin ist gar nicht einverstanden mit einem solchen Vorschlag. Andererseits ist sie klug genug, auf ihren Gemahl zu hören, denn so ganz Unrecht hat er nicht. So fragt sie ihn mit einer gewissen Neugier: »Du weißt, dass mir das, was du mir da erzählst, nicht gefällt. Aber ich will dennoch einmal darüber nachdenken. Also: Wie soll es weitergehen?«

»Ich hätte da eine Idee«, rückt der Schmidinger verhalten heraus. »Du weißt, oben auf dem Kuglmoos sitzt der Kastner Reich. Und der hat mich vor einiger Zeit, als er im Rathaus war, nach einer Dienstmagd gefragt. Er hat gemeint, wenn ich jemanden wüsste, soll ich's ihm sagen. Und jetzt denk ich, die Katharina wäre da oben gut aufgehoben.«

Der Schmidingerin kommt der Vorschlag mit dem Kastner Reich nicht ungelegen. Wenn die Katharina schon aus dem Haus soll, dann in ein gutes. Der Reich ist ein honoriger Mensch, sagt sie sich.

»Wenn's der Kastner ist, der die Stellung anbietet, so tät ich nicht nein sagen. Der Mann ist eine wichtige Person. Mit so was könnte man sich anfreunden.«

Der Schmidinger kann's kaum glauben, dass die Elisabeth so schnell umgestimmt ist. Aber der Kastner, ein reicher Junggeselle mit einer guten Stellung und einem schönen Haus, bringt die Weiberherzen gleich schneller zum Schlagen.

Alsbald war die Katharina als Dienstmagd beim Kastner eingestanden.

Da wird der Schmidinger aus seinen Gedanken aufgeschreckt.

»Prost, Schmidinger!«, schreit der Freudenreich lachend zu ihm hinüber. »Schmeckt dir der Wein nicht? Du säufst doch sonst wie ein Loch, wenn's was umsonst gibt.«

Dabei hat der Freudenreich die Lacher auf seiner Seite.

Der Schmidinger, so aus seinem Sinnieren herausgerissen, macht ein ernstes Gesicht. Der Freudenreich denkt, er habe den Spaß zu weit getrieben. Er steht auf und geht zum Schmidinger hinüber.

»War nicht so gemeint, Schreiber«, entschuldigt er sich lachend, stößt mit seinem Becher an den des Schmidingers und klopft ihm freundschaftlich auf die Schulter. »Prost, Schmidinger!«

»Prost, Freudenreich!«, kommt's noch etwas verhalten zurück.

»Prost!«, rufen die anderen am Tisch und ziehen wieder so kräftig an, dass die Schankdirn alle Hände voll zu tun hat schnell eine neue Runde auszuschenken.

In die fröhliche Ausgelassenheit hinein ruft der Bürgermeister Cronast, vom roten Wein schon ganz schön angesäuselt: »Und den Wasserburgern ziehen wir die Hosen runter, dass ihnen der Arsch kalt wird!«

Diese Bemerkung veranlasst die Herren Honoratioren in grölendes Gelächter auszubrechen.

»Was soll's«, brummelt der Schmidinger und stimmt dann ebenfalls lachend mit ein.

Wie hat doch vor einigen Wochen, als die Leute vom Markt ihr Frühlingsfest feierten, der Bürgermeister zum Kufsteiner gesagt: »Man muss die Feste feiern, wie sie fallen!« Daran hält sich jetzt auch der Marktschreiber.

Ein Befehl vom Herzog

Am nächsten Tag ist der Reich mit seinen drei Knechten und der Katharina wieder im Markt. Sie wollen die restlichen Waren aufladen, die sie gestern nicht mehr auf dem Fuhrwerk untergebracht haben.

Und die Katharina muss noch die Wolle beim Färber abholen, damit die Mägde auf dem Kuglmoos endlich mit dem Stricken der Hosen für die Mannsbilder anfangen können. Nach der neuesten Mode sollen die Beinkleider aussehen, hat der Reich angeschafft. Schön bunt, am besten jedes Bein in einer anderen Farbe oder gar gestreift. So trägt man's heute.

Als die Gruppe über die Schranne geht, kommt der Torknecht Linhart Stettner vom Mittertor her angeschnauft. Er ist außer Atem. Die knapp hundert Meter bis zur Schranne haben ihm arg zu schaffen gemacht. In voller Montur, mit dem Helm auf dem Kopf, der schweren Hellebarde über der Schulter und dem Schwert am Gurt, läuft es sich nicht so leicht.

»Gott zum Gruß, Euer Gnaden!«, ruft er dem Reich zu.

»Warum so eilig?«, meint der Reich, und weil er neugierig ist, fragt er noch: »Was gibt's?«

Der Linhart Stettner kann nur noch sagen: »Schaut hin!« Er deutet nach rückwärts und läuft geschwind weiter in Richtung Rathaus.

Da biegen auch schon wilde Reiter, in Harnisch gekleidet, bewaffnet bis an die Zähne, um die Ecke. Vor dem Reich zügeln sie ihre Pferde. Einer führt eine Fahne mit sich. Das Fahnentuch ist rot und zeigt ein weißes Kreuz.

»Wer seid Ihr?«, herrscht der Hauptmann an der Spitze der wilden Horde den Reich an.

»Ich bin der Kastner vom Kuglmoos.«

Zu seinen Knechten und Katharina meint der Reich

schnell: »Geht Euren Geschäften nach und dann zum Wagen, ich komme nach.«

Die Knechte gehen hurtig in Richtung Münchner Tor, wo das Fuhrwerk zum Beladen steht; die Katharina geht hinüber zum Färber. Alle sind froh, dass sie der Reich weggeschickt hat. Mit solch wilden Gesellen wie jenen, die gerade um die Ecke gebogen sind, ist meist nicht gut Kirschen essen. Der Reich soll sich mit den Landsknechten alleine abgeben. Er kann das besser als sie alle miteinander.

»Von wem seid Ihr als Kastner ins Amt gesetzt?«, fragt der Anführer.

»Von unserem verstorbenen Herzog Georg!«

Dabei betont er das Wort »unserem«. Denn die Fahne weist die rauen Gesellen als Landshuter Soldaten aus.

»Das trifft sich gut«, meint der Anführer. »Ihr gehört zu uns! Seht zu, dass auch die Rosenheimer schnellstens zu Herzog Ruprecht stehen.«

Das braucht ihm aber der Landshuter Offizier nicht zweimal zu sagen. Schließlich ist er ein niederbayrischer Kastner, hat seinem alten Herzog Georg treu gedient. Und diese Treue gilt auch für die Erbin Elisabeth und ihren verehrten Gemahl Ruprecht.

Dass der Recke ihm eine solche Aufforderung abverlangt, versteht der Reich nur allzu gut. Es gibt nämlich genug Leute im oberen Bayern, die die Landshuter nicht anerkennen wollen. Auch mit den Rosenheimern ist's da nicht anders. Sie suchen immer wieder eine Ausrede um der niederbayrischen Aufsicht eins auszuwischen.

Während dem Reich diese Gedanken durch den Kopf gehen, eilen schon die Rosenheimer Ratsherren, an ihrer Spitze der Bürgermeister mit dem Kufsteiner, herbei.

Auch der Schmidinger hat sich ihnen angeschlossen.

»Was gibt's?«, ruft der Cronast von weitem, als er die wilden Gesellen sieht. »Kommt Ihr friedlich oder was sollen Harnisch und Schwert?«

»Ich komme von Ötting und bring Nachricht von Herzog Ruprecht!«

Von Herzog Ruprecht? Die Ratsherren sind erstaunt. Herzog Ruprecht persönlich in Ötting? Bisher hat es geheißen, dass sich nur die Landshuter Hauptleute mit ihren wilden Horden im Lande herumtreiben um die Erbhuldigung einzufordern. Und jetzt soll Herzog Ruprecht selbst mit Soldaten unterwegs sein? Da heißt's Vorsicht walten lassen.

»Lasst hören.«

Der Bürgermeister ist ein wenig ängstlich geworden, man sieht's ihm an. Wer weiß, was jetzt auf Rosenheim zukommt. Wird es nun tatsächlich ernst? Trifft das jetzt ein, worüber schon seit geraumer Weile gewispert und getuschelt, gemunkelt und geredet wird?

Krieg?

»Wir sind auf dem Wege nach dem Markt Burghausen. Die feisten Burghausener wollen unserem Herzog die Erbhuldigung versagen. Wenn sie nicht willig sind, so gebrauchen wir Gewalt.« Der Anführer der Soldatenschar redet mit großem Maul frech drauflos.

So hat es kommen müssen! Das ist das böse Spiel der Mächte.

Auf Kosten der wehrlosen Städte, der Bürger und Bauern treiben die edlen Herren ihr Ränkespiel.

Das ist Krieg!

Gott sei Dank wollen die Landshuter die Erbhuldigung noch nicht auf der Stelle von Rosenheim abverlangen.

Jetzt ist erst einmal Burghausen dran. Verständlich ist das insoweit, als die Burg von Herzog Georg bestens ausgebaut und bewehrt wurde und deshalb eine besondere Stellung innehat. Und noch eins: Auf der Burg lagern die Schätze der Landshuter, mit denen sie den Krieg gegen München finanzieren wollen. Die Landshuter sehen das gar nicht gerne, dass sie die Herren der Burg sind und sich das kleine Städtchen unterhalb der Festung weigert, die Erbhuldigung vorzunehmen.

Aber warum sind die Reiter dann hier in Rosenheim? Es wäre doch besser, wenn sie auf direktem Wege nach Burghausen gegangen wären anstatt diesen Umweg zu machen.

So fragt der Bürgermeister neugierig: »Und was sollen wir Rosenheimer denn dabei?«

»Ihr seid Landshuter Marktgemeinde, also müsst Ihr zu den Waffen greifen und uns beistehen.«

»Was soll das heißen?« Der Freudenreich ist aufgebracht.

Die Umstehenden stupsen den Freudenreich an, weil er sich so gebärdet. »Vorsicht, nicht aufmüpfig werden! Mit diesen Landshuter Spießgesellen muss man behutsam umgehen«, flüstert ihm einer zu.

Da brüllt der Offizier vom Pferd herunter: »Ihr müsst unverzüglich die Hälfte Eurer Landwehr, aber nur die tauglichsten Männer, ausgerüstet mit Harnisch, Spießen, Schießwaffen und dem nötigen Zubehör, nach Burghausen entsenden. Weiters ist das Fähnlein für mindestens 14 Tage mit Proviant und Geld zu versehen.«

Was der wilde Geselle da von sich gibt, scheint man ihm auch noch schriftlich mitgegeben zu haben. Denn er schwingt ein Schreiben in der Rechten um seiner Rede den gehörigen Nachdruck zu verleihen. Er übergibt das Papier dem Bürgermeister: »Der Befehl ist vom Heutigen, dem 29. April 1504.«

Der Bürgermeister nimmt das Schreiben. Er hätte große Lust es einfach zu zerreißen. Doch man muss, wie gesagt, vorsichtig sein!

»Oh Gott, oh Gott, Bürgermeister, das geht mir alles viel zu schnell.« Ängstlich drückt sich der Peter Wider an den Erasmus Cronast heran.

Wenn die Rosenheimer ihre Männer gegen Burghausen schickten, so hieße das gegen den Freund das Schwert zu erheben, überlegt der Bürgermeister. Er schaut noch einmal in das Papier. Dann nickt er dem vor Angst zitternden Peter Wider leicht zu und wendet sich an den Soldaten auf dem Pferd.

»Der Peter Wider hat Recht, mir geht das auch zu schnell!«

Dafür aber hat der Landshuter Reiter kein Verständnis: »Das ist allein Eure Sache! Trefft Eure Entscheidung, aber schnell!«

Unruhe macht sich unter den Räten breit.

Der Bürgermeister winkt beschwichtigend mit der rechten Hand seinen Leuten zu. Dann meint er gelassen: »Lasst Euch versorgen in der Schänke. Wir werden beraten.«

»Zum Beraten habt Ihr wenig Zeit, mein lieber Freund. Mich drängt mein Auftrag, unser Herzog ruft. Hafer für unsere Pferde, ein kräftiger Schluck für uns, dann sind wir wieder da. Zeigt uns den Weg zur Schänke.«

Der Bürgermeister gibt dem Lindl-Götz, der ein wenig abseits steht und mit großen Ohren und offenem Munde lauscht, einen Wink. Der Lindl-Götz versteht. Das ist wieder ein Auftrag für ihn, den sonst keiner der Torwächter außer ihm erledigen kann.

Er deutet den Reitern die Richtung zur Schänke an. Mit erhobenem Haupt, den Spieß in der Rechten, weit seitlich weggestreckt, damit er nur ja nicht stolpert, watschelt er wichtigtuerisch voraus.

Während sich die Reiter in Trab setzen und sich mit dem Lindl-Götz entfernen, schaut der Bürgermeister noch einmal in das Schreiben. Die Ratsherren gruppieren sich um ihn und sehen ihm über die Schulter.

»Ja, genau so steht's drin, wie's der Hauptmann gesagt hat«, brummelt der Bürgermeister und nickt dabei viel sagend mit dem Kopf. Auch die Herren Räte nicken wichtig. Wenngleich sie das Geschriebene nicht oder kaum lesen können, so tun sie doch so, als würden sie alles verstehen, was da zu Papier gebracht wurde und schwarz auf weiß vor ihren Augen geschrieben steht.

Der Schreiber muss schmunzeln. So sind sie, die Herren Räte. Immer geben sie vor alles zu können, alles zu verstehen und dabei mangelt es so manchem an der nötigen Voraussetzung. Aber wenn sie nicht vorgeben würden alles zu können, alles zu verstehen, wer weiß, ob man sie in das wichtige Amt eines Ratsherrn gewählt hätte!

»Was sollen wir jetzt machen?«, fragt der Bürgermeister ratlos. »So mir nichts, dir nichts die Hälfte unserer Landwehr für Burghausen abstellen und dazu noch die Tauglichsten. Wir brauchen unsere jungen Männer für die Arbeit im Markt. Als Kanonenfutter für Burghausen sind sie mir zu schade.«

Und weil der Bürgermeister immer das sagt, was der Ratsherr Peter Wider gerne hört, bestätigt ihn der: »Ja, ja, Bürgermeister, das sind auch meine Worte!«

Der Kastner Reich hat sich bis jetzt zurückgehalten. Er hat das Zusammentreffen der Soldaten und Räte aus der Entfernung beobachtet, aber so, als ginge ihn das alles nichts an. Dennoch verhält er sich wie eine Spinne im Netz, stets auf der Lauer, sofort die Gelegenheit beim Schopf zu packen, wenn es darum geht, Landshut zu verteidigen.

So mischt er sich in die Diskussion ein. »Wenn ich Euch einen Rat geben darf«, meint er, »tut, was Herzog Ruprecht will. Gebt ihm die Männer und die Waffen. Die Herzöge zu Landshut haben immer schützend die Hand über Rosenheim gehalten. Ihr kennt den alten Spruch: Die Hand, die einem füttert, beißt man nicht. Ihr solltet Euch also Herzog Ruprechts Gnade stets bewusst sein. Er ist unser Landesherr! Wer sich ihm verschließt, verliert seine Gunst. Und hat man einmal die Gunst verloren, so beißen einen die Hunde!«

Da reißt dem Freudenreich der Geduldsfaden: »Euch werden die Hunde gleich beißen! Unser Landesherr ist Albrecht!«, brüllt er ihn an.

Der Reich hätte es zwar wissen müssen, dass der Freudenreich so reagiert. Dennoch verschlägt es ihm erst einmal die Sprache.

Damit das Ganze nicht wieder in einen Streit ausartet, beschwichtigt der Bürgermeister sofort: »Wir tragen aber doch nicht leichtfertig unsere Haut zu Markte, Kastner. Die Landshuter sollen sich anderweitig Soldaten besorgen!«

Der Reich ist ein schlauer Fuchs. Sofort geht er auf den Bürgermeister ein und zieht sich von dem beginnenden Streit zurück. »Das mag schon sein, Bürgermeister. Ich hab Euch auch nur raten wollen. Die Entscheidung müsst Ihr im Rat treffen. Mein Kastenamt ist nicht berechtigt sich in derlei Angelegenheiten des Marktes einzumischen.«

Das hat er geschickt gesagt. Und um das alles zu einem friedvollen Ende zu bringen, fügt er scheinheilig hinzu: »Beratet gut und denkt an meine Worte. – Ich grüße Euch.«

Und weg ist er mit ein paar schnellen Schritten. Eine weitere Auseinandersetzung mit dem Freudenreich würde seine Bemühungen, die Rosenheimer auf Landshut einzustimmen, zunichte machen. Also macht er sich aus dem Staube und wartet auf die nächste Gelegenheit.

Zurück bleiben die Rosenheimer in großer Unsicherheit, zu welcher Entscheidung sie sich nun durchringen sollen. Der Kastner hat mit seiner Rede die Sorgen der Ratsherren nur noch vergrößert. Was ist zu tun?

Der Peter Wider unterstreicht die Ratlosigkeit aller: »Und jetzt, Bürgermeister? Oh Gott, oh Gott …!«

❧

Ein Brief nach München

Der Kufsteiner, den so leicht nichts aus der Fassung bringt, ist verärgert über des Kastners Haltung.

Er hat ihn schon längst durchschaut. Der Reich ist ein hinterlistiger Tropf. Wenn der so weitermacht, dann gelingt es ihm gar noch, die Rosenheimer auf die Landshuter Linie einzuschwören.

Noch verteidigen sie zwar Herzog Albrecht und den Kaiser, aber wer weiß, ob sie nicht doch eines Tages umfallen. Er muss das verhindern!

»Ich sag Euch«, meinte er deshalb, nachdem er gehört hat, mit welcher Arglist sich der Kastner gerade von den Ratsherren verabschiedet hat, »der Reich ist ein Hundsfott, ein ganz ein hinterhältiger!«

»Wir müssen mit ihm leben. Er ist uns aufgezwungen«, erwidert der Bürgermeister. »Was ist zu tun?«

Der Scheuchenstuel wiegt bedächtig sein Haupt und meint ernsthaft: »Da ist guter Rat teuer.«

Diese Rede hätte er sich aber sparen können.

Der Freudenreich, ein glühender Verehrer der Münchner Herzöge Albrecht und Wolfgang, poltert gleich wieder los: »Sag das nicht, Scheuchenstuel! Wir sind alle auf Herzog Albrechts Seite. Der Ruprecht kann uns gestohlen bleiben. Eine Wehrgestellung unserer Männer nach Burghausen kommt nicht in Frage!«

So ist der Freudenreich, wie er leibt und lebt: Immer große Worte! Doch wie stellt er sich das vor? Will er alleine gegen den Herzog zu Landshut angehen?

Der Bürgermeister gibt zu bedenken: »Wir können die Forderung nicht einfach ablehnen. Die Landshuter kommen sonst mit Gewalt und holen sich, was sie jetzt noch friedlich fordern.«

Doch der Hanns Freudenreich, wenn er in Fahrt ist, lässt sich nicht bremsen: »Ich sag nein! Und nochmals nein! Da kannst du machen, Cronast, was du willst, ich sage nein!«

Hilfe suchend wendet sich der Bürgermeister an den Kufsteiner. »Kufsteiner, was meinst du?«

»Ihr habt bisher Herzog Ruprecht noch nicht gehuldigt, so wie andere Märkte und Städte, und das hat seinen Vorteil!«

Der Freudenreich ist so in Rage, dass er gar nicht so richtig hinhört, was der Kufsteiner zu erklären versucht, und fährt deshalb gleich wütend dazwischen: »Richtig, und wir huldigen auch nicht, nie und nimmer; Albrecht ist unser Herr, Ruprecht unser Feind!«

»Ist schon gut, lieber Freudenreich! Wenn Ihr Ruprecht noch nicht gehuldigt habt, so kann er auch nicht ohne weiteres die Wehrgestellung Eurer Männer für Burghausen einfordern. Verstehst du mich, Freudenreich?«

Der Freudenreich schüttelt nur den Kopf. Mit solchen juristischen Haarspaltereien kann er nichts anfangen.

Der Bürgermeister jedoch hat sofort begriffen, worauf der Kufsteiner hinauswill.

»Nicht schlecht, Kufsteiner«, sagt er deshalb anerkennend.

Mit einem Augenzwinkern zum Bürgermeister hin meint der: »Ihr könntet sagen, es sollen erst andere Märkte und Städte huldigen, zum Beispiel Wasserburg; wenn das geschehen sei, würdet Ihr schon folgen. Und dann, so könntet Ihr versichern, gäb's die Wehrgestellung für Burghausen!«

Es ist erstaunlich, was der Kufsteiner da immer wieder aus dem Ärmel zaubert.

Wer außer dem Freudenreich ebenfalls nichts versteht, ist der Peter Wider. »Was bringt das?«, fragt er dümmlich, steht da wie ein Schaf und glotzt mit großen Augen in die Welt hinein.

Der Bürgermeister, der ihn gut kennt, nimmt ihn beim Arm und sagt:: »Schau, Wider, es bringt uns den Vorteil, dass wir vorerst keine Männer für Burghausen abstellen müssen und dass wir etwas Zeit haben an Herzog Albrecht einen Bittbrief zu schreiben, damit er uns hilft.«

»So ist's, Bürgermeister. Ihr folgt gut meiner Fährte«, freut sich der Kufsteiner.

»Diktiert Ihr dem Schmidinger den Brief an Herzog Albrecht?«, fragt ihn daraufhin der Cronast.

»Gern. Was wollt Ihr zum Inhalt?«

»Nichts anderes als den Stand der Dinge und die Bitte um Rat und schnelle Hilfe, aber wirklich schnelle Hilfe.«

Na also! Der Kufsteiner freut sich. Genau so wie er sich's erhofft hat, beginnt sich das Rad zu drehen. Jetzt sind sie so weit, die Rosenheimer. Ein kleiner Anlass, ein kleiner Hinweis, schon läuft das so, wie er sich's wünscht.

»Ich geh hinüber ins Rathaus, Bürgermeister, und setz das Schreiben auf. Der Schmidinger kommt mit.«

Dabei zieht der Kufsteiner den Marktschreiber am Arm und gemeinsam gehen sie hurtig in Richtung Rathaus.

Als sie ein paar Schritte weg sind, ruft ihnen der Bürgermeister nach: »Vergesst nicht, Herzog Albrecht unsere Treue und Ergebenheit mitzuteilen und auch einen untertänigen Gruß an seinen herzoglichen Bruder Wolfgang!«

»Nichts lieber!« Der Kufsteiner ruft dies lachend zurück.

Die Reiter, denen man sehr schnell die Pferde gefüttert hat und die sich selbst gehörig mit Wein abgefüllt haben, kommen aus Richtung Schänke geritten.

»Nun, was ist? Wie steht's?«, brüllt der Hauptmann mit schwerer Zunge.

Das muss ein ziemlich großer Humpen Wein gewesen sein, den man ihm in der Schänke kredenzt hat. Rote Backen hat der Herr Hauptmann und sein Blick ist auch nicht mehr der klarste. Auch die anderen Reiter sind in einem nicht viel besseren Zustand. Der Anführer aber hat anscheinend den größeren Durst gehabt.

»Wie steht's?«, wiederholt er lallend, nachdem von den Rosenheimern nicht gleich Antwort kommt.

Der Bürgermeister nimmt sich ein Herz und geht auf ihn zu. »Sagt dem Herzog, Hauptmann, wir werden helfen und die Wehrgestellung für Burghausen dann befolgen, wenn wir gehuldigt haben.«

»Gut, gut«, meint der Hauptmann und setzt noch ein »Sehr gut« hinterdrein. Dann brummelt er etwas von »Kandare anziehen« und wendet sein Pferd.

Da macht der Bürgermeister jedoch eine Einschränkung. »Wir werden aber erst dann Herzog Ruprecht die Huld erweisen, wenn andere Märkte und Städte, vor allem aber Wasserburg, vorausgegangen sind.«

Das ist zu viel für den angetrunkenen Gesellen. Wütend reißt er sein Pferd herum und brüllt: »Was, seid Ihr verrückt?«

Dabei schlägt er mit der Hand seinem Ross an den Hals. Das Pferd erschrickt und macht einen gewaltigen Satz auf die Gruppe der Ratsherren zu. Die springen erschrocken zurück.

Die Pferde der Soldaten, die den Hauptmann begleiten, werden dadurch unruhig und im Nu ist ein wildes Hin und Her im Gange, ein Schreien und Fluchen der Reiter, ein ungezügeltes Stampfen der Pferde, ein lautes Schnaufen und Wiehern. Ängstlich springen die Rosenheimer Ratsherren zwischen den Pferden herum, von einer Stelle zur anderen. Das geht eine Weile so hin und her. Als der Hauptmann sein Pferd endlich wieder im Zaum hat und auch die Herren Offiziere für Ruhe bei ihren Tieren gesorgt haben, brüllt der Hauptmann los: »Verflucht, dann werdet ihr bald dran sein, ihr Drecksäcke! Keine Stadt, kein Markt, kein Dorf hat sich im ganzen Niederbayern bisher widersetzt. Und die Orte am Inn, die auch die unseren sind, werden schnell gehuldigt haben! Darauf könnt ihr Gift nehmen! Ihr werdet sehen, bald bin ich wieder zurück, dann krieg ich die Männer, die wir fordern! Auf Wiedersehen, störrische Rosenheimer Marktschreier!«

Er wendet sein Pferd, die anderen mit ihm, und hinaus geht die wilde Hatz zum Tor.

Die vom Markt atmen erst einmal tief durch. Die bösen Gesellen sind fort. Der Bürgermeister schlägt ein Kreuz hinterher. »Ich bin froh, dass der Kelch an mir vorübergegangen ist«, ruft er aus.

»Ich bin auch froh! Oh Gott, oh Gott ...!«, bestätigt der Peter Wider.

Wär die Lage nicht so ernst, so könnte man über die einfältige Rede des Ratsherrn lachen.

Nun heißt es schnell handeln, damit der Bote mit dem Brief nach München bald unterwegs und noch schneller wieder zurück ist. So bittet der Bürgermeister den Scheuchenstuel, er solle seinen besten Reiter und sein schnellstes Pferd bereithalten.

Der Ratsherr ist gerade in Richtung seiner Stallungen verschwunden, da kommt der Schmidinger schon mit dem Brief vom Rathaus her. Hoch in der rechten Hand hält er ihn, winkt damit und ruft: »Da, Bürgermeister, der Brief.«

»Potz Blitz, Schmidinger, das ist aber schnell gegangen!«

»Der Kufsteiner hat diktiert wie ein Besessener. Es hat ihm arg pressiert. Und nach dem Diktat hat er sich gleich verabschiedet und gesagt, er müsse dringend weg. Ich soll Euch grüßen. Bald komme er wieder, hat er noch gemeint.«

»Ist gut. Lauf du zum Scheuchenstuel und schau, dass der Brief sogleich nach München kommt.« Und zu den Räten meint der Bürgermeister: »Kommt mit mir. Jetzt heißt's warten, am besten bei einem Humpen Roten im Ratskeller.«

Die Herren freuen sich, denn der Cronast hat gerade zu verstehen gegeben, dass er sie wieder einlädt, und zwar auf Kosten des Marktes, versteht sich!

Eine gemeine Erpressung

Während der Schmidinger zum Anwesen des Scheuchenstuel läuft, kommt ihm der Kastner Erhart Reich entgegen. Ausgerechnet der!

Der Schmidinger hat den Kastner früher ganz gut leiden können, aber das ist schon einige Zeit her. Jetzt ist er ihm nicht mehr so freundlich gesinnt.

Er nickt ihm zu, läuft weiter und versucht so seine große Eile anzuzeigen.

Der Reich merkt das nicht oder will es nicht merken. »Ach, der Wolfgang Schmidinger. Wohin des Weges?«, ruft er laut und tut so, als wäre er hocherfreut den Schmidinger zu sehen.

»Nach dort drüben, nach dem Rechten sehen, gnädiger Herr, Ratsgeschäfte«, meint der schnell, deutet über den Platz in Richtung Scheuchenstuel-Haus und läuft weiter.

»Halt! Nicht so eilig, langsam, wie geht's?«, ruft der Reich ihm nach.

Dem Schreiber kommt die Galle hoch. Er kann's nur nicht zeigen. So bleibt er widerwillig stehen und macht ein paar Schritte auf den Reich zu. »Ihr fragt mich, wie's mir geht? Ihr kennt doch meine Sorgen!«

»Welche meint Ihr?«

Der hinterhältige Reich macht ganz auf Unwissenheit.

Der Schmidinger ist ungehalten. Nun muss er sich mit dem Kastner aufhalten und der fragt noch so dumm, wie's ihm geht. Der weiß doch, was los ist. So gibt er etwas gereizt zurück: »Die Sorge um meine Tochter und die anderen; na, Ihr wisst doch selber!«

»Eure Tochter Katharina ist in guten Händen bei mir«, entgegnet ihm der Reich mit einem hinterhältigen Lächeln.

»Ich bitte Euch, dass es so bleibt, gnädiger Herr.«

»Wie meint Ihr das?« Der Reich tut so, als wisse er nicht, was den Schmidinger bewegt.

»Wie's ein besorgter Vater meint.«

Da ist sie wieder, die Angst des Schmidingers um seine liebe Katharina. Er mag den Reich nicht, besser gesagt, nicht mehr, und er traut ihm auch nicht mehr über den Weg. Es tut ihm in der Seele weh, wenn er daran denkt, dass seine Tochter dem Kastner ausgeliefert ist. Die Katharina hat den Reich jähzornig genannt, nachtragend, bösartig. Dem Schmidinger rinnt es kalt den Buckel hinunter.

Der Reich spürt die Angst des alten Schmidinger und weidet sich daran. »Na, na, Schmidinger, das sind aber sonderbare Reden! Wir haben doch einen Vertrag!«, meint er mit aufgesetzten Lächeln.

Das ist's, denkt der Schmidinger, einen Vertrag. Ich hab einen Vertrag mit dem Teufel gemacht, aus dem ich nicht mehr herauskomme!

Man merkt's dem Marktschreiber an, dass er sich nicht ganz wohl in seiner Haut fühlt, als er antwortet: »Sehr wohl, gnädiger Herr. Einen Vertrag, dass die Katharina bei Euch im Hause arbeiten soll.«

»Solange Ihr Euren Pflichten nachkommt, will ich's gelten lassen, dass sie nur arbeitet. Doch ich sag Euch, dann müsst Ihr aber langsam wieder anziehen mit Euren Verpflichtungen. Ich hab schon länger nichts mehr von Euch gehört und gesehen.« Dabei reibt er Daumen und Zeigefinger der rechten Hand aneinander und lächelt dem Schmidinger gemein ins Gesicht. »Gehabt Euch wohl! Und denkt ernsthaft darüber nach, auch im Interesse Eurer Tochter!«

Der Reich dreht sich um und geht seiner Wege. Der Schmidinger schaut ihm bestürzt nach. Ihm wird schwindlig bei dieser bösen Drohung. Oh Gott im Himmel! Allmächtiger! Hilf mir und meiner Katharina! Der Reich wird ihr Gewalt antun, nur weil ich nicht zahlen kann.

Langsam geht er hinüber zum Stall des Scheuchenstuel. Er hat's auf einmal nicht mehr eilig und er kann auch nicht mehr schneller gehen. Die Füße sind ihm schwer geworden. Ihm ist, als trage er plötzlich eine Zentnerlast mit sich herum.

Verfluchter Kastner Reich!

Des Scheuchenstuels Reiter wartet schon ungeduldig auf den Brief. »Los, mach zu, Schmidinger!«, ruft er laut und springt aufs Pferd. Kaum hat er den Brief in Händen, jagt er in Richtung Münchner Tor zum Markt hinaus.

❧

Zu der Zeit, als man im Markt zu Rosenheim den Beschluss fasst, eiligst einen Brief an Herzog Albrecht abzusenden, tritt in der Münchner Residenz der Hofrat zu einer seiner üblichen Beratung zusammen.

Herzog Albrecht ist nicht anwesend. Er ist auf dem Wege zu Kaiser Maximilian um die weiteren Schritte gegen Landshut abzustecken.

So leitet sein Bruder, Herzog Wolfgang, die Sitzung. Deshalb geht es in dieser Runde nicht so sehr um die Frage, wo und wann zum großen Schlag gegen Landshut ausgeholt werden soll. Heute geht es eher darum, wie die Lage in der Bevölkerung zu beurteilen ist, was der Hof zu unternehmen hat um die Landshuter Nadelstiche abzuwehren, wie die Münchner Fähnlein, die draußen im Felde liegen, versorgt werden müssen, und um viele Dinge des Alltags.

Dennoch bleibt die rücksichtslose Einforderung der Erbhuldigung durch die Landshuter nicht unerwähnt.

Es ist den Herren vom Münchner Hofrat wohl bekannt, was Elisabeth ihren Hauptleuten nach dem Sturm auf die Landshuter Kanzlei aufgetragen hat. Der Wilhelm von Rohrbach, der auf der Burg Trausnitz ein- und ausgeht, aber gleichzeitig im Geheimen enge Beziehungen zu München pflegt, hat es in diesem Kreise schon des Öfteren wiedergegeben. Erst letzte Woche hat er vor diesen erlauchten Herren Folgendes berichtet:

»Ich hab's mit eigenen Ohren gehört, was Elisabeth ausrief:

Ihr Herren Hauptleute, sagte sie, nun seid Ihr an der Reihe. Ihr fordert jedermann auf, mir und Ruprecht die Erbhuldigung zu erweisen. Und Elisabeth sagte noch, dass die oberbayrischen Märkte und Städte, die den Landshutern gehören, sofort fällig seien, wenn die niederbayrischen Orte gehuldigt haben.«

Was auf Burg Trausnitz geredet wird, weiß man in Kürze schon zu München und kann sich danach richten.

»Nun denn, Ihr Getreuen«, beginnt Herzog Wolfgang seine Rede und eröffnet damit die Ratssitzung. »Was gibt es zu vermelden?«

Nachdem sich keiner persönlich angesprochen fühlt, ist ein Augenblick Stille im Raum. Da wird die Tür von außen geöffnet und der Michael von Pientzenau betritt, noch außer Atem vom schnellen Ritt, den Saal.

»Verzeiht, Durchlaucht, aber der Weg war beschwerlich.« Sagt's und nimmt an seinem angestammten Stuhl Platz.

Der Herzog nickt ihm freundlich zu. »Pientzenau, ich habe gerade gefragt, was es Neues zu vermelden gibt. Ihr kommt von draußen. So redet!«

»Durchlauchtigster Herr«, meint dieser immer noch etwas außer Atem, »die Landshuter Fähnlein führen ein hartes Regiment. Die Erbhuldigung ihrer eigenen Städte und Märkte wird eingefordert ohne Gnade und Barmherzigkeit. Wer sich widersetzt, hat schärfste Sanktionen zu erwarten. Nun aber, hoher Herr, gehen sie auch auf die niederbayrischen Exklaven in unserem Gebiete vor. Die Städte am Inn sind jetzt gefährdet.«

»Habt Ihr konkrete Anhaltspunkte, Pientzenau?«, fragt Herzog Wolfgang.

»Sehr wohl, hoher Herr. Die Rufe der Märkte und Städte, aber auch der Bauernschaft um Hilfe sind zwischenzeitlich unüberhörbar.«

»Dem stimme ich voll zu, gnädiger Herr«, unterstützt des Pientzenaus Klage der Herr Eitel Graf zu Streifenstein und fährt fort: »Ich hörte, zu Wasserburg sei Herzog Ruprecht eingetroffen und habe die Stadt mit Gewalt genommen. Da wird die Erbhuldigung der Wasserburger wohl nur noch eine Frage der Zeit sein, wenn diese nicht gar schon abgelaufen ist für sie.«

»Streifenstein, sie ist abgelaufen«, bestätigt der von Pientzenau.

Der Herzog meint nachdenklich: »Was mir Sorgen bereitet, ist die Haltung der Kastner und Pflegsverwalter in den Städten am Inn. Sie sind niederbayrische Offizials und stehen Landshut nach wie vor treu zur Seite«.

Der Graf zu Streifenstein bringt's auf den Punkt: »Wenn eine Stadt eingenommen wird und danach den Landshutern die Erbfolge schwört, so ist das ein herber Schlag für unsere Sache.«

»Gebt mir einen Rat, wie das im Vorfelde vermieden werden kann!« Herzog Wolfgang blickt in die Runde seiner Ratgeber.

Die Herren Hofräte haben keine Antwort. Die Frage des Herzogs ist auch nicht auf die Schnelle zu beantworten. Das ist eine verworrene Lage, in der sich die Münchner zur Zeit befinden.

Denn empfehlen sie den Bürgermeistern und Räten in den Städten den Widerstand, so wissen sie genau, was die Landshuter dann machen. Man wird die Verantwortlichen fangen, und bevor sie sich umschauen, werden sie um einen Kopf kürzer sein.

Die Münchner brauchen sich ja nur in den eigenen Reihen umzusehen. Ihre Hauptleute und Heerführer machen auch kurzen Prozess, wenn ihnen eine Stadt die Gefolgschaft verweigert. Und der Hof sanktioniert das grausige Spiel, weil er weit weg und meist guter Rat teuer ist. Man will Ergebnisse sehen, also toleriert man die harte Hand.

Empfehlen die Münchner aber ihren Städten und Märkten die Erbhuldigung vorzunehmen um Mensch und Vieh, um Haus und Hof zu schützen, dann geben sie von höchster Stelle ihre Gebietsansprüche und ihr angestammtes Recht auf.

So kommt von den Herren Hofräten auf die Frage des Herzogs keine Antwort. Ein paar von ihnen drucksen herum, so, als wollten sie etwas sagen. Doch sie halten den Mund, bevor sie einen falschen Rat abgeben und diesen früher oder später bereuen müssten.

»Nun«, drängt der Herzog etwas ungeduldig, »Pientzenau, was ist? Ihr habt doch einen klugen Kopf. Macht schon! Gebraucht Euren Verstand. Wir warten auf einen vernünftigen Vorschlag!«

Von allen Seiten Ermunterung. Die hohen Herren sind froh, dass Herzog Wolfgang den Pientzenau direkt aufgefordert hat zu reden. So brauchen sie nicht mit gesenktem Kopf in den Tisch hineinzuschauen und so zu tun, als seien sie gar nicht anwesend.

Der Michael Pientzenau erhebt sich langsam, fast bedächtig:

»Hoher Herr, zuvörderst muss den gefährdeten oberbayrischen Märkten und Städten klar und deutlich bekundet werden, dass wir auf ihrer Seite stehen. Wir dürfen sie nicht im Unklaren lassen. Das ist zwar keine große Hilfe, hebt aber, so hoffe ich, die Moral. Dies gilt auch ganz besonders für die niederbayrischen Städte am Inn, die uns überwiegend wohl gesinnt sind.

Solange wir noch nicht über die notwendigen kaiserlichen Truppen verfügen und die Reichsalliierten noch nicht zusammengefasst sind um die offene Schlacht zu riskieren, müssen wir auf die moralische Aufrüstung unserer eigenen Leute bauen.

Als nächstes müssen wir den Menschen draußen sagen, dass sie sich Zeit lassen sollen bei der Erbhuldigung für Landshut! Die Städte müssen mit aller Kraft versuchen diese Angelegenheit, dazu zähle ich auch die leidigen Wehrgestellungen, hinauszuzögern, solange es geht.

Und ferner schlage ich vor, dass diese Verhaltensregeln, die ich gerade Euch vorgetragen habe, als Empfehlungen vom Hofrat abzugeben sind. Ihr und auch Euer Herr Bruder

Albrecht, Ihr solltet Euch von solchen Empfehlungen fern halten um diesen nicht offiziellen Charakter angedeihen zu lassen. Lasst die Herren Statthalter und Räte dafür geradestehen!«

»Donnerwetter, Michael von Pientzenau!«, ruft Herzog Wolfgang begeistert aus. »Darüber werde ich meinem Bruder Albrecht schnellstens ein Protokoll zukommen lassen.«

»Ich danke für die Anerkennung, hoher Herr.«

Der Pientzenau verbeugt sich leicht zu Wolfgang, die Herren am Tisch applaudieren.

»Darf ich abschließend noch etwas bemerken?«, fragt der Pientzenau.

Wolfgang nickt freundlich lächelnd und gibt ihm zu verstehen, dass er dies auch im Sitzen erledigen kann.

»Gnädiger Herr, eins muss aber dabei immer beachtet werden: Wenn die Städte und Märkte so verfahren wie empfohlen und dennoch um eine Erbhuldigung nicht herumkommen, weil der Druck zu groß wird, dann soll man sie deshalb nicht nachträglich bestrafen. Denn bei einer solch verworrenen Lage ist der Schutz von Mensch, Vieh und Hof höher zu bewerten als eine unter Zwang herbeigeführte Erbhuldigung.«

»Sehr wohl, Pientzenau. – Nun, meine Herren, lasst Ihr's gelten?« Der Herzog wendet sich dabei an die Tafelrunde.

Nicken, Gesten der Zustimmung zeigen sich allenthalben.

»Nun gut, ich sehe, Ihr seid mit mir einer Meinung. Ich danke Euch, die Sitzung ist beendet.«

Herzog Wolfgang erhebt sich, die Räte ebenfalls. Man geht auseinander in der Gewissheit, eine gute Leitlinie für künftiges Handeln gefunden zu haben.

Schatten des Krieges

Der April hat bis in seine letzten Tage verrückt gespielt. Mitten in den Sonnenschein hinein dunkle Wolken und immer wieder Schneeschauer, als wolle die Welt untergehen.

Doch allmählich hat der Frühling das Regiment übernommen.

Und jetzt ist es Mai geworden. Der warme Regen lässt allenthalben das frische Gras in den Spitzen leuchten, die Birken zeigen ihr junges helles Grün und die Tannen haben in ihren braunen Hütchen die prallen, samtweichen jungen Triebe eingehüllt.

Laut zetern und schlagen die Amseln bei den Sträuchern am Wehrgraben. Lüstern umstreichen die Katzen die Gelege. Die Maiglöckchen neigen sich im sanften Wind. Draußen auf dem Aesbaum grasen Schafe, Ziegen und Kühe in ihren Koppeln. Die Schafhirten dösen vor sich hin. Und weiter drüben am Münchner Tor schnattert und zetert das Federvieh mit der Gänseliesl.

Auf der Schranne fährt ein Hund in eine Schar aufgeregter Enten. Sie flüchten, der Erpel voran. Hinweg geht die wilde Hatz über eine im Schlamm suhlende Sau. Und ehe der Hund sich versieht, ist die Sau hinter ihm her. Jetzt ist er der Gejagte. Mit großen Sätzen flüchtet er in Richtung Nikolauskirche und verschwindet hinter dem daneben liegenden Friedhof. Kurz schaut ihm die Sau mit kleinen, listigen Äuglein nach, dann trabt sie zurück und gräbt sich wieder grunzend in ihrem Pfuhl ein.

Still ist es wieder auf der Schranne.

Ab und zu zieht eine weiße Wolke schnell am Himmel vorüber. Kurze Schatten, dann wieder helle Strahlen der wärmenden Frühjahrssonne.

Die Torwächter am Mittertor, unter ihnen der Linhart

Stettner, genießen die lang ersehnte Wärme. Heute ist ein Tag, wie man sich ihn schon lange gewünscht hat. Ein richtiger schöner Frühlingstag, ein ruhiger Tag.

Die Helme haben die Torwächter zur Seite gelegt. Auch die Hellebarden stehen achtlos in einer Ecke. Ab und zu blinzelt einer der Wächter in die Gegend. Kein Mensch rührt sich. Die Luft flimmert schon ein wenig, so warm ist es geworden.

Der Stettner sitzt außerhalb des Tores im Gras. Mit dem Rücken lehnt er an der Mauer. Das rechte Bein hat er angezogen. Seine ganze Aufmerksamkeit gilt der Spitze seines linken Schuhes.

Da wird es unruhig. In der Ferne, draußen bei den Wiesen, werden Reiter sichtbar. Sie kommen im scharfen Trab aus Richtung Wasserburg.

Dem Stettner schwant Böses.

»Los, auf!«, brüllt er den anderen Torwächtern zu, die eingeschlafen sind.

Sofort wird's lebendig am Tor.

Schuhe anziehen, Kleider ordnen, Helme auf, Hellebarden zur Hand.

Da erschrickt der Stettner, denn er erkennt die Reiter.

Das ist dieselbe Truppe, die schon einmal im Markt war und nichts Gutes verhieß. Der Anführer hatte damals beim Wegreiten gebrüllt: »Ihr werdet sehen, bald bin ich wieder zurück, dann krieg ich die Männer, die wir fordern!«

Das war, als er mit seinen betrunkenen Reitern wutentbrannt den Markt verlassen hatte.

»Bleibt Ihr hier, ich hol den Bürgermeister«, ruft der Stettner den Torknechten zu und rennt in Richtung Rathaus.

»Bürgermeister, Bürgermeister, jetzt sind sie schon wieder da. Schnell, Bürgermeister!«, brüllt er ganz aufgeregt.

Und während der Torknecht auf dem Platz herumschreit, kommt der Schreiber Schmidinger des Weges. Er will ins Rathaus.

»Schmidinger, da, schau!«, schreit der Stettner und deutet in Richtung Mittertor. Dann hetzt er atemlos weiter zum Rathaus.

Und schon kommen sie um die Ecke. Ja, das sind sie, beinah schon alte Bekannte. Nur, dass es diesmal noch ein paar mehr sind als beim ersten Mal. Fast ein ganzes Fähnlein. Alles Spießgesellen mit Gesichtern wie Galgenvögel. Angst könnte man bekommen.

»Hört her, Rosenheimer!«, brüllt der Anführer. Er ruft dies von weitem dem Bürgermeister und den Ratsherren zu, die eilig angelaufen kommen.

»Herzog Ruprecht ist vor Wasserburg erschienen. Auf dem Berg jenseits des Inns hat er seine Geschütze aufgestellt und dann in die Stadt hineingeschossen, dass es nur so gekracht hat. Das war gestern!«

Die Rosenheimer Räte und viele vom Lärm aufgescheuchte Bürger erschrecken. Der Hauptmann genießt die Wirkung seiner Worte und kräht vom Ross herunter: »Ein herrliches Feuerwerk war da zu sehen. Und schon hat sich Wasserburg ergeben.«

Der Bürgermeister Erasmus Cronast fängt sich als erster und fragt ganz verdattert: »Was wollt Ihr damit sagen?«

Da beugt sich der Hauptmann gelangweilt über den Hals seines Pferdes. »Jetzt seid Ihr dran. Wir brauchen Eure Männer für Burghausen. Ich hab's Euch doch prophezeit! Erinnert Ihr Euch nicht mehr?«

»Wir sind erst dran, wenn Wasserburg Herzog Ruprecht gehuldigt hat«, meint trotzig der Bürgermeister.

Da brüllt der Hauptmann los: »Meint Ihr, der Herzog beschießt und erstürmt die Stadt Wasserburg und vergisst danach die Erbhuldigung einzufordern? Das Erste, was er getan hat nach seinem Einzug in die Stadt, war, den feisten Pflastertretern das Messer auf die Brust zu setzen. Was glaubt Ihr, wie schnell die auf dem Bauch vor unserem Herzog gelegen sind? Ein jeder hat mehr als einmal gestammelt: Wir huldigen, wir huldigen.« Dabei bricht er in lautes Lachen aus und prustet die letzten Worte fast unverständlich hervor. Lauthals fallen auch die anderen Reiter und Landsknechte ein. Sie haben das ja alle miterlebt, worüber der Hauptmann gerade berichtet.

Für sie war es wirklich ein Spaß, die verängstigten Wasserburger Ratsherren vor ihrem Herzog knien zu sehen und mitzuerleben, wie sie den Landshutern mit großen, ehrfurchtsvollen Worten huldigen mussten.

Die Rosenheimer Ratsherren sehen sich betroffen an.

Die umstehenden Bürger, meist Frauen und Kinder, machen lange Gesichter.

Dem Bürgermeister wird mehr und mehr bewusst, dass er jetzt höllisch aufpassen muss.

»Kommt Herzog Ruprecht nun nach Rosenheim?«, fragt er den Brüllhals auf dem Ross untertänig.

»Meint Ihr, der Herzog läuft Euch nach? Nichts da! Mein Befehl lautet: Eine Abordnung aus Eurem Markt hat sich unverzüglich nach Wasserburg zu begeben und meinem und Eurem Herzog Ruprecht zu huldigen. Danach her mit der Wehrgestellung!«

Die Sache wird immer brenzliger für die Rosenheimer.

Was ist zu tun?

Der Bürgermeister braucht Zeit. Der Bote von München ist noch nicht zurück. Und bevor dieser nicht mit weiteren Anweisungen eintrifft, möchte er auf keinen Fall eine verbindliche Antwort geben. Also windet er sich heraus: »Wir werden beraten, gnädiger Herr, wer von uns zur Erbhuldigung geht.«

Die Anrede »gnädiger Herr« und der Bückling, den der Bürgermeister wohl überlegt eingebracht hat, stimmen den forschen Gecken milder. Er geht dem Bürgermeister sogleich auf den Leim. »Beratet nicht zu lange«, meint der Hauptmann nun etwas freundlicher gestimmt.

Ihm wäre es zwar egal, wenn er die Rosenheimer mit Gewalt überzeugen müsste, aber wenn's friedlich geht, so ist's besser.

»Der Herzog hat mir aufgetragen«, meint er noch nebenbei, »dass Ihr Euch flugs nach Wasserburg zu begeben habt. Ihr müsst am Pfingstmontag, dem 27. Mai, die Erbhuldigung vornehmen. Also macht Euch auf. Euch bleiben nur mehr wenige Tage!«

Den Rosenheimern fällt ein Stein vom Herzen. Gott sei Dank! Erst am Pfingstmontag, dem 27. Mai! Es bleibt noch Zeit und Hoffnung.

Der Offizier wendet sein Pferd. »Wir sehen uns zu Wasserburg! Wenn Ihr gehuldigt habt, so trinken wir einen Humpen zusammen, denn dann sind wir Brüder, aber Landshuter. So wahr ich Ludwig von Leonstein heiße. Die Landsknechte lass ich unter dem Kommando des Fähnrichs Philipp von Augenstein zurück, damit euch die Entscheidung leichter fällt!« Spricht's und reitet mit den anderen Spießgesellen in Richtung Mittertor davon.

Der Peter Wider, der die Rede des Reiters für bare Münze hält und über dessen Worte gar entsetzt ist, meint in seiner braven Einfältigkeit: »Bürgermeister, ich möchte nicht dem sein Bruder sein! Oh Gott, oh Gott …!«

Mit einer beschwichtigenden Handbewegung versucht der Bürgermeister ihn zu beruhigen.

Die Reiter müssen am Kastner Reich vorbei. Der steht an der Ecke zur Kirchgasse. Der Hauptmann grüßt ihn mit einem leichten Wink seiner Rechten. Der Reich erwidert den Gruß mit einem untertänigen Kopfnicken und mit einem hinterhältigen Grinsen.

Man sieht's dem Kastner an, dass er zufrieden ist mit dieser Entwicklung. Die Rosenheimer, denkt er, werden schon umfallen. Denen steht das Wasser bis zum Hals. Bald wird sein Landshuter Herr Ruprecht auch die Rosenheimer Pfeffersäcke vor sich knien sehen.

Der Scheuchenstuel wendet sich an den Bürgermeister: »Cronast, wir müssen uns entscheiden!«

»Lasst mir noch Zeit, darüber nachzudenken. Ich brauch

einen klaren Kopf. Es ist besser, wir kommen morgen wieder zusammen. Scheuchenstuel, versorg die Soldaten. Mit Gott!« Der Bürgermeister dreht sich um und geht eiligen Schrittes nach Hause.

Die Herren Räte und die umstehenden Menschen verlassen in kleinen Gruppen den Platz, der Scheuchenstuel nimmt sich des Fähnrichs und seiner Landsknechte an. Der Reich geht als Letzter. Zufrieden blickt er den Rosenheimern nach und wendet sich dann dem Mittertor zu.

Draußen vor dem Tor steht sein Fuhrwerk, beladen mit Brettern und Balken. Morgen sollen sechs neue Plätten gebaut werden. Der Handel auf dem Inn blüht. Der Reich mischt kräftig mit und verdient sich dabei eine goldene Nase. Nicht zuletzt auch, weil die beiderseitigen Truppenaufzüge im ganzen Land zunehmen und vermehrt versorgt werden müssen. Der Gedanke an die guten Geschäfte macht den Kastner sichtlich vergnügt, als er zu seinem Fuhrwerk geht.

❧

Von verschiedenen Fuhrknechten, die von der unteren Innschleife kommen, hat man erfahren, dass sich der Rat zu Wasserburg einige Tage ernsthaft gewehrt hat Herzog Ruprecht und seinen vielen Fähnlein Einlass zu gewähren.

Da soll es eine Menge von Verhandlungen gegeben haben, bald in der Stadt, bald oben auf dem Berg jenseits des Flusses bald auf der Brücke vor dem Tor. Dazwischen soll es auch einige Schüsse von des Herzogs Feldgeschützen in den Turm der Brücke und auf das Wasserburger Kastenhaus gegeben haben. Dadurch sollten die Gespräche beschleunigt werden. Die Wasserburger haben daraufhin mindestens einmal zurückgeschossen, aber angeblich nur mit halbem Herzen. Und es soll sogar hüben und drüben Tote und Verletzte gegeben haben. Danach gab es angeblich wieder etliche Verhandlungen, die mit Drohungen und Schmeicheleien gespickt waren. Endlich, so hat man im Markt zu Rosenheim vernommen, seien die Landshuter dann doch als Sieger in Wasserburg eingezogen.

Eins aber scheint sicher zu sein, es muss auch Verräter in den Reihen der Wasserburger gegeben haben, sonst, so meinen die Fuhrleute, hätte es Herzog Ruprecht nicht so leicht geschafft, die Stadt zu besetzen. Was sich allerdings genau ereignete, das wissen nur die Herren Räte zu Wasserburg und die Hauptleute im Feldlager von Herzog Ruprecht.

Da waren auf Wasserburgs Seite neben dem Bürgermeister und den Räten die Amts- und Edelleute, wie der Rentmeister Wolf Baumgartner, der Pfleger Georg Preysing und der Hauptmann Muhrer.

Auf Landshuts Seite, als Abgesandte des Herzogs, die Hauptleute Willibald von Schauberg, Georg von Wispeck, Georg von Rosenberg und der Doktor Dietrich von Witzleben.

Als wieder eine der vielen, vielen Unterredungen auf der Innbrücke abgehalten wurde, da soll der Landshuter Hauptmann Willibald von Schauberg den Rentmeister Baumgartner von Wasserburg zur Seite genommen und gesagt haben:

»Wenn Ihr, verehrter Baumgartner, meinen und auch Euren Herzog einlasst in die Stadt und dies auch noch auf der Stelle, so will ich Euch viertausend Rheinische Gulden geben. Außerdem garantiere ich Euch Euer Amt auf Lebzeit und sichere Euch weiterhin Eure Liegenschaften im ganzen Lande zu. Mein Wort gilt für das Herzog Ruprechts.«

Solche Rede wollen die Rossknechte des Rentmeisters gehört haben. Bestechung also unter den hohen Herren! Doch das ist nichts Neues. Das ist gang und gäbe in den erlauchten Kreisen. Schließlich will man ja sein Eigentum sichern und gar noch vermehren! Und im Übrigen, der Kaiser macht's doch vor: Krieg führen, Belohnungen einstreichen, Verrat bezahlen, Mörder verdingen und vieles andere mehr.

Als die Verhandlungen, Drohungen und Bestechungen der Landshuter dann endlich zum Erfolg führten, zogen die niederbayrischen Truppen in einer langen Kolonne vom jenseitigen Ufer des Berges herab auf die Wasserburger Brücke zu. Die Feldgeschütze allerdings ließen sie oben auf dem Berg stehen, zum Schutz der hinabreitenden Fähnlein. 3000 Fußknechte und 1000 Reiter sollen es insgesamt gewesen sein, die Wasserburg besetzten. So sagen die Fuhrknechte.

Und der junge Herzog, der das Heer gen Wasserburg führte, findet immer mehr Gefallen an seinen Unternehmungen. Kämpfen, morden, erpressen, brandschatzen, das sind nun keine Fremdwörter mehr für ihn. Mehr und mehr fühlt er sich wohl unter seinen rauen Hauptleuten und den derben Landsknechten. Am abendlichen Lagerfeuer sitzt er oft und gerne mit ihnen zusammen, singt sogar unflätige Lieder. Und er dichtet seit neuestem auch über sich: über seinen Mut, über seine Freude, seine Leidenschaft, das Kriegführen, und über seine Rolle als erster Feldherr im Landshuter Heer.

Als er über die Wasserburger Brücke ritt, erzählen die Fuhrknechte, soll er auch wieder gesungen haben.

Das sah so aus: An der Spitze des langen Zuges marschierten Trommler und Pfeifer um den Landsknechten den rechten Schritt und Tritt vorzugeben. Danach kam der Herzog zu Pferd. Auf den Lippen hatte er sein neuestes Lied. Lauthals brüllte er es hinaus, dass es sich an den starken Wehrmauern Wasserburgs brach und als Echo über den Inn hallte:

Bund heb stark und brich nit,
Römischer König du hast es nit,
Albrecht hat's in der Taschen nit,
Landgraf von Hessen schadt's mir nit,
Ich will bleiben Pfalzgraf am Rhein
Und widerstehen allen Feinden mein,
Böhmen nimm zu Gehilfen ich,
Henneberg verlasst nit mich,
Der ganze Bund steht wider mich,
Da widerstreit ich ritterlich!

Die Landsknechte waren begeistert von Herzog Ruprecht! So ein junger Ritter ist eine Augenweide, raunte es durch die langen Marschkolonnen. Das haben sie noch nie erlebt, denn der verstorbene Herzog Georg, dem sie früher dienten, hatte wegen seiner Krankheit jahrelang von solchen Auftritten Abstand genommen. Eine wahre Begeisterungswelle rollte durch die Marschkolonnen.

Hei, das war ein Einmarsch in dieses Wasserburg! Die Bürger der Stadt, die ängstlich und verstört den langen Zug über die Brücke herannahen sahen, ergriff trotz aller Sorgen und Nöte um ihr künftiges Dasein eine verhaltene Begeisterung für Ruprecht. Und so mancher von ihnen gestand bei diesem Anblick verstohlen ein, dass es doch recht gewesen sei, Herzog Ruprecht in die Stadt einzulassen. Denn so einen stolzen, jungen Reiter habe man sich schon immer als Landesherrn gewünscht.

Katharina und Kristof

Dem Kastner Reich gehört eine stattliche Zahl von Plätten auf dem Inn. Damit transportiert er Waren zwischen Kufstein und Passau und manchmal lässt er seine Schiffzüge auch bis Wien und Budapest führen. Die Rosenheimer wissen nicht genau, was der Reich auf dem Kuglmoos treibt und auf dem Inn handelt. Manchmal hört man das eine oder andere Gerücht, der Reich spiele mit gezinkten Karten und nutze seine Stellung als Kastner schamlos aus.

Aber das flüstert man nur hinter vorgehaltener Hand.

Man muss sehr vorsichtig sein mit derartigen Reden. Wenn sie dem Reich zu Ohren kommen sollten, dann kann der Schuss nach hinten losgehen. Denn wenn's ihm einer nicht hieb- und stichfest nachweisen kann, dass etwas faul an der Sache und an ihm sei, dann gnade Gott dem armen Menschen. Der Reich würde ihn wie einen Floh zwischen den Fingern zerdrücken.

Des Reichs Bedienstete auf dem Kuglmoos, auch seine Ruderleute, Treidelknechte und Schiffsführer, sind verschwiegen wie ein Buch mit sieben Siegeln. Von ihnen erfährt man nichts. Und deshalb wird über ihn nur gemunkelt und getuschelt.

Einer seiner Schiffsführer ist der Kristof Pernauer, der Sohn des Ratsherrn Sebastian Pernauer. Der alte Pernauer ist ein braver, ordentlicher Mensch. Er betreibt eine Lebzelterei. Sein Haus steht neben der Kapelle des Stierbräu in der Heiligen-Geist-Gasse.

Der junge Kristof Pernauer hätte nach dem Willen des Vaters ebenfalls Lebzelter werden sollen. Angefangen hatte er schon mit der Lehre. Aber so mitten drin hat's ihn dann von den brodelnden und siedenden Kochtöpfen der Lebzelterei weggezogen, hin zum eisig kalten, grünen Inn.

Schon als kleiner Bub war der Kristof mehr draußen bei der Innlände als zu Hause.

Den Schiffsknechten schaute er mit großen Augen zu. Oft ist er erst bei einbrechender Dunkelheit heimgekommen und hat dann so manche Schelte oder gar Ohrfeige vom Vater als Lohn kassiert.

Der alte Pernauer sah es nicht gerne, wenn der Bub immer nur den Inn und die Schiffsleute im Kopf hatte. Und Angst hatte er auch um den Kleinen gehabt. Der Inn ist ein unberechenbarer Fluss. Viele Strudel und Untiefen, das gurgelnde, eiskalte Wasser, haben schon so manchen auf Nimmerwiedersehen in die Tiefe gerissen.

Die Magdalena Pernauerin, die Mutter, hatte aber für die Interessen des kleinen Kristof immer ein offenes Ohr gehabt. Sie war es dann auch, die dem Buben dazu verhalf, dass der Vater letztlich nachgab und ihn aus der Lehre des Lebzelters entließ.

Die Mutter Pernauerin sagte: »Lass, Mann, der Kristof geht seinen eigenen Weg, wirst sehen. Wenn er auf dem Inn fahren will, soll er's tun. Schiffsleute sind angesehener als die Lebzelter.«

Das hatte der alte Pernauer natürlich nicht gerne gehört. Dennoch war die Rede seiner Frau richtig. Ein Schiffsführer, und dazu noch ein guter, war und ist eine angesehene Persönlichkeit. Und Geld hat er auch, viel mehr als ein Lebzelter. Denn der Schiffsführer ist am Gewinn seiner Fracht beteiligt und die ist manchmal eine Goldgrube. Je mehr bei einer Ladung Gewinn erzielt wird, umso mehr Anteil kann der Schiffsführer für sich verbuchen. Oft werden auch die Waren samt den Plätten am Zielort verkauft, weil der beschwerliche Rücktransport der leeren Schiffe mit den Pferdezügen zu teuer kommt. Wer von den Schiffsführern sein Geschäft versteht, wird schnell reich und angesehen. Das zeigt sich immer wieder.

Für den jungen Kristof Pernauer galt es aber erst einmal auf den Brettern zu stehen um mit ihnen den Inn auf- und abzufahren. Vierzehn Jahre war er alt, als er nach eineinhalb Jahren die Lehre als Lebzelter abbrach und draußen an der Innlände seine Ausbildung begann. Heute ist er siebenundzwanzig. In den vergangenen dreizehn Jahren hat er sich schnell vom Schiffsknecht zum Ruderführer emporgearbeitet und seit gut einem Jahr ist er nun der jüngste Schiffsführer in Diensten des Kastners Reich. Jetzt hat er erreicht, was er schon im Bubenalter erträumte.

Als Schiffsführer gehört er zur höchsten Hierarchie der Gilde. Zwar hat er keine eigenen Schiffe, doch sein Rang, sein Ansehen und seine Stellung sind unumstritten und heben ihn heraus aus der großen Zahl derer, die auf dem Wasser zu tun haben. Darauf ist der Kristof auch stolz.

Eines allerdings macht dem Kristof Pernauer zu schaffen: die Abhängigkeit vom Kastner Reich. Bei ihm steht er in Diensten, seine Befehle hat er auszuführen, seine Launen zu ertragen, seine Machenschaften zu verschweigen.

Das letztere bereitet diesem ehrlichen jungen Mann manchmal schlaflose Nächte. Oft hat er sich schon überlegt einen anderen Herrn zu suchen. Aber so einfach ist das nicht.

Wenn er vom Reich ginge, so fände dieser sehr schnell heraus, wohin er sich gewandt hat. Dann würde der Kastner dem neuen Herrn sehr schnell allerhand Unwahrheiten übermitteln lassen. Das würde dem Kristof viel Ärger bereiten, und ob er dann die neue Stelle würde behalten können, wäre sehr fraglich. Der Kristof müsste schon sehr weit weg von Rosenheim, damit ihn die Fänge des Reich nicht mehr erreichen.

Das will der Kristof aber nicht. Denn das hat einen ganz gewichtigen Grund und der heißt: Katharina Schmidinger. Die Katharina, des Marktschreibers Töchterlein, und er lieben sich.

Solange aber beide, die Katharina und der Kristof, in des Kastners Diensten stehen, dürfen sie ihre Liebe nicht offen zeigen; der Reich könnte da etwas dagegen haben. Der

Reich mag nicht, wenn sich seine Bediensteten zu nahe kommen.

Die beiden haben bereits als Kinder miteinander auf der Schranne gespielt und auch gerauft. Sie waren aus der Nachbarschaft. Gegenüber der Lebzelterei in der Heiligen-Geist-Gasse wohnten die Schmidingers, bevor sie das neue Haus weiter oben in der Gassse bauten.

Später haben sich die jungen Leute aus den Augen verloren.

Der Kristof ging zu den Innschiffern und von da ab war er nur noch selten daheim. Durch seine langen Fahrten und die Aufenthalte zwischen Innsbruck, Kufstein, Wien und Preßburg kam er kaum noch heim in den Markt.

Im vorigen Herbst, als er von einer langen Reise wieder zurückkehrte, hatte er dem Kastner Reich eine eilige und ganz persönliche Nachricht zu überbringen. So machte er sich sofort nach der Ankunft auf und ging hinauf ins Kuglmoos.

Als er den geräumigen Hausflur des Edelsitzes betrat, stand auf der entgegengesetzten Seite des Flures am Fenster eine junge Frau. Es war am frühen Nachmittag. Der Kristof weiß es noch genau, als wäre es heute geschehen. Hell leuchtete die Sonne schräg durchs Fenster und ließ die Gestalt wie in einem Lichterkranz erscheinen. Zögernd ging er einige Schritte auf sie zu. Er kannte die junge Frau nicht, auch blendete ihn das schräg einfallende Sonnenlicht. So vermutete er, es könnte vielleicht die Herrin auf Kuglmoos sein. Wenn es tatsächlich die Herrin war, so durfte er sich keinen Fehler leisten. Der Reich hätte ihm so etwas nie verziehen.

Andererseits, wann hätte der Reich geheiratet? Als der Kristof auf Reisen ging, sah es nicht nach Hochzeit aus.

Warum sollte der Reich auch heiraten? Er gilt als liederlicher Junggeselle, der sich das Leben mit schönen Frauen versüßt. Vielleicht ist dieses Mädchen auch eine von jener Sorte?

Der Kristof musste also vorsichtig sein. Er machte eine

leichte Verbeugung. »Liebe Frau, mein Auftrag führt mich zu des Kastners Haus, weil …«

Aber weiter kam er mit seiner Rede nicht. Ein helles Lachen unterbrach ihn. Der Kristof schaute aus seiner Verbeugung hoch und direkt in ein Paar fröhliche hellblaue Augen.

»Kristof Pernauer, kennst mich nimmer?«, vernahm er von einer ihm bekannten Stimme, von der er aber nicht wusste, wo er sie hintun sollte.

»Ich bin's, die Katharina.«

Der Kristof war so überrascht, dass er nicht begriff, wer da vor ihm stand.

»Na, Kristof! Ich bin's, die Katharina Schmidinger.«

Jetzt fiel es ihm wie Schuppen von den Augen. Richtig! Die Katharina Schmidinger.

»Aber Katharina, wie kommst denn du aufs Kuglmoos?«

»Das ist eine lange Geschichte, Kristof. Später erzähl ich sie dir. Ich steh beim Kastner Reich in Diensten. Was treibt dich auf den Berg herauf?«

»Ich hab eine wichtige Nachricht für unseren Herrn.«

»Dann komm. Ich führ dich zu ihm.«

Die Katharina ging die breite Treppe voraus in den oberen Stock. Kristof folgte ihr sprachlos, überrascht.

Die Katharina auf dem Kuglmoos, dachte der Kristof, als er die Stufen hinaufging, sonderbar.

Als sie noch Kinder waren, hat er die Katharina oft an ihren langen blonden Zöpfen gezogen und dafür hat sie ihn manchmal ganz schön das Gesicht zerkratzt.

Jetzt geht sie ihm voraus, hat immer noch das helle, fröhliche Gesicht, die schönen blauen Augen. Die Zöpfe trägt sie heute allerdings unter einen weißen Küchenhaube.

Die Katharina ist eine hübsche Person!

Sie klopft an eine Türe.

»Herein damit.«

Katharina öffnet die Türe. »Der Pernauer, gnädiger Herr, er ist mir gerade über den Weg gelaufen. So hab ich ihn gleich selber hergebracht«, hört er die Katharina sagen.

»Ist gut, geh und mach dich wieder an die Arbeit. – Pernauer, komm herein, was gibt's?«

Der Reich hat einen groben Ton an sich. Aber so ist er eben. Launisch, oft unwirsch, manchmal ganz schön gemein. Der Kristof kennt ihn.

Die Katharina macht einen leichten Knicks. Kristof betritt den Raum, die Katharina schließt die Tür von außen.

Von diesem Tag an haben sich Katharina und Kristof so oft gesehen, als es ihre Arbeit zuließ, jedoch immer heimlich, immer in Angst, entdeckt zu werden. Es ist beschwerlich, aber jedes Mal, wenn sich beide in den Armen liegen, ist all der Kummer der großen, bösen Welt vergessen.

Für Katharina ist es eine harte, lange Zeit, wenn ihr Kristof auf weiter Fahrt ist. Dann ist sie oft alleine und hat viel Zeit, über ihr junges Leben nachzudenken. Dann ist sie voller Träume und Hoffnungen. Sie ist nicht anders als alle Mädchen in ihrem Alter; sie träumt gerne und leidenschaftlich.

Doch allzu rasch wird sie immer wieder in die Gegenwart zurückgeholt, auf das Kuglmoos mit seiner harten Arbeit und der schmerzlichen Trennung von ihrer Familie, zum Kastner Reich mit seiner Unbeherrschtheit. Dabei überkommt sie jedes Mal eine große Traurigkeit. So ist es nicht verwunderlich, wenn die Katharina in der Stille und Einsamkeit ihrer kleinen, dunklen Kammer dem Schmerz freie Bahn lässt und leise Tränen über ihre unerfüllten Sehnsüchte vergießt.

Dem Kristof dagegen bleibt wenig Zeit, über sich und sein Schicksal nachzudenken. Er ist gefordert, von früh bis spät. Das Führen der Schiffszüge verlangt volle Aufmerksamkeit.

Die Knechte wollen beaufsichtigt sein, die Ruderführer brauchen Hilfe um die reißenden Wasser gut zu durchlaufen, Waren müssen bei den vorbestimmten Anlegestellen abgegeben oder aufgenommen werden und schon bei der Hinfahrt sind wichtige Vorbereitungen für die Rückfahrt zu treffen.

Dem Kristof geht der Tag schon zu Ende, ehe er so richtig begonnen hat.

Meist besinnt er sich seiner Katharina erst, wenn er

nachts in seine Decke eingerollt im Zelt liegt. Dann überkommt auch ihn die Einsamkeit, dann wird auch ihm die Trennung erst so richtig bewusst; um so heftiger wird sein Verlangen nach seiner Liebsten.

❧

Ruhe herrscht wieder auf der alten Schranne zu Rosenheim.

Noch vor wenigen Augenblicken ging es bunt und heiter zu.

Händler, Krämer, Kaufleute redeten durcheinander, boten ihre Waren feil, handelten und feilschten wie jeden Tag. Fuhrwerke, Pferdegespanne, Ochsen, Kühe, Schafe, allerlei Geflügel, lebend und gerupft, Eier, Schmalz und Butter, aufgetürmt auf Marktständen, Bauern, Bürger, Männer, Frauen, Kinder, ein lebendiges Durcheinander. Das ist Rosenheim. Ein Markt, in dem sich's leben lässt, ein Markt, in den es sich lohnt zu ziehen und Geschäfte zu machen.

Kurz nachdem sich das Volk und die Fahrensleute zerstreut haben, kommen fast zu gleicher Zeit Katharina von der Kirchgasse und Kristof aus entgegengesetzter Richtung auf die Schranne. Sie haben sich verabredet.

Der Peter Strobl hat's vermittelt. Er mag den Kristof. Ihm einen solchen Dienst zu erweisen ist dem Peter eine große Freude.

Um die zweite Stunde nachmittags hat der Peter die Katharina zur Schranne bestellt, dort beim Haus an der Ecke zur Kirchgasse, wo sie nicht gleich jeder sieht.

Katharina wirft sich ihrem Kristof in die Arme. »Kristof, mein Kristof!«

Dieser zieht Katharina in den Schutz einer vorstehenden Bretterwand des Eckhauses. Dann nimmt er sie an beiden Händen und schaut sie glücklich an.

»Mein Schatz! Geht's dir gut?«

»Es geht, Kristof. – Doch wir müssen vorsichtig sein. Der

Kastner ist auch im Markt. Er hat mich mitgenommen, weil ich für die Küche Besorgungen machen soll. Du weißt, der Kastner sieht's nicht gern, wenn sein Gesinde miteinander redet.«

»Katharina, ist der Reich gut zu dir?«

»Ja. Aber bei ihm weiß man nie, wie lange es so bleibt. Er ist ein böser, launischer Mensch. Du kennst ihn.«

Der Kristof zieht seine Katharina fest an sich. »Ja, Katharina! Sollten wir beide nicht weggehen? Lass uns zu den Walschen ziehen. In Italien hab ich Freunde. Ich kenn viele Schiffsführer und Fuhrknechte, die helfen uns bestimmt. Dort gibt's genug Arbeit für dich und für mich.«

Katharina blickt sich wieder ängstlich um. Der Kristof hält sie fest in seinen Armen und will sie nicht loslassen. Sie macht sich langsam frei. Es wäre nicht gut, wenn sie jemand sehen und es dem Reich stecken würde.

»Wenn wir gehen, Kristof, werden sie uns sicher fangen. Der Kastner lässt mich an den Pranger stellen und dir wird er auch Ärger bereiten.«

Kaum redet die Katharina vom Übel, schon kommt es des Weges. Der Reich taucht mit seinen Fuhrknechten von der Kirchgasse her auf.

»Vorsicht, da kommt der Reich!«

An eine Flucht ist nicht zu denken. Katharina schiebt den Kristof eilig von sich. »Morgen, um die neunte Abendstunde, am Uferweg«, flüstert sie ihm noch hastig zu. Kaum merkbar nickt Kristof. Schon sind sie ein paar Schritte voneinander entfernt. Der Reich darf nichts merken. Beide tun so, als hätten sie sich zufällig auf der Schranne getroffen.

»Ah, der Kristof«, keift der Kastner, als er die beiden zusammen sieht. »Was treibst du hier im Markt? Ich denk, du bist an der Lände und machst die Plätten fertig für die Fahrt?«

»Das tu ich, gnädiger Herr«, beeilt sich der Kristof zu erwidern. »Doch ohne Seile lässt sich der Schiffszug schlecht flussaufwärts führen. Die alten Seile sind zerschunden.«

Um eine Ausrede ist der Kristof nicht verlegen. Der Reich hat's aber auch nicht anders verdient, als dass man ihn zur rechten Zeit anlügt.

Doch der Kastner glaubt dem Kristof nicht; er ist ein misstrauischer Mensch.

»Red keinen Unsinn. Für die Talfahrt brauchst du keine Seile!«

»Aber ich muss mit den Plätten wieder zurück. Für die Rückfahrt sind Waren aufzunehmen. Da brauch ich neue Seile. Oder soll ich in der Ferne bleiben?«

Aufs Maul ist der Kristof nicht gefallen. Dem Reich aber gefällt's nicht, wenn ihm einer widerspricht und dazu noch so geschickt.

»Wär nicht schlecht –«, brummt er deshalb vor sich hin. Und dann fährt er laut und böse fort: »Besorg dir die Seile und mach dich davon. Noch eins: Zum Scherzen mit dem Weibervolk hat's keine Zeit. Ich bezahl dich für die Arbeit, nicht fürs Vergnügen.«

»Jawohl, gnädiger Herr.« Der Kristof wendet sich ab und macht sich mit schnellen Schritten davon. Die Katharina ist froh, dass er so gut weggekommen ist. Es hätte schlimmer kommen können.

»Und jetzt zu dir!«

Der Kastner geht auf Katharina zu. Diese weicht einen Schritt zurück.

»Ich hab dich zum Einkaufen in den Markt mitgenommen und nicht zum Schäkern. Lass ab von dem Pernauer und auch von den anderen Burschen.« Mit einer Armbewegung bezieht er die hinter ihm stehenden Knechte ein. »Ich seh's nicht gern, wenn du herumturtelst. Mach zu, dass du deiner Arbeit nachgehst! Spute dich!«

Der Kastner und seine Knechte gehen hinüber zum Schmied, von dem sie noch Ketten, breite Eisenschellen und Nägel abholen müssen für den Bau neuer Plätten.

Katharina geht in Richtung Rathaus. Dort stehen die Marktfrauen mit ihren Körben und bieten Viktualien feil.

Beim Einkaufen kann sie sich etwas erholen von dem bösen Auftritt des Reich.

Doch Katharina nimmt's heute nicht gar so schwer, denn das Treffen mit Kristof, waren es auch nur ein paar kurze Augenblicke, hat sie glücklich gemacht.

Der Kastner Reich kann ihr gestohlen bleiben.

Antwort aus München

Vom Turm von Sankt Nikolaus ruft der Wächter Sebastian Bauermeier die achte Morgenstunde aus.

»Hört, ihr Leute, lasst euch sagen,
Achte hat die Uhr geschlagen,
Höret auf mit Däumchendrehn,
Macht euch an des Tags Geschehn.«

Der Sebastian ist ein lustiger Bursche. Wenn er Turmdienst hat, dann freuen sich die Rosenheimer immer über die Verse, die er herunterruft. Eigentlich sollte ein Turmwächter die Stunden ausrufen und dabei ernsthafte Dinge von sich geben. Aber weil der Bauermeier seine Zuhörerschaft erfreut, haben der Bürgermeister und die Räte es schon lange aufgegeben, ihn über mangelnde Ernsthaftigkeit zu belehren. Die Leute im Markt sind auf der Seite des Sebastian Bauermeier und so nehmen die Herren Honoratioren das anfängliche Ärgernis mittlerweile als notwendiges Übel gelassen hin.

Leichter Nebel liegt über dem Pflaster der Schranne. Die Nacht hat stark abgekühlt, überall hat der Tau seine nassen Spuren hinterlassen. Es sieht so aus, als hätte es ein wenig geregnet. Über den First des Kirchenschiffes spitzt die Morgensonne in den Marktplatz herein. Es könnte heute ein schöner, warmer und trockener Maientag werden.

Den Bürgermeister Erasmus Cronast fröstelt es leicht, als er sein Wams überzieht. In den Räumen des Rathauses, die nicht mehr beheizt sind, ist es klamm und feucht.

Zu dieser Stunde hat er die Ratsherren, den Hanns Freudenreich, den Caspar Scheuchenstuel, den Peter Wider und den Sebastian Pernauer, einbestellt.

»Schmidinger«, ruft er ins Erdgeschoß hinunter. Der sitzt schon seit gut einer Stunde über wichtigen den Markt betreffenden Urkunden.

»Schmidinger, komm herauf«, ruft der Cronast noch einmal ungeduldig, »Lass mich nicht warten!«

Der Schmidinger legt die Feder hastig zur Seite. Mein Gott, denkt er, schon acht Uhr, und springt auf. Er war so in seine Arbeit vertieft, dass er nicht einmal den Türmer gehört hat und das will was heißen! Schnell eilt er die Treppe hinauf.

Die Ratsherren sind heute ausnahmsweise pünktlich. Der Wider erschien als erster vor dem Rathaus. Auch der Freudenreich und die anderen haben nicht lange auf sich warten lassen.

Der Lindl-Götz hat gestern spätabends die Zusammenkunft noch einsagen müssen.

»Sag ihnen, sie sollen ja pünktlich sein!«, hat der Bürgermeister ihm aufgetragen. Daran hat sich der Lindl-Götz auch gehalten. Er ist zwar ein wenig einfältig, aber solche Dinge, die ihm der Bürgermeister aufträgt, die nimmt er mit größter Sorgfalt wahr. Gleich ist er losgelaufen, von einem Ratsherrn zum anderen.

»Ihr sollt ja pünktlich sein!«, waren jeweils seine letzten Worte, bevor er zum nächsten lief.

Und jetzt sind sie auch da, ganz pünktlich stehen sie vor dem Rathaus.

»Ich bin gespannt«, meint der Peter Wider, »ob der Bürgermeister im Schlaf eine Eingebung gehabt hat, so, wie er gestern gesagt hat.«

»Der hat die Weisheit auch nicht mit dem Löffel gefressen, wirst sehen«, meint da der Freudenreich. Und er ist sich sicher, dass der Bürgermeister genauso dumm dastehen wird wie gestern zur späten Stunde, als sie ohne Ergebnis über die Erbhuldigung und die Wehrgestellung ihrer Männer für Burghausen auseinander gingen.

»Pfingstmontag ist schon in drei Tagen, heut ist ja der

24. Mai«, sagt da der alte Pernauer mit einer so sorgenvollen Miene, dass die anderen bald Mitleid mit ihm haben.

Mit den derzeitigen Problemen des Marktes kommt er überhaupt nicht mehr zu Rande. Selbst wenn ihm einer gut zuredet, so fühlt er sich von Gott und der Welt verlassen. Er nimmt halt seine Sache ernst, vielleicht auch ein wenig zu ernst.

Bevor er aber weiter ins Lamento verfällt, poltert der Schreiber Wolfgang Schmidinger in Eile durch das Tor des Rathauses: »Ihr sollt raufkommen!«

Alles begibt sich in die Ratsstube im ersten Stock.

Als könne er seine wichtige Mitteilung nicht mehr länger zurückhalten, ruft der Bürgermeister ohne einen Guten-Morgen-Gruß zu erwidern:

»Mein Entschluss ist gefasst: Ich unternehm so lange nichts, bis nicht der Bote von München zurück ist.«

Na bitte, denkt sich der Freudenreich. Zuerst tönt der Cronast, er müsse eine Nacht schlafen um zu einem vernünftigen Ergebnis zu kommen, dann bestellt er uns zu früher Stunde zur Versammlung und als Ergebnis gibt er uns das bekannt, was wir seit gestern schon kennen. »Was hab ich gesagt, der bringt nichts Neues!«, plärrt er und deutet auf den Bürgermeister.

Die anderen Räte stimmen ihm brummelnd zu; auch sie setzen sich um den Tisch.

»Lang kannst aber nicht warten, Cronast. Hast ja gehört, was der Reiter gesagt hat: Flugs! Pfingstmontag!«, meint der Scheuchenstuel vermittelnd, weil die Art des Freudenreich angetan erscheint von Beginn der Versammlung an Streit auszulösen.

»Flugs hin, Pfingstmontag her. Ich warte!«, entgegnet gereizt der Bürgermeister und geht mit hastigen Schritten auf und ab.

»Meinst nicht«, ruft da ängstlich der Peter Wider, »dass es besser wäre zu huldigen? Ruprecht ist doch das kleinere Übel.«

Aber da kommt er beim Bürgermeister an den Rechten. Gleich brüllt dieser los: »Nein, nein und nochmals nein! Ich vertraue auf Herzog Albrecht. Der Bote wird bald zurück sein. Wir warten und dann entscheiden wir, was geschehen soll.«

Akkurat in diesem Augenblick hört man Pferdegetrappel vom Münchner Tor her. Der Bürgermeister stürzt ans Fenster. Schon taucht ein Reiter auf. Tatsächlich, es ist der Willhard Lechl, der Bote, den der Scheuchenstuel abgestellt hatte. Behend springt er vom Pferd. Und schon hetzt er die Treppe herauf und stürmt ohne anzuklopfen in die Ratsstube.

»Gut, dass du schon da bist, Willhard.« Dem Bürgermeister fällt ein Stein vom Herzen. »Setz dich!«

Die Botschaft, die der Willhard Lechl in den Händen hält, interessiert den Freudenreich derart brennend, dass er ihm diese über den Tisch aus den Händen reißt. Schnell bricht er das Siegel und will zu lesen beginnen.

Eigentlich wäre es Sache des Bürgermeisters, den Brief in Empfang zu nehmen, das Siegel zu brechen und als Erster zu lesen. Aber der Cronast kennt seinen vorlauten Freund und auch dessen Ungeduld. Also lässt er ihn gewähren.

Der Freudenreich will lesen, reißt den Mund auf und lässt ihn einige Zeit offen.

»Äh, also, Ihr Herren ...«

Aber diese Schrift! Nein, das ist nichts für den Freudenreich. Er hat zwar das Schreiben und Lesen gelernt, aber nur vier Jahre. Bei den Klosterbrüdern zu Seeon ist er gewesen. Sein Vater und sein Großvater wollten, dass der Hanns Freudenreich einmal Pfarrer wird. Vielleicht auch Bischof. Geld hätten sie gehabt, die alten Freudenreichs. Aber sie haben die Rechnung ohne den Wirt gemacht. Der Bub wollte sich den klösterlichen Regeln nicht unterordnen. Aufsässig und stets zu wilden Streichen aufgelegt hat er in den vier Jahren seines Klosterlebens beinahe alle Schüler und Patres durcheinander gebracht. So blieb dem Abt nichts anderes übrig, als mit ihm streng ins Gericht zu gehen und ihn aus der Klosterschule zu entfernen. Dem alten Freudenreich hat das gar nicht gepasst. Einen Satz heißer Ohren hat er daher dem jungen Springinsfeld verabreicht und ihm prophezeit, dass niemals ein gescheiter Kerl aus ihm werde und er und seinesgleichen der Untergang der Welt seien. Der junge Freudenreich hat's verschmerzt und der Vater bald wieder vergessen.

Nach dem Kloster war's dann aus mit Schreiben, Lesen, Rechnen und den vielen anderen klugen Dingen. So tut er sich heute beim Lesen etwas schwer. Und bei so einer Schrift, wie sie die gebildeten Herren am Hofe gebrauchen, schon allemal.

»Da, Schreiber, ließ du vor. Du kannst das besser. Unsereiner tut sich da hart«, meint er kleinlaut und schaut verlegen in die Runde. Gut, dass sich der Bürgermeister wegdreht, sonst hätte der Freudenreich das schadenfrohe Grinsen gesehen und wäre womöglich gleich wieder in die Luft gegangen.

Der Schreiber Schmidinger nimmt die Botschaft und beginnt zu lesen:

»Ihr Herren zu Rosenheim, Unseren Gruß zuvor!

So wie Uns vermeldet, seht Ihr argen Nöten entgegen. Doch in diesen so unsicheren Zeiten, in denen gar mancher sein Vertrauen in die Rechtmäßigkeit verliert, haben Wir große Hoffnung in den Markt zu Rosenheim gesetzt.

Wir bitten Euch, Ihr möget unserem rechten Herrn, Herzog Albrecht, treu bleiben und nicht jenen huldigen, die für sich fälschlicherweise die Regentschaft in Anspruch nehmen.

Sie haben weder Fug noch Recht! Und verlasset Euch nicht auf das, was andere Städte und Märkte tun.

Denn, wenn einer auf den anderen wartet und sich standhaft weigert, so wird keiner der Erste sein.

Wir versichern Euch, dass unser gnädiger Herr Albrecht Eure Treue und Standhaftigkeit gnädiglich anerkennen wird. Vertraut darauf!

In großer Verbundenheit!

Freitag vor Pfingsten, den 24. Mai, A. D. 1504.

Unterschriften: die Statthalter und Hofräte Seiner herzoglichen Gnaden.«

Die Rosenheimer Ratsherren schweigen betroffen. Ein wenig mehr hatten sie sich schon erwartet. Die Münchner wissen doch ganz genau, dass den Menschen draußen im Lande das Wasser bis zum Hals steht. Den Rosenheimern geht's nicht anders. Wenn von oben keine Hilfe kommt, dann wird's unten arg eng.

Diesmal ist der Pernauer der Erste, der sich zaghaft bemerkbar macht. »Ist das alles, was die Münchner zu sagen haben?« Dabei schaut er den Boten Willhard Lechl fragend an.

Doch der zuckt mit den Schultern. Was soll der auch sagen? Er hat den Brief zu München in Empfang genommen und hierher gebracht. Mehr weiß er auch nicht.

Der Bürgermeister meint niedergeschlagen, indem er sich schwer auf seinen Stuhl fallen lässt: »Ich bin ratlos. Schöne Worte, aber sonst?«

Wieder herrscht Stille in der Runde.

Doch etwas fällt dem Bürgermeister auf, als er das Schreiben vom Schmidinger an sich nimmt und es überfliegt.

Da steht: Denn, wenn einer auf den anderen wartet und sich standhaft weigert, so wird keiner der Erste sein.

So ähnlich hat sich doch der Kufsteiner neulich auch ausgedrückt. Weiß der mehr, als er uns sagt? Und wo ist er eigentlich?

Dem Schmidinger hat er den Brief für München diktiert und sich gleich danach aus dem Markt entfernt. Es scheint ihm sehr eilig gewesen zu sein.

Das ist schon merkwürdig, denkt sich der Cronast. Und dann fällt ihm etwas in dem Schreiben auf, das ihn noch mehr beunruhigt.

»Warum haben eigentlich die Statthalter und Hofräte zu München unterschrieben und nicht der Herzog? Wo ist Albrecht? Ist er etwa schon geflohen?«

Die Räte zeigen sich aufgeschreckt von dieser Frage! Der Herzog geflohen? Wie meint denn der Bürgermeister das?

Doch der Bote Willhard Lechl beruhigt die Umstehenden: »Nein! Der Herzog ist auf dem Weg zu Kaiser Maximilian. Das hab ich von den Stallknechten in der Residenz erfahren. Der Kaiser hat Herzog Albrecht von Anfang an zu verstehen gegeben, dass er auf seiner Seite ist. Jetzt wollen beide die nächsten Schachzüge besprechen.«

»Und was weiter?« Der Bürgermeister hätte gerne noch mehr gewusst über die allgemeine Lage. Schließlich ist Rosenheim schon mittendrin im Geschehen.

»Was weiter wird, weiß ich nicht«, meint der Willhard Lechl.

Doch der Freudenreich weiß es, weil er das Gras wachsen hört. »Ich sag dir's, Bürgermeister: ein richtiger Krieg! Albrecht mit dem Kaiser gegen Elisabeth und Ruprecht den Pfälzer. München gegen Landshut!« Vor lauter Wichtigkeit ist er von seinem Stuhl aufgesprungen, wirft sich in die Brust und stolziert herum wie ein Hahn auf dem Misthaufen.

Der Bürgermeister unterbricht ihn. »Verschrei's nicht, Freudenreich; lass deine Sprüch' und Weisheiten. Wir müssen jetzt in Sachen Erbhuldigung für Ruprecht weiterkommen und handeln.«

Der Freudenreich sieht den Bürgermeister beleidigt an und setzt sich.

Und wie's der Teufel will, fängt der Scheuchenstuel zu lamentieren an. »Das Schlimmste ist, kein Rat und keine Hilfe. Wie sollen wir dem Druck Herzog Ruprechts widerstehen?«

Während er in seiner Hilflosigkeit die anderen anschaut, klopft's an der Tür zur Ratsstube.

»Hereinmarschiert!«, ruft der Bürgermeister.

Im Türrahmen steht Michael von Pientzenau.

»Ah, Kufsteiner, gut, dass Ihr wieder da seid. Nehmt Platz und seht Euch diese Bescherung an.«

Während der Rechtsgelehrte am großen Tisch Platz nimmt, reicht ihm der Bürgermeister den Antwortbrief aus München.

»Bitte, lest!«

Während des Lesens nickt der Kufsteiner mehrmals und lächelt dabei; das macht den Bürgermeister nachdenklich.

»Kufsteiner, mir scheint, Euch gefällt das alles, was uns Sorgen bereitet. Fällt Euch zu der mageren Antwort der Münchner vielleicht etwas sein?«

Da meint dieser auf seine trockene tirolerische Art: »Woll, woll! Ihr müsst Euren Markt retten, Eure Bürger schützen, was sonst.«

So eine Antwort hätten sich die Rosenheimer selber auch geben können. Und vom Kufsteiner hätten sie einen solchen Rat nicht erwartet.

Der merkt die Hilflosigkeit und meint halb entschuldigend: »In der Not frisst der Teufel Fliegen.«

Aber auch mit diesem Satz können die Rosenheimer nichts anfangen.

Dass der Kufsteiner immer in Rätseln sprechen muss! Wer soll diese Worte verstehen?

»So red!«, drängt der Bürgermeister ungeduldig und beugt sich über den Tisch.

»Ich schlag vor, dass eine Abordnung sofort nach Wasserburg aufbricht, damit der Termin für die Huldigung eingehalten wird. Herzog Ruprecht haut Euch sonst alles zusammen.«

Das hätten die Rosenheimer selber auch gewusst!

Etwas unsicher und verhalten fragt der Peter Wider: »Das ist alles recht und schön! Aber wer soll's sein, der nach Wasserburg geht?« Und fast entschuldigend fügt er hinzu: »Ich hab nämlich keine Zeit!«

Ein jeder der Anwesenden aber weiß, dass es nicht die Zeit ist, die die Rede des Peter Wider bestimmt.

»Bloß dürft Ihr unseren Herzog Albrecht nicht vor den Kopf stoßen, nur weil er jetzt keine schnelle Hilfe schicken kann«, fährt der Kufsteiner fort. »Deshalb entsendet keine Mitglieder aus dem Rat, sondern die zweite Garnitur. Der Schmidinger soll gehen und drei der Wahlmänner. Das reicht.«

Erfreut ruft der Peter Wider aus: »So ist's recht! Das hör ich gern!«

Und tatsächlich, der Vorschlag des Kufsteiners ist wieder

einmal von besonderer Raffinesse. Dem Bürgermeister Erasmus Cronast leuchtet das auch ein. Das Wichtigste ist die Erbhuldigung. Herzog Ruprecht wird sicherlich zufrieden sein, wenn die Rosenheimer überhaupt kommen. Wer da vorne kniet und schwört, spielt dabei keine große Rolle. Und Herzog Ruprecht weiß im Übrigen auch gar nicht, welchem Stand und welcher Stellung die abgeordneten Rosenheimer angehören. Für ihn ist sicherlich nur von Bedeutung, dass es Rosenheimer sind, die ihm huldigen. Also Bürger, die in offiziellem Auftrag des Marktes kommen und ihn als Landesherren anerkennen. Der Vorschlag des Kufsteiners hat etwas Bestechendes an sich.

So bestimmt der Bürgermeister in Eile den Schreiber Schmidinger und die drei Wahlmänner Sebastian Amann, Hanns Fröhlich und Balthasar Zächenperger als Abordnung für Wasserburg. Die Wahlmänner sind von den Bürgern des Marktes bestimmt die Ratsherren auszuwählen. Sie sind respektable Personen und genießen eine herausgehobene Stellung im Markt.

Dennoch äußert der Pernauer Bedenken: »Herzog Ruprecht wird nicht zufrieden sein die Wahlmänner und dann noch den Schreiber Schmidinger zu empfangen!«

»Ich hab noch einen Trumpf in der Hand«, meint der Kufsteiner verschmitzt um den Pernauer zu beruhigen.

»Welchen?«, kommt es von den Ratsherren wie aus einem Munde.

Ohne ein Wort der Erklärung deutet der Kufsteiner mit der Linken in Richtung Osten und grinst dabei ganz unverschämt.

Die Ratsherren sind verwirrt. Nur dem Bürgermeister geht schlagartig ein Licht auf. Natürlich!

Der Kufsteiner deutet nach Osten, dort ist der Weg zum Inn, dann die Brücke, der Schlossberg und …

»Kufsteiner, meinst wirklich?«

»Woll, woll!«, grinst der wieder zurück. Und als möchte er das Rätselraten noch weitertreiben, fragt er belustigt:

»Und wer kriecht dem Herzog Ruprecht in den Arsch hinein?«

»Der Kastner!«, brüllt der Wider vor Freude, weil er das Rätsel gelöst hat. Dabei stupst er den Freudenreich so kräftig an, dass dieser beinah vom Stuhl fällt.

»Richtig, der Kastner Reich!«, ruft auch der Scheuchenstuel.

Der Freudenreich haut mit der flachen Hand auf den Tisch, dass es nur so kracht. Damit zeigt er seine Anerkennung. Alle sind hellauf begeistert. Der Kastner soll mit nach Wasserburg!

Sie freuen sich wie kleine Kinder, schlagen sich gegenseitig auf die Schulter und lachen laut drauflos. Am liebsten würden sie den Kufsteiner packen, dreimal in die Luft schmeißen und laut »Hoi, hoi, hoi« rufen. Aber das geht ja nun doch nicht. Ein bisschen Würde müssen sie schon noch bewahren. Aber man sieht's, eine große Last ist ihnen von den Schultern genommen.

»Der Kastner soll für uns huldigen«, jubelt der Pernauer. »Horido!«, schreit der Peter Wider, immer noch glücklich, dass er derjenige ist, der das Rätsel des Kufsteiners gelöst hat.

»So wie ich den kenn, rutscht der so lang vor seinem Herzog auf den Knien herum, bis die Strümpfe zerrissen sind«, schreit lauthals der Freudenreich und dabei macht er den Kastner Reich nach, dass die anderen Räte ihren Spaß daran haben.

Begeistert springt der Bürgermeister auf und ruft: »Ich hol mir jetzt ein Pferd und reite hinauf zum Kuglmoos. Persönlich lad ich ihn ein, meinen besonderen Freund!«

Dann geht er um den Tisch auf den Pientzenau zu, gibt ihm die Rechte und schüttelt sie kräftig. Fast meint man, der Bürgermeister reiße ihm vor Freude den Arm aus. »Kufsteiner, ich dank dir! Jetzt macht 's Regieren in diesem Markt und in dieser verwirrten Zeit wieder Spaß. Herrgott, ist das schön, Bürgermeister zu sein, wenn man dem Kastner Reich eins auswischen kann.«

Voller Eifer ist er auf einmal wieder, der Erasmus Cronast, und den Räten geht's nicht viel anders, bis auf den Peter Wider. Kaum ist das Strohfeuer der ersten Begeisterung verflogen, überkommen ihn schon wieder seine angeborenen Bedenken: »Hoffentlich geht das alles gut! Oh Gott, oh Gott ...!«

Der Bürgermeister wendet sich dem Schreiber zu: »Schmidinger, setz heute noch den Brief auf! Du musst bald losziehen! Und du, Pernauer, bestell die Wahlmänner ins Rathaus!«

Schon verlässt er eilig die Ratsstube. Auch die anderen gehen freudig erregt und heftig schwatzend die Treppe hinunter; als letzter der Ratsherr Peter Wider.

Nur der Schreiber Schmidinger schaut ein wenig betroffen drein. Er macht sich ebenfalls auf den Weg, aber nicht in die Kanzlei, sondern erst einmal nach Hause. Der Brief, denkt er, der kann warten. Dazu hab ich später noch genügend Zeit.

Er ist nachdenklich geworden. Langsam geht er über die Schranne. Es plagen ihn heftige Sorgen: der Gang nach Wasserburg, der Kastner Reich, seine Tochter Katharina ...

❧

»Kannst runtergehen, Pernauer. Die Luft ist rein. Wenn was kommt, so schrei ich die Wildgans!« Der Brückenwächter am Zollhaus winkt dem Kristof freundlich zu und deutet dabei den Fluss abwärts.

Gestern hatte Katharina bei dem unvermuteten Auftritt des Reich bei der Kirchgasse geflüstert: »Morgen, um die neunte Abendstunde, am Uferweg!«

Jetzt ist Kristof unterwegs, den Uferweg hinunter. Eiligen Schrittes nimmt er die nicht allzu lange Strecke von der Brücke bis zum Innspitz, dorthin, wo die Mangfall in den Inn mündet.

Unten angekommen sucht er vergeblich nach Katharina.

Sonst ist sie immer die Erste und erwartet ihn schon voller Sehnsucht.

»Katharina!«, flüstert er leise, während er nach ihr sucht. »Katharina!«

Da vernimmt er hastige Schritte auf dem Weg von der Innseite her. Schnell duckt er sich hinter einen dichten Erlenbusch.

»Kristof, wo bist du?«, hört er eine Stimme und sein Freund, der Schiffsknecht Peter Strobl, taucht auf.

»Peter, du? Ist etwas mit Katharina?« Ängstlich schlägt Kristofs Herz.

»Keine Angst. Die Katharina lässt dir ausrichten, du sollst warten. Sie wird sich verspäten, weil der Kastner ihr eine dringende Arbeit angeschafft hat. Irgendetwas tut sich auf dem Kuglmoos.«

»Ist gut, Peter, ich dank dir!«

Schon taucht der Peter Strobl im dichten Buschwerk unter und eilt hinüber zum Uferweg, die Mangfall hinauf. Der Kristof schaut ihm nach.

Langsam geht sein Blick zum Horizont. Weit hinten über dem Markt, in der unendlichen Ferne, erkennt er einen feinen roten Strich als letzten Gruß der untergehenden Sonne.

Die Nacht legt sich behutsam über das weite Land und breitet ihren schützenden Mantel über all jene aus, die in der Geborgenheit des Dunkels heimlich ihre Herzen öffnen. Gedankenversunken beobachtet Kristof den reißenden Fluss. Kleine, schnelle Wellen und geschwind drehende Strudel lassen die Gefährlichkeit erahnen. Auf und ab springendes, im wechselnden Mondlicht silbern funkelndes Wasser zeigt die ewige Unruhe und die ständige, wachsame Begierde, alles an sich zu reißen und für immer mitzunehmen, was sich dem ewigen Fließen entgegenstellt.

Da hört Kristof plötzlich ein Rascheln hinter sich. Er dreht sich um und blickt in Katharinas Augen. Er ist überrascht, wenngleich er sie schon sehnlichst erwartet. Doch die Gedanken um den ihm so vertrauten Fluss haben ihn ihr Kommen überhören lassen.

»Kristof, Liebster! Warum erschrickst du? Hast du mich nicht erwartet?« Katharina schlingt leidenschaftlich ihre Arme um seinen Nacken und küsst ihn heftig.

»Katharina, liebe Katharina!« Mehr kann Kristof nicht sagen; heftig verschließt sie ihm mit vielen Küssen den Mund.

»Halt, Katharina, halt«, ruft Kristof fast atemlos. »Willst du mich ersticken? Was ist mit dir, dass du so stürmisch bist?«

»Ich bin glücklich dich zu sehen! Und ich habe eine wunderbare Nachricht. Stell dir vor, Kristof, der Reich geht morgen mit den Wahlmännern und meinem Vater nach Wasserburg zur Erbhuldigung.«

Der Kristof kann mit dieser Neuigkeit wenig anfangen. Es ist ihm auch gleichgültig, was der Reich morgen unternimmt und wohin er wann und warum geht.

»Kristof, überleg, der Reich geht nach Wasserburg. Weißt du, was das für uns bedeutet? Wir können uns sehen ohne Unterlass, ohne ständig Angst haben zu müssen!«

Da begreift Kristof erst Katharinas Freude. »Katharina, ist's wahr?«

»Ja, Kristof«.

Da fasst Katharina ihren Kristof bei den Händen und dreht sich auf der Stelle mit ihm im Kreis, dabei lacht sie glücklich. Schneller und immer schneller drehen sie sich. Plötzlich stolpert der Bursch und landet lachend, seine Liebste fest im Arm haltend, im Gras. Kristof kommt auf dem Rücken zu liegen und Katharina obenauf.

Fest nimmt Katharina Kristofs Kopf in beide Hände und küsst ihn wieder und wieder. Der Innschiffer erwidert den Sturm ihrer Leidenschaft, bis beide heftig atmend nebeneinander zu liegen kommen. Zärtlich beugt sich Kristof über seine Katharina.

»Ich möchte, dass diese Zeit nie vergeht!«

»Ja! Immer und ewig soll sie dauern!«

Die Beichte des Schmidinger

Der Schmidinger wälzt sich auf dem Rücken liegend im Bett und starrt dann wieder zur Decke.

Seit Tagen weiß er weder ein noch aus. Die Sorgen quälen ihn. Was der Kufsteiner da ausgeheckt hat, gefällt ihm gar nicht. Nach Wasserburg soll eine Abordnung gehen, dem ungeliebten Herzog Ruprecht erbhuldigen. Und ausgerechnet er soll mit von der Partie sein.

Eines Tages, denkt der Schmidinger, wenn sich der Wind dreht, wird er womöglich dafür bestraft werden. Hinterher, so brummelt er vor sich hin, ist schnell der Stab über einem gebrochen. Zum Schluss wird er noch als Vaterlandsverräter angeprangert!

Wenn ihn Herzog Albrecht zur Rede stellen sollte, was soll er sagen? Soll er sagen, der Kufsteiner und der Bürgermeister haben das so befohlen? Der Herzog wird das nicht gelten lassen.

Warum gehen nicht der Bürgermeister und die Räte? Sie sind gewählt vom Volk, also sollen sie auch ihren Kopf hinhalten! Wenn's schief geht, ist er, der Schreiber, der Sündenbock. Dann wird sich das Sprichwort wie schon so oft bewahrheiten: Die Kleinen hängt man, die Großen lässt man laufen.

Ängstlich schlägt des Schreibers Herz bis zum Hals. Lange dauert es, bis er einschläft.

Doch noch im Schlaf wirft er sich von einer Seite zur anderen. Die Schmidingerin, die etwas später zu Bett geht, bemerkt dies mit Sorge. Der Wolfgang wird wieder viel gearbeitet haben heute, denkt sie.

Es dauert nicht lange, da überkommt den Schmidinger ein fürchterlicher Traum.

Er sieht sich kniend, den Kopf tief gesenkt, vor dem kaiserlichen Tribunal; es ist das Reichskammergericht zu Speyer. Angeklagt wird Wolfgang Schmidinger, Schreiber des Marktes zu Rosenheim, wegen falscher Erbhuldigung. Mächtig steht der Kaiser vor ihm, daneben Herzog Albrecht und dessen Bruder Herzog Wolfgang. Auf einem Podest in schwarzen Mantel und Hut gekleidet, seitlich stehend der Kastner Erich Reich.

Des Kastners rechter Zeigefinger ist anklagend auf den Schreiber gerichtet und mit scharfer Stimme ruft er: »Der war's, der Euch zu Wasserburg verraten hat, Majestät!«

Dieser verdammte Reich! Keiner aus dem Markt hat den Schmidinger angeklagt, weil jeder weiß, dass er ein anständiger Mensch ist. Nur der Reich hat's getan. Dabei war er selber mit zu Wasserburg und vor Herzog Ruprecht auf den Knien gelegen, wie die anderen Rosenheimer auch.

Im Hintergrund stehen rot gekleidete Schergen, Kapuzen über den Köpfen, die Beile in den Händen. Dumpfe Trommeln schlagen.

Dann des Kaisers persönlicher Spruch:

»Verrat – Tod durch das Beil!«

Ein Priester hebt das Kreuz gegen den Delinquenten Wolfgang Schmidinger. Man führt ihn zum Richtblock, drückt ihn zu Boden. Der Scharfrichter hinter ihm hebt das Beil, die Trommeln schlagen wieder dumpf den letzten Wirbel.

»Nein!«, stöhnt er laut auf, »nicht ich, der Reich ist der Verräter!«

»Wolfgang, Mann, bist du krank?«

Seine Frau rüttelt ihn wach. Er fährt hoch in seinem Bett. Kalter Schweiß steht ihm in dicken Perlen auf der Stirn. Entsetzt blickt er ihr in die Augen. Woher kommt sie, warum steht sie neben ihm am Schafott? Oder ist er gar schon im Fegefeuer?

»Bist du krank?«, hört er ihre Stimme.

»Nein! Nicht ich, nein!«, schreit er.

Die Schmidingerin schüttelt ihn kräftig.

Allmählich kommt der Marktschreiber zu sich. Er blickt sich um. Das Fegefeuer muss anderes aussehen. Hier sind keine Flammen. Alles ist weiß, die Wände, die Decke.

Das ist sein Schlafzimmer, dies ist sein Bett und dies ist die Schmidingerin, wie sie leibt und lebt. Gott sei Dank! Mein Weib, denkt er und sinkt zurück in die Kissen. Langsam findet er sich wieder zurecht.

»Fehlt dir etwas, Mann?«

»Nein, nein«, hört er sich sagen. »Ich hab nur einen Traum gehabt.«

»Du siehst nicht gut aus, Wolfgang!«

»Es geht schon wieder, lass sein.«

»Nicht so, mein Lieber. Ich merk doch, dass du Sorgen hast. Lange genug sind wir verheiratet. Du kannst dich nicht verstellen! Also, raus mit der Sprache! Was ist?«

Langsam, mühsam meint er: »Ich muss nach Wasserburg mit den Wahlmännern und dem Kastner Reich. Eine ungute Sache.«

»Was ist daran ungut, Wolfgang?«

»Wir müssen Herzog Ruprecht huldigen.«

Die Schmidingerin versteht ihren Mann nicht. Deswegen macht er sich Sorgen? Wegen der Erbhuldigung?

»Na und?«, beruhigt sie ihn. »Tu's doch. Dann gibt's endlich wieder Frieden im Markt. Es ist doch egal, wem wir huldigen müssen und wo wir hingehören. Hauptsache, wir haben Ruhe!«

Sie hat Recht! So weit kann der Schreiber schon wieder denken.

Die Erbhuldigung aber alleine ist's nicht, die ihn schlecht träumen ließ. So meint er: »Das schon!« und wischt sich den Schweiß von der Stirn. »Aber der Kastner ist auch dabei und das gefällt mir nicht!«

Der gute Mann ist nicht bei Sinnen, denkt die Schmidingerin. »Hat er dir etwas getan, der Herr Kastner? Ihr seid doch ein Herz und eine Seele.«

»Sprich nicht so, Weib. Ich hör's nicht gern.«

Die Schmidingerin hat den Eindruck, dass ihr Wolfgang tatsächlich etwas wirr im Kopf ist.

»Hast du bisher nicht gut mit ihm zusammengearbeitet? Und hast du ihm nicht auch Katharina anvertraut?«

»Anvertraut schon, das ist es ja, nur …«

»Nur?«, drängt die Schmidingerin. Jetzt wird sie hellhörig. »Die Katharina ist doch glücklich oben im Kuglmoos? Oder hat sie Ärger? Hat sie sich beschwert?«

»Ja und nein. Weißt du, ich hab kein gutes Gefühl dabei. Ich sag's, wie's ist.«

»Und wie ist's?«, bohrt die Schmidingerin weiter. Sie will's wissen, was den Schreiber bedrückt.

Der muss jetzt raus mit der Sprache!

Einmal ist's die Erbhuldigung, ein ander Mal der Reich, dann wieder die Katharina. Da soll man nicht selbst verrückt werden mit so einem Mann!

Damit er endlich Farbe bekennt, sagt sie streng: »Nun red schon! Aber langsam und vernünftig!«

Der Schreiber kann nicht mehr aus. Er wendet sich ganz seiner Elisabeth zu. Jetzt muss es sein, denkt er, es muss sein. Ich mus ihr reinen Wein einschenken. So geht's nicht mehr weiter. Ich kann ihr nicht ständig etwas vormachen. Sie glaubt mir sowieso schon nichts mehr.

Also, Schmidinger, nimm dir ein Herz!

Mit beiden Händen fasst er sie an den Armen: »Frau, jetzt hör mir gut zu: Ich werd dir mein Geheimnis verraten. – Die Katharina ist dem Kastner versprochen; die Katharina ist des Kastners Pfand!«

So, denkt er, jetzt ist's raus!

»Was redest du da für einen Unsinn, Wolfgang? Bist du noch bei Sinnen? Für was ist die Katharina ein Pfand?« Die Schmidingerin glaubt ihren Ohren nicht zu trauen; sie versteht aber auch die Zusammenhänge nicht.

»Die Katharina ist dem Reich als Frau versprochen, wenn ich die Schulden nicht mehr bezahlen kann.«

Der Mann muss tatsächlich nicht bei Trost sein, denkt die Schmidingerin. Es schwirrt ihr im Kopf wie in einem Bienenhaus. Dieser Mensch bringt mit jedem Satz eine weitere Verrücktheit zu Tage.

»Was für Schulden?«, will sie wissen. Weil er nicht antwortet, schreit sie ihm ins Gesicht: »Wolfgang Schmidinger, in Gottes Namen, was für Schulden?«

Der Schreiber holt tief Luft: »Wir haben das Haus gebaut und mir ist das Geld in der Zwischenzeit davongelaufen. Der Kastner hat das spitzgekriegt und mir das fehlende Geld angeboten. In meiner Not hab ich's genommen, bin auf seine Forderung eingegangen.«

»Und wie lautete die Forderung?«

»Zahl ich das Geld pünktlich, kommt die Katharina vom Dienst frei. Zahl ich nicht, so bleibt sie beim Kastner und …!«

»Heilige Mutter Gottes, steh mir bei!« Die Schmidingerin ist entsetzt. Kann denn das wahr sein? Kann ein Mensch überhaupt so eine Dummheit machen? Ist der Wolfgang von allen guten Geistern verlassen? Sie kann's nicht fassen! »So habt ihr verhandelt? Über meinen und Katharinas Kopf hinweg? Weiß das Kind davon?«

»Nein«, ist des Schmidingers kleinlaute Antwort.

»Wie soll's jetzt weitergehen? Wie viel Geld hast du noch?«

»Ich hab nichts mehr«, bekennt er resigniert. »Und der Reich drängt auf Zahlung.«

»Wie viel?«, will die Schmidingerin wissen. »Sag, wie viel?«

»Hundert Gulden und zweimal den Zehnten auf zwei Jahre.«

»Das ist Wucher!«

Sie versteht nicht viel von Geld und Zinsen. Aber zweimal den Zehnten kann sie wohl und recht einschätzen. Das ist wirklich zu viel des Guten. Der Reich scheint es von Anfang an darauf angelegt zu haben, dass der Handel um die Katharina zu seinen Gunsten ausgeht. Die Schmidingerin unterstellt ihm das. Und da hat sie gar nicht so Unrecht!

Der Reich hat genau gewusst, dass der Schreiber nie und nimmer die Schulden und zusätzlich auch noch die hohen Zinsen zurückzahlen kann. Aber was hätte der Schmidinger machen sollen? Es war ja sonst niemand da, an den er sich hätte vertrauensvoll wenden können; zumindest ist ihm damals niemand eingefallen. Und als der Reich dem Schmidinger den Vorschlag mit der Anleihe unterbreitete, hat er ohne langes Nachdenken zugeschlagen. Ihm stand das Wasser bis zum Hals. Für den Schmidinger gab es keinen anderen Weg.

Die Schmidingerin ist nicht dumm. Schnell hat sie die Situation erkannt, das Schicksal ihrer Katharina, das Schicksal ihres Mannes, ja der ganzen Familie. Alles hängt an einem dünnen Faden, den der Reich in seinen Klauen hält. Wenn er es darauf ankommen lässt, ist es um die Schmidingers geschehen.

Also hilft jetzt das Tadeln wenig. Zupacken muss sie, einen klaren Kopf behalten und ihrem Wolfgang unter die Arme greifen. Ein Ausweg muss gefunden werden.

»Geh zum Bürgermeister, der wird dir helfen«, meint sie mit ruhiger Stimme.

Der Schmidinger hat sich das auch schon ein paar Mal überlegt, ob er sich nicht dem Bürgermeister anvertrauen sollte. Helfen würde der schon. Doch der Schmidinger hat das schnell verworfen. Er hat Angst, seinen guten Leumund zu verlieren und womöglich auch noch seine Stellung. Denn neben dem Bürgermeister bestimmen über die Anstellung im Markt auch noch die Ratsherren. Und ob die das auch so sehen wie der Bürgermeister?

»Ein Schreiber mit Schulden!«, erwidert er niedergeschlagen, »wie stellst du dir das vor?«

Die Schmidingerin versteht schon, warum ihr Wolfgang diese dumme Sache mit dem Geld angefangen hat. Nur zu gut kennt sie ihn. Er ist ein wenig unbedarft, aber die Familie geht ihm über alles. Das weiß die Schmidingerin genau. Deshalb mag sie ihn ja auch so gerne, weil er im Grunde seines Herzens ein guter Mensch und treu sorgender Vater ist.

Wenn die Sache nicht so ernst wäre, vor allem wegen der Katharina, könnte sie alles schnell wieder vergessen. Aber wenn durch diese Lage dem Kind ein Schaden zugefügt würde, das wäre unverzeihlich. Sie müsste sich ihr Leben lang Vorwürfe machen. Also muss sie versuchen eine vernünftige Lösung zu finden, denn dem Wolfgang scheint der Fall entglitten zu sein.

Und da fällt ihr auch gleich etwas ein: »Hör zu, Mann! Geh zum Juden Samuel. Der Samuel hat Geld und wird dir helfen. Du hast es immer gut mit ihm gehalten. Er wird sich daran erinnern!«

Der Schmidinger schaut sie mit großen Augen an. Der Samuel? Warum ist ihm der Samuel nicht selbst eingefallen?

»Ich frag ihn, wenn ich von Wasserburg zurück bin«, meint er sichtlich erleichtert.

Der Samuel Leeb wird der Retter in der Not sein. Er kann dann dem Reich alles zurückzahlen und seine Katharina ist wieder frei. So wär's gut, so könnte es gehen, so müsste es gehen.

Voll der Freude nimmt der Schreiber seine Frau in die Arme und drückt sie fest an sich.

»Was wären wir Männer doch ohne euch Weiber!«, ruft er erleichtert und kriecht mit der Schmidingerin zur Vollendung seiner Glückseligkeit unter die Decke.

Danach können beide recht gut und ruhig schlafen.

❧

Am nächsten Morgen zieht die Abordnung des Marktes nach Wasserburg. Es sind dies der Kastner Reich, die drei Wahlmänner, der Amann, der Fröhlich und der Zächenperger, und dazu der Schreiber Wolfgang Schmidinger.

Die Erbhuldigung ist nicht zu umgehen, das hat der Kufsteiner deutlich gesagt.

So machen sich die fünf im Auftrag des Marktes auf den Weg. Der einzige in dieser Gruppe, der voller Freude ist, ist der Kastner Erhart Reich. Endlich sieht er wieder einmal den Herzog Ruprecht. Diesem Treffen fiebert er entgegen.

❧

Der Kastner in Verlegenheit

Heute ist wieder viel los im Markt. Nicht weil es der 30. Mai ist, nein, weil es Donnerstag ist.

Am Donnerstag ist immer Anschütttag.

Zu allen Toren drängen dann die Fuhrknechte mit ihren Gespannen in den Markt herein. Besonders am Mittertor geht es immer sehr lebhaft zu. Da sind Bauern und Händler, die aus dem ganzen Umland kommen, von Marienberg und Prutting, Vogtareuth und Wildenwart, ja bis vom Chiemsee und von den Höhen des Samerberges. Da sind aber auch die Fuhrwerke, die von der Innlände das Getreide, das auf Plätten anlandet, auf die Schranne einfahren.

Die Plätten haben so jede für sich an die 1 500 Säcke Getreide geladen. Jeder davon wiegt seinen Zentner. Meist ist es mehr als eine Plätte, die an den Donnerstagen draußen auf das Entladen wartet. Da heißt's für die Lohnknechte fahren, fahren und nochmals fahren. Denn alles Getreide von dort draußen muss nach den Regularien des Anschüttrechts auf der Schranne eingebracht werden.

Das Anschüttrecht, auf das der Markt Rosenheim so stolz ist, ist ein noch gar nicht so altes Privileg. Und wer ein solches Privileg besitzt, der kann sich glücklich schätzen. Denn mit jedem Sack Getreide, der durchs Tor gebracht wird, klingelt die Marktkasse.

Dieses Recht hat Herzog Ludwig am Sankt-Erasmus-Tag des Jahres 1478 dem Markt Rosenheim verliehen.

Alles Getreide muss auf der Schranne gemessen und gestapelt werden. Es darf nur hier und sonst an keinem anderen Ort außerhalb der Tore zum Kauf angeboten werden. Wer dem zuwiderhandelt, muss mit hohen Strafen rechnen. Da sind ein paar Dutzend Pfennige gleich fällig, wenn man erwischt wird. Die Rosenheimer Getreidemesser achten streng darauf, dass niemand von den Bauern und Fuhrknechten dagegen verstößt.

Die Fuhrleute sind über die strenge Handhabung des Anschüttrechts gar nicht glücklich. Doch lieber zahlen sie den obligaten Pfennig pro Sack und Fuhre beim Eintritt in den Markt als eine hohe Strafe. Und weil gar der Entzug der Fuhrerlaubnis droht, unterlassen sie es tunlichst, draußen vor den Toren krumme Geschäfte zu machen. Es lohnt sich nicht.

Heute am Anschütttag ist auch die Katharina Schmidinger wieder einmal im Markt um den üblichen Wocheneinkauf zu tätigen. Mit zwei Knechten und einem leichten Einspänner ist sie vom Kuglmoos heruntergekommen.

Die zwei Knechte haben sich gleich verzogen. Der Kastner Reich, ihr Herr, ist noch zu Wasserburg und deshalb haben sie freie Hand, ihren eigenen Erledigungen nachzugehen. Und Zeit können sie sich auch lassen, weil die Katharina ihnen gesagt hat, dass sie erst am späten Nachmittag, so um die fünfte Stunde, wieder zurückfahren will. Die Einkäufe würden längere Zeit in Anspruch nehmen, hat sie den beiden erklärt.

Die Knechte ahnen, dass der wahre Grund ein anderer ist. Da sie aber beide die Katharina gern mögen und vor Kristof großen Respekt haben, verdrücken sie sich augenzwinkernd.

Katharina geht zum unteren Teil der Schranne, wo die Marktfrauen ihre Viktualien vorhalten. Der Einkauf ist schnell erledigt.

Anschließend geht sie hinüber zum Anwesen des Scheuchenstuel. Dort drüben steht hinter der alten Scheune eine kleine Bank. Selten kommt da jemand vorbei und trotzdem ist man nahe an der Schranne. Die Katharina kennt die Bank gut, weil sie sich als kleines Mädchen, wenn sie ganz alleine sein wollte, immer dorthin zurückzog.

Der Kristof wartet schon voller Ungeduld bei der Scheune.

Als die Katharina auf ihn zukommt, springt er freudig auf und geht ihr ein paar Schritte entgegen. Er nimmt ihr den schweren Korb ab und stellt ihn auf die Bank. Dann drückt er sie ganz fest an sich und schaut ihr lange und tief in die Augen. Sie verstehen sich auch ohne Worte.

Langsam lösen sich beide wieder.

»Ich kann's gar nicht recht glauben. Jeden Tag hab ich für dich jetzt Zeit«, meint der Kristof und zieht Katharina behutsam auf die kleine Bank.

»Aber wer weiß, für wie lange du bald wieder wegmusst. Ich hab immer Angst, wenn du auf dem wilden Wasser bist. Der Inn ist ein garstiger Geselle.«

Da schwingt schon wieder die Sorge in ihrer Stimme mit. Sie hat ihm das schon oft gesagt, dass sie sich fürchtet, wenn er immer wieder weg muss, dass sie das Wasser nicht mag und den Inn schon gar nicht.

Der Kristof aber versteht das nicht. Er ist auf dem Wasser daheim. Ihm kann so schnell nichts passieren, davon ist er überzeugt. Solange er die Plätte unter sich fühlt, wähnt er sich sicher. Kein Strudel, keine Sandbank, kein Unwetter bringen ihn in Verlegenheit.

Fest nimmt er seine Katharina wieder in die Arme und drückt sie an sich. Lachend und gleichzeitig beruhigend meint er: »Katharina, du weißt, der Fluss ist mein Freund. Ich mag den Inn und er mag mich. Wir sind zwei Brüder. – Und was die nächste Reise angeht: Solange der Reich von Wasserburg nicht zurück ist, muss ich nicht nach Wien.«

»Bis nach Wien musst? Da kommst ja ewig nicht zurück!«

»Ich komme wieder zurück, Katharina. Eine jede Reise hat ihr Ende.«

Wieder drückt er sie fest an sich. Dann nimmt er ihren Kopf in beide Hände und blickt ihr tief in die Augen. Ein leichtes Lächeln, ein Augenzwinkern sollen der Katharina die Angst nehmen und ihr sagen: Ich bin bei dir, ich mag dich, ich verlass dich nicht! Und wenn ich wegfahren muss, so komm ich wieder zu dir zurück. Keine Angst, Liebste!

Wie die Katharina den Kristof so anschaut, da spürt sie aufs Neue, dass er's ehrlich mit ihr meint. Glücklich lehnt sie ihren Kopf an seine Schulter.

Die Sonne fängt sich wärmend in der trauten Ecke.

Schweigen und Seligkeit!

❧

Mittlerweile ist es vier Uhr nachmittags geworden.

Der Torknecht Linhart Stettner legt seinen Helm zur Seite und setzt sich an den kleinen eckigen Tisch oben in der Torkammer.

Durch das schmale Turmfenster fällt schräg das Licht in den Raum. Heute freut er sich wieder auf seine Vesper. Ein kräftiges Stück Brot und ein saftiges Stück Speck. Daneben die Kanne Bier, die ihm der Sebastian, der Sohn vom Schankwirt Steindlmeier, gebracht hat. Einen Viertelkreuzer hat er bezahlt für die zwei Liter Bier in der Kanne. Das wird sicher bis zu seiner Ablösung um Mitternacht reichen.

Das Brot und den Speck hat er nicht kaufen müssen. Die sind vom Leonhard Greilinger.

Der Greilinger ist Fuhrknecht und war heute wieder mit seinen Gespannen im Markt. Er kommt von einem Hof bei Marienberg. Sieben Wagen, voll mit Getreide, hat er auf die Schranne gebracht. Der Torknecht Stettner aber hat nur sechs gezählt. Für 30 Sack Getreide hat der Greilinger keinen Anschüttzoll bezahlt. Deswegen hat der Greilinger öfters deftiges Brot und saftigen Speck dabei.

Jeder ist sich selbst der Nächste, sagt sich der Stettner, wenn der Greilinger was springen lässt. Der Markt wird im Übrigen den Verlust von Anschüttzoll für eine Fuhre Getreide leicht verschmerzen und dabei sicherlich nicht zu Grunde gehen.

Den Fuhrknecht Greilinger aber wundert nur eines. Jedes Mal, wenn der Stettner einen seiner Wagen frei durchs Tor ziehen lässt, ist der amtliche Getreidemesser nicht anwesend. Ob der auch mit einer Brotzeit dabei ist? Den Greilinger tät das schon sehr interessieren! Aber fragen will er auch nicht.

Gerade wie sich der Stettner das erste Stück Speck droben in seinem Turmzimmer mundgerecht abschneidet, hört er unten die anderen Torknechte, den Liegl, den Moosner und den Schnaderer, wild durcheinander reden. Er versteht nicht, was sie sagen, weil gleichzeitig schwere Schritte die Turmtreppe heraufpoltern. Schon wird die Türe aufgerissen und ganz aufgeregt stottert der Torknecht Lindl-Götz: »Da, da kommens' zurück. Die Abordnung aus Wasserburg!«

Dabei deutet er in Richtung Wiesengasse. Der Stettner reißt das kleine Turmfenster auf. Laut und deutlich hört er Pferdegetrappel und viele raue Kehlen, die ein Lied grölen.

Und mitten unter den Landsknechten erkennt der Stettner den Kastner Erhart Reich vom Kuglmoos.

Tatsächlich, die Abordnung kommt aus Wasserburg zurück.

Aber was sollen die vielen Soldaten? Beim näheren Hinsehen erkennt der Stettner auch den Ludwig von Leonstein, den Hauptmann mit dem Galgenvogelgesicht.

Schnell schließt der Stettner das Fenster.

Als er sich umdreht, sieht er gerade noch, wie sich der Lindl-Götz das Stück abgeschnittenen Speck in den Mund schiebt.

»Lass das Tor aufmachen, ich lauf schon zum Bürgermeister«, ruft der Stettner ihm zu.

»Jawohl«, stammelt der Götz mit vollem Mund und verlässt fluchtartig das Zimmer. Er ist froh, dass er schnell die Treppe hinunter und dem Stettner aus den Augen kommt.

»Das nächste Mal lässt du deine Pfoten von meinem Speck!«, ruft ihm der Linhart Stettner noch halb belustigt nach. Der Lindl-Götz aber hört nichts mehr und stürmt in panischer Angst davon. Er ist so schnell, als wäre der Teufel hinter ihm her. Aber das ist nur das schlechte Gewissen, das ihn so eilig laufen lässt, denn sonst hat's der Lindl-Götz nicht mit der schnellen Bewegung.

Der Stettner muss nun Amtswürde zeigen. Also Helm auf, Gürtel und Tasche richten und hinunter ans Tor. Unten angekommen nimmt er die Hellebarde aus der Halterung an der Hauswand und läuft in Richtung Rathaus.

»Bürgermeister, Räte, meine Herren! Mander, Weiber! Landshuter Soldaten kommen. Die Abordnung ist auch dabei. Schnell, schnell!«

Er schreit so laut, dass sich überall die Fenster und Türen öffnen und die Bürger neugierig auf den Platz kommen.

Während der Bürgermeister und die Herren vom Rat herbeieilen, erreicht der Zug der Landsknechte laut lärmend die Schranne.

An der Spitze reitet der Obrister-Hauptmann Doktor Dietrich von Witzleben. Neben ihm Ludwig von Leonstein. Auch die Rosenheimer erkennen den Hauptmann wieder und werden an seinen letzten ungehobelten Auftritt erinnert.

Dahinter kommt der Reich mit einigen Fähnrichen und Feldwebeln per Fuß, und dann die Menge der grölenden Landsknechte, Trommler und Pfeifer.

❧

Kristof und Katharina werden aus ihrer Zweisamkeit herausgerissen. Der plötzliche Lärm, das Geschrei des Torwächters Stettner, das ferne Pferdegetrappel, die lauten Stimmen, die Trommelschläge und das helle Spiel der Pfeifen.

Was ist auf der Schranne auf einmal los?

Beide springen hoch.

Was schreit da der Stettner?

»Der Reich ist auch dabei!«

Blitzartig schießt es ihnen durch den Kopf: Die schöne Zeit ist vorbei! Wir müssen auseinander! Die Katharina ist die Erste, die sich wieder in der Gewalt hat: »Kristof, schnell, lass uns gehen. Der Reich darf uns um Himmels Willen nicht sehen.«

Fest nimmt der Kristof seine Katharina bei der Hand. Und während sich die Belagerungssoldaten und die Rosenheimer Bürger eilig auf der Schranne einfinden, laufen die beiden hinten herum zur Wiesen um von dort zum Fuhrwerk zu gelangen. Der Einspänner steht an der Rückseite der Kirche beim Friedhof. Es ist sowieso schon höchste Zeit für die vereinbarte Heimfahrt. Die beiden Knechte werden sicherlich schon warten.

❧

Auf der Schranne ist nun großes Durcheinander.

Langsam zeichnen sich zwei Gruppen ab. Hier die Rosenheimer, dort die Landshuter. Die Rosenheimer beobachten stumm die Ausgelassenheit der niederbayrischen Soldateska, denn der Fähnrich Philipp von Augenstein begrüßt mit seinen Landsknechten überschwänglich die neu Angekommenen.

Der Kastner Reich steht zwischen den beiden Gruppen.

Doch wo sind die, die man viel sehnlicher zurückerwartet? Wo sind der Amann, der Fröhlich, der Zächenperger und der Schreiber Schmidinger?

Der Bürgermeister bemerkt dies auch und will Klarheit in der Sache: »Erhart Reich«, ruft er dem Kastner zu, »Ihr kommt alleine zurück? Und was sollen die Soldaten?«

»Wir haben zu Wasserburg die Erbhuldigung vorgenommen, Bürgermeister. Herzog Ruprecht war's zufrieden. Er entsendet in Freundschaft Soldaten als Schutz für den Markt.«

»Schutz?«, fragt der Bürgermeister. »Vor wem sollen sie uns schützen?«

Der Obrister-Hauptmann Doktor Dietrich von Witzleben fährt gereizt dazwischen: »Bürgermeister, Ihr habt solche Entscheidungen Herzog Ruprecht zu überlassen. Was zu beschützen ist, befiehlt er und nicht so ein kleiner Wichtigtuer wie Ihr!«

Auch der Reich fährt ihm über den Mund: »Nehmt zur Kenntnis, was Obrister-Hauptmann Dietrich von Witzleben sagt.«

Der von Witzleben fährt frotzelnd fort: »Wisst Ihr, Bürgermeister, es gibt Bösewichte am Hofe zu München, die vielleicht hierher kommen und Euch Schwierigkeiten machen könnten.« Und als sei noch nicht genug gesagt, wird er deutlicher: »Aber ich sag Euch: Wenn sich nur einer von den Münchnern hier im Markte zeigt, dann schlagen wir Landshuter zu. Ich hab den Auftrag von meinem Herrn, diejenigen zu beschützen, die zu ihm halten. Ihr habt gehuldigt, also verdient Ihr unseren Schutz, Schutz heißt Soldaten. Schluss jetzt!«

Dabei richtet er sich im Steigbügel seines Pferdes auf um damit allen zu zeigen, welche Stellung er hier zur Stunde einnimmt.

Was soll der Bürgermeister nun machen? Am besten, er hält still und gibt klein bei. Es zahlt sich nicht aus, einem solchen Grobian wie dem Obrister-Hauptmann Dietrich von Witzleben zu widersprechen.

»Schon gut. Ich nehm's hin, wie's ist«, erwidert er deshalb kleinlaut.

Die Ratsherren nicken ihm beruhigend zu, so als wollten sie sagen: Lass gut sein, Cronast, sei still, sonst bekommen wir noch alle unser Fett weg!

Als der Bürgermeister in Richtung seiner Bürger schaut, die alle ängstlich in großem Abstand hinter ihm stehen, sieht er, wie sich gerade die Schmidingerin mit den Frauen der Wahlmänner leise, aber heftig gestikulierend unterhält. Um was es da drüben geht, das kann man sich an den fünf Fingern abzählen. So wendet sich der Bürgermeister an den Reich: »Kastner, wo sind die anderen, die Wahlmänner und der Schreiber Schmidinger?«

»Die sind noch zu Wasserburg«, erklärt der Kastner verlegen.

Unter den Rosenheimern aufgeregtes Gemurmel.

»Wieso noch zu Wasserburg?«, will der Bürgermeister wissen.

»Also«, meint der Reich und drückt herum, »das war so: ...«

Doch bevor er weiterreden kann, fährt der Obrister-Hauptmann von Witzleben dazwischen. »Hört auf mit dem Gerede, Bürgermeister! Bringt meine Männer unter und versorgt sie anständig. Sie bleiben bis auf Widerruf. Wenn Ihr sie nicht gut behandelt, dann gnade Euch Gott! Item, macht für mich und die Herren Offiziere ein anständiges Quartier. Wir bleiben eine Nacht. Dann müssen wir weiter nach Burghausen. Die angeforderten wehrfähigen Männer nehmen wir aber diesmal mit.«

Es ist nicht zum Aushalten, denkt der Bürgermeister. So nimmt er sich ein Herz, auch auf die Gefahr erneut angeschnauzt zu werden: »Nehmt doch bitte Eure eigenen Männer mit und lasst die unsrigen hier.«

Aber wie erwartet kommt's sofort wutschnaubend oben vom Pferd zurück: »Dummkopf! Kaum sind wir weg, überfällt Euch der böse Albrecht. Nichts da, meine Männer bleiben, die Euren gehen mit. – Los, versorgt uns jetzt. Ich habe Hunger und Durst und brauche meine Ruhe!«

Was bleibt da dem Bürgermeister Erasmus Cronast anderes übrig als klein beizugeben. »Bringt sie in die Quartiere«, fordert er die umstehenden Torknechte auf. »Die Soldaten ins Zeughaus. Hauptmann von Witzleben und die anderen Herren Offiziere zur Schänke.«

Die Torknechte kümmern sich um den Abzug. Der Stettner nimmt sich der Offiziere an, schließlich ist er der Dienstälteste. Dem Lindl-Götz gibt er einen Wink. Der begreift und läuft sofort hinüber zu den Landsknechten.

Die Feldwebel brüllen laut durcheinander, die Landsknechte formieren sich locker; vorneweg die Trommler und Pfeifer. Und an der Spitze des Zuges, ganz gewichtig, mit geschwellter Brust, der Lindl-Götz.

Ja, wenn der Markt den Götz nicht hätte, die Landsknechte wüssten wahrlich nicht, wo es zum Zeughaus geht.

Also, der Lindl-Götz marschiert voran. Die Hellebarde in der Rechten, weit weg gestreckt, dass sie ihm nicht zwischen die Beine kommt und er womöglich stolpert. Dahinter trotten die Landsknechte, lachend, redend, offenbar sind sie alle guter Dinge.

Der Bürgermeister, die Räte und alle umstehenden Rosenheimer beobachten den Abzug mit gemischten Gefühlen.

Landshuter Truppen im Markt! Wie soll das noch weitergehen? Die Landshuter werden immer dreister, ihr Auftreten immer frecher. Ob da noch Einhalt geboten werden kann?

Was macht Herzog Albrecht, was macht Kaiser Maximilian? Man hört nichts, man sieht nichts.

Da fällt des Bürgermeisters Blick auf den Kastner Erhart Reich, der sich gerade leise in dem allgemeinen Durcheinander verdrücken will. »Halt, Kastner«, ruft er, »bleibt!«

Der Kastner bleibt widerwillig stehen und wendet sich dem Bürgermeister zu.

»Was ist mit unseren Männern? Kastner, Ihr seid uns eine Erklärung schuldig!«

Auf diese Frage haben die Rosenheimer, besonders aber die Weiberleut, schon die ganze Zeit gewartet.

Jetzt muss der Kastner Reich Farbe bekennen. So fängt er wieder umständlich an zu reden: »Also, das ist so«, meint er. »Wir haben unserem hohen Herrn Ruprecht gar löblich gehuldigt. Danach sind wir entlassen worden. Wir sollten mit dem Doktor Dietrich von Witzleben, der jetzt Obrister-Feldhauptmann ist, zurück nach Rosenheim.«

Dann macht der Reich eine lange Pause zum Atemholen und rudert dabei vor lauter Verlegenheit mit beiden Armen. Weil er nicht gleich weiterredet, bringt er die Schmidingerin in Rage. Scharf geht sie ihn an: »So redet nicht ständig um den heißen Brei herum! Los, sagt, was geschehen ist, Kastner! Wir wollen wissen, was mit unseren Männern passiert ist!«

Die Frauen nehmen eine drohende Haltung ein. Gerade so, als wollten sie ihm jeden Augenblick den Hals umdrehen.

Der Reich stammelt verlegen weiter: »Also, da sind plötzlich Knechte an unserer Seite gewesen und haben die vier von mir abgedrängt. Der Doktor von Witzleben hat nach mir gerufen, so bin ich mit ihm weiter Richtung Rosenheim.«

Der Freudenreich geht mit ein paar raschen Schritten auf den Reich zu. »Warum hat man gerade Euch nicht behelligt?«

Der Reich weicht ängstlich zurück. »Man hat mir zu verstehen gegeben, ich sei nicht interessant für die Wasserburger«, wehrt er mit großer Geste ab.

»Ihr seid nicht interessant für die Wasserburger, wie das?« Der Bürgermeister versteht die Aussage nicht. »Was für Knechte waren es denn, die Euch abgedrängt haben?«

»Wasserburger Torknechte«, stottert der Reich.

»Da schau her, Wasserburger Torknechte.«

»Und was war der Grund für diese üble Tat?« Der Pernauer, der sonst eher zurückhaltend bei Gesprächen mit dem Reich ist, wird nun deutlicher in seiner Frage.

»Hauptmann von Witzleben«, meint der Reich, »hat mir gesagt, die Wasserburger haben eine große Wut auf die Rosenheimer wegen des Salzweges.«

Jetzt ist es heraus!

Der Salzweg ist der wahre Grund! Den Wasserburgern stinkt's also gewaltig.

Die Rosenheimer haben schon seit geraumer Zeit mitbekommen, dass die Wasserburger wegen des Salzweges nicht mehr gut auf sie zu sprechen sind. Die Fuhrknechte erzählen es, wenn sie die Prämien erhalten, die der Kufsteiner den Rosenheimern zu zahlen empfohlen hat. Und die Rosenheimer zahlen kräftig und ohne Zögern. Die Fuhren werden immer mehr, die Marktkasse klingelt. Das wurmt natürlich die Wasserburger mächtig.

»Wie soll das mit unseren Leuten weitergehen?«, will der Pernauer wissen.

»Das ist so«, erklärt der Reich von allen Seiten bedrängt, »sie wollen die vier erst dann freigeben, wenn ihr darauf verzichtet, das Salz über die Rosenheimer Innbrücke zu führen!«

»Sind die Wasserburger denn von allen guten Geistern verlassen?«

»Warum habt Ihr nicht beim Herzog Partei für unsere Leute ergriffen?«, will der Freudenreich wissen.

»Zum Herzog hab ich nicht vordringen können. – Der Obrister-Hauptmann von Witzleben hat mir gesagt, der Herzog sei der Ansicht, die beiden Märkte sollten sich untereinander vergleichen. Diese Kirchturmpolitik gehe ihn nichts an.«

Na, also, wie ich mir's gedacht habe, sagt sich der Bürgermeister und fühlt sich bestätigt. Der Herzog wäre sicherlich nicht gut beraten sich da einzumischen. Er spricht von Kirchturmpolitik, denn er will den Wasserburgern nicht in den Rücken fallen. Die Wasserburger sitzen am längeren Hebel.

»Und wie sollen wir dann die Händel lösen, wenn nicht durch herzoglichen Schiedsspruch?«, fragt der Bürgermeister den Reich.

»Ich bin überfragt«, weicht dieser aus.

»Er ist überfragt!« Der Freudenreich wiederholt hämisch die Antwort des Kastners.

Der Pernauer fühlt sich aufgerufen doch nachzufragen. Er tut dies auf seine bescheidene Art: »Euer Gnaden, Herr Kastner, Ihr wart doch dabei, wie das alles passiert ist; Ihr müsst doch wissen, was man da machen könnte um unsere Leute freizubekommen.«

»Ich sag doch, ich bin überfragt«, herrscht der Reich den Pernauer so an, dass der arme Mensch vor Schreck gleich ein paar Schritte zurückweicht.

Der Kastner wirkt dennoch unsicher. Wer sich so verhält, der lügt. Die Rosenheimer sind fest davon überzeugt, dass der Reich mehr weiß, als er sagt. Er war immer schon eine zwielichtige Gestalt. Trauen konnte man dem noch nie. Und wie man ja weiß, ist er ein Anhänger der Landshuter! Für die geht er durchs Feuer. Also lügt er zu deren Vorteil, dass die Schwarte kracht!

Die Stimmung richtet sich immer mehr gegen den Kastner und so versucht der seine Haut zu retten. »Ich grüße

Euch!«, meint er eilig und verschwindet in Richtung Nikolauskirche.

Aufhalten hat jetzt keinen Sinn.

Aber irgendwann wird der Reich schon über seine eigenen Beine stolpern!

Die Schmidingerin pflanzt sich vor dem Bürgermeister auf. »Also, Bürgermeister, wie stellt Ihr Euch die Zukunft vor? Wie wollt Ihr unsere Männer wieder gesund heimführen?«

Der Bürgermeister zieht die Schultern hoch und macht eine hilflose Figur. Er dreht sich um zu seinen hinter ihm stehenden Ratskollegen und in leisem Ton fragt er: »Was sag ich jetzt den Frauen?«

Achselzucken, bedauernde Gesten, Ratlosigkeit.

Nach einer Weile meint der Scheuchenstuel dem Bürgermeister leise ins Ohr flüsternd: »Ich schlag vor, wir setzen uns im Rathaus zusammen und suchen nach einem Ausweg.«

»Ja«, ruft der Peter Wider, »schauen wir zu, dass wir schnell wegkommen! Oh Gott, oh Gott …!«

Dem Bürgermeister gefällt dieser Vorschlag gut. Weitere lästige Fragen zu beantworten, dazu hat auch er keine Lust. Den Frauen ist in diesem Moment mit Vorsicht zu begegnen.

»Hört her«, sagt er deshalb mit ruhiger Stimme, »ich werde mich mit den Herren beraten. Kommt in zwei Stunden wieder. Ich denke, dann werden wir sicherlich einen guten Vorschlag machen, der euch gefallen wird!«

»Gut, Bürgermeister. Wir kommen in zwei Stunden wieder.«

Die Herren des Ratskollegiums sind erleichtert.

Man geht auseinander. Die einen in Erwartung einer göttlichen Eingebung ins Rathaus, die anderen in der Hoffnung, bald wieder ihre Männer in die Arme schließen zu können, erst einmal nach Hause.

❧

Der Auszug der Frauen

Die zwei Stunden sind vorüber. Nun stehen sich alle wieder gegenüber. Hier die Frauen, dort die Räte.

Eine göttliche Eingebung aber haben die Herren Räte nicht erfahren.

So meint der Bürgermeister kleinlaut: »Also, Schmidingerin, das ist schon so eine verdammte Angelegenheit. Wir haben kein Rezept, wie wir Eure Männer von Wasserburg heimholen können.«

Wie er merkt, dass die Schmidingerin mit einem kräftigen Schnaufer zum Reden anfangen will, fällt er ihr ins Wort: »Komm Zeit, kommt Rat!«

Aber da kommt er der Schmidingerin gerade recht: »Halt, Bürgermeister! Was wir da hören, schlägt dem Faß den Boden aus.«

»Wir sind genauso betroffen wie ihr«, meint der Bürgermeister zerknirscht. Doch das Donnerwetter ist schon im Anzug.

Jetzt schlägt es knüppeldick auf den Bürgermeister und die Räte ein, als die Schmidingerin laut verkündet: »Wir haben beschlossen: Wir gehen weg von Rosenheim, samt Kind und Kegel!«

Die Herren sind ratlos. »Was soll das?«, fragt der Freudenreich.

Da ruft die Amannin ihm zu: »Wir fürchten uns! Jetzt sind Landshuter Soldaten im Markt und unsere Männer sitzen zu Wasserburg und ihr habt kein Rezept. Wer soll uns beschützen?«

Der Bürgermeister könnte ja jetzt sagen: Wir! Denn wenn er an den Amann denkt, dann muss er lachen. Der Amann könnte seine Frau bestimmt nicht beschützen. Der kann doch keiner Fliege etwas zu Leide tun. Am liebsten würde er der Amannin übers Maul fahren, aber er hält sich zurück und meint: »Der Amann alleine kann dich auch nicht beschützen. Überall im Lande herrscht Unruhe. Eure vier machen das Kraut auch nicht fett!«

Aber die Schmidingerin lässt nicht locker: »Wir bekommen von München keine Hilfe, der Kaiser kennt uns nicht einmal und ihr kümmert euch auch nicht um uns. Deshalb gehen wir weg.«

Wenn die Schreibersfrau einmal einen Entschluss gefasst hat, bleibt sie auch dabei. Sie von ihrer Entscheidung abzubringen wird dem Bürgermeister schwer fallen. »Aber Schmidingerin, du hast doch gehört: Herzog Albrecht wird alles dransetzen uns zu helfen.«

Die Amannin aber schreit ihn an: »Dass ich nicht lach!«

Und die Fröhlichin meint gleich drauf: »Wir gehen nach Frauenwörth! Schluss, Bürgermeister!«

»Warum gerade Frauenwörth?«, will der Cronast wissen. Die Insel ist weit weg, der Weg dorthin ist beschwerlich.

Die Schmidingerin aber hat gute Argumente. »Die Äbtissin Ursula Pfeffingerin hat uns Schutz angeboten und die Insel liegt mitten im Wasser.«

Von der Ursula Pfeffingerin hat der Bürgermeister schon so manches Gute vernommen. Sie ist eine mutige Frau. Nächstenliebe und Schutz der Armen und Geplagten sind ihre Grundsätze.

Und das Kloster ist wehrhaft, dazu die Insellage. Da hat die Schmidingerin nicht Unrecht.

Im Grunde, denkt sich der Bürgermeister, ist diese Lösung nicht die schlechteste. Wenn die Frauen weg wollen und Schutz suchen – so viel Sicherheit wie auf Frauenwörth ist im Markt Rosenheim nicht zu finden.

Der Freudenreich dagegen, der ewige Polterer, plärrt sogleich die Frauen unbeherrscht an: »Das gibt euch noch lange nicht das Recht, den Markt zu verlassen. Ihr habt keine Erlaubnis zu gehen!«

Da geht der Amannin aber der Gaul durch: »Wir pfeifen

auf eure Erlaubnis! Habt ihr uns um Erlaubnis gefragt, als ihr unsere Männer nach Wasserburg weggeschickt habt?«

»Red keinen Unsinn, Amannin!«, fällt ihr der Scheuchenstuel ins Wort. »Du weißt ganz genau, dass wir nicht anders konnten. Wir fühlen im Herzen albrechtisch, müssen aber ruprechtisch handeln.«

Es ist immer dasselbe. Diese Reden sind Ausreden! Albrechtisch fühlen, ruprechtisch handeln. Feig sind sie, denkt die Fröhlichin und gibt's den Räten keifend zurück: »Wir gehen nach Frauenwörth und warten dort so lange, bis ihr Herren vom Rat und auch du, Bürgermeister, bis ihr alle miteinander albrechtisch fühlt und handelt!«

Das hat gesessen!

Verdutzt stehen sie nun da. Wie sollen die Herren das auf die Reihe bringen: albrechtisch fühlen und handeln? Aber so sind die Weiber, denken sie. Es fehlt ihnen jede Art, politisch zu denken. Immer nur fordern, schimpfen, keifen. Das jedenfalls ist die Meinung der Herren Räte.

Der Pernauer, zurückhaltend und vorsichtig wie immer, meint schließlich: »Geht nicht nach Frauenwörth, sonst passiert ein Unglück! Ihr habt doch gehört!«

»Unglück ist schon rundherum«, gibt die Zächenpergerin schlagfertig zurück. »Seht ihr denn nicht, wie wir unter der Last des Krieges leiden?«

Da hat sie nicht Unrecht. Soldaten rauf und runter im Lande, Kontributionen werden abverlangt, das Vieh wird gestohlen, wer nicht sofort gibt, wird erschlagen, Haus und Hof werden verwüstet oder angezündet. Von dem, was sonst noch an Gewalttätigkeiten gegenüber Frauen, Kindern und alten Leuten vorgenommen worden ist, ganz zu schweigen.

Doch der Freudenreich hört solche Rede nicht gern, schon gar nicht von Kittelschürzen, wie er die Frauen bezeichnet. Er duldet keinen Widerspruch. »Verdammt, ihr bleibt! Ich befehle es!«

Aber das hätte er besser nicht sagen sollen. Jetzt hat er die ganze Schar gegen sich. Mit funkelnden Augen und hochrotem Kopf verkündet die Schmidingerin laut und vernehmlich: »Du hast uns nichts zu befehlen! Und ihr anderen auch nicht! Kümmert euch doch um euren Dreck und lasst uns in Ruhe!«

Der Bürgermeister spürt das Knistern in der Luft. Bevor es zum Eklat kommt, geht er den einzig richtigen Weg, indem er versöhnlich erklärt: »Lass sie gehen, Freudenreich.« An die Frauen gerichtet, meint er: »Gott beschütze euch!«

Das war's dann. Nicht mehr lange reden, dem Streit ein Ende bereiten.

Die Schmidingerin zieht den Schlussstrich, in dem sie kurz und bündig befiehlt: »Kommt! Wir packen unsere Sachen!«

Die Auseinandersetzung ist beendet. Die Frauen waren die Stärkeren.

Eiligen Schrittes gehen sie nun jede zu ihren Behausungen um zu packen.

Die Herren Räte schauen den resoluten Weiberleuten sprachlos nach. So etwas haben sie noch nicht erlebt.

❧

Noch am selben Abend, ein paar Stunden später, vollzieht sich das ergreifende Schauspiel. Die Frauen mit ihren Kindern sammeln sich auf der Schranne und dann geht es zum Inntor hinaus. Auf Karren und Leiterwagen haben sie das Notwendigste für den Marsch, und was zum Leben auf der Insel benötigt wird, gepackt. Oben auf den Wagen sitzen die Kleinen zwischen Kissen und Fellen, während die größeren Kinder die Wagen ziehen oder kräftig anschieben.

Vorneweg die Anführerin des Aufstandes, die Schmidingerin. Dann die anderen, die Amannin, die Zächenpergerin und die Fröhlichin. Man sieht's ihnen an, dass sie die Zähne zusammenbeißen, wie sie durchs Tor hinausziehen.

Alle sind den Tränen nahe.

Mit im Zug dabei sind aber auch noch andere Frauen: Da ist die Agathe Obermairin, des Bäckers Weib aus der Wiesengasse, des Lebzelters Angetraute, die Margaretha Astmeierin, ferner die Baderin Anna Mairhoferin und die Veronika vom Hufschmied Zeltl. Auch die Frau des Freudenreich, die Kunigunde, hat sich nicht von ihrem Manne abhalten lassen, obwohl er ihr mit ewigem Hausverbot gedroht hat. Mit den beiden Buben, dem Kassian und dem Jörg, hat sie sich dem Auszug angeschlossen. Und auch die Irmingard vom Bürgermeister Cronast ist dabei.

Die Herren der Schöpfung bleiben zurück und schauen betroffen ihren Lieben nach. Sie haben bis vor wenigen Augenblicken nicht geglaubt, dass die Frauen ihre Drohung wahr machen werden.

Die Knechte am Inntor öffnen schweigend die Torflügel und lassen die hölzerne Brücke herunter.

Es hätte nicht so weit kommen dürfen.

Aber Schuld an allem haben die Wasserburger! Würden diese die Wahlmänner und den Schreiber nicht festhalten, gäbe es jetzt nicht zu Rosenheim den eiligen Auszug.

Der Bürgermeister macht sich am meisten Sorgen, denn er hat schließlich die Erlaubnis zum Auszug erteilt. Unter den Horden von Landsknechten, die die Gegend unsicher machen, wird sich's wie ein Lauffeuer herumsprechen, dass Weiber und Kinder aus Rosenheim unterwegs sind. Wie Freiwild wird man sie jagen, überfallen, ausplündern oder gar noch Schlimmeres mit ihnen treiben.

Selbst wenn die Frauen versuchen sollten alle Unbilden dieser Welt zu umgehen und den kürzesten Weg nehmen, den über den Schlossberg, Prutting, Endorf, Mauerkirchen, Rimsting bis zum See, wird diese Nacht alle Teufel, Hexen und bösen Geister lebendig werden lassen und ihnen das Grauen lehren.

Die da hinausgezogen sind, brauchen dringend Schutz, sagt sich der Bürgermeister. Und den sollen sie auch bekommen! Dazu ist er bei seinem Amte verpflichtet! Also winkt er dem Lindl-Götz, der in seiner Nähe steht und ebenso betrübt dreinschaut.

»Lindl, lauf 'nüber zum Freudenreich, zum Scheuchenstuel und zum Hufschmied Zeltl. Jeder der drei soll Pferde und Knechte mit Waffen abstellen, so viele er hat. Sie sollen sich sofort fertig machen und dem Zug folgen. Ebenso wird von jedem Tor ein Wächter abgezogen, der auch noch mitreiten soll bis zur Anlegestelle an den Chiemsee. Die Pferde sollen sie aus dem Marktstall nehmen. Los, lauf, beeil dich!«

Das sind Aufträge für den Lindl-Götz! Schon ist er unterwegs und bald hört man ihn hier, bald dort den Auftrag des Bürgermeisters hinausposaunen. Und sofort gerät der ganze Markt erneut in Aufregung.

Ein Aufatmen geht über die Schranne.

Das ist gut und richtig, was der Bürgermeister da angeordnet hat! Wenn man die Frauen und die Kinder schon ziehen lässt, dann muss man auch für deren Sicherheit sorgen. Der Weg bis zur Anlegestelle am Chiemsee darf nicht fahrlässig aufs Spiel gesetzt werden. Danach werden die Äbtissin Ursula Pfeffingerin und ihr Vetter Hanns Herzheimer, Inselkommandant und erfahrener Haudegen, schon für die weitere Sicherheit sorgen.

Fünfzehn Reiter, bewaffnet bis an die Zähne, hat der Lindl-Götz rekrutiert. Die Torknechte haben Spieß und Schwert, die anderen Lanze oder Schießprügel. Fünf von ihnen waren in jungen Jahren Landsknechte bei des Herzog Georgs Fähnlein. Allesamt furchtlose Burschen, die keinen Zweifel aufkommen lassen, dass sie Frauen und Kinder schützen werden, als ginge es um ihr eigenes Leben.

Im schnellen Galopp jagen sie dem Zug hinterher.

Kristofs Abschied

Der Auszug der Frauen aus dem Markt hat sich schnell herumgesprochen in der Gegend. Noch am späten Abend, bevor der Zug die Innbrücke passierte, war die Nachricht oben beim Kastner Reich im Kuglmoos eingetroffen.

Der hat eine diebische Freude an dieser Entwicklung. Jetzt geht es den Rosenheimern nass herein!, denkt er schadenfroh. Und er wünscht sich, dass dies erst der Anfang sei.

So wie sie sich immer zeigen und geben, vor allem ihm gegenüber, diese protzigen Herren vom Rat, und wie sie alles besser wissen, so geschieht es ihnen recht, dass ihre Weiber ihnen nun die Zähne zeigen und auf der Flucht sind. Noch viel mehr Ärger wünscht er den Rosenheimern an den Hals, solange sie Partei für Albrecht ergreifen. Wenn sie für Landshut wären, dann würde er ihnen gerne helfen, doch dann wär's ja gar nicht so weit gekommen. Aber so!

Jeder der Bediensteten auf dem Kugelmoos, der dem Reich über den Weg läuft, erhält breit und genüsslich die Geschichte persönlich von ihm präsentiert. Dazu wird natürlich noch ein bisschen herumgedichtet, je nachdem, wen der Reich gerade vor sich hat.

Der Katharina, wie könnte es anders sein, nimmt sich der Herr Kastner besonders an. Auf so eine Gelegenheit hat er geradezu gewartet.

»Hast du schon gehört, Katharina, die Weiber sind mit ihren Kindern aus dem Markt geflüchtet. Die Herren Klugscheißer vom Rat sind arg davon betroffen. Nun können die ihr Süppchen alleine auslöffeln, das sie sich eingebrockt haben.«

Die Katharina erschrickt über diese Nachricht und auch über die harten, bösen Worte.

Ihr Herz schlägt bis zum Hals. Wen hat er alles mit »den Weibern« gemeint? Auch ihre Mutter? Zögernd fragt sie, wer denn sonst noch alles dabei sei.

Hämisch grinst der Reich und meint: »Brauchst gar nicht so dumm fragen. Freilich, deine Mutter und deine Schwestern sind auch dabei. Deine Mutter hat ja das größte Schandmaul an den Tag gelegt, so hab ich's gehört. Anstatt dass sie sich zurückhält, hat sie sich gegen den Bürgermeister und die Räte ungebührlich benommen und die anderen Weibsstücke aufgehetzt. Das wird noch ein böses Nachspiel haben, wenn sie eines Tages zurückkommen sollte.«

»Was hat sie denn gesagt, Euer Gnaden?«, fragt Katharina ängstlich.

»Ach, was halt so ein Weibsbild wie deine Mutter mit ihrem lästerlichen Maul von sich gibt. Dies und jenes.«

Das ist keine Antwort, aber die Katharina kennt den Kastner zu gut. Sie weiß, dass er immer etwas mehr aus der Sache zu machen pflegt. Er will anderen einen Schreck einjagen, sie in der Seele treffen. Sie gibt sich vorerst damit zufrieden, wenngleich sie große Angst um ihre Mutter und die Geschwister hat.

So macht sie einen Knicks vor dem Herrn Kastner und geht ihrer Wege. Der Kastner grinst gemein und nickt mit dem Kopf, so, als wolle er sagen: Geh nur, du wirst schon noch sehen, wie weit du und deinesgleichen kommen, wenn man nicht auf mich hört.

Wie die Katharina einige Schritte entfernt ist, ruft ihr der Kastner noch so beiläufig nach: »Ach, Katharina, vielleicht braucht deine Mutter keine Angst vor dem Nachspiel wegen ihres losen Mauls mehr zu haben. Die meisten der Weiber und Kinder werden sowieso nicht mehr zurückkommen. Die Landshuter werden sie sicherlich bald aufspüren, noch bevor sie auf die Insel übersetzen können. Was dann passiert, brauch ich dir nicht sagen.«

Katharina ist entsetzt. Wut steigt in ihr hoch. Tränen fließen über ihre Wangen. Schnell läuft sie zur Scheune und verkriecht sich hinter einem Strohballen. Erst einmal weinen, fest weinen um die Gemeinheit des Reich hinwegzuspülen.

Nach einer Weile hat sie sich beruhigt. Sie wischt sich das Gesicht mit der Schürze trocken, steht auf und geht zurück in die Kochstube um das Abendessen vorzubereiten.

Es dauert nicht lange, da spitzt der Peter Strobl bei der Küchentüre herein.

»Katharina«, flüstert er, »ich bin's, der Peter.«

Die Katharina dreht sich um, sieht den Peter, lässt alles liegen und stehen, macht ein paar Schritte auf den Schiffsknecht zu und wirft sich an seine Brust.

»Peter, stimmt das, was der Reich mir erzählt hat? Dass auch meine Mutter und die Geschwister bei dem Zug nach Frauenwörth dabei sind und dass die Landshuter Knechte schon auf sie warten?«

»Das Erste, Katharina, stimmt«, meint der Peter ruhig und macht sich aus der Umklammerung Katharinas frei. »Das Zweite aber entspringt der bösen Phantasie des Reich. Die Landshuter Truppen sollen, so wie ich gehört habe, einen ganz anderen Weg an den Chiemsee nehmen, nämlich den über Wasserburg, Eggstätt und Breitbrunn. Zu Erding und Haag haben sie vor einigen Tagen tüchtig Prügel bekommen und sind jetzt auf der Flucht vor den nachfolgenden Truppen Albrechts. Die Landshuter Knechte haben jetzt keine Zeit, ihren Weg zu ändern um ein paar Frauen und Kinder zu jagen. Sie sind jetzt selbst die Gejagten. Keine Angst! Sieh, Katharina, das geschieht bald jeden Tag, dass Menschen auf der Flucht sind. Und viele erreichen ihr Ziel. Deine Mutter wird's auch schaffen!«

Die Katharina hat sich etwas beruhigt. Der Peter hat's gut erklärt. Aber Angst hat sie schon noch.

Der Schiffsknecht merkt's.

»Weißt du, Katharina«, fährt er deshalb fort, »der Bürgermeister hat die Frauen nicht alleine ziehen lassen. Ich hab gehört, da sollen etliche Reiter, schwer bewaffnet, dem Zug gefolgt sein. Da kann nichts schief gehen!«

Die Katharina nimmt Peters Hände in die ihren: »Peter, trotzdem hab ich furchtbare Angst. Ich möcht zum Kristof. Kannst mir wieder helfen? Ich hab morgen um die neunte Abendstunde Zeit. Am Innspitz. Schau, dass es geht!«

»Was meinst, Katharina, warum ich gekommen bin? Der Kristof schickt mich! Aber du hast mich vor lauter Angst gar nicht ausreden lassen.«

»Ist's wahr, Peter?«

»Freilich, dummes Mädel. Auch der Kristof hat morgen Zeit. Und wenn du meinst, um neun am Innspitz, dann passt es.«

»Ich dank dir!« Fast ist es wie ein Jubelschrei.

»Komm her«, sagt sie, fasst den Peter sanft an den Ohren, zieht ihn zu sich herunter und gibt ihm einen festen Kuss auf die Stirn. »Dank dir, Peter!«

Lachend dreht sich der Schiffsknecht zur Tür und verschwindet lautlos im Gang.

Die Katharina ist auf einmal wieder glücklich. So schnell kann das gehen, von einem Moment zum anderen. Ein fröhliches, unbeschwertes Mädel voller Glückseligkeit und leidenschaftlicher Erwartung.

❧

Der Markt Rosenheim ist in den vergangenen Stunden schon arg gebeutelt worden: Da ist der Kastner allein von Wasserburg zurückgekommen. Dann sind da aber noch in Begleitung des Kastners der Hauptmann von Witzleben und eine große Zahl von Soldaten im Markt erschienen. Dann erfolgte der Auszug der Frauen mit Kind und Kegel nach Frauenwörth.

Und heute, einen Tag danach, zieht der Witzleben mit einem Teil seiner Offiziere und Feldwebel nach Burghausen ab und nimmt siebenundzwanzig Rosenheimer Burschen mit. So wie er's gestern und schon einmal davor gefordert hatte.

Im Gefolge des Rosenheimer Fähnleins fahren noch drei Ochsengespanne mit, die Waffen, Pulver, Blei und Verpflegung für vierzehn Tage mitführen. Herzog Ruprecht hat's so gefordert.

Die meisten der jungen, wehrfähigen Männer, die nun ausziehen, sind noch ledig. Die zurückbleibenden Mütter sind es, die sich Sorgen um ihre Söhne machen.

Einige der Wehrgestellten aber sind bereits verheiratet und müssen ihre jungen Frauen zurücklassen. Die stehen verzweifelt am Rande der Schranne, ihre Kinder im Arm oder am Rockzipfel hängend. Mit nassen Augen verfolgen sie den Auszug ihrer Liebsten.

Der Bürgermeister Erasmus Cronast ist zuvor noch einmal beim Hauptmann von Witzleben vorstellig geworden. Er hatte versucht wenigstens diejenigen der Burschen freistellen zu lassen, die schon verheiratet sind. Aber sein ganzes Reden und Bitten half nichts. Der Hauptmann blieb stur; das konnte er auch, denn er hatte schließlich eine herzogliche Order und ein Rosenheimer Versprechen.

«Ihr habt gesagt, Bürgermeister«, erinnerte der Hauptmann, »wenn das mit Wasserburg in Ordnung gehe, mit der Einnahme der Stadt und der nachfolgenden Erbhuldigung, dann werdet Ihr folgen. Also folgt!« Dann fügte er noch hinzu: »Wenn Ihr unbedingt meint, die verheirateten Burschen sollen bei ihren Weibern bleiben, dann tauscht sie gegen andere aus.«

Aber das ist leichter gesagt als getan.

»Euer Gnaden, die andere Hälfte ist entweder alt und nicht voll wehrfähig oder ebenfalls verheiratet.«

»Dann habt Ihr eben Pech«, erklärte der von Witzleben. »Ihr kennt meinen Auftrag, den habt Ihr zu erfüllen. Was kann ich dafür, wenn Ihr nicht in der Lage seid eure eigenen Dinge in Ordnung zu bringen.«

»Ich bitt Euch nur um Verständnis, Euer Gnaden. Wir sind ein kleiner Markt, die Zahl unserer Bürger ist keine dreimal Hundert. Den zehnten Teil davon muss ich nun zur Wehrgestellung nach Burghausen senden. Wer soll denn die Arbeit im Markt erledigen?«

»Das ist ein einfaches Rechenexempel. Eine Menge Weiber und Kinder sind ausgezogen, wie ich erfahren habe. Also gibt's auch weniger Arbeit. Hab ich nicht Recht?«

Auf diese Logik war er ganz stolz, der Obrister-Hauptmann von Witzleben. Vor allen Dingen, dass ihm das gerade so zur rechten Zeit eingefallen war. Er schaute den Bürgermeister so herausfordernd an, als sollte dieser ihm dafür noch applaudieren.

Der Cronast kann nur noch stottern: »Ja, Euer Gnaden, nur …«

Der von Witzleben fährt aber dem Bürgermeister sofort über den Mund: »Ich will nichts mehr hören! Ihr seid jetzt unsere Verbündeten, Schluss damit! Lasst die Burschen für Burghausen aufrüsten, verpflegen und dann antreten. Um die zehnte Stunde geht's los!«

❧

Gegen neun Uhr abends setzt zu dieser Sommerzeit die Nacht ein. So ist es leicht für Katharina, sich aus dem Edelsitz auf dem Kuglmoos zu entfernen. Da ruft keiner mehr nach ihr. Wenn der Reich etwas braucht, hat er dafür seinen Kammerdiener. Der regelt alles, und wenn's nachts in der Küche sein soll.

Der alte Nikolaus Fichtl, so heißt der Bediente, weiß von dem Verhältnis zwischen Kristof und Katharina. Weil er das Mädel gern hat und den Reich auch nicht besonders leiden kann, hilft er ihr.

Darum kann sich die Schreiberstochter auch ohne Not entfernen. Sie eilt den Fußsteig vom Kuglmoos hinunter und mit schnellen Schritten über die Innbrücke.

Am Brückenhaus, auf Rosenheimer Seite, sieht sie der Torwächter Lorenz schon von weiten kommen. Als sie den Torbogen des Brückenhauses durchschreitet, bleibt sie kurz stehen. Da deutet der Wächter mit der Spitze seiner Hellebarde auf den Treidelweg, der linksseitig am Ufer entlangführt. Mit einem breiten Grinsen meint er: »Schau, dass du weiterkommst. Dort unten wartet schon einer. Brauchst keine Angst haben, ich hab nichts gesehen!«

»Dank dir, Lenz«, meint die Katharina und eilt weiter. Es sind noch ein paar hundert Schritte, die sie schnell zurücklegt. Ganz unten, am Innspitz, wo die träge, braune Mangfall in den wilden, grünen Inn mündet, steht der Kristof und wartet. Schemenhaft erkennt sie ihn im fahlen, vom ständigen Vorüberziehen kleiner Wolken unterbrochenem Mondlicht.

»Kristof!«

»Katharina! Liebste Katharina!«

Beide vergessen im Glück des Augenblicks ihre Umgebung. Ein langer, langer Kuss.

»Kristof, hast du's gehört: Viele Frauen und Kinder sind gestern vom Markt weggegangen nach Frauenwörth. Meine Mutter und die Geschwister sollen auch dabei sein.«

»Ich hab's gehört. Doch mach dir keine Sorgen«, beruhigt er sie und streichelt ihr dabei zärtlich übers Haar.

»Ich hab Angst!« Katharina klammert sich an Kristof. »Und der Vater ist gefangen in Wasserburg.«

»Beruhige dich, Katharina. Die Insel Frauenwörth ist sicher, das hört man von überall. Und zu Wasserburg wird auch alles wieder ins Lot kommen, wirst sehen!«

»Trotzdem fürchte ich mich vor dem, was noch kommt. Gut, dass du da bist, Kristof!« Leidenschaftlich schlingt sie ihre Arme um seinen Nacken und küsst ihn wild und stürmisch.

Nur zögernd erwidert Kristof ihre Zärtlichkeiten. Gewissensbisse plagen ihn.

Morgen muss er fort. Es wird Zeit, dass er es seinem Mädchen auch sagt. Bis jetzt hat er es bei jedem Treffen geschickt vermieden, ihr den Termin der Abreise zu nennen. Aber nun muss er Farbe bekennen.

So spricht er ruhig und jedes Wort abwägend, während er sie fest in den Armen hält.

»Katharina, ich bin nicht mehr lange da. Morgen muss ich mit drei Plätten auf Fahrt, den Inn abwärts.«

»Mein Gott, Kristof, lass mich nicht allein mit dem Kastner und meinem Kummer!« Katharina klammert sich an ihn, als gelte es ihn für immer festzuhalten.

»Ich kann nicht, Katharina. Ich muss die Aufträge meines Herrn erledigen.«

»Und wo geht's hin?« Man merkt es ihrer bangen Frage an, dass sie die Antwort schon ahnt. Und als Kristof nicht gleich antwortet, setzt sie leise dazu: »Nach Wien?«

»So wie's aussieht, ja. Es kann aber auch ein anderes Ziel sein. Der Kastner hat's noch nicht endgültig festgelegt.«

»Pass auf dich auf, Kristof! Ich brauch dich!«

Immer noch schmiegt Katharina sich fest an Kristof an, so, als wolle sie ihn für immer behalten. Sie will ihn jede Sekunde spüren, die ihr noch bleibt.

Er streicht ihr übers Haar und flüstert ihr ins Ohr: »Ich brauch dich auch, Katharina. Ich denk an dich, wo immer ich bin.«

Langsam gleiten beide zu Boden. Und versinken tief im hohen Gras des Ufers.

Verschämt, so als wolle er das Glück der beiden Verliebten nicht stören, versteckt sich der Mond hinter einer großen, dunklen Wolke.

❧

Was der Peter Strobl der Katharina neulich über die Truppenbewegungen erzählte, war sicherlich etwas beschönigt. Doch er wollte das Mädchen beruhigen.

Die Soldaten Herzog Ruprechts ziehen nämlich nicht geordnet durch das oberbayrische Land in Richtung Chiemsee. Die Hauptstreitmacht wohl, aber da gibt es immer kleinere Grüppchen, die auf Erkundung sind um Fourage zu requirieren oder nach geeigneten Wegen und Pfaden zu suchen.

Diese kleinen Trupps sind es, die ein besonders übles Spiel treiben und Schrecken verbreiten. Meist ohne Führung, streifen sie durch das Land und traktieren alles und jedes, was sich ihnen in den Weg stellt.

Zum Glück waren die Rosenheimer Frauen schon so früh dran, oder besser gesagt noch zu später Abendstunde aus dem Markt ausgezogen, dass sie vor dem Eintreffen der ruprechtischen Landsknechte am Chiemsee die Anlegestelle in Gstadt erreicht haben. Eilig musste das Ablegen der Schiffe vor sich gehen, doch es waren genügend Kähne vorhanden, die alle Rosenheimerinnen mit Kind und Kegel zur Fraueninsel bringen konnten. Die Äbtissin Ursula Pfeffingerin hatte klug vorgesorgt.

Und auch die Rosenheimer Begleitung, die Knechte des Scheuchenstuel, des Freudenreich, des Hufschmieds Zeltl und die Torwächter, gelangten unversehrt in den Markt zurück.

Gerade als die Frauen mit den Kähnen ablegten, meldeteten Bauern, dass aus Richtung Breitbrunn böhmische Truppen auf Gstadt zu marschierten. So nahm die Rosenheimer Schutztruppe nicht den Rückweg über die Ratzinger Höhe, sondern ritt unten herum über Wildenwart. Dabei entkamen sie den Landshutern und erreichten ohne Schaden den Markt.

Der Allmächtige, so scheint es, hat seine schützende Hand über die Rosenheimer gehalten. Dafür sei dem Herrn Lob und Dank!

❧

Das Reichskammergericht hatte schon im April dieses Jahres 1504 entschieden, dass das gültige Recht in Sachen Erbfolge auf Seiten Herzog Albrechts stehe. Die rechtmäßigen Erben säßen zu München, und zwar für das gesamte Herzogtum Bayern.

Unmittelbar danach hat Kaiser Maximilian die Kontrahenten Ruprecht und Albrecht zu sich geladen.

»Mir geht es um eine baldige Lösung«, erklärte der Kaiser schon vor der Sitzung, zu der neben den beiden Herzögen Ruprecht und Albrecht auch eine große Zahl von Hofräten und Paladinen beider Residenzen sowie die Richter der Reichskammer geladen sind.

Die Sitzung allerdings kann zum anberaumten Termin nicht abgehalten werden, weil der Landshuter Herzog Ruprecht bisher nicht erschienen ist.

Kaiser Maximilian, Herzog Albrecht und die wichtigen Herren des Münchner Hofrates warten nun schon einige Tage.

Schließlich kommt Nachricht aus Landshut, dass Herzog Ruprecht nicht gewillt sei zu kommen. Statt dessen sei er im Lande unterwegs um weitere Städte einzunehmen und die Erbhuldigung einzufordern. Das Gespräch mit dem Kaiser und Herzog Albrecht interessiere ihn nicht, lässt er ausrichten.

Der Kaiser ist wütend.

So wird die Sitzung ohne Herzog Ruprecht abgehalten.

»Bis vor kurzem ging es mir noch um eine friedliche Lösung in der Auseinandersetzung um die Münchner und Landshuter Erbfolge«, eröffnet Maximilian die Sitzung. »Doch Landshut begegnet mir mit Verachtung. Ich rufe zum Gespräch und Herzog Ruprecht ignoriert meine Aufforderung. Dies ist eine Beleidigung und Missachtung meiner Autorität.«

Die Herren stimmen Seiner Majestät lautstark zu. Auch sie sind erzürnt über das Verhalten des Pfälzers. So wie es aussieht, scheinen es die Landshuter nun darauf anzulegen, den Streit um die Erbfolge mit anderen Mitteln als einer gütlichen Einigung zu entscheiden.

Wenngleich einige Fürsten in den letzten Wochen Kaiser Maximilian und auch Herzog Albrecht Gleichgültigkeit in den Verhandlungen um eine friedliche Lösung der Erbschaftssache unterstellten, so müssen diese Kritiker sich nun doch eingestehen, dass mehr Ärgernis und Übel von Landshut ausgeht.

»Ich bitte um Eure Meinung zu diesem betrüblichen Casus, meine Herren«, fordert Maximilian zur Debatte auf.

»Majestät«, meldet sich der Rechtsgelehrte Michael von Pientzenau, »wir sind uns alle zusammen einig, dass die weiteren Schritte gegen Landshut nur auf der Grundlage der Entscheidung des Reichskammergerichts erfolgen können.«

»Ich höre wohl; doch was sagen die Herren des Kammergerichts?«, fragt der Kaiser die Reichsgerichtsräte.

Der Vorsitzende erhebt sich von seinem Sitz. »Euer Majestät, die Entscheidung des Reichskammergerichts beruht auf der eingehenden Prüfung des noch gültigen Erbvertrages des Hauses Wittelsbach von 1392.

Obwohl Herzog Georg a. D. 1496 pro domo Landshut, das heißt für Elisabeth und Ruprecht, entschieden hat, wird der zuvörderst erwähnte Vertrag nicht außer Kraft gesetzt. Zwar meinen Herzogin Elisabeth und Herzog Ruprecht, der vorgenannte Vertrag von 1392 sei durch die neue Erbregelung Herzog Georgs überholt, doch stimmen wir diesem nicht zu.

Die weibliche Erbfolge ist ausgeschlossen.

Die Erbfolge kann auch nicht durch Verehelichung oder Adoption auf den Schwiegersohn übertragen werden.

Die einseitige Lösung des vorgenannten Erbvertrages ist rechtsunwirksam. Somit erübrigt sich eine weitere Prüfung des vorliegenden Casus. Jede andere Nachfolgeregelung verstößt gegen bestehendes Reichsrecht.«

»Dies hör ich gern, mein Herr«, meint Seine Majestät wohlgefällig und blickt dabei in Richtung Herzog Albrechts. »Welche Konsequenzen, meine Herren Richter, soll ich aus Eurem Spruch ableiten?«

»Euer Majestät, wir sind bei der Festlegung des Strafmaßes davon ausgegangen, dass es sich um Landfriedensbruch handelt. Deshalb solltet Ihr die Übeltäter mit der Reichsacht belegen.«

Das ist eine harte Strafe. Denn wer mit der Reichsacht belegt wird, ist ein Rebell. Rebellen aber haben ihr Leben verwirkt!

»Ich danke Euch, meine Herren Richter. Eure Entscheidung deckt sich mit meinen Intentionen.«

Dann erhebt sich Kaiser Maximilian, der Hofmarschall

stößt dreimal seinen vergoldeten Marschallstab auf den Boden, alle Herren erheben sich.

Mit fester Stimme spricht Maximilian sein Urteil: »So hört meinen Spruch: Ich verhänge die Reichsacht über Herzog Ruprecht und Herzogin Elisabeth zu Landshut und erkläre beide für vogelfrei.«

Die Anwesenden stimmen der Entscheidung zu, sie applaudieren, während sie wieder die Plätze einnehmen.

Der Rechtsgelehrte Michael von Pientzenau scheint nicht ganz glücklich über diese Entwicklung zu sein, denn er applaudiert nicht. Der Kaiser sieht's.

»Pientzenau, was seht Ihr so befremdlich in die Welt? Gefällt Euch unser Spruch nicht?«

»Majestät«, meint der Pientzenau, »dieser Spruch ist mehr als nur eine verbale Sanktion gegen Landshut. Dahinter steckt Krieg, Tod und Verderben. Unheil gegen alles und jedes, was mit den Landshutern verbündet oder deren Eigentum ist.«

»Pientzenau, so soll es auch sein! Wir dürfen nicht zögern mit Sanktionen gegen Landshut. Die Landshuter haben uns herausgefordert, also müssen wir die Herausforderung annehmen und aufzeigen, in wessen Händen die Macht liegt. Gebt Euch damit zufrieden, Pientzenau! Je früher wir beginnen reinen Tisch zu machen, desto eher ist Friede und Ruhe im ganzen Lande.«

»Ich verstehe Euch, Majestät. Ihr seid erzürnt und das mit Recht. Auch billige ich den Richterspruch, denn er gründet auf geltendem Recht. Die Konsequenzen gegen das Herrscherhaus zu Landshut aber werden tödlich sein. Denn, Majestät, mit Verlaub, viele Menschenleben werden dabei aufs Spiel gesetzt, viel Land wird verwüstet werden. Generationen danach werden noch in den Tränen und dem Blute ihrer Vorväter baden. Davor fürcht ich mich.«

»Auch diese Tränen und das Blut werden den Berg hinabfließen. Wir müssen ein Exempel statuieren, das ist mein Wille! Mein Schwager Albrecht hat nun freie Hand im

Kampf um sein berechtigtes Erbe. – Ich frage Euch, Albrecht, wie wollt Ihr vorgehen?«

»Majestät«, erwidert dieser, »mit Eurer Rückendeckung und der militärischen Hilfe unserer Verbündeten werde ich unverzüglich mein Recht durchsetzen. Auch ich bin bestrebt baldmöglichst die Friedensglocken läuten zu hören.«

»Wohl, mein lieber Albrecht, ans Werk! Die Sitzung ist hiermit geschlossen.«

Der Kaiser erhebt sich, die Herren ebenfalls.

Kurz und bündig wurde in dieser Sitzung auf das Reichsrecht verwiesen, kurz und bündig wird nun die Erbstreitigkeit mit kriegerischen Mitteln ausgetragen werden.

Wenige Tage nach dem Spruch ziehen die Heere der Münchner Allianz in Richtung Ingolstadt. Die Stadt wird aufgefordert den Münchnern zu huldigen. Doch sie verweigert. So wird sie mit einem Handstreich eingenommen, der Bevölkerung spielt man übel mit. Alle kriegerischen Handlungen werden ab sofort unter den Grundsatz gestellt: Wer Landshut huldigt, ist vogelfrei – Tod und Verderben Elisabeth, Ruprecht und ihren Verbündeten.

»Ingolstadt soll der Anfang sein«, hat sich Seine Majestät wörtlich beim Fall der Stadt geäußert. Plündernd und brandschatzend ziehen nun die Heerhaufen über Markt Schwaben und Erding in Richtung Haag.

Zu Haag gilt's besondere Rache auszukosten, denn Graf Sigmund von Haag hält als Landshuter Hofmarschall loyal zu Herzog Ruprecht und Herzogin Elisabeth.

Nachdem Graf Sigmund zum Zeitpunkt des Einfalls der Münchner Truppen mit seinen eigenen Landsknechten in Niederbayern weilt, liegt seine ganze Grafschaft ungeschützt und jungfräulich vor den albrechtischen Fähnlein.

Zuerst wird das Dorf Schiltern dem Erdboden gleichgemacht. Dann ziehen die oberbayrischen Truppen in die Grafschaft Haag ein.

Diese wird verwüstet.

Armstorf und Lehen fallen, alle Dörfer und Weiler werden geplündert und abgebrannt. Tag und Nacht machen Albrechts Soldaten Ausfälle und traktieren die armen, wehrlosen Bauern, deren Schicksal es ist, Leibeigene des Haager Grafen zu sein. Wer sich widersetzt, wird erbarmungslos erschlagen. In diesem grausamen Spiel der Mächte hätten die Bauern und Bürger gern ihr Hab und Gut hergegeben um ihr Leben zu retten. Denn dies ist so üblich im Kriege. Doch die wilden Landsknechtshorden greifen ihr Blut und ihre Ehre an. Ganze Familien, ja Sippen werden ausgerottet, kaum eine Frau gibt es jetzt noch in der ganzen Grafschaft, der nicht Gewalt angetan wird. Ein großes Wehklagen tut sich auf im ganzen Lande. Blutrot zieht sich die Bahn des Münchner Heeres durch die Grafschaft und darüber hinaus.

Die Schreckensnachricht eilt den wilden Horden voraus. Denn allen, die den Landshutern gehuldigt haben, droht das gleiche Schicksal.

Lange Flüchtlingsströme sieht man entlang der Straßen und Flüsse ins Fränkische oder Schwäbische ziehen.

Und immer wieder wütet das blanke Eisen unter den Tausenden von Flüchtenden. Wehrlose Frauen und Kinder werden hingeschlachtet. Ihre Leichen liegen an den Straßenrändern. Angst und Schrecken überkommt die Menschen.

Wer in diesem Sommer über das bayrische Land blickt, weiß nicht, ob es der Mohn ist, der rot auf den Feldern leuchtet, oder ob es das Blut der Geschundenen ist.

Auch in Rosenheim geht die Angst um.

Denn Rosenheim hat Landshut gehuldigt und sich Kaiser und Herzog Albrecht zum Feind gemacht. Wird man auch Rosenheim bestrafen? Wird man den Markt niederbrennen und das Volk erschlagen?

❧

Ein geglückter Streich

Der 7. Juni des Jahres 1504 ist trüb und kühl, wie schon die letzten Tage zuvor.

Nass und unfreundlich ist es nach einem heftigen, lauten Gewitter, das in den frühen Morgenstunden über dem Markt Rosenheim tobte.

Fröstelnd, mit klammen Händen, stehen die Torknechte in der unteren Stube des Mittertors zusammen. Zum Heizen ist es zu warm, zum Herumsitzen aber zu kalt. Es ist, als wäre es bereits Herbst.

Vom Turm von Sankt Nikolaus hat der Wächter gerade die neunte Stunde ausgerufen:

»Hört, ihr Leute, und lasst euch sagen,
Neune hat die Uhr geschlagen.
Wer jetzt noch schläft, als sei es Nacht,
Den rüttelt fest, dass er erwacht.«

Der Turmwächter Sebastian Bauermeier hat wieder Dienst auf dem Turm.

Nur wenige Menschen sind auf der Schranne; ein paar Fuhrwerke stehen vor den Getreidespeichern beim Bäcker Seidl, ein Ochsengespann rumpelt über das Pflaster. Die üblichen Geräusche dringen aus den Handwerkerstuben: der helle Hammerschlag beim Schmied, das Singen der Holzsäge drüben beim Zimmerer, der monotone Taktschlag der Schäffler aus der Ferne der Heiligen-Geist-Gasse.

Vor dem Haus des Bürgermeisters schnaubt ein Pferd erregt, es wird gerade gesattelt. Der Cronast will hinausreiten zum Roßacker, sich einmal umsehen, wie's um die Wiesen steht, die dem Markt unterhalb der Anhöhe gehören.

Aber eigentlich hat er etwas anderes vor. Die Frauen aus dem Tross der Landshuter Besatzer, der da draußen im Lager liegt, interessieren ihn brennend. Nicht nur die Landsknechte, sondern auch schon einige der Torknechte und Handwerksgesellen des Marktes fabulieren mit glänzenden Augen.

Der Bürgermeister steigt in den Sattel, da kommt der Torknecht Stettner angelaufen. Das Laufen wird ihm immer beschwerlicher, denn der Jüngste ist er auch nicht mehr.

»Bürgermeister«, schnauft er, »die Abordnung aus Wasserburg kommt zurück. Sie ist gleich da. Schau!«

Mit der Hellebarde deutet er in Richtung Mittertor.

Also hat's geklappt! Der Bürgermeister springt aus dem Sattel und ist auf einmal furchtbar aufgeregt. Schnell schickt er seinen Knecht mit dem Pferd zurück in den Stall. Die Wiesen unterm Roßacker und die Frauen vom Tross können warten, die laufen nicht davon. Was jetzt kommt, ist viel wichtiger.

»Ruf die Räte zusammen, Linhart, schnell!«, sagt er zum Stettner.

Schon läuft der Linhart weiter und brüllt die Namen der Ratsherren über die Schranne. Immer wieder bleibt er atemlos stehen und schnauft so laut, dass man meint, seine letzte Stunde sei gekommen.

Das Rufen des Stettners macht auch die anderen Bürger aufmerksam. Die Abordnung aus Wasserburg kommt zurück, so geht es wie ein Lauffeuer von Haus zu Haus. Alles gerät in helle Aufregung. Und schon findet sich Volk vor dem Rathaus ein.

»Willkommen daheim, liebe Freunde!«

Der Bürgermeister läuft mit ausgestreckten Armen auf die Heimkehrenden zu. Endlich sind sie wieder da: der Schmidinger, der Amann, der Fröhlich und der Zächenperger. Dreckig, übel riechend, aber mit strahlenden Augen. Man sieht's ihnen an, dass sie erleichtert sind wieder das heimische Pflaster unter den Füßen zu spüren.

Willkommen daheim! Auch freudige Rufe aus den Reihen der Ratsherren und der Bürgerschaft.

»Wir haben gedacht, wir sehen Rosenheim so schnell nicht wieder. Wir danken Euch, dass Ihr uns da rausgehauen habt.«

Der Schmidinger ist es, der das sagt. Dieser Dank ist in erster Linie an den Bürgermeister und den Freudenreich gerichtet.

Das war ein glänzender Streich, der da den Rosenheimern gelungen ist.

»Ist alles glatt gegangen?«, will der Bürgermeister wissen.

»Ja! Bis die Wasserburger gemerkt haben, dass die Patres nicht Trost spenden, sondern uns befreien wollen, waren sie schon im Jenseits.«

Jetzt erst bemerken die Rosenheimer, dass nicht nur die Abordnung aus Wasserburg vor ihnen steht, sondern auch noch sieben Patres in braunen Kutten. Bald hätte man sie übersehen. Der Bürgermeister geht zu jedem einzelnen der Kuttenträger, gibt ihm die Hand und klopft ihm kräftig auf die Schulter.

Ein bisschen seltsam sehen sie schon aus, diese sieben. Mit Gottesmännern haben sie, zumindest in ihrem Aufzug, wenig zu tun. Sie sehen eher wie Straßenräuber aus.

Denn dort, wo normalerweise der Leibstrick die Kutte zusammenhält und ein Rosenkranz hängt, tragen sie einen Gürtel und daran ein langes Schwert. Zwei von ihnen haben noch dazu Streitkolben umgehängt und einer eine Armbrust.

Einen solchen Aufzug haben die Rosenheimer noch nie bei Mönchen gesehen. Sonst gehen die Kapuzenmänner immer mit gesenktem Haupt demütig durch den Markt.

Diese kriegerischen Patres passen so gar nicht in die Vorstellung vom ehrfürchtigen Gottesdiener. Was es mit ihnen auf sich hat, ist bald Tagesgespräch im Markt.

Der Bürgermeister und der Freudenreich haben sich vor zwei Tagen den Mummenschanz ausgedacht. Das war, als die

Frauen den Markt verlassen hatten. Da hatten beide eine Riesenwut auf den Kastner Reich, auf die Landshuter und vor allem auf die hinterlistigen Wasserburger.

»Wir müssen die zu Wasserburg raushauen«, hat der Freudenreich an dem besagten Abend mit zusammengebissenen Zähnen zum Bürgermeister gesagt.

Das Wort »raushauen« hat dem Bürgermeister sehr imponiert, aber auch gleichzeitig Kopfzerbrechen bereitet.

Die Rosenheimer Abordnung sitzt im Turm zu Wasserburg, da kommt man weder rein noch raus. Da ist mit »raushauen« nichts zu erreichen. Seine Bedenken hat er dem Freudenreich auch gleich mitgeteilt.

»Mag sein«, hat der Freudenreich geantwortet.

Nach einer kurzen Pause des Nachdenkens fuhr der Ratsherr fort: »Mir brennt die Kehle. Erasmus, komm mit zu mir, wir brauchen beide erst einmal einen kräftigen Schluck. Dann geht's leichter, wirst sehen. Nach einem Schluck Wein kann man besser denken.«

Und so war's denn auch.

So tranken sie einen Becher zuerst auf die Freundschaft, dann ein Becher auf den großen Kummer und noch einen zur Beruhigung.

»Wer kann sie raushauen?«, hat der Bürgermeister nach dem dritten Becher erneut gefragt.

»Ich weiß nicht«, hat der Freudenreich geantwortet. »Ich muss erst nachdenken.«

Bei jedem neuen Becher hat der Bürgermeister die Frage wiederholt. »Wer kann sie raushauen?«

Aber je weniger Wein in der Kanne war, umso undeutlicher wurde die Fragerei.

Der Bürgermeister hat stumpf dagesessen und über eine Lösung nachgebrütet.

Die Kanne mit zwei Maß Wein war schnell geleert und die beiden bis über die Ohren voll. Ihre Blicke waren getrübt, ihr Hirn vernebelt.

»Raushauen!«, lallte der Freudenreich und stieß kräftig

mit seinem Becher gegen den des Cronast. Dabei schwappte der Wein über des Bürgermeisters Wams.

»Oha!«, sabberte der Freudenreich im Rausch.

»Jetzt ist meine Kutte voll Wein«, lallte weinerlich der Bürgermeister und sein Kopf fiel auf die Tischplatte, dass es nur so krachte. Und mit dem Schlag auf die Tischplatte schien der Verstand beim Bürgermeister zurückgekehrt zu sein. Denn er schreckte auf und schrie wie besessen:

»Ich hab's, ich hab's. Die Kuttenträger werden's machen; jawohl, die Kuttenträger!«

Und soweit er noch denken konnte, entwickelte er dem Freudenreich mit umständlichen Worten weit ausholend seinen Plan.

Er will Patres nach Wasserburg schicken. Die sollen dem Kerkermeister sagen, dass sie den eingesperrten Rosenheimern Trost bringen wollen. Und wenn sie einmal drin sind, im Schergenturm, dann werde es schon ein Leichtes sein, die armen Kerle zu befreien.

»Jawohl, so geht's«, schreit der Bürgermeister sich selbst bestätigend, springt auf und stößt dabei seinen Hocker zur Seite. Doch seine Knie geben nach, er sackt in sich zusammen, und weil der Hocker weggerutscht ist, kommt der Bürgermeister unter dem Tisch zu liegen.

Der Freudenreich ist hellauf begeistert. So kriecht er unter den Tisch zum Bürgermeister hin.

»Ich mach mit«, ruft er erregt aus. »Von mir kommen vier Knechte, von dir drei Torwächter, die besten, und dann auf nach Wasserburg!«

Kopf an Kopf schlafen sie am Fußboden ein.

Und so ist's denn auch am nächsten Tag geschehen.

Die Kutten waren schnell besorgt, auch die Waffen.

Die sieben Knechte wurden eingeschworen; keiner im Markt sollte etwas erfahren. Man war sich nicht ganz sicher, ob nicht doch einer aus der Bürgerschaft gewollt oder ungewollt etwas davon hinausposaunen könnte.

Dann zogen sie los, einzeln, damit kein Aufsehen erregt wurde. Bei Hochstätt trafen sie zusammen und dann ging's gemeinsam nach Wasserburg.

Die Waffen trugen sie gut versteckt unter ihrem Gewand.

In die Stadt Wasserburg hineinzukommen war für die falschen Patres kein Problem. Sie setzten scheinheilige Mienen auf und wirkten so glaubhaft wie echte Mönche. Ihr Anliegen, den Rosenheimern Trost zu spenden, wurde vom Wasserburger Kerkermeister am Schergenturm ohne großes Nachfragen genehmigt.

Die Wächter führten sie zu den Zellen.

Doch kaum waren die Zellen geöffnet, wurden die Wasserburger Knechte überwältigt, geknebelt, gefesselt und in das Verlies gesperrt. Zwei haben sich widersetzt. Ob sie im Himmel aufgenommen wurden oder in der Hölle braten, ist ungewiss. Vielleicht aber wandern sie gerade erst durchs Fegefeuer um sich zu läutern von ihrer Bösartigkeit, ehrbare Rosenheimer Bürger im Kerker verwahrt zu haben.

So haben es die falschen Patres unter viel Gelächter und großem Hallo der Anwesenden erzählt.

Nun gilt es für den Bürgermeister Cronast nach den näheren Umständen der Festnahme zu fragen. Der Reich hat zwar den möglichen Grund schon genannt, den Salzweg und die Maut. Aber so schlüssig war seine Auskunft auch wieder nicht, dass sich der Rat ein genaues Bild machen kann.

»Also, wie ist es denn zur Festnahme gekommen?«

»Wegen dem Salzweg über unsere Brücke habens' uns eingesperrt«, meldet sich der Amann.

Und der Fröhlich meint: »Ganz narrisch sind die Wasserburger auf uns. Du hättest den Salzmeister sehen sollen, wie er gebrüllt hat, wir sollen die Finger von der Maut lassen.«

Und der Amann weiter: »Wir Wasserburger haben nur noch einen Bruchteil an Salzeinkünften. Das habt Ihr Rosenheimer zu verantworten, hat er geschrien.«

Und weil der Amann das richtig gekonnt vorspielt, wie

sich der Wasserburger Salzmeister aufgeführt hat, hat er die Lacher auf seiner Seite.

Doch warum ist der Kastner Erhart Reich nicht eingesperrt worden? Er gehörte doch auch zur Rosenheimer Abordnung. Der Unmut der Wasserburger müsste sich doch auch gegen ihn gerichtet haben.

Der Scheuchenstuel spricht aus, was alle sich fragen: »Warum ist der Kastner unbehelligt geblieben?«

»Zuerst«, erklärt der Schmidinger, »haben wir gedacht, die Wasserburger trauen sich nicht an einen herzoglichen Kastner heran. Aber später, da haben wir dann erfahren, dass der Kastner mit Herzog Ruprecht persönlich verhandelt und geheime Geschäfte vereinbart hat.«

Donnerwetter, das ist eine Neuigkeit! Alle werden hellhörig. Geheime Geschäfte! Der Kastner Reich und Herzog Ruprecht?

»Was für geheime Geschäfte?« Der Pernauer will's genauer wissen.

»Es ist um Wein und Getreide gegangen«, erklärt der Fröhlich ohne Umschweife.

Das geht sogar dem ansonsten eher zurückhaltenden Pernauer über die Hutschnur: »So ein hinterhältiger Kerl! Zu uns hat er gesagt, er ist gar nicht bis nach oben vorgedrungen. Jetzt hat er sogar mit Ruprecht verhandelt: Pfui Teufel!«

»Während wir noch im Kerker waren, ungefähr drei Tage später, sind bereits Wein und Getreide in Wasserburg eingetroffen«, sagt der Zächenperger.

Der Bürgermeister ist betroffen: »Ein Verräter in den eigenen Reihen. Ich lasse nach ihm schicken. Der bleibt mir nicht unbehelligt!« Zum Torwächter Linhart Stettner gewandt meint er fest entschlossen: »Du reitest morgen hinauf aufs Kuglmoos und holst ihn.«

Die Räte kennen den Kastner Erhart Reich nur zu gut. Was der Bürgermeister da mit großer Empörung anordnet, lässt sich sicherlich nicht durchführen.

»Der wird nicht kommen«, meint der Wider deshalb.

Die Herren stimmen ihm zu. Nein, der kommt nicht! Der hat Dreck am Stecken, also wäre er dumm sich vor dem Rat zu verantworten.

Doch der Cronast wäre kein guter Bürgermeister, fiele ihm nicht ein Trick dazu ein, den Reich doch vom Kuglmoos in den Markt zu locken.

»Gut«, meint er lächelnd, »dann drehen wir den Spieß um!«

Und zum Stettner wendet er sich mit den Worten: »Sag, wir brauchen seinen Rat.«

Das ist die richtige Art mit dem Kastner Reich umzugehen. Dem muss man schmeicheln, bevor man ihm einen kräftigen Schlag in den Nacken versetzt. Und von ihm einen Rat einholen heißt ihm gehörig schmeicheln. Denn der Kastner Reich ist nicht nur arrogant und verlogen, er ist auch ein furchtbar eitler Mensch. Also wird er kommen und Ratschläge erteilen, er wird belehren und alles besser wissen.

Nun ist aber da noch ein Problem, das dem Bürgermeister gehörig auf den Nägeln brennt.

Die Abordnung ist zwar glücklich aus Wasserburg zurückgekehrt, aber die Frauen und Kinder der Heimgekehrten sind nicht mehr im Markt. Sie sind vor wenigen Tagen, knapp eine Woche ist's jetzt her, nach Frauenwörth fortgegangen.

Einer wird es ihnen sagen müssen! Aber wer?

Der Bürgermeister schaut sich um. Die Herren Räte merken gleich, was ihn bewegt. Sie senken verlegen ihre Blicke.

Muss ich es halt doch machen, denkt sich der Cronast und gibt sich damit zufrieden, dass den letzten stets die Hunde beißen. Das Unangenehme bleibt mir. Geschieht mir auch recht, warum bin ich Bürgermeister geworden.

So wendet er sich der Gruppe zu: »Und ihr Leute geht jetzt heim. Seid aber nicht betrübt, wenn ihr eure Frauen und Kinder nicht antrefft. Sie sind nach Frauenwörth gegangen.«

Sagt's, dreht sich um und geht.

Großes Erstaunen, verständnislose Blicke, offene Münder, eine kurze Spanne der Sprachlosigkeit.

»Nach Frauenwörth? Warum, Bürgermeister?«, schreit der Amann fassungslos und läuft ihm nach.

Der Cronast bleibt stehen, dreht sich missmutig um und meint verlegen: »Weil sich die Angst unterm Weibervolk breit gemacht hat.« Was soll er auch sonst sagen. Das ist die Wahrheit!

»Warum habt Ihr sie gehen lassen?« Der Vorwurf kommt vom Schmidinger.

»Wir haben sie nicht halten können. In Gottes Namen, hab ich daraufhin gesagt, zieht fort. Dann sind sie gegangen.«

Damit die von der Abordnung aber auch gleich wissen, dass es ihn und noch andere getroffen hat, mit diesem verdammten Auszug der Weiber, fügt der Bürgermeister schnell noch hinzu: »Auch die meine, dem Freudenreich die seine und viele andere sind mitgegangen. – So, und jetzt geht heim. Und noch eins sag ich euch: Macht kein solches Geschrei um eure Frauen und Kinder. Die sind auf Frauenwörth zur Zeit allemal besser aufgehoben als in unserem unsicheren Markt!«

Der Bürgermeister dreht sich erneut um und eilt schnellen Schrittes zum Rathaus. Weg, nichts wie weg!

Dort angekommen, wirft sich der Cronast müde in seinen Stuhl, streckt die Beine weit von sich und atmet erst einmal kräftig durch.

Allmächtiger Gott im Himmel, was wird noch kommen?

Wie werden wir im Markt das alles noch überstehen, mittendrin im Krieg zwischen Landshut und München, den hinterhältigen Kastner vom Kuglmoos am Hals, den Ärger mit Wasserburg, die Frauen und Kinder auf Frauenwörth und jetzt noch das Lamento der heimgekehrten Ehemänner und das leidige Problem mit der Erbhuldigung.

Fragen über Fragen! Es ist zum Verzweifeln!

Der Bürgermeister würde am liebsten sein Amt zur Verfügung stellen. Aber das geht nicht so ohne weiteres. Die Zeit, für die er gewählt wurde, muss er durchstehen. Als man ihn damals ernannte, war er stolz darauf.

Jetzt, wo's den Bach hinunter geht, darf er das Ruder nicht aus der Hand geben.

Denn wer A sagt, muss auch B sagen.

❧

Ein wahrer Freund

Der Schreiber Wolfgang Schmidinger wollte sich nach der Rückkehr von Wasserburg mit dem Juden Samuel Leeb treffen. Es geht um seine Schulden beim Kastner Reich, um seine Existenz, um seine Familie.

Er hätte das alles schon längst erledigen sollen. Wegen des Wasserburger Zwischenfalls sind fast zwei Wochen verstrichen, ohne dass etwas von seiner Seite geschehen konnte. Und jetzt, wo er alles regeln will, ist die Frau weg. Mit ihr wollte er nämlich das alles noch einmal gründlich besprechen, bevor er sich dem Samuel anvertraut. Der Samuel ist zwar ein guter Bekannter, aber kein Freund, den er in- und auswendig kennt. Sich einem Menschen mit all seiner heimlichen Not zu offenbaren, das ist nicht leicht.

Als seine Elisabeth ihm den Rat gegeben hatte, mit dem Samuel zu reden, da war er Feuer und Flamme. Aber zwischenzeitlich, nach den langen Tagen im Wasserburger Kerker, nachdem er Zeit zum Grübeln hatte, ist er nicht mehr so überzeugt davon. Andererseits, sagt sich der Schmidinger, muss das Geldproblem aus der Welt geschafft werden, und zwar sehr bald.

Den ganzen Tag, seit der Rückkehr von Wasserburg, hat der Marktschreiber nun über sein Schicksal nachgedacht. Soll er zum Samuel gehen oder soll er nicht? Doch jetzt fasst er Mut. Es wird auch Zeit. Die Nacht bricht langsam herein. Wenn er's jetzt nicht angeht, ist wieder ein Tag verloren. Also, Wolfgang Schmidinger, nimm Dir ein Herz!

So macht der Schmidinger sich auf den Weg zum Haus des Juden Samuel Leeb. Das Haus steht vor dem Münchner Tor, außerhalb des Marktes.

Während er in der hereinbrechenden Dunkelheit den

Weg sucht, erinnert er sich Samuels Geschichte. Der alte Jude hatte sie ihm selbst erzählt, damals, als er in den Markt gekommen war.

Samuel Leeb ist der Sohn eines reichen spanischen Juden. Toledo war seine Heimat, dort lebten über viele Jahrhunderte auch seine Vorfahren.

Goldschmiede, Diamantenschleifer und Perlenhändler über Generationen waren die Leebs. In Spanien allerdings hießen sie Leobes.

Dann kam das Schreckensjahr 1492.

Da brach das Schicksal über die vielen hunderttausend Juden Spaniens herein; wie ein Donnerschlag ging's über die iberische Halbinsel. Es war just im selben Jahr, als der Genuese Christoph Kolumbus die Neue Welt entdeckte auf der Suche nach einem Weg westwärts nach Indien.

Der Samuel hat schwere Schicksalsjahre hinter sich. Weit in der Welt ist er herumgekommen, bis er sich im Markt Rosenheim niederlassen konnte. Jetzt, mit 54 Jahren, ist alles längst Vergangenheit: das Herumziehen, die Ängste, die Nöte, die Verfolgungen und die Erniedrigungen.

Am 22. August 1450 hat Samuel Leobes das Licht der Welt erblickt, als siebtes und letztes Kind.

Sein Vater Isaak Leobes war ein angesehener Bürger. Neben dem Geschäft mit Preziosen betrieb er eine Geldwechselstube. Am Hofe zu Kastilien ging er ein und aus. Dort hatte er viele einflussreiche Freunde, obwohl er als Jude einem niedrigeren Stande angehörte – oder besser gesagt gar keinem.

Der junge Samuel Leobes wuchs ohne Sorgen und Nöte auf, ebenso seine sechs Geschwister. Vier davon aber raffte der unersättliche Tod im Kindesalter hinweg: Esther, die älteste mit sieben Jahren, Rachel mit fünf, Bruder Mordechai mit einem halben Jahr und David mit drei Jahren.

Vater Isaak sorgte bei Samuel, aber auch bei seinem älteren Bruder Absalom und bei der Schwester Judith, für eine gute Ausbildung. Sie lernten in den Bibelstunden bei Rabbi

Zacharias Hebräisch. Latein, Arabisch und Spanisch gehörten zu den Umgangssprachen.

Und auch die deutsche Sprache war dem Samuel nicht fremd. Bei seinen Besuchen am Hofe zu Madrid und Toledo kam er häufig mit der Gräfin Magdalena de Cordoba zusammen. Die Gräfin war mit dem alternden Ernesto de Cordoba verheiratet worden und stammte aus Österreich.

Doch Magdalena plagte unendlich das Heimweh. So erzählte sie dem jungen Samuel von Wien, von Innsbruck, von den Bergen, von der blauen Donau, ja sogar von dem fernen grünen Fluss, der sich durch die Alpen schlängelt und den die Menschen den Inn nennen. Sie schwärmte von den gar herrlichen und so unterschiedlichen Jahreszeiten, ihren Eigenheiten und Schönheiten: vom Winter mit Eis und Schnee, dem satten Frühling, dem grünen Sommer und dem bunten Herbst.

Dem jungen Samuel kam es oft vor, als erzähle Magdalena von Cordoba von einem Paradies mit zwitschernden Vögeln, plätschernden Wassern, rauschenden Wäldern und einem großen, tiefen Frieden. Magdalena aber hatte nicht nur Heimweh; sie hatte auch Angst vor Spanien und der allmächtigen Kirche.

Seit mehr als zweihundert Jahren nämlich herrschte dort ein Glaubenskrieg, der sich immer mehr und mehr ausbreitete. Zuerst tobte er nur im Königreich Aragon. Dort gingen die Christen gegen die Juden und Araber vor und vertrieben sie aus den öffentlichen Ämtern, von Haus und Hof. Doch bald schienen Hass und Verfolgung auch auf Kastilien überzugreifen, mit aller Härte und Grausamkeit.

Als Samuel noch ein Knabe war, hörte er immer wieder von solchen Dingen, meist, wenn sich seine Eltern ängstlich über die Entwicklung draußen im Lande unterhielten. Doch Samuel interessierte das wenig. Seine kleine Welt war in Ordnung, sie war behütet und beschützt im Schoße der Familie.

Als der Samuel jedoch nach der Bar-Mizwa in den Kreis der erwachsenen Männer aufgenommen wurde, nahm er deutlicher wahr, wie es um die Juden im Lande Spanien bestellt war.

Da wurde ihm auch bewusst, dass es nicht nur Christen und Juden gab, sondern auch Moriscos und Conversos. Die einen waren unter Zwang zum christlichen Glauben übergetretene Araber, die anderen christianisierte Juden. Beide Gruppen aber blieben ihrem ursprünglichen Glauben und besonders die Juden ihren Riten treu. So war es nicht verwunderlich, wenn Conversos am Sabbat im Geheimen in der Synagoge und am Sonntag öffentlich dem Alibi wegen in der Kirche zu finden waren.

Die Leobes, Vater Isaak, Mutter Sarah, die Geschwister Absalom, Judith und Samuel, traten nicht den Conversos bei.

Als Samuel 24 Jahre alt geworden war, wurde er mit der Tochter des Joshua Ben Nathan verheiratet. Die erst 19-jährige Ruth kannte Samuel schon viele Jahre zuvor. Er mochte sie immer schon und so stand dem künftigen Eheglück nichts im Wege.

Im Laufe der Jahre kamen Kinder zur Welt: Levi, der Erstgeborene; er aber starb bald nach der Geburt. Dann kam zwei Jahre später ein Mädchen zur Welt, das sie nach Samuels Mutter Sarah tauften, und bald danach folgte Saul.

Im selben Jahr, als Samuel heiratete, im Jahre des Herren 1474, bestiegen Isabella von Kastilien und Ferdinand von Aragon den Thron. Nun wurden auf einmal für alle Probleme, die sich im Staate auftaten, die Juden zum Sündenbock gemacht. In den Ghettos der großen spanischen Städte machte sich die Angst breit.

Antijüdische Ausschreitungen nahmen überhand. Die katholische Kirche tolerierte die Hasskampagnen. Juden verfolgen hieß den Glauben verteidigen.

Nicht einmal die zum christlichen Glauben übergetretenen Conversos wurden verschont.

Eine Glaubenskongregation, die Heilige Inquisition, wurde zur Verteidigung der christlichen Lehre eingerichtet. Vier Jahre nach Isabellas Thronbesteigung wurde diese Institution sogar noch durch eine päpstliche Bulle offiziell genehmigt. Zur Ausrottung der Ketzerei, wie es hieß. Doch der eigentliche Grund der Judenverfolgung waren wirtschaftliche Eifersucht und religiöser Fanatismus.

Vater Isaak Leobes verlor bald nach der Thronbesteigung Isabellas seine Stellung am Hofe und damit seine Liefermöglichkeiten an die Adeligen des Landes.

Zwar hatte er genügend Geld und Reichtümer erworben, aber ewig durfte dieser Zustand nicht anhalten.

Dann starb plötzlich Mutter Sarah und ein Jahr später folgte Vater Isaak Leobes. Das Alter spielte bei beiden wohl eine Rolle, Gram und Angst taten das ihre.

Immer heftiger wurden im ganzen Lande die Vorwürfe gegen Juden, es wurden Prozesse geführt und Strafen verhängt. Die Schreie der Unschuldigen gellten durch Kastilien und Aragon. In den großen Städten, wie Madrid und Toledo, bot sich täglich das Schauspiel der Judenverbrennung. Die Inquisition zog ihre blutige Bahn quer über die spanische Halbinsel.

Am 31. März 1492 erließ Isabella von Kastilien das Vertreibungsedikt. Vier Monate hatten die Juden Zeit das Land zu verlassen.

Zweihunderttausend machten sich auf zum großen Exodus. Darunter waren auch der Samuel, seine Frau Ruth, die beiden Kinder Sarah und Saul sowie Samuels Schwester Judith und Bruder Absalom.

Zuerst gingen sie nach Barcelona. Der alte Isaak Leobes hatte in weiser Voraussicht Geld bei verschiedenen Freunden und Geschäftsleuten hinterlegt, so in Barcelona, in Genua, Mailand, München, Innsbruck, Wien und Prag. Der Samuel hatte die Konten vom Vater kurz vor seinem Tode überschrieben bekommen.

Wenngleich sein Bruder Absalom fünf Jahre älter war, so hatte der Vater mehr Vertrauen in den Geschäftssinn des jüngeren Samuel.

Der ältere Bruder Absalom aber war dem Samuel deswegen nicht gram. Er war ein Mensch, der zurückhaltend und bescheiden lebte und die Verantwortung gern anderen überließ.

Die Reiseroute lag durch des Vaters vorausschauend eingerichteten Deponien schon fest, bevor die Familie Spanien verließ.

Mit dem Schiff ging es nach Genua. Von dort auf beschwerlichem Wege nach Mailand und dann weiter den gefährlichen Landweg über die Alpen.

Von Bozen machten sie sich auf, den Brennerpass zu überqueren. München war das Ziel. Dort befand sich eine der größeren Gelddeponien des alten Isaak Leobes.

Als sie nach dem Abstieg vom Gebirge die Kaiserstadt Innsbruck erreichten, empfahl man ihnen ein Stück des Weges auf dem Inn zu reisen. Dies gehe schneller als mit dem Fuhrwerk und sei nicht so beschwerlich.

Der Samuel nahm dankend an, weil sich sein Bruder Absalom seit einiger Zeit krank fühlte. Fieberanfälle, trockenes Hüsteln, blaue Lippen, das waren beunruhigende Zeichen. Absalom brauchte Ruhe. Zwei Jahre waren sie nun schon unterwegs. Zwar verbrachten sie die Wintermonate jeweils bei Freunden. Dennoch, diese Reise war für alle bisher sehr beschwerlich gewesen.

So bestiegen sie zu Hall, kurz hinter Innsbruck, eine Reiseplätte, so nennen die Leute auf dem Inn ihre Schiffe, und dann ging es den Fluss abwärts. Vorbei an Schwaz und Rattenberg. Überall standen mächtige Burgen auf den Höhen des gebirgigen Ufers. Trutzig zeigte sich das deutsche Land den Leobes.

Die Menschen entlang des Flusses waren wortkarger als die Spanier oder Italiener, aber nicht unfreundlicher. Man legte den Leobes keinen Stein in den Weg. Man behandelte sie wie seinesgleichen. Von der schrecklichen Vertreibung aus Spanien wussten die Leute am Inn nichts. Spanien ist für sie so weit weg wie die Erde von der Sonne.

Es sind friedliche Menschen, die Tiroler und die Bayern.

Und es ist auch ein friedliches Land, dachte der Samuel Leobes.

Auf der langen Flussfahrt erinnerte sich Samuel wieder der Gräfin Magdalena de Cordoba, die ihm das Deutsche beigebracht hatte, als sie ihm von ihrer so weit entfernten Heimat, von Wien, der blauen Donau, von Innsbruck und dem grünen Inn erzählte.

Ein sonderbares Gefühl bewegte den Samuel. Nun sah er mit eigenen Augen, wovon Magdalena de Cordoba im fernen Kastilien immer träumte. Und Samuel fragte sich ernsthaft: Ist hier das Paradies, von dem die Gräfin immer sprach?

Als die Leobes in Wörgl landeten, ging es dem Absalom sehr schlecht. Ein Arzt wurde konsultiert, aber die verabreichte Medizin sprach nicht an. Auch der Aderlass brachte wenig Besserung.

Samuels nächstes Ziel war Rosenheim. Von dort aus wollte er dann auf der Straße weiter nach München.

Am nächsten Tag schien sich Bruder Absalom wieder erholt zu haben. So ging es mit der Reiseplätte weiter über Kufstein, an Kiefersfelden und Audorf vorbei, in Richtung des kleinen Marktes zu Rosenheim.

Als die Rosenheimer Innbrücke schon zum Greifen nahe war, hauchte Absalom sein Leben aus. Es geschah eine Meile vor der Innlände in Höhe der Elsterloh.

Alle waren sie sehr betroffen, die Leobes, aber auch die Schiffsknechte.

Der Tote musste schnellstens herunter von der Plätte. Das bringt Unglück, wenn er da noch länger auf den Planken liegt, meinten die Schiffsleute.

Nachdem Rosenheim sowieso Zwischenstation sein sollte, löste sich das Problem für die Schiffsleute schnell.

Der Wagen, mit dem Samuel den Brenner überquert hatte, wurde mit einem Ladebaum von der Plätte gehoben.

Zwei Ochsen wurden gleich nach dem Anlegen erworben, Geld war dank des Aufenthaltes in Innsbruck noch ausreichend vorhanden.

Hab und Gut wurde auf dem Fuhrwerk verstaut. Die Familie, Frau, Kinder und Schwester Judith, saß obenauf. Und dazwischen, eingewickelt in ein großes Linnen, lag der tote Absalom.

Der Weg von der Innlände zum Inntor war schnell zurückgelegt.

Am Tor stand der brave, aber einfältige Torwächter Lindl-Götz. Neben den Schiffsleuten an der Innlände draußen war er der erste Rosenheimer, der den Samuel und sein Gefährt mit großen Augen ungläubig anstarrte. Dem Lindl-Götz kam es vor, als wären dies Menschen von einer anderen Welt. Seltsam gekleidet war der Mann, der die Ochsen führte. Einen langen schwarzen Rock trug er, eine weiße, kurze Halskrause, einen breiten schwarzen Hut, unter dem lange, eingedrehte Locken hervorschauten. Die Menschen auf dem Wagen oben sahen auch ganz anders aus als die Rosenheimer oder Tiroler.

So etwas hat der Lindl-Götz noch nie gesehen.

»Wohin des Weges und wie ist Euer Name?«, fragte der Götz mit aufgesetzter Strenge den Samuel.

»Ich bin Samuel Leobes. Ich will zu Eurem Bürgermeister. Wir kommen von weit her, von Spanien.«

»Aha!«, meinte der Lindl-Götz, denn zu mehr war er nicht fähig, so staunen musste er.

Den Mund brachte er auch nicht mehr zu.

»Aha«, sagte er nochmals, öffnete das Tor und begleitete wichtigtuerisch das seltsame Gespann zum Rathaus.

Einige Rosenheimer, die auf dem Weg der Gruppe entgegenkamen, sahen ebenfalls erstaunt den Neulingen nach, als seien sie das siebte Weltwunder.

»Fremde!«, erklärte der Lindl-Götz allen Entgegenkommenden und warf sich dabei jedes Mal in die Brust.

Dass es Fremde waren, sah ein jeder. Aber der Lindl-Götz hatte den Drang zur Aufklärung.

»Fremde!«, wiederholte er immer wieder von neuem. »Von Spanien!«

Am Rathaus angekommen stellte sich heraus, dass der Bürgermeister gerade unterwegs war. Doch der Schreiber Wolfgang Schmidinger war anwesend und führte die Geschäfte. Ihm berichtete der Samuel seine Geschichte und auch vom tragischen Tod seines Bruders Absalom, dass dessen Leichnam oben auf dem Wagen liege und dass dieser noch heute nach jüdischem Glauben unter die Erde müsse.

Eine Ahnung im Umgang mit Juden, besonders mit spanischen, hatte der Schreiber Schmidinger ebenso wenig wie der Lindl-Götz. Und wie ein toter Jude zu begraben sei, das war ihm erst recht nicht bekannt.

So ging er mit dem Samuel zum Pfarrer von Sankt Nikolaus und redeten mit ihm. Der lehnte die Beerdigung des Absalom auf einem christlichen Friedhof entschieden ab. Draußen vor den Toren, erklärte der Herr Pfarrer, da gebe es am Waldrand genügend Platz, die Leiche zu verscharren. Der Samuel Leobes machte ein trauriges Gesicht. Sehr unchristlich, meinte daraufhin der Schreiber Wolfgang Schmidinger.

Der Herr Pfarrer erklärte, ein Jude sei nun mal kein Christ und Privilegien gebe es schon zweimal keine.

Dann diskutierten sie eine Weile hin und her. Dem Samuel drängte die Zeit; die Sonne neigte sich am Horizont.

Schließlich meinte der Schreiber zum Herrn Pfarrer, ob denn nicht eine gehörige Spende für einen Platz im Friedhof sorgen könne. Die Spende könne doch für christliche Zwecke verwendet werden und der Herr Pfarrer solle selbst entscheiden, für was er das Geld ausgeben möchte.

»So zum Beispiel«, meinte der Schmidinger nebenbei, »ist im Pfarrhause so manches reparaturbedürftig, weil marode. Der Speicher und das Dach, die Küche und die Stube der Pfarrköchin.«

Bei letzterem wurde Hochwürden hellhörig. Mit unschuldigen Augen blickte er den Schreiber an. »Am Rande des Friedhofes, direkt an der Mauer, ist noch ein Platz«, sagte er daraufhin ohne Zögern und hielt die Hand auf. Der Samuel willigte sofort ein und das Geschäft war abgeschlossen.

Schnell und in aller Bescheidenheit wurde daraufhin Absalom zu Grabe getragen.

Dem Samuel und seiner Familie empfahl der Schreiber Schmidinger daraufhin einen Schlafplatz im oberen Stock der Schänke zu nehmen. Samuel nahm dankend an.

Am nächsten Morgen suchte Samuel Leobes den Schreiber Wolfgang Schmidinger wieder auf. Die Schlafstätte stand ja gleich neben dem Rathaus. Der Schmidinger begrüßte ihn mit »Guten Morgen, Samuel Leeb.«

Schon wollte der Samuel seinen Namen richtig stellen, doch schnell besann er sich, dass ein deutsch klingender Name für den künftigen Aufenthalt nicht schaden könnte. So fragte er nur beiläufig, woher der Herr Schreiber denn seinen vollen Namen wisse. Ihm gegenüber habe er sich doch nur als Jude Samuel aus Toledo vorgestellt.

»Das ist richtig«, meinte der Schmidinger. »Aber der Torwächter Lindl-Götz hat gesagt, Ihr heißt Leeb. So sollt Ihr Euch selber am Tor angemeldet haben.«

Nun steht im Bürgerregister des Marktes zu Rosenheim, ein Eintrag für den 4. August A. D. 1494: Samuel Leeb, Jude, nebst Weib Ruth, Kindern Sarah und Saul sowie Schwester Judith und Bruder Absalom. Bei Absalom ist unter demselben Datum ein Sterbekreuz eingetragen.

An diesem denkwürdigen Vormittag des 4. August fand dann noch ein Gespräch mit dem Bürgermeister Erasmus Cronast und dem Juden Samuel Leeb im Beisein des Schreibers Wolfgang Schmidinger statt.

Der Samuel erklärte ohne Umschweife, dass er gerne mit seiner Familie in Rosenheim bleiben möchte, weil er die Gegend paradiesisch finde und sein Bruder hier begraben sei. Der Bürgermeister war nicht sehr glücklich über diesen Antrag.

Fremden deutschen Reisenden ein Bleiberecht zu gewähren ist schon schwer genug. Aber einem spanischen Juden? So etwas habe er noch nicht gehabt in seiner Amtszeit und er könne sich auch zu früheren Zeiten an so etwas nicht erinnern, erklärte der Bürgermeister. Und da er schlichtweg überfordert war, lehnte er erst einmal ab.

Und vor allem gab's da für den Bürgermeister noch die ungeklärte Frage nach ausreichendem Lebensunterhalt für die Familie Leeb. Wenn die kein Geld haben, dann muss das Armenrecht eingreifen. Das aber belastet die Marktkasse und wer wird verantwortlich gemacht? Doch derjenige, der solch einen Antrag genehmigt hat. Also war der Bürgermeister erst einmal sehr vorsichtig.

Der Samuel versicherte aber, dass er niemals dem Markt auf der Tasche liegen werde oder gar als Obdachloser zu führen sei. Dazu sei sein Vermögen, über das er zwar momentan noch nicht in Gänze verfüge, viel zu groß. Aber Rosenheim sei ein so schöner Ort. Er werde auch alles tun, dass der Bürgermeister und die Herren Räte es nicht bereuen müssten.

Der Bürgermeister aber lehnte weiterhin ab.

Nach langem Hin und Her, und erst als der Schmidinger mit Engelszungen auf den Cronast einredete, gab dieser endlich nach.

Denn der Schmidinger hatte da wieder eine gute Idee!

Im Inneren Markt sei es unmöglich, dem Samuel Leeb eine Bleibe zu gewähren, meinte der Schmidinger, aber draußen vor dem Münchener Tor, bei den sauren Wiesen, da könnte der Leeb doch ein Grundstück erwerben. Die Wiesen gehörten dem Markt, seien nutzlos für die Weide und bei einem guten Kaufpreis hätte der Markt noch einen Gewinn. Der Bürgermeister ließ sich überzeugen und somit kam der Kaufvertrag schnell zustande; alle drei waren's zufrieden.

Seit fast zehn Jahren lebt der Samuel Leeb mit seiner Familie nun schon in Rosenheim, macht wieder Geschäfte mit Gold, mit Diamanten und mit dem Verleih von Geld. Und seine Beziehungen gehen viel weiter über die deutschen Lande hinaus als die der Rosenheimer.

Das ist also die Geschichte des Samuel Leeb, die dem Schreiber Wolfgang Schmidinger durch den Kopf geht, als er zu später Abendstunde auf dem Wege zu dem Juden ist.

Es ist gänzlich dunkel geworden draußen. Dicke Wolken ziehen am Himmel schnell dahin und schieben sich immer wieder vor die halbe Sichel des abnehmenden Mondes. Es ist gut so, denn den Schreiber Schmidinger muss ja nicht jeder gleich sehen, wenn er zum Juden Leeb geht.

Er hat das Häuschen erreicht. Ein kleiner Garten, ein Stall mit ein paar Ziegen, Enten, Gänse und eine Hütte mit einem großen schwarzen Hund. Der schlägt gerade an, als der Schreiber am Zaun erscheint.

Aus einem Fenster dringt gedämpft flackerndes Kerzenlicht. Ein Schatten bewegt sich. Ein Riegel wird zurückgeschoben, der Samuel Leeb erscheint mit der Kerze im Türrahmen.

»Wer da?«, ruft er in die Dunkelheit hinaus.

»Ich bin's, der Schreiber Schmidinger!«, gibt dieser verhalten zurück.

Da eilt der Samuel ihm mit schlurfenden Schritten entgegen und begrüßt ihn sehr freundlich: »Schalom, da Herr Schreiber.«

Der Hund hat sich beruhigt, als er merkt, dass sein Herr den Schmidinger kennt. Leise knurrend kriecht er in seine Hütte zurück und beäugt aufmerksam die beiden.

»Tretet ein, da Herr Schreiber«, meint der Samuel und verschließt dabei die Tür von innen, indem er den Riegel hörbar einrasten lässt.

Behutsam stellt er den Kerzenleuchter auf einen einfachen, hellen Tisch in der Mitte des Raumes.

Mit der Linken weist er auf einen der um den Tisch gereihten Stühle und wiederholt noch einmal seinen Gruß: »Schalom, da Herr Schreiber«, dann setzt er sich an den Tisch.

»Gott zum Gruß, Samuel«, erwidert der Schmidinger, während er dem Juden gegenüber Platz nimmt.

So sitzen sie eine Weile schweigend da.

Der Samuel Leeb ist ein bedächtiger und einfühlsamer Mensch. Er merkt, dass der Schmidinger etwas auf dem Herzen hat. Er wäre sonst auch sicherlich nicht zu so später Stunde gekommen.

Doch man soll die Menschen nicht drängen, denkt der Jude Leeb. Wenn der Schmidinger etwas auf dem Herzen hat, wird er schon reden. Und so ist es auch.

Mit einem tiefen Seufzer beginnt der Schreiber: »Der Himmel hat dich geschickt, Samuel.«

Da wackelt der Samuel leicht mit seinem grauen Haupt und meint fragend: »Da Himmel? Welcher Himmel, Herr Schreiber? Da Eire oder da meine?«

»Wie du willst; er ist derselbe«, entgegnet nachdenklich der Schmidinger.

Die Frage nach dem Himmel scheint dem Schreiber nicht ganz unberechtigt.

Er ist ein Christ. Ein guter! Das hat ihm sogar der Herr Pfarrer persönlich bescheinigt. Darüber hat er sich auch gefreut. Er glaubt an die Dreifaltigkeit, er betet täglich das Vaterunser und den Rosenkranz, geht jeden Sonntag und an den Tagen der großen Heiligen zur Messe und er führt ein untadeliges Leben. Der Herr im Himmel muss zufrieden mit ihm sein.

Aber warum es neben den Christen auch Juden gibt, das hat ihn bisher nicht sonderlich beschäftigt, geschweige denn, dass es vielleicht sogar zwei Himmel gibt, mit zwei Gott Vätern, vielleicht mit zwei Abrahams, Salomons, Davids. Nein, das ginge dem Wolfgang Schmidinger doch zu weit! Darüber sollen sich die Herren Geistlichen Gedanken machen oder wer auch sonst immer. Im Markt hat's bislang keine Juden gegeben, bevor die Leebs ankamen, also war jeder Gedanke darüber umsonst!

Zu München, ja, da gibt's wohl Juden, auch zu Landshut und Ingolstadt. In den Residenzen der Herzöge gab's immer schon Juden. Das hat der Schmidinger schon einmal so nebenbei gehört.

Dort leben sie in eigenen Straßen oder Vierteln, in Ghettos. Dort machen sie Geschäfte, solche, die angeblich unchristlich sind: Geldgeschäfte.

Auch das weiß der Schmidinger vom Hörensagen. Aber diese Dinge haben ihn nie sonderlich berührt.

Trotzdem muss er sich nun dem Samuel anvertrauen. Denn vom Christen Erhart Reich hat er nur wenig christliche Nächstenliebe zu erwarten, wenn überhaupt eine. Nun geht er zum Juden Samuel Leeb, weil er hofft, dass der Jude vielleicht mehr Nächstenliebe zeigt als der im Namen unseres Herrn Jesus Christ getaufte Kastner Erhart Reich.

Da meint Samuel, ebenfalls auf den Himmel anspielend: »Und der, der da droben regiert, Herr Schreiber, ist daselbe!« Dabei deutet er mit der Rechten nach oben, so dass es keinen Zweifel geben kann, wen und was er damit meint.

»Wohl wahr, Samuel«, erwidert der Schreiber nachdenklich. »Leider haben das aber noch nicht alle Menschen begriffen.«

»Des Herren Wille ist unergrindlich«, meint der Samuel und entschuldigt damit die Unvollkommenheit der Menschen.

»Ja, des Herren Wille ist unergründlich. Das trifft den Nagel auf den Kopf, Samuel. Aber des Herren Wille bringt mich nicht weiter auf dem beschwerlichen Weg, den ich gehen muss.«

Der Samuel glaubt den Schreiber zu verstehen. Irgendetwas drückt den Menschen. Aber es scheint, der Schmidinger ist noch nicht bereit die Karten auf den Tisch zu legen. Behutsam fragt der Jude: »Will er weit gehen auf dem beschwerlichen Weg, da Herr Schreiber?«

»Sehr weit, aber es liegt dazu noch ein großer Stein im Weg, Samuel.«

»No, wird da Stein ned so groß sein, dass man ned kann wegrollen!«

Der Schmidinger atmet tief durch. »Er ist so schwer, dass man ihn nicht einmal mehr bewegen kann.«

»Joi! Joi!«, meint der Samuel. Dabei steht er auf und geht zur Kredenz. Aus einer Korbflasche schenkt er einen Becher Wein ein. Den stellt er vor dem Schmidinger auf den Tisch.

»L'chaim!« Dabei lächelt er dem Schmidinger aufmunternd zu.

Dann fragt er so nebenbei: »Und wie heißt da Stein?«

»Schulden.«

»Was für Schulden hat da Herr Schreiber?«

»Ich hab ein Haus gebaut und Geld aufgenommen und jetzt bin ich blank.«

Na, denkt der Samuel, jetzt ist's heraus. »A scheenes Heisl, was da Herr Schreiber hat gebaut.«

»Das nützt mir aber nichts mehr. Ich werd's verkaufen müssen.«

»Wer ist da Gläubiger?«

»Der Kastner Reich«, brummt der Schreiber verlegen.

»Gott da Gerechte!«, entfährt es dem Samuel. »Auf was hat sich da Herr Schreiber eingelassen! Da Reich, im Vertrauen, das is a Halsabschneider!«

Dabei wird der Samuel laut. Gleich tut es ihm jedoch Leid, dass er sich zu dieser Äußerung hat hinreißen lassen. Über den Reich etwas Böses sagen, das könnte ihm Ärger bereiten. Das Heimatrecht, das ihm die Rosenheimer eingeräumt haben, darf er nicht leichtfertig aufs Spiel setzen. Doch da muss man ja auch erschrecken über eine solche Neuigkeit. Der Schreiber ist Schuldner beim Reich. Der Samuel weiß, dass der Reich ein hinterhältiger Tropf ist. Schon öfters hat er mitbekommen, dass der Reich schnell mit Geld zur Hand ist, aber seine Dienste mit bösen Forderungen verknüpft. Forderungen, die bis an die Grenzen der guten Sitten gehen. Mit dem Reich ist nicht zu spaßen. Deswegen ist der Samuel auch so erschrocken.

»Ich hab's zu spät gemerkt, Samuel«, entschuldigt sich der Schreiber verlegen und gibt damit zu erkennen, dass er den größten Fehler seines Lebens begangen hat. »Jetzt erpresst der Reich mich mit meiner Tochter, die bei ihm in Diensten steht.«

»Mit dem scheenen Katharinchen?«, fragt der Jude bestürzt.

»Ja, Samuel, mit dem Katharinchen.«

Der Samuel Leeb sieht die arge Not des Schmidingers. Der sitzt da wie ein Häufchen Elend. Nicht einmal den Becher Wein hat er bisher angerührt, wo er doch sonst ganz gern auch einen über den Durst trinkt.

»Wie hoch sind die Schulden, Herr Schreiber?«

»150 Gulden«, kommt es verlegen aus dessen Munde. Der Schreiber schämt sich fast die Wahrheit zu sagen. Doch der Samuel muss es ja wissen, wie weit er dem Kastner Reich ausgeliefert ist.

»Joi! Joi! Da Herr Schreiber! Da steckt er aber groß im Schlamassel!«

»Und wie!«, entgegnet dieser ihm. »Kannst du mir helfen, Samuel?«

»No, werd mer machen ka Wissenschaft«, meint der mit ruhiger Stimme. »Werd mer machen Negel mit Kepf, wie da Herr Schreiber sagen.« Dabei lächelt er ihm freundlich zu.

»Du willst mir wirklich helfen?«

»Gott is mei Zeige!« Schräg hält der Samuel Leeb den Kopf und wendet dabei seinen Blick nach oben; seine Arme sind ausgebreitet wie zum Gebet. »Da Herr Schreiber hat mer geholfen, dass ich kann bleiben im Stetl. Ich werd dem Herrn Schreiber helfen, dass er kann bleiben im Heisl, no?«

Der Schmidinger ist so überwältigt, dass er aufspringt, sich über den Tisch beugt und Samuel kräftig beide Hände drückt. »Oh, Samuel. Ich dank dir«, bricht's aus ihm hervor. Doch gleich fügt er klärend hinzu: »Aber ich hab dir damals geholfen ohne eine Gegenleistung zu erwarten!«

Dem Schreiber erscheint es wichtig, darauf hinzuweisen. Denn er ist keiner von der Sorte, der gibt um dafür etwas zu bekommen.

»Umso besser, da Herr Schreiber«, meint dieser und drückt ihn behutsam wieder auf den Stuhl zurück.

»Umso besser«, wiederholt er. Dann meint er lächelnd: »Nu, dafür kriegt da Herr Schreiber das Geld – ohne Zinsen.«

Dem Schmidinger bleibt fast das Herz stehen vor Freude. Ohne Zinsen! Er glaubt seinen Ohren nicht zu trauen, sich verhört zu haben. Ungläubig fragt er: »Ohne Zinsen? Hab ich das richtig gehört, Samuel?«

»No«, meint der Samuel verschmitzt, »werden wir machen a gute Tat.« Und um das ganze noch zu unterstreichen, fügt er hinzu: »Bin ich a Wucherer? Bin ich da Kastner?« Dabei hebt er beschwörend die Hände, ruft den Allmächtigen als Zeugen an um seine Rede nicht als Lippenbekenntnis im Raum stehen zu lassen.

Nein, bei Gott, denkt der Schreiber und schüttelt heftig verneinend den Kopf. Der Leeb ist nicht der Kastner. Solche Vergleiche sollte man erst gar nicht anstellen. »Wann krieg ich das Geld, Samuel?«

»Ich werde ihm gleich geben das Geld.«

Der Samuel Leeb steht auf und schlurft zu einer kleinen Türe neben dem großen Kamin, die in eine Kammer führt. Dort hinein verschwindet er.

»Das ist gut!«, ruft der Schmidinger ihm nach.

Die Türe zur Kammer ist halb offen. Man hört den Leeb drinnen hantieren. Eine Schublade wird gezogen.

»Dann kann ich morgen alles gleich dem Reich bringen!«, ruft der Schmidinger noch.

Die Schublade wird wieder geschlossen.

Der Samuel Leeb kommt mit einem prall gefüllten Lederbeutel aus der Kammer zurück; er hält ihn mit beiden Händen dem Schmidinger mit den Worten hin: »Wir werden danken unserem Herrn, weil hat er uns zusammengeführt. Wir sind Freinde, so wir helfen uns, no?«

Dann übergibt er den Beutel mit den 150 Gulden dem Schmidinger. Schnell lässt der Schreiber diesen in der Innentasche seines Wamses verschwinden. Nachzählen braucht er nicht, er vertraut dem Samuel.

Dann steht er auf und umarmt den Juden. Den Tränen ist der Schmidinger nahe, so überwältigt ist er von der glücklichen Wende und der großartigen Freundschaft. »Samuel, mein Freund! Katharina wird dir danken und mein Weib natürlich auch!«

Vorsichtig befreit sich der Samuel Leeb aus der Umarmung des Schreibers, sonst hätte dieser ihn noch vor Dankbarkeit erdrückt.

»Samuel, hast du einen Schuldschein, den ich unterschreiben muss?«

»Herr Schreiber, so ein Scheindl ist nichts wert, wenn man kann nicht zahlen. Wir haben gemacht a Geschäft unter vier Augen; da Herr im Himmel hat uns beobachtet; no?«

»Samuel, aber wie und wann soll ich dir das Geld wieder zurückzahlen? Momentan tu ich mir etwas hart.«

»Wann da Herr Schreiber wird haben a Geld, so wird er kommen und zahlen.«

»Aber ich weiß heute nicht, wie's morgen sein wird.«

»Schalom, da Herr Schreiber«, meint der Samuel lächelnd und schiebt den Schmidinger zur Tür hinaus.

Langsam geht der Schreiber den Kiesweg zum Gartentor. Er ist noch ganz benommen.

Da hört er den Samuel verhalten nachrufen: »Und Verehrung da Frau Gemahlin, wann se wieder mechte daheim sein!«

Der Schreiber dreht sich um und nickt. »Vergelt's Gott, Samuel Leeb. Die Freundschaft zu dir hat mir Gott gebracht!«

»Joi joi, Herr Schreiber! Masseltov!«

Dann schließt sich die Türe zum Haus. Aus dem Fenster dringt flackerndes Kerzenlicht, leise knurrt der große schwarze Hund in seiner Hütte.

Ja, seine Frau, sein bestes Stück!, denkt der Schmidinger. Sie hat ihm den Rat gegeben, zum Juden zu gehen. Sie war's, die ihm wieder Mut machte. Jetzt wäre es schön, wenn sie zu Hause wäre und er könnte ihr den Beutel mit den 150 Gulden vorzeigen und ihr sagen: Das, meine Liebe, war der einzig richtige Ratschlag um die böse Angelegenheit wieder ins Lot zu bringen. Sie hätte ein Anrecht darauf, als erste die Neuigkeit zu erfahren. Aber leider ist sie mit den drei Kleinen auf Frauenwörth.

Langsam geht er durch die dunkle Nacht.

»Halt, wer da, sag, wer du bist!«

Der Schreiber erschrickt. Ohne es zu merken ist er tief in Gedanken versunken den Weg zurückgegangen und steht nun vor dem Wächter am Münchner Tor.

Der Torwächter Bartholomä Pertlmoser ist's, der ihn aufgeschreckt hat.

»Ich bin's, der Schreiber!«, ruft er zurück.

»Kommt rein, es wird Zeit, dass Ihr heimgeht. Viel Gesindel treibt sich nachts herum und schreckt zu keiner Zeit vor Mord und Raub zurück.«

Der Pertlmoser schließt hinter dem Schreiber schnell wieder das Tor und zieht die hölzerne Brücke hoch.

Da wird es dem Schmidinger erst so recht bewusst, welchen Reichtum er in dem Lederbeutel unter dem Wams trägt. Der Wächter hat recht; schnell muss er heim und das Geld gut verstecken, damit es nicht in falsche Hände gerät.

Eilig begibt er sich in das behütete Geviert seines Marktes zu Rosenheim.

Dankbar hebt der Schmidinger den Blick hinauf zu den Sternen und flüstert: »Herr im Himmel, allmächtiger, gütiger Vater, Dank sei dir für diese Gnade, die du mir zuteil hast werden lassen!«

Und wie eine Antwort zuckt ein Blitz durch die finstere Nacht und gleich darauf folgt ein mächtiges Donnergrollen. Hat der Herr dem Schmidinger geantwortet? Oder war's nur die Ankündigung eines Gewitters, das von den Bergen her aufzieht?

Ein Schreiben des Kaisers

Der Regen, der sich die ganze Nacht über mit Donner und Blitz auf den Markt niederprasselte, hat allmählich nachgelassen. Ein warmer Wind trocknet schnell das nasse Pflaster der Schranne.

So um die sechste Morgenstunde macht sich der Schreiber Wolfgang Schmidinger auf um dem Reich das Geld zurückzubringen. Der wird Augen machen, wenn er mich sieht!, denkt er. Damit wird er nicht rechnen, dass ich meine Katharina auslöse.

Die ganze Nacht hat der Schmidinger nicht schlafen können; daran ist nicht nur das Unwetter schuld gewesen, sondern es ist auch die Vorfreude dem Reich die Schulden zurückzahlen zu können. Das Aufstehen ist ihm nicht schwer gefallen. Und nun möchte er so früh als möglich hinauskommen aus dem Markt. Die Leute brauchen ihn nicht zu sehen, wenn er durchs Tor geht um über die Innbrücke und den Schlossberg aufs Kuglmoos zu kommen.

Ein Pferd hat er nicht, das kann er sich nicht leisten. Aber auch auf Schusters Rappen lässt sich die Strecke ganz gut bewältigen. Eine halbe Stunde und schon ist man oben.

Es ist hell geworden. Also heißt es für den Schmidinger schnell weiter. In zwei Stunden, so um acht Uhr, möchte er wieder zurück sein, in der Amtsstube sitzen und so tun, als wäre nichts geschehen.

Der Lindl-Götz steht am Inntor und schläft im Stehen. Der Schmidinger stößt ihn leicht an und bedeutet ihm die kleine Pforte zu öffnen. Mit verschlafenen Augen schaut der Götz erst etwas unsicher in die Welt. Wie er den Schreiber erkennt, fährt er zusammen, springt auf und tut so, als habe er nicht geschlafen. Dienstbeflissen öffnet er das Tor. Schließlich ist der Schreiber sein Vorgesetzter.

Dass er jetzt keinen Rüffler bekommt, wundert ihn sowieso. Aber er weiß ja nicht, in welch guter Stimmung der Schreiber zur frühen Morgenstunde schon unterwegs ist.

»Behüt Euch Gott, Herr Schreiber«, ruft der Lindl-Götz dem Schmidinger untertänig nach und macht noch eine artige Verbeugung. Der Schreiber dreht sich geschwind um, sonst hätte der Lindl-Götz ihn noch lachen sehen.

Dann hört man am anderen Ende der Schranne Lärm. Ein Torknecht stößt mächtig ins Horn.

Die Neugier treibt den Schmiedinger zurück auf den Marktplatz. Er sieht, wie eine Gruppe Reiter in scharfem Trab durchs Münchner Tor kommt und zur Mitte der Schranne reitet. Vor dem Rathaus bleibt der Reitertrupp stehen.

»Botschaft unseres allerhöchsten gnädigen Herrn, unseres Kaisers Maximilian«, hört der Schmidinger den vordersten der Reiter laut und deutlich rufen.

Wahrscheinlich will der Kaiser wieder irgendeine Forderung aufstellen, die ihm einen Vorteil und uns Rosenheimern Ärger bringt, denkt sich der Schmidinger.

Jetzt muss ich zurück, den Räten beistehen. Vielleicht ist auch gleich eine Antwort zu fertigen. Wenn er nicht da ist, wer soll schreiben? Das Geld, so tröstet er sich, bring ich dem Reich später, morgen oder übermorgen. Jetzt kommt's auf einen Tag auch nicht mehr drauf an.

So macht er kehrt und eilt zum Rathaus.

Bei dem lauten Aufruf haben sich schnell ein paar Frühaufsteher eingefunden und umringen nun die Reiter. In den Fenstern erscheinen verschlafene Gesichter. Der Bürgermeister stürzt halb angezogen die Treppe des Rathauses herunter. Der Freudenreich und der Scheuchenstuel eilen ebenfalls herbei. Einige Torknechte gesellen sich dazu.

Der Bote beginnt aus einer großen Rolle vorzulesen.

»An alle Pfleger, Bürgermeister, Landrichter und Räte, an die Gemeinden des Marktes zu Rosenheim und des Landgerichts.

Dies, mein Schreiben, ist gerichtet an alle im oberen Bayern, die hören mit offenen Ohren und die guten Willens sind. Ich fordere euch auf eurem rechtmäßigen Herren, Herzog Albrecht, treu zu bleiben und allen anderen zu widerstehen. Wir werden euch etliche tausend Mann zu Ross und zu Fuß schicken, wenn ihr sie braucht und es an der Zeit ist. Auch merkliche Feldgeschütze sind zu eurem Troste aufgebracht und stehen zu eurer Hilfe bereit.

Wir wollen euch den Rücken vom Feinde freihalten und euch beschützen und beschirmen.

Aber so gibt es auch eine Forderung: Ihr müsst euch endlich und unwiderruflich entschließen, Herzog Albrecht, meinen verehrten, lieben Herrn Schwager, als euren Erbherrn und Landesfürsten anzuerkennen.

Eure Ratsbotschaft habt Ihr auf Montag nach Sankt-Veits-Tag unverzüglich zu Uns gen Rattenberg zu schicken.

Richtet Euch danach und folgt meinem Aufruf.

Innsbruck, am 9. Tage des Junius A. D. 1504.

Maximilianus.«

Kräftig schnappt der Bote nach Luft, denn das Vorlesen mit so lauter Stimme kostet Kraft.

»Da, nehmt die Botschaft!«, befiehlt er, während er das Papier zusammenrollt.

Der Bürgermeister geht auf ihn zu, nimmt die Rolle entgegen und überfliegt noch einmal die Zeilen.

Man könnte lachen und weinen zugleich, denkt er. Lachen über die zugesagte Hilfe, weinen aber über die Forderung zur Erbhuldigung für Albrecht. Denn, wenn die Rosenheimer Albrecht huldigen, schlägt Ruprecht zurück, das ist sicher.

Zu jeder anderen Zeit hätten sie die Aufforderung Albrechts mit Freuden erfüllt. Sie sind ja schließlich dem Münchner Herzog wohlgesinnt. Nur, jetzt, nachdem sie bereits Ruprecht gehuldigt haben, wissen sie nicht mehr ein noch aus. Eine vertrackte Sache bahnt sich da an.

Der Scheuchenstuel spricht als erster aus, was alle denken.

»So hat's kommen müssen. Dem Ruprecht haben wir gehuldigt und jetzt fordert der Kaiser sein Recht.«

Dabei sieht er den Bürgermeister anklagend an, als wenn dieser alleine Schuld an der ganzen Sache hätte.

Herzog Ruprecht hat man gehuldigt, das findet der Bürgermeister nach wie vor als die richtige Entscheidung. Der Kufsteiner hat's damals auch geraten.

Gott sei Dank ist der Kufsteiner zufällig wieder im Markt. Der Bürgermeister hat ihn zu sich gebeten, weil er mit ihm die Salzangelegenheit noch einmal ausführlich besprechen will. Denn auch nach der glücklichen Befreiung der Abordnung aus dem Kerker zu Wasserburg ist weiterhin Vorsicht geboten. Man weiß nicht, was die Wasserburger noch alles vorhaben. Nachdem Herzog Ruprecht ihnen zwischenzeitlich wohlgesinnt ist, könnte noch so mancher Streich von dort zu erwarten sein.

Nun wendet sich also der Bürgermeister an den Torknecht Stettner, der sich während der Verlesung der Botschaft neugierig zu den Räten gesellt hat: »Der Kufsteiner soll sich dieses Schreiben ansehen!« Dabei zeigt er auf die Botschaft. »Hol ihn, sofort. Sag, es brennt!«

Der Torknecht Stettner läuft zur Schänke, denn dort logiert der Michael von Pientzenau.

Der Peter Wider, wie übrigens die anderen Räte auch, aber der besonders, ist verwirrt über das Schreiben des Kaisers. »Bürgermeister, ich kenn mich nimmer aus. Zwei Herzöge, zwei bayrische Lande und jetzt noch der Kaiser. Was soll man da noch machen? Oh Gott, oh Gott …!«

Wichtigtuerisch meldet sich der Bote. »Ihr braucht da gar nichts machen, guter Mann. Das regelt alles der Kaiser. Wenn Ihr mitspielt, wird's Euch nicht schlecht ergehen! Seht, der Kaiser hat genügend Soldaten: Von seinem Großvater, dem Herzog Erich von Braunschweig, dann auch vom Württemberger. Die Brandenburger, die Hessen, die Reichsstadt Nürnberg, der Fürstbischof von Freising und die Soldaten vom Schwäbischen Bund sind auch noch dabei. 60 000 Soldaten, was sagt Ihr jetzt?«

Die Rosenheimer kommen aus dem Staunen nicht mehr heraus. Und dann meint der Bote:

»Die paar böhmischen Hilfstruppen und dazu die Söldner des pfälzischen Grafen von Henneberg, die der Ruprecht hat, werden Landshut nicht viel weiterbringen. Höchstens 30 000 sind's.«

Ein Aufatmen geht durch die Reihen der Rosenheimer.

»Dem Herzog Ruprecht geht's ans Leder und allen, die ihm gehuldigt haben, auch.«

Das hätte der Bote jetzt besser nicht sagen sollen. Aber er kennt ja die näheren Umstände hier im Markt nicht. Wenn er wüsste, was schon seit geraumer Weile die Rosenheimer bewegt, hätte er sicherlich geschwiegen.

Der Peter Wider bemerkt: »Oh mei, oh mei. Und wir stecken mittendrin.«

Da kommt der Torknecht Linhart Stettner mit dem Kufsteiner von der Schänke her.

»Was gibt's, Bürgermeister?«, will der Kufsteiner wissen.

»Jetzt sollen wir Albrecht huldigen, weil's der Kaiser so befiehlt!«

»Na und, dann tut es«, erwidert der Kufsteiner lachend.

Was soll er auch anderes sagen. Ihm ist es doch geradezu recht, wenn die Rosenheimer ihren Pflichten gegenüber Kaiser und Herzog Albrecht nachkommen. Er weiß, dass sich die Mehrheit im Markt zu Herzog Albrecht bekennt. Die Huldigung zu Wasserburg wird sich schon wieder ins Lot bringen lassen. Die Rosenheimer sind treue Oberbayern und das weiß man auch zu München. Rosenheim hat sich schon immer mehr an München als an Landshut orientiert. Das war zu Herzog Georgs Zeiten so und wird auch in Zukunft nicht anders sein.

»Wenn wir Albrecht huldigen, dann rückt uns Ruprecht auf den Pelz.«

Unrecht hat er da sicherlich nicht, der Bürgermeister Cronast. Die Landshuter machen kurzen Prozess. Gleich ist man aufgehängt oder gar aufgespießt; schnell geht so etwas, wenn man sich nicht vorsieht.

»Schaut Euch dieses Schreiben an«, meint der Bürgermeister und überreicht dem Kufsteiner die Botschaft.

Der überfliegt das Schreiben und lächelt verhalten.

»Seht, Bürgermeister,« sagt er beruhigend, »der Kaiser will, dass Ihr schriftlich zusagt Albrecht anzuerkennen. Das könnt Ihr. Ruprecht weiß doch nichts davon. Und bevor's in Landshut oder Wasserburg bekannt wird, ist wieder Ordnung im Land. Ich sag Euch, folgt dem Kaiser. Ihr werdet es nicht bereuen.«

Den Rosenheimern erscheint das vernünftig.

Und weil der Pientzenau das, was er gerade gesagt hat, noch bekräftigen will, liest er jenen Satz vor, den er für einen der wichtigsten im ganzen Schreiben hält: »Wir wollen euch den Rücken vom Feinde freihalten und euch beschützen und beschirmen.«

Hoch hebt er die Papierrolle und ruft den Rosenheimern aufmunternd zu: »Also keine Angst, Leute. Gebt dem Kaiser, was des Kaisers ist.« Dann wendet er sich zum Bürgermeister und ruft: »Frischauf, Bürgermeister!«

Denn für den Pientzenauer gilt eins: seinem Kaiser und seinem Herzog Albrecht Treue zu beweisen, den Rosenheimern das Rückgrat zu stärken und ihnen die Sorgen zu nehmen.

»Ihr macht mir wieder Mut, Kufsteiner. Ich dank, lieber Freund, ich dank Euch!«

Der Bürgermeister schüttelt dem Rechtsgelehrten die Hand. Immer wieder überrascht ihn dieser mit seinen guten Ratschlägen.

Dann ruft der Cronast den Reitern zu: »Geht und versorgt Euch und die Pferde. Ihr könnt die Antwort später mitnehmen.«

Er winkt dem Lindl-Götz, der sich gleich geflissentlich der Reiter annimmt. Das sind Aufgaben, die der Götz mag. Da kann er dann allen Rosenheimern zeigen, dass ohne ihn im Markt nichts läuft. Er und der Bürgermeister!

Mit geschwellter Brust und seinem bekannten Gang watschelt er der Reitertruppe voraus. Wer nicht gleich aus dem Weg springt, erfährt einen bösen Blick oder einen gehörigen Stupser mit dem Schaft der Hellebarde.

Die Räte und der Bürgermeister schauen ihm belustigt nach. Ja, unser Lindl-Götz, das ist schon ein Gewächs, wie man es nicht alle Tage findet. Ein bisschen einfältig, aber fleißig und ehrlich!

Der Götz spürt die Anerkennung. Die Brust wölbt sich noch mehr, der Gang wird dabei noch unbeholfener und beinah wäre er wieder einmal über seine eigenen Füße gestolpert.

❧

Eine Abrechnung

Der Wächter von St. Nikolaus ruft die siebte Morgenstunde aus:

»Hört, Ihr Leute, lasst euch sagen,
Sieben hat die Uhr geschlagen.
Wer jetzt im Bett liegt müd und faul,
Dem hauet kräftig eins aufs Maul!«

Der Bürgermeister, der sich mit seinen Ratsherren vor dem Rathaus eingefunden hat, zieht leicht den rechten Mundwinkel hoch und meint entschuldigend: »Nun denn, der Sebastian Bauermeier!«

Dann fährt er fort: »Wir treten jetzt zusammen um dem Kastner auf den Zahn zu fühlen.

»Der kommt doch nicht, Bürgermeister«, meint der Zächenperger mit einer wegwerfenden Handbewegung. Auch die anderen sind skeptisch.

Der Bürgermeister jedoch beharrt darauf, dass der Reich kommen wird: »Der ist neugierig wie ein altes Waschweib, also kommt er!«

Der Vergleich ist zwar für die Waschweiber nicht sehr schmeichelhaft, denn wer will sich schon mit dem Kastner Reich vergleichen lassen? Aber so heißt's nun einmal.

Da ruft der Peter Wider, der ein paar Schritte abseits steht, ganz aufgeregt und deutet zur Kirche: »Du hast Recht, Bürgermeister, da, schau!«

Und tatsächlich. Der Reich kommt zu Fuß von der Kirchgasse her, beschwingt und fröhlich. Man möchte fast meinen, er habe einen kleinen Schwips, so tänzelt er herum. Aber das täuscht. Der Reich ist nur so aufgekratzt, weil man ihn braucht. Der Bürgermeister hat ihn gebeten in den Markt zu kommen um Rat bei ihm einzuholen. Der Ruf des Cronast ehrt ihn. Und weil es ihn gar so arg freut, kommt er auch noch pünktlich. Der wartenden Gruppe ruft er von weitem schon zu: »Ihr braucht einen Rat, ich stehe zu Diensten, pünktlich auf die Minute.«

Dabei macht er eine weit ausholende Geste mit der rechten Hand und deutet einen Kratzfuß an. So bedankt er sich für das Vertrauen, das man ihm heute entgegenbringt.

Die Rosenheimer halten sich zurück bei der Begrüßung. Sie haben eine grimmige Wut im Bauch.

Düster fragt der Bürgermeister: »Was machen die Geschäfte?« und spielt dabei auf das an, was gleich zur Sprache kommen wird.

Der Reich jedoch empfindet diese Frage eher als eine Art Höflichkeitsfloskel und geht dem Bürgermeister auf den Leim: »Ach, wie man's nimmt, verehrter Bürgermeister. Aber die großen Geschäfte machen allemal die anderen. Zu solchen Dingen hab ich keinen Zugang!«

Der Cronast überhört diese Antwort. »Habt Ihr schon Neues von unseren Leuten zu Wasserburg gehört?«, fragt er mit ernster Mine.

»Leider, nein, leider«, bedauert der Reich beinah unterwürfig, um zu zeigen, wie betroffen er ist, dass sich die vier Rosenheimer immer noch in Wasserburger Gewahrsam befinden. »Schlimme Sache, gell?«, fügt er mit einem leidenden Gesichtsausdruck hinzu.

»Ja, so könnte man sagen, Herr Kastner!«, knurrt der Bürgermeister, dem das Gesäusle gegen den Strich geht.

»Warum so förmlich?«, meint der Kastner begriffsstutzig. »Ihr tut so, als wäre Euch eine Laus über die Leber gelaufen!«

Dem Bürgermeister reicht's. Jetzt fließt ihm die Galle über. »Nicht eine Laus, Kastner, eher eine Sau!«, brüllt er den Reich an.

Der Kastner begreift nicht, was sich da zusammenbraut.

»Wie meint Ihr denn das, Bürgermeister?«, fragt er dumm in die Runde.

Der Cronast hat den Anfang gemacht, jetzt sind die anderen dran. Der Freudenreich, sowieso ein Hitzkopf, schreit laut: »Der Bürgermeister meint, wenngleich Ihr nicht wie eine Sau ausschaut, so seid Ihr eine!«

Das sind kräftige Worte.

Der Reich ist erschrocken. Allmählich begreift er, dass man von ihm keinen Rat braucht, sondern etwas von ihm will, auf das er nicht eingerichtet ist.

»Was seid Ihr doch für ein grober Kerl, Freudenreich!«, gibt er beleidigt zurück, hat aber den Ernst der Lage immer noch nicht voll erkannt.

»Nicht gröber als Ihr«, fährt der Cronast dazwischen.

»Ich verbitte mir diese Rede, Bürgermeister! Ihr ruft nach meinem Rat, ich komme eiligst und dann beschimpft Ihr mich.«

Jetzt ist der Reich laut geworden! Die Stimme klingt schrill.

Die Räte freut das. Sie haben ihn aus der Reserve gelockt und ihn dorthin gebracht, wo er hingehört, in die Defensive.

Langsam gehen sie Schritt für Schritt auf ihn zu und versuchen ihn einzukreisen.

»Wenn du nicht gleich dein Schandmaul hältst, Reich, dann bekommst du kräftig eins drauf!«, presst der Freudenreich zwischen den Zähnen hervor. Dabei hebt er die rechte Faust um dem Reich zu zeigen, dass es ihm ernst ist.

»Ich weiß nicht, von was Ihr redet!« Denn noch weiß er tatsächlich nicht, wo die Rosenheimer hinauswollen. Also Vorsicht, nur nicht den Rosenheimern auf den Leim gehen!

Der Bürgermeister macht einen weiteren Schritt auf den Reich zu. »Wir wissen schon, von was wir reden, Kastner! Ich hab Euch gefragt, wie die Geschäfte gehen. Jetzt frag ich deutlicher, die mit Wasserburg?«

Das hat gesessen!

Der Reich weiß nun, wie er dran ist, um was es geht. Er ist überrascht, woher die Rosenheimer das wissen. Ausgemacht war doch mit den Wasserburgern und mit Herzog Ruprecht, die Geschäfte so geheim wie möglich zu halten. Man hat es ihm bei den Verhandlungen auch in die Hand versprochen. Was wissen die Rosenheimer? Um dahinter zu kommen muss er Zeit gewinnen. »Wasserburg, was soll das?«

Er fragt so, als habe er den Namen in seinem Leben noch nie gehört.

In diesem Augenblick treten die vier Abgeordneten aus dem Hintergrund hervor. Der Reich hat sie bisher nicht gesehen. Wie aus heiterem Himmel stehen sie vor ihm, der Sebastian Amann, der Hanns Fröhlich, der Balthasar Zächenperger und der Schreiber Wolfgang Schmidinger.

Der Schreiber Schmidinger allerdings hält sich etwas im Hintergrund. Er möchte sich dem Reich nicht sogleich zu erkennen geben. Zumindest so lange nicht, als er seine Schulden noch nicht beglichen hat.

Der Amann geht auf den Reich zu. Wütend steht er vor ihm und brüllt ihn an: »Stellt Ihr Euch so blöd oder seid Ihr es wirklich? Wollt Ihr leugnen, dass die Geschäfte gut gehen, Kastner?«

»Wo kommt denn Ihr her?«, krächzt der Reich erschrocken.

»Aus dem Wasserburger Kerker, du Hundsfott!«, gibt der Zächenperger zurück. Dabei geht auch er bedrohlich auf den Reich zu.

»Ich versteh nicht! Was wollt ihr, seid ihr verrückt? Weg da, zurück!« Der Reich weicht noch einmal einige Schritte nach hinten.

»Dass man uns eingesperrt hat, hast du mit veranlasst. Damit du leichter deine schmutzigen Geschäfte ausüben kannst, hast du uns verraten«, schreit der Fröhlich dem Kastner ins Gesicht.

»Los, raus mit der Sprache! Lass die Katze aus dem Sack: Hast du oder hast du nicht?«, meldet sich wiederum der Bürgermeister zu Wort.

»Jeder macht mal Geschäfte!«, schrillt es vom Reich zurück.

»Also, jetzt ist's raus! Oh Gott, oh Gott«, schreit der Peter Wider und deutet entsetzt auf den Reich.

»Ich brauch meine Geschäfte doch nicht zu verheimlichen!«, giftet der Kastner zurück.

»Nur dann, wenn nicht alles nach Treu und Glauben geschieht«, fährt ihn der Pernauer an.

»So etwas gibt's bei mir nicht!«, schreit der Reich.

Der Bürgermeister wird konkret. »Du hast Wein und Getreide nach Wasserburg geschickt für das Lumpenpack in der Stadt und am herzoglichen Hof!«

»Ich kann Geschäfte machen, mit wem ich will. Und an Herzog Ruprechts Hof gibt es kein Lumpenpack!«

So ist der Reich. Über seinen Herzog Ruprecht lässt er nichts kommen.

»Warum hast du die Geschäfte gemacht?«, will der Scheuchenstuel wissen.

»Weil mich mein hoher Herr persönlich darum gebeten hat.«

Der Amann höhnt: »Sein hoher Herr hat ihn persönlich gebeten. Er schachert mit seinem hohen Herrn – dieser Verräter!«

»Wie ich höre, ist Wein im Spiel gewesen«, konstatiert der Pernauer und kommt auf die Anklage des Bürgermeisters zurück. »Womöglich noch aus unserem Lagerbestand, den du mit verwaltest?«

»Das war mein eigener Wein!«

»Und woher hast du so viel Wein?«, will der Bürgermeister wissen.

»Ich hab ihn halt!«

»Wie viel Fässer Wein waren es denn?« Bedrohlich leise ist des Fröhlichs Frage. Und als der Reich nicht gleich antwortet, schreit er ihn an: »Red, los, red!«

Der Reich gibt keinen Ton von sich. Er schweigt trotzig.

Da springt der Freudenreich erregt auf den Reich zu und packt ihn mit beiden Händen an der Gurgel.

»Red!«, schreit er und drückt zu. »Wie viel Fässer waren es?«

»Zehn«, röchelt der Reich und versucht sich zu befreien. Seine Hände greifen nach denen des Freudenreich. Der Ratsherr aber ist größer und stärker als er. So müht sich der Kastner vergeblich sich aus dem Würgegriff zu befreien.

Der Freudenreich drückt noch ein bisschen mehr zu, weil er mit der Antwort nicht zufrieden ist. Er kennt ja das Ergebnis schon von den Aussagen der Zurückgekehrten. Aber er will's vom Reich persönlich wissen und vor allen Leuten bestätigt sehen: »Wie viel Fässer?«

Schon etwas schwächer kommt es vom Reich: »Zwanzig.«

Der Freudenreich ist so in Wut, dass er noch weiter zudrückt. Die Augen des Reich quellen heraus, das Gesicht läuft blau an. Wild schlägt er mit Händen und Füßen um sich. Keiner hilft ihm. Im Gegenteil, alle nehmen eine noch bedrohlichere Haltung ein.

Selbst der Schmidinger, der noch immer etwas abseits steht, schaut grimmig drein.

»Wie viel?«, schreit der Freudenreich zum dritten Mal.

Für den Kastner gibt es nun keinen Ausweg mehr. So röchelt er kaum vernehmbar: »Dreißig.«

Aber der Freudenreich gibt noch nicht nach. Noch einmal drückt er zu: »Sind's nicht noch mehr gewesen?«

»Zweiunddreißig«, kommt's kaum noch vernehmbar vom Reich. Dabei hängt ihm schon halb die Zunge heraus.

»Richtig!«, bestätigt der Zächenperger, »Zweiunddreißig! Du Gauner, zweiunddreißig Fässer Wein.«

Der Freudenreich löst den Würgegriff und stößt den Reich zurück.

Der fällt zu Boden, rappelt sich aber schnell wieder auf; schnappt nach Luft, hustet und hält sich den malträtierten Hals. Das war knapp! Noch ein bisschen länger, dann hätte es schlimm für ihn ausgesehen.

Aber noch ist die Befragung nicht zu Ende.

»Und Getreide war auch im Spiel, wie ich höre. Wie viel Fuder waren es?«, will der Bürgermeister jetzt wissen.

»Was halt so auf ein Plätte geht«, erwidert der Reich mit krächzender Stimme. Aber so ist er. Kaum hat er Luft, fängt er schon wieder an sich zu winden und zu drehen.

»Wie viele Plätten waren es?«, will's der Pernauer wissen.

Der Reich weicht zurück; er drückt herum und hat anscheinend schon wieder vergessen, was passieren kann, wenn er lügt.

»Na ja …«, zögert er die Antwort hinaus.

Der Freudenreich, noch immer in Wut, springt erneut auf ihn zu, packt ihn noch einmal an der Gurgel und drückt wieder mit beiden Händen zu. Dabei brüllt er ihn an: »Wie viel? Sag's oder ich schlag dich krumm und bucklig.«

»Zwei«, keucht der Reich, und man spürt, wie ihm schon wieder die Luft auszugehen droht.

Der Amann, der ja alles von Wasserburg weiß, lässt nicht locker und fragt drängend: »Waren es nicht drei?«

»Ja, in Gottes Namen, drei!«, röchelt der Kastner. »Hört auf, bitte, hört auf!«

Es kommt alles an den Tag, wenn man nur beharrlich dran dreht, sagt sich der Freudenreich. Dann stößt er den Reich erneut von sich. Ein paar Schritte stolpert dieser zurück.

Im Zurückstolpern dreht sich der Kastner plötzlich um und versucht zu fliehen. Aber da haben ihn die Räte auch schon eingekreist. Der Reich ist gefangen. Wo er hinsieht, zornige Gesichter, Entschlossenheit, mit ihm kurzen Prozess zu machen.

»Er verkauft Getreide, das wir ihm treuhänderisch überlassen haben«, tobt der Bürgermeister. »Drei Plätten und eine jede mit 1 500 Säcken beladen«, rechnet er laut vor. »4 500 Zentner.«

»Du hast Geschäfte mit Feinden gemacht, du Lump, du einschichtiger!«, schleudert der Scheuchenstuel dem Kastner entgegen.

»Feinde vielleicht für euch, nicht für mich. Ich liebe meinen Herzog Ruprecht! Er ist unser Herr!«, kreischt der Reich.

»Dein Herr, du Schleimbeutel. Aber nicht unserer!«, entgegnet ihm wutentbrannt der Fröhlich.

Sie sind so erregt über des Kastners Tun, dass sie ihn am liebsten windelweich prügeln würden.

Der Reich muss einen Ausweg suchen, sonst hat tatsächlich seine letzte Stunde geschlagen.

»Es gibt aber auch noch Leute in Rosenheim, die so denken wie ich!«, schreit er los um sich herauszumanövrieren.

»Wer denkt so wie du?«, stutzt der Bürgermeister.

Auch die Räte hätten gerne gehört, wer noch so ist wie der Kastner Erhart Reich.

»Na ja«, schreit der Reich sofort los, »der Kristof zum Beispiel!«

»Welcher Kristof?«, kommt aus vieler Munde.

»Mein Schiffsführer! Sein Herr Sohn« – dabei deutet der Kastner auf den Ratsherren Sebastian Pernauer.

Der Pernauer ist so erschrocken über diese Behauptung, dass ihm erst einmal die Sprache wegbleibt. Auch die anderen sehen sich ungläubig an.

»Mein Kristof?« Der alte Pernauer ist blass geworden.

»Ja, dein Kristof«, geifert der Kastner Reich, denn jetzt scheint er den Dreh gefunden zu haben, wie er aus der bedrängten Lage herauskommt.

»Erklär das sofort, Reich!«, fordert ihn der Bürgermeister auf.

»Der Kristof hat mich erst auf den Gedanken gebracht! Wie ich zurückgekommen bin von Wasserburg. Ich hätt ja gar nicht daran gedacht, an so etwas. Aber der Kristof hat gesagt, dass genügend Waren in den Lagerschuppen liegen. Und er hat auch gleich aufgeladen und ist losgefahren am nächsten Tag!«

Das ist eine böse Anschuldigung, die der Reich da macht. Der Kristof Pernauer, ein Verräter?

Der Bürgermeister Cronast hat seine Zweifel an dieser Äußerung. Irgendetwas kann da nicht stimmen. Die Erklärung des Kastners passt nicht zusammen mit dem, was er zuvor gesagt hat.

»Aber du hast doch selbst gesagt, Kastner, dass du mit Herzog Ruprecht persönlich das Geschäft abgemacht hast. Wie kann dir dann der Kristof hinterher den Rat gegeben haben?«

Aber um eine Erklärung ist der Kastner nie verlegen und sei sie noch so abwegig.

»Mein hoher Herr hat mich gebeten ihm zu helfen. Ich hab's dem Kristof erzählt, gleich wie ich heimgekommen bin von Wasserburg. Der Kristof hat dann alles ausgeheckt.«

Der alte Pernauer ist über diese Aussage arg erregt. »Du lügst«, schreit er dem Reich ins Gesicht.

»Ich lüge nicht! Frag doch deinen Kristof!«, schreit der zurück.

Die Herren stehen fassungslos da und sehen zu, wie sich der Kastner und der alte Pernauer wütend gegenüberstehen. Doch wie sich das anhört, ist es durchaus möglich, dass der junge Pernauer mit dem Kastner unter einer Decke steckt. Warum sollte denn der Reich den Kristof auch beschuldigen? Was hätte er für einen Grund? Und der Kristof ist ein kluger Kerl. So etwas kann dem schon einfallen.

»Du und der Kristof«, sagt der Scheuchenstuel mit voller Überzeugung zum Kastner, »ihr habt uns verraten und geschadet mit eurem schmutzigen Geschäft.«

»Und was noch schlimmer ist«, setzt der Bürgermeister wütend drauf, »du bist Hauptmann unserer Landwehr, befehligst unsere braven Männer, hast aber keinen Charakter. Du bist ein übler Bursche!«

Noch immer haben sie den Reich eingekreist; eine Flucht ist unmöglich

So kreischt er in seiner Not: »Lasst mich endlich in Ruhe! Ich warne euch! Wenn Herzog Ruprecht erfährt, dass ihr einen seiner Kastner angerührt habt, macht er kurzen Prozess mit euch!«

»Du bist ein Landshuter Speichellecker«, schreit ihm der Fröhlich entgegen.

Plötzlich steht der Freudenreich mit einem langen Seil vor dem Reich. Keiner hat in dem Durcheinander bemerkt, wie sich der Ratsherr von der Gruppe entfernte. Er ist hinüber zum Seiler und hat einen dicken Strick geholt, an dem ein Wurfhaken befestigt ist.

Wie der Fröhlich den Freudenreich neben sich mit dem Seil stehen sieht, brüllt er: »Los, haltet ihn.«

Blitzschnell gehen sie auf den Kastner los. Viele Hände greifen nach ihm und wollen ihn festhalten. Doch vergeblich. Mehrmals dreht sich der Reich um seine eigene Achse, teilt Schläge und Fußtritte aus und trifft, wer gerade im Weg steht. In dem Durcheinander entkommt er und flüchtet in Richtung Kirche.

Im Davonlaufen kreischt er zurück: »Ich werd euch alle verklagen und meine Hauptmannschaft kündige ich euch auf! Ihr könnt sie haben!«

Und dann biegt er um die Ecke und verschwindet im Friedhof hinter der Kirche.

Der Scheuchenstuel ist der Einzige, der ihm sofort nachsetzt. Als er aber merkt, dass ihm keiner der Rosenheimer folgt, bleibt er stehen und ruft zurück: »Bürgermeister! Komm! Wir fangen ihn und hängen ihn auf!«

Einige rennen daraufhin ebenfalls los, doch der Bürgermeister ruft sie zurück: »Vorsicht, Leute, nicht zu Tode bringen, bleibt! Wir müssen uns etwas anderes ausdenken.«

Da lassen sie von der Verfolgung des Reich ab und gehen langsam wieder auf ihre Plätze zurück.

Der Fröhlich murrt: »Da gibt's nicht viel anderes auszudenken, Bürgermeister!«

Die anderen Räte stimmen ihm zu.

»Wenn schon nicht zu Tode bringen, wie der Bürgermeister meint, so gibt's andere Strafen, die genau so wehtun«, ruft der Freudenreich. »Wir zünden ihm sein Haus an und verjagen ihn!«

Der Bürgermeister wiegt den Kopf. »Wir werden Ärger kriegen, Freudenreich. So einen Vorschlag kannst du gleich wieder vergessen.«

»Das ist doch egal! Kommts, wir jagen ihn, hauen ihm alles zusammen und brennen ihm die Hütte ab. Wer ist dafür?«

Die Räte heben spontan die Hand.

Der Wider hebt beide Hände, aber wohl eher zur Abwehr als zur Zustimmung, und lamentiert: »Oh Gott, oh Gott, das gibt ein Unglück!«

Artig hebt der Wider nun die Rechte.

»Wider«, schreit daraufhin der Freudenreich, »wenn du nicht gleich die Hand richtig hebst, dann gibt's wirklich noch ein Unglück!«

Die Wahlmänner unterstützen den hitzköpfigen Ratsherrn durch ermunternde Worte, denn sie dürfen nicht mitstimmen.

Der Bürgermeister verweigert sich noch.

Da ruft ihm der Freudenreich hämisch zu: »Und du, Bürgermeister, hast auch solche Angst wie der Peter Wider?«

Alle sehen den Bürgermeister an; da hebt auch er, sehr zögerlich und mit finsterer Mine, die Hand und brummelt etwas wie: »Wenn's unbedingt sein muss!«

»Gut, ein einstimmiger Ratsbeschluss!«

Der Freudenreich aber möchte noch einen Schritt weitergehen. Für ihn ist das Thema noch nicht abgehandelt. Der Kastner wird sein Fett wegbekommen, da ist er sich sicher. Aber was ist mit dem Kristof?

So wendet er sich mit drohender Gebärde an den Pernauer: »Und deinen Kristof, Pernauer, den werd ich persönlich befragen.« Dabei fuchtelt er dem Ratskollegen mit der Faust vor dem Gesicht herum, dass es keinen Zweifel geben kann, was er damit meint.

Der Pernauer steht mit gesenktem Kopf da. Sein Sohn Kristof soll mit dem Reich paktiert haben? Für ihn ist dies unverständlich. Er kennt seinen Kristof und er weiß, dass der solche Dinge nie und nimmer tun würde.

Die Anschuldigung des Kastners ist aber bei den entrüsteten Zuhörern auf fruchtbaren Boden gefallen.

Die böse Saat des Reich geht auf.

»Ich kann's nicht glauben,« sagt der alte Pernauer. Seine Stimme zittert, er ist den Tränen nahe.

Der Bürgermeister würde ihm gerne helfen. Er kennt den rechtschaffenen Ratsherrn und er kennt dessen Sohn Kristof. Aber, was der Reich da vorbrachte, ist durchaus glaubhaft. Und Gegenargumente findet er auf die Schnelle nicht. So muss er, ob er will oder nicht, den Behauptungen des Reich folgen und die Anschuldigung vorerst als Tatsache hinnehmen.

»Kannst du in deinen Buben reinschauen?«, fragt er halb tröstend und halb anklagend den Pernauer. Dabei hebt er die Schultern, als wolle er andeuten: Ich glaub's zwar nicht ganz, aber wenn's stimmt, was soll man machen?

»Pernauer«, meldet sich abermals der Freudenreich mit drohendem Unterton in der Stimme, »du bist rechtschaffen, das wissen wir alle, aber dein Kristof ist ein arger Feinspinner. Was der Kastner von ihm gesagt hat, beweist seine Untreue zum Markt. Wenn ich deinen Kristof erwische, behandle ich ihn nicht anders als den Reich. Da kannst Du Gift drauf nehmen!«

Spricht's und verlässt mit grimmiger Miene den Ort. Auch die anderen gehen von der Schranne.

Traurig sieht ihnen der alte Pernauer nach.

Und als würde der Himmel des alten Pernauers Zustand spüren, beginnt er sich zu verdüstern. Mit einem leisen, aber spürbaren Wind ziehen graue, schwere Wolken über die Heiligen-Geist-Gasse herauf. Beinah unbemerkt beginnt es leise zu regnen. Der Frühsommertag, der so schön begonnen hatte, verwandelt sich langsam in nasse Trostlosigkeit.

Der Tod des Herzogs

Wenige Tage nach dem finsteren Beschluss des Rosenheimer Rats gegen den Kastner macht sich der Schreiber Wolfgang Schmidinger zum zweiten Mal auf zum Schlossberg um das Geld zurückzuzahlen. Gerade jetzt, wo es dem Reich ans Leder gehen soll, möchte er seine Katharina nicht mehr in dessen Diensten wissen.

Wieder ist es früh am Morgen, als er, nur von den Torknechten am Mittertor und am Inntor gesehen, den Markt verlässt. Der Weg zum Inn über die Mangfallbrücke ist nach den Regengüssen der letzten Tage schlammig und unwegsam, doch das tut seiner Freude auf die baldige Schuldentilgung keinen Abbruch.

An der Lände sind nur wenige Schopper und Innschiffer tätig, die ihm keine Beachtung schenken. Der Torknecht am Zollhäusl an der Brücke grüßt müde.

Schnell hat der Schmidinger die Innbrücke passiert und den steilen Berg genommen.

Gleich neben dem Schloss steht der Edelsitz, in dem der Reich residiert. Dort ist es noch ruhig.

Die Frau des alten Dieners Nikolaus Fichtl kommt gerade mit einem Körbchen voll Eier aus dem Hühnerstall.

»Guten Morgen, Fichtlin«, ruft der Schmidinger hinüber.

»Guten Morgen! Was wollt Ihr, Schreiber?«

»Ist der Kastner schon aufgestanden?«

»Ja, kommt rein.«

Sie öffnet die Tür für die Dienstboten am Ende des Gebäudes und lässt den Schmidinger ein. Den Korb mit den Eiern stellt sie aufs Fensterbrett.

»Kommt«, fordert die Fichtlin den Schreiber auf, geht den langen Gang voraus und dann die Himmelsleiter hinauf in den ersten Stock. Sie klopft an eine große Türe. Diese öffnet sich und im Türrahmen erscheint ihr Mann, der alte Nikolaus.

»Der Schreiber will zum gnädigen Herrn.«

»Ist gut! Der gnädige Herr sitzt beim Morgenmahl. Kommt rein, Schreiber, ich meld Euch an.«

Der Schmidinger tritt in den Vorraum; Nikolaus Fichtl schlurft hinüber ins Speisezimmer. Gleich ist er wieder zurück, lässt die Türe offen und meint mit einer einladenden Geste: »Ihr könnt hinein.«

Der Schreiber betritt das helle, große Speisezimmer. Der alte Fichtl schließt die Tür von außen.

An einem langen Tisch, sitzt der Kastner Erhart Reich ganz oben an der Stirnseite und löffelt seine Milchsuppe.

»Aha, der Schreiber. So früh schon? Drückt Euch das schlechte Gewissen?«

»Ja, gnädiger Herr. Ein wenig schon. Aber der lange Regen hat's verhindert, dass ich meiner Verpflichtung Euch gegenüber nachkommen konnte.«

»Sehr ordentlich ist Eure Rede, Schmidinger. Lasst hören.« Dabei schmatzt der Kastner ungestört weiter. Ab und zu bricht er kleine Stückchen vom Brotfladen ab, wirft diese in die heiße Suppe und zieht sie mit lautem Schlurfen vom hölzernen Löffel in den Mund.

»Euer Gnaden, ich bin gekommen um alle meine Schulden zu bezahlen.«

Dem Reich scheint's die Sprache zu verschlagen. Fast bleibt ihm der Löffel im Hals stecken.

»Wie, was, zurückzahlen? Alles?«

»Ja, gnädiger Herr. Was ich ausgeliehen habe, möchte ich zurückzahlen. Ich hab's gerade gesagt, auch mit Zins und Zinseszins.«

»Habt Ihr das Geld gestohlen? Seid Ihr ein Wegelagerer?«

Der Kastner ist so überrascht, dass ihm kein vernünftiger Satz dazu einfällt. Dem Schmidinger dagegen bereitet dies sichtlich Vergnügen.

»Seht, gnädiger Herr, ich brauch kein Wegelagerer zu sein um zu Geld zu kommen. Ich hab eben Freunde. Und deshalb kann ich meine Schulden bei Euch begleichen.«

Der Kastner hat sich allmählich wieder gefangen. »Nun gut, wenn Ihr meint, so zahlt mir das Geld zurück. Ich will's gelten lassen.«

Da nimmt der Schreiber den Beutel, den ihm der Jude Samuel Leeb gegeben hat, aus der Innentasche seines Wamses und hält ihn dem Reich hin. »Zählt nach, Euer Gnaden, gebt mir dann die Quittung und mein Mädel zurück!«

Ohne ein Wort zu sagen geht der Kastner ins Nebenzimmer und kommt mit dem Schuldschein in der Hand zurück.

»Das Geld nehm ich gerne an, Schreiber, das hab ich schon gesagt. Nur mit der Katharina sieht's anders aus, als Ihr denkt. Die muss bleiben, bis ihre Zeit bei mir abgelaufen ist. Ein Jahr haben wir vereinbart. Seht den Vertrag. Lesen könnt Ihr und unterschrieben habt Ihr auch.«

Dabei reicht er dem Schreiber das Papier und deutet auf die bewusste Stelle.

Dem Schreiber kommt es siedend heiß hoch, als er den Kastner so reden hört.

Sollte er beim Unterzeichnen des Schuldscheins die Einschränkung überlesen haben?

Mit zittrigen Händen hält der Schmidinger das Papier, kaum fähig die verschnörkelte Schrift des Reich zu entziffern.

Tatsächlich! Es steht hier schwarz auf weiß, dass die Katharina mindestens ein Jahr in Diensten des Kastners zu stehen hat, auch wenn das Geld vorher zurückgezahlt werden sollte.

Der Schmidinger hatte damals in seiner Not das Geld genommen und den Vertrag nicht genau durchgelesen.

Er aber hätte es wissen müssen, dass der Reich Abmachungen immer zu seinen Gunsten abfasst. Der Reich ist skrupellos und hat keine Hemmungen, gegen die guten Sitten zu verstoßen.

»Nun«, meldet sich der Kastner, »was sagt Ihr jetzt? Wollt Ihr nun eingestehen, dass ich Recht habe?«

»Ja, gnädiger Herr«, erwidert der Schmidinger mit brüchiger Stimme. All seine Freude ist nun dahin, endlich einen Schlussstrich unter die leidige Angelegenheit zu ziehen.

»Ihr seht, Schreiber, was der Kastner macht, hat Hand und Fuß«, bemerkt dieser mit einem hinterhältigen Lächeln. »Die Katharina kann gehen, aber erst, wenn die Jahresfrist abgelaufen ist. Unterschrieben habt Ihr den Vertrag voriges Jahr am 23. September. Also wisst Ihr, wann die Zeit um ist. Solltet Ihr Euch nicht daran halten und die Katharina vorher wegholen, so klag ich Euch vor dem Markt wegen Vertragsbruch an. Ich muss Euch nicht sagen, wie's dann in der Öffentlichkeit um Euch steht!«

Der Schreiber ist wütend, über sich und seine Fahrlässigkeit, aber auch über die Hinterhältigkeit des Kastners. Sein einziger Wunsch ist: weg von diesem Ort, hinaus ins Freie und die Gedanken ordnen.

»Quittiert mir das Geld«, meint er deshalb mit Groll in der Stimme, »und lasst mich in Ruh! Nach Jahresfrist hol ich mir mein Kind.«

Der Reich grinst gemein, ohne ein Wort zu erwidern stellt er umständlich eine Quittung aus. »Lest gut durch, nicht damit Ihr mir wieder kommt und etwas anderes behauptet.«

Der Schmidinger liest; der Schrieb ist kurz und hat keine Ungereimtheiten.

»Ich komm wieder, Kastner: Dann hol ich mir, was mir zusteht!« Dabei wendet er sich verärgert der Tür zu.

»Wie's Euch beliebt, verehrter Herr Schreiber. Und passt künftig gut auf, was Ihr unterschreibt!«

Der Schreiber stürmt zum Haus hinaus, die steile, lange Treppe vom Schlossberg hinunter und über die Innbrücke dem Markt zu.

Erst als er hinter seinem Tisch in der Schreibstube des Rathauses sitzt, kommt er wieder langsam zu sich. Sein Trost ist, dass es bis zum 22. September nicht mehr allzu lange ist. Wenn nur bis dahin noch alles gut ginge! Dann hätte der böse Spuk für immer ein Ende!

❧

In diesem Frühsommer beginnt das Spiel der Mächte an Heftigkeit zuzunehmen.

Die hin- und herziehenden Truppen verwüsten die junge Saat. Schlimmer aber noch, sie erschlagen die Bauern, Knechte und Frauen. Niemand kümmert sich mehr um die zerstörten Fluren. Felder verwildern, Unkraut überwuchert die seit vielen Generationen mühevoll gepflegte Scholle. Das Vieh wird gestohlen und geschlachtet. Pferde und Ochsen fehlen als Spanntiere. Die wenigen Bauern, die sich noch um ihren Grund und Boden kümmern, müssen dies mit ihrer eigenen Hände Kraft erledigen. Hie und da sieht man Frauen und Kinder vor dem Pflug, den der Bauer führt.

Dass diese Arbeit nicht nur schwer, sondern auch gefährlich ist, zeigen die vielen toten Leiber, die draußen auf den Feldern und in den Auen liegen. Umherstreunende Soldaten töten die Menschen in grausamer Willkür und machen es gar zum Wettstreit, wer die meisten erschlagen und deren Frauen geschändet hat.

Besonders hemmungslos gehen die oberbayrischen Fähnlein vor. Herzog Albrecht ist ein gnadenloser Kriegsherr. Alles, was sich ihm in den Weg stellt und nur andeutungsweise niederbayrisch zeigt, wird vernichtet. Kein Unterschied wird zwischen Mensch, Tier und Land gemacht. Seine Truppen setzt er schonungslos ein um Landshut am Lebensnerv zu treffen.

Schon bei der Einnahme Ingolstadts hat Albrecht seine Unbeugsamkeit bewiesen. Markt Schwaben, Erding und Dorfen wurden geplündert und gebrandschatzt. Die Grafschaft Haag hat er sengend und brennend durchzogen. Und hätte der kaiserliche Hauptmann Eitelfritz von Zollern nicht Fürsprache gehalten, so hätten die Oberbayern auch noch die Burg zu Haag niedergebrannt.

Sigmund von Haag eilte, als er von der verheerenden Einwirkung der Münchner Truppen hörte, zum Kaiser.

Die beiden kennen sich schon lange. Sie waren sich stets gut gesinnt, als in den beiden bayrischen Landen noch Frieden herrschte.

Sigmund von Haag stand vor seinem Kaiser und flehte um Gnade für seine Grafschaft und sein Volk. Wie man vernimmt, soll er erreicht haben, dass der Kaiser den Abzug der oberbayrischen Truppen anordnete, weil der Haager seine Neutralität bekundete.

Mit Haag aber ließ es Herzog Albrecht nicht bewenden. Alle, die den Landshutern die Erbhuldigung bewiesen oder mit ihnen sympathisierten, wurden bestraft.

Albrecht zog mit seiner Kriegsmacht ins Niederbayrische. Eggenfelden, Rottalmünster, Landau und Vornbach wurden beschossen oder niedergebrannt. Die ganze geballte Wut der Münchner entlud sich gegen Landshut.

Das fruchtbare niederbayrische Land ist verwüstet. Der Ring um Landshut wird immer enger. Die Lagerhäuser, Vorratsschuppen und Getreidespeicher sind geplündert oder verbrannt. Unsäglichen Hunger leiden Bauern und Bürger.

In Landshut selbst herrschen unerträgliche Zustände. Die Menschen leben zusammengepfercht in Häusern und Schuppen; die Allerärmsten, die vor den Heeren Albrechts geflüchteten Bauern, schlafen zu Tausenden auf Straßen und Plätzen in erbärmlichen Verhältnissen. Sie ernähren sich von Abfällen, von Ratten, Hunden und Katzen.

Und was noch schlimmer ist, Herzog Albrecht schickt Brunnenvergifter aus. Im nördlichen Niederbayern, so in Cham, hat man schon etliche festgenommen, die sich an verschiedenen Brunnen zu schaffen machten. Zwei von ihnen hat man gleich und ohne Prozess hingerichtet.

Herzog Ruprecht, der wieder nach Landshut zurückgekehrt ist, hat große Sorgen deswegen. Denn Brunnenvergifter machen nicht vor den Wasseranlagen der hohen Herren halt. Auch sein Becher Wasser könnte eines Tages vergiftet sein. Vor wenigen Tagen hat man auch in Dingolfing, vor den Toren Landshuts, Giftmischer gefangen.

Trotz allem kämpfen die Landshuter Hauptleute zwischen Cham und Chiemgau, zwischen Schwaben und Böhmen verbissen weiter. Wo es geht, wird zurückgeschlagen. Sie plündern, rauben und morden und sie ziehen, ebenso wie Albrechts und des Kaisers Truppen, eine schreckliche Blutspur hinter sich her.

In das einst blühende Niederbayern fährt der grausige Tod mit scharfer Sense.

Zu all der Not bricht die Ruhr in den Elendsunterkünften Landshuts aus. Nach wenigen Tagen bereits liegen Hunderte, ja Tausende, krank oder tot auf Straßen und Plätzen. Schlimmer als eine Feuersbrunst jagt die Krankheit durch die Gassen, Winkel und über die Plätze. Sie rafft hinweg, was ihr begegnet. Keiner ist mehr sicher vor Ansteckung, ob reich oder arm.

Und das Elend beschränkt sich nicht nur auf die Stadt Landshut. Es breitet sich auch im Gau aus mit der Geschwindigkeit des Windes.

Niederbayern ist ein Jammertal.

❧

An allen Ecken und Enden des Bayernlandes lodert die Flamme des Krieges.

Im Markt zu Rosenheim aber gibt es bisher nur den kleinen Krieg, den zwischen den Landshuter Besatzern und den Bürgern. Doch der ist nicht minder bösartig.

Die Landsknechte wissen vor Langeweile oft nichts mit sich anzufangen und so vergreifen sie sich an der Bevölkerung. Willkürliche Belästigungen, Schlägereien in den Schänken; ein Übermaß an Bier und Schnaps fördert dazu ihre Streitlust.

Gestern hat in einer Auseinandersetzung der Hauptmann Seitz von Terring einem Rosenheimer Fuhrknecht eine tiefe Wunde am rechten Arm geschlagen. Das war drüben in der Schänke neben dem Rathaus.

Die Schankdirn sollte dem Hauptmann einen frischen Becher Wein bringen. Zwei Tische weiter saßen Schiffsknechte. Auch dort ging der Wein zur Neige. Die Schiffsknechte hatten den Wein schon früher bestellt als der Seitz von Terring. Der aber meinte bevorzugt bedient werden zu müssen.

Als die Dirn den Wein zuerst den Knechten hinstellte, sprang der Seitz von Terring wutentbrannt auf und riss dem einen der Innschiffer den Becher aus der Hand. Der Wein schwappte aus dem Becher und über das Wams des Seitz von Terring. Mit einem wilden Schrei schleuderte der den noch halbvollen Becher nach dem Knecht und traf ihn damit am Kopf. Der Schiffsknecht stolperte nach rückwärts, und wären nicht die anderen Schiffsknechte aufgesprungen um ihn aufzufangen, wäre der Getroffene böse gestürzt.

Nun ging's los.

Der Seitz von Terring und einige andere Landshuter Landsknechte zogen ihre Schwerter und schlugen unvermittelt auf die Rosenheimer ein. Die Knechte hoben die schweren Holzstühle zur Abwehr hoch und versuchten sich zu verteidigen, so gut es ging. Dabei flüchteten sie, die Stühle vor sich haltend, rückwärts hinaus zur Schänke.

Der am Kopf verletzte Knecht aber, der in vorderster Linie stand und von dem Schlag noch ganz benommen war, konnte nicht mehr richtig reagieren. Der wütende Seitz von Terring drosch auf den Holzstuhl, den der Knecht schützend vor sich hielt, wie ein Berserker ein. Dabei führte er letztlich einen so mächtigen Hieb, dass er den Stuhl zerschlug und dabei mit der Spitze seines Schwertes den Oberarm des Schiffsknechtes traf. Der warf vor Schmerz den halb zerschlagenen Stuhl dem von Terring an den Schädel und flüchtete durch die offene Tür, hinaus ins Dunkel der Nacht.

Der Seitz von Terring lag am Boden, blutete aus der Nase und eine dicke rote Beule drang sichtbar mitten aus seiner Stirn. Die Soldaten halfen dem Hauptmann sogleich auf und setzten ihn auf einen Stuhl.

Die Schankdirn, die den Tobsuchtsanfall des Seitz von Terring aus der Ecke hinter dem großen Faß ängstlich beobachtet hatte, holte schnell einen Zuber mit Wasser und ein Tuch um dem Hauptmann das Blut aus dem Gesicht zu waschen und seine Stirn zu kühlen.

Als der Seitz von Terring die Dirn vor sich sah und sie als diejenige erkannte, die ihm den Wein nicht rechtzeitig gebracht hatte, sprang er auf, schlug ihr den Zuber aus den Händen, dass das Wasser nur so herumspritzt, und gab ihr einen so heftigen Stoß vor die Brust, dass das zarte Ding den Boden unter den Füßen verlor und seitlich zwischen die Tische und Stühle hineinkrachte. Dort blieb sie benommen liegen. Ängstlich kam der Wirt herbei und zog sie in den Schutz des großen Fasses zurück.

»Ich lass mich von so einem Hurenweib nicht bedienen«, schrie der Seitz mit blutunterlaufenen Augen. Dann machte er kehrt und stapfte zur Tür. Am Eingang stand ihm ein Stuhl im Weg, den die flüchtenden Knechte hinterlassen hatten. Den hob er auf und schleuderte ihn wütend ins nächstgelegene Fenster der Wirtsstube, dass die Butzenscheiben krachend und splitternd aus der Bleiumrahmung ins Freie fielen.

Dann rannte er hinaus.

»Morgen«, schrie er draußen auf der Schranne, »morgen zahl ich's euch heim, ihr verdammtes Rosenheimer Gesindel.«

Wie ein Lauffeuer hat es sich herumgesprochen, dass der Seitz von Terring gestern spät nachts Ärger gemacht hat.

Jetzt kann es auch nicht mehr lange dauern, bis der Hauptmann im Rathaus auftauchen und dem Bürgermeister erneut Vorhaltungen machen wird.

Aber der Cronast und seine Räte sind schon vorgewarnt. Der Hauptmann soll nur kommen! Schließlich hat der Seitz von Terring angefangen und alles wird man sich im Rat auch nicht gefallen lassen!

Doch niemand kommt.

Es ist still im Markt!

Wahrscheinlich schlafen die Rabauken noch immer ihren Rausch aus.

Die Herren unterhalten sich gerade gedämpft in der Ratsstube über den gestrigen Vorfall und das mögliche weitere Vorgehen, da stürmt der Schreiber Schmidinger die Treppe herauf; aufgeregt reißt er die Türe auf und berichtet, was ihm gerade der Willhard Lechl, der im Schreiberzimmer unten wartet, mitgeteilt hat.

Nämlich, dass auf der Straße von München her ein Fähnlein unterwegs sei. Der Lechl, ebenfalls von München kommend, habe es überholt, gleich hinter Aibling war's. Es kann nicht mehr lange dauern, so hat der Reiter gemeint, zwei Stunden vielleicht, dann sei es im Markt.

Weil aber der Lechl ein neugieriger Mensch sei, habe er sich herangepirscht und festgestellt, dass es sich um ein Münchner Fähnlein handle, denn sie hätten eine weiße Fahne mit rotem Kreuz mit sich geführt. Da wisse man, dass sie albrechtisch seien. Die Landshuter haben's umgekehrt: rotes Fahnentuch mit weißem Kreuz. So eine Fahne sei auch auf der Schranne. Die hatte seinerzeit der Hauptmann Ludwig von Leonstein aufstecken lassen und verkündet, dass die Fahne so lange dort bleibe, als auch Landshuter Truppen im Markt zu Rosenheim lägen.

Der Bürgermeister befielt dem Schreiber den Willhard Lechl sofort heraufzuholen.

Kaum erscheint der Lechl in der Tür, fordert der Bürgermeister ihn auf: »Lechl, der Schreiber hat uns schon einiges gesagt. Du hast gemerkt, dass es keine Feinde sind, also erzähl weiter!«

»Als ich sicher war, dass es keine Feinde sind, bin ich auf

den Anführer des Fähnleins zugeritten und habe mich zu erkennen gegeben. Ich komme von München, habe ich gesagt. Ich bin Reiter des Marktes zu Rosenheim und auf dem Weg dorthin. Ihr seid albrechtisches Fähnlein, wie ich seh, hab ich gesagt. – ›Recht so, du Klugscheißer‹, rief der Hauptmann und fuhr fort: ›Das fügt sich gut! Reite du voraus und sag dem Rosenheimer Bürgermeister, wir werden den Markt von der Landshuter Pestbeule befreien. Der Bürgermeister aber soll aufpassen, dass die fremden Truppen nichts erfahren von unserer Absicht.‹ – So was hab ich gerne gehört, denn mir liegt diese wilde Horde, die sich im Markt herumtreibt, sowieso schon arg lange im Magen. So geb ich schnell meinem Pferd die Sporen und dann ruf ich noch zurück: Ich freu mich, wenn ihr vor unseren Toren erscheint. Auf Herzog Albrecht! – ›Auf Herzog Albrecht!‹, brüllt mir der Anführer des Fähnleins nach und dann noch: ›Einen schönen Gruß vom Hauptmann Jörg von Au!‹«

Dann macht der Willhard Lechl eine Pause um nach Luft zu schnappen und fährt fort: »Ich denke, es wird schon noch etwas dauern, bis sie die Tore unseres Marktes erreicht haben werden. Denn nur der Hauptmann und sein Fähnrich haben ein Pferd. Die anderen Landsknechte sind Hellebardiere, Lichtschützen und Lanzenträger und die bewegen sich zu Fuß. Zwei Stunden werden's schon noch sein.«

Nach diesem Bericht sind alle Ratsherren einhellig der Meinung, den Bürgern einsagen zu müssen, dass sie sich in ihre Häuser zu verkriechen haben und erst wieder heraus sollen, wenn alles vorbei ist.

Den Torwächtern am Münchner Tor wird aufgetragen, so schnell als möglich, aber so, dass die Landshuter Belagerer es nicht mitbekommen, die Brücke am Tor herabzulassen und das Tor offen zu halten.

Der Lindl-Götz wird vom Münchner Tor zum Inntor beordert. Das Risiko, dass er in seiner Beschränktheit alles hinausposaunen könnte, ist zu groß. Der Bürgermeister lässt ihm ausrichten, dass von der Innlände Waren erwartet werden, die besonders zu kontrollieren seien; er, der Bürgermeister, werde später auch noch dorthin kommen.

Der Lindl-Götz watschelt daraufhin die Schranne entlang und meldet in alle Richtungen, ohne ihn und dem Bürgermeister gehe da am Inntor sowieso nichts mehr, weil wichtige Waren kämen.

Am Münchner Tor hat jetzt der Stettner das Kommando übernommen; auf den ist Verlass.

So wie's der Willhard Lechl vorausgesagt hat: Kaum sind zwei Stunden vergangen, da taucht auch schon der Hauptmann Jörg von Au mit seinen Leuten auf.

Sofort befiehlt der Stettner seinen Torknechten sich zurückzuziehen und schickt einen von ihnen, den Anselm Koller, mit der Neuigkeit zum Rathaus.

Eilig läuft der Koller die Häuserzeile der Schranne entlang. Auf Höhe des Stier-Anwesens, gerade als er zum Rathaus hinüber will, stolpert er und schlägt voll aufs Pflaster. Der Helm rollt scheppernd über die Steine, die Hellebarde liegt unter ihm, der Schaft ist angebrochen.

Halb benommen rappelt er sich auf. Da greifen grobe Fäuste von hinten an seinen Gürtel, reißen ihn vollends hoch.

Der Hauptmann von Bodmann und drei weitere Landshuter Soldaten umringen ihn hämisch grinsend. Jetzt merkt der Torknecht Koller erst, dass er nicht über einen Pflasterstein oder seine eigenen Füße gestolpert ist, sondern über das gestreckte Bein des von Bodmann.

»Warum so eilig, Knecht?«, fragt misstrauisch der Hauptmann. »Was gibt's?«

»Nichts, Euer Gnaden«, meint der Torknecht verdattert und ist immer noch ein wenig benommen.

»Red keinen Unsinn, Mann! Wenn es ein Torknecht eilig hat, tut sich was. Also, was gibt's?«

»Ich hab schon gesagt, nichts …«

Aber da ist es schon geschehen. Bevor der Koller den Satz zu Ende bringt, gibt ihm einer der Landsknechte einen kräftigen Schlag aufs Auge und brüllt: »Lüg nicht, Du Lump!«

Den Torknecht Koller dreht es auf der Stelle. Während er fällt, landet die Faust eines anderen mitten in seinem Bauch. Auf dem Rücken kommt der arme Kerl zu liegen und krümmt sich wie ein Aal. Und da steht auch schon der Hauptmann von Bodmann mit einem Stiefel auf seinem Hals und tritt kräftig drauf.

»Also, warum hast du's so eilig? Wenn du nicht gleich redest, lass ich dir den Bauch aufschlitzen!«

Was soll der arme Mensch machen?

Was der Anselm dem Bürgermeister zu berichten hat, soll geheim bleiben, das hat im der Stettner aufgetragen. Aber wenn er nicht redet, lässt ihn der Hauptmann umbringen. Das geht bei den Landshutern schnell. In der nächsten Minute kann er schon ein toter Mann sein. So dreht sich der Torknecht Koller halb zum Münchner Tor und deutet mit der Linken hinauf. »Münchner kommen, dort!«

Mit einem kräftigen Fußtritt in die Seite lässt der von Bodmann von ihm ab. Er fühlt sich in seinem Misstrauen bestätigt.

Dann brüllt er: »Alarm, alles an das Münchner Tor!« und läuft selbst da hinauf. Schnell folgen ihm die drei anderen. Der Rest seines Fähnleins stürmt aufgeregt aus den Häusern und vom Zeughaus her auf die Schranne.

Der arme, geschundene Torknecht Anselm Koller wird von ein paar mutigen Rosenheimern, die sich in das soldatische Durcheinander wagen, aufgenommen und zum Bader hinübergebracht. Er sieht arg zerschunden aus.

Gerade wie der Hauptmann Jörg von Au vor der Zugbrücke am Münchner Tor erscheint und darüberreiten will, wird diese hochgezogen und das Tor verschlossen.

Jetzt ist guter Rat teuer! Alles war so schön eingefädelt und nun drehen ihm die Rosenheimer die Brücke hoch und den Rücken zu.

Der Jörg von Au weiß ja nichts von der leidigen Geschichte zwischen dem Torknecht Koller und dem Hauptmann von Bodmann.

So ruft er hinauf zum Tor: „Heda, ihr Rosenheimer, was soll das? Wollt ihr nicht, dass wir euch befreien?«

Doch es kommt keine Antwort. Eine solche kann auch nicht kommen, weil der Hauptmann von Bodmann und der Seitz von Terring ihre Soldaten in das Tor und in die Wehrgänge geschickt haben. Die Rosenheimer Torknechte hat man festgenommen und ins Turmzimmer eingesperrt.

Draußen vor dem Graben bringt der Jörg von Au seine Soldaten in Stellung.

»Heda, ihr Rosenheimer, lasst die Brücke ab!«, ruft der albrechtische Hauptmann laut gegen das Tor. Doch kaum hat er mit seinem Ruf geendet, da kracht es vom Wehrturm herunter. Die Kugeln zischen um den Jörg herum. Sein Pferd scheut und versucht nach hinten auszubrechen. Der Jörg von Au hat alle Mühe, das Tier im Zaum zu halten. Einmal und noch einmal dreht sich der aufgescheuchte Gaul um seine eigene Achse.

»Zum Donnerwetter, ihr Rosenheimer Esel! Wir sind Münchner! Wir kommen um euch zu befreien! Seid ihr von Sinnen?«

Und schon wieder kracht's vom Turm herunter. Diesmal sind die Kugeln mehr nach links gerichtet.

Dort verursachen sie erheblichen Schaden. Einen der Münchner Landsknechte hat's grässlich erwischt. Eine Kugel muss ihm in den Hals gefahren sein. Eine tiefe Wunde klafft, das Blut spritzt heraus, der Kopf hängt nur noch halb am Körper. Die daneben Stehenden ziehen schnell den toten Kameraden hinter einen kleinen Hügel.

»Zurück, los, zurück!«, brüllt der Hauptmann. Das Fähnlein weicht in die Böschung des Grabens aus. Er selbst wendet sein Pferd und galoppiert in den Schutz von Erlenbäumen und Strauchwerk.

Hinter dem Hauptmann flüchtet der Fähnrich. Ein Schuss kracht und Hals über Kopf stürzt der Fähnrich ins Gras. Aber nicht er ist getroffen, sondern sein Ross liegt am Boden und schlägt mit allen vieren Hufen gen Himmel. Der Fähnrich rappelt sich auf, gibt dem Tier mit seinem Schwert den Gnadenstoß, reißt die zerfetzte Fahne an sich, die er beim Sturz verloren hat, und springt mit einem gewaltigen Satz dem Hauptmann in die Deckung nach.

»Gut gemacht, Fähnrich!«, schreit der Jörg von Au. »So lob ich's mir. Ich werd's dem Obrister melden. Wirst sehen, bald kriegst du auch ein Fähnlein! Solch tapfere Kerle brauchen wir!«

Da erscheint oben am Wehrgang der Hauptmann Seitz von Terring. Lachend brüllt der herunter: »Ihr tätet gut daran, ihr müden Krieger, nach München zurückzureiten und zu berichten, die Landshuter lassen sich nicht so schnell ins Bockshorn jagen, schon gar nicht zu Rosenheim!«

So sieht das also aus, denkt sich der Jörg von Au. Die Rosenheimer haben sich mit den Landshutern verbündet. Sie haben die Niederbayern vor seiner Ankunft gewarnt.

Er gibt aber nicht auf. Schließlich hat auch er in seinem Fähnlein einen Trupp, der mit Schießprügeln bewaffnet ist. Also lässt er laden und die Rohre auf die Schießgabeln legen.

»Nur in die Fenster und Scharten schießen. Wartet auf mein Handzeichen!«, gibt er den Schützen leise durch.

Dann brüllt er aus seiner Deckung heraus: »Zeigt euch, ihr Landshuter Erbschleicher. Ich will eure hässlichen Fratzen sehen, mit denen ihr zwar alte Weiber erschrecken könnt, aber nicht uns!«

Und tatsächlich sieht man in den Fenstern und hinter den Scharten die Landshuter auftauchen. Mitten drin der Hanns von Bodmann.

»Was wollt ihr noch, ihr feigen Memmen. Schaut, dass ihr nach München zurückkehrt!«

Da hebt der Jörg von Au seine Rechte und im selben Augenblick kracht's aus zehn Handrohren, dass der ganze Trupp in grauem, stinkendem Pulverdampf verschwindet.

Am Wehrtor hauen die nicht genau gezielten Kugeln die Steine auf, die Splitter spritzen nach allen Seiten.

Einige Kugeln aber scheinen getroffen zu haben. Im obersten Fenster des Turmes hört man ein lautes Stöhnen, im darunter liegenden ein gottserbärmliches Schreien. Zwei von den Landshutern hat's mächtig erwischt. Beide Seelen sind schon auf dem Weg zur Hölle!

Dem von Bodmann und dem von Terring reicht's nun. Schnell lassen sie die Pistolen und Schießeisen nachladen und weitere aus dem Zeughaus holen. Jetzt wollen sie es den Albrechtischen vor dem Graben zeigen.

Eine Salve nach der anderen jagen sie hinunter auf die Münchner. Viel Schaden können sie allerdings nicht anrichten, weil die Soldaten des Jörg von Au hinter der Böschung liegen und nur schlecht eingesehen werden können. Aber das ist den Landshutern egal. Es wird geschossen, was das Zeug hält.

Der Jörg von Au kann sich kaum bewegen, sonst brennt man ihm von oben eins auf den Pelz.

»Ihr feigen Hunde! Von oben runterschießen kann jeder«, brüllt er zum Turm hin.

»Zeig dich, du krätziger Brüllhals, damit ich dir das Maul stopfen kann«, erwidert ihm der Hauptmann von Bodmann hinter einem Fenster hervor.

»Kommt vors Tor, wenn ihr Mut habt, damit wir euch das Wams aufschlitzen können. Wenn ihr Mut habt, dann sucht den ritterlichen Kampf auf freiem Felde. Hinter Mauern verstecken sich nur Feiglinge und alte Weiber!«, brüllt der Au munter weiter hinauf.

»Fahr zur Hölle!«, gibt der von Terring zurück und schon wird er von einer weiteren Salve seiner Schützen tatkräftig unterstützt.

Der Jörg von Au hat kein Glück mit seiner Absicht, die Landshuter ins Freie zu locken. Das Einzige, was ihm übrig bleibt, ist der Rückzug. Also gibt er das Kommando, sich langsam weiter hinten, also außerhalb der Reichweite der feindlichen Kugeln, zu sammeln. Dem Befehl folgen die Münchner gerne, weil sie einsehen müssen, dass denen im Turm so nicht beizukommen ist.

Der Seitz von Terring feixt vom Wehrturm herunter. »Ich

hab's euch gesagt: Wer sich mit uns anlegt, zieht den Kürzeren. Kehrt nach München zurück und berichtet eurem Herzog und eurem Kaiser, dass seine Soldaten feige Memmen sind.«

»Wir kommen wieder, dann geht's euch allen an den Kragen. In einem ehrlichen Kampf machen wir den ersten Stich!«, brüllt der Jörg von Au zurück; er ist wütend.

Aber was soll er machen? Soll er seine Soldaten in einen aussichtslosen Kampf hetzen? Nein, die Gelegenheit wird sicherlich ein andermal günstiger sein. Er formiert sein Fähnlein und zieht sich in Richtung Aibling zurück.

Den toten Kameraden scharren sie vorher noch unterhalb des Roßackers in die kühle Erde.

Die Landshuter haben erreicht, was sie wollten. Das macht sie ausgelassen.

Ein paar von ihnen müssen am Tor als Wache zurückbleiben, das hat der Hauptmann von Terring so angeordnet, die anderen aber ziehen grölend zum Zeughaus. Lustig wird's heute noch. Dass die Becher kreisen werden, ist sicher, aber was sonst noch kommt, wird sich zeigen. Lust hätten sie allemal! Zum Roßacker hinaus ist es nicht weit!

❧

Die Rosenheimer haben dem ganzen Treiben mit gemischten Gefühlen zugesehen. Das hat sich so gut angelassen. Dann hat der dumme Zwischenfall mit dem Torknecht Koller alles verdorben, bevor es anfing.

Der Bürgermeister, die Ratsherren und der Herr Pfarrer sitzen in der Ratsstube zusammen und lassen das Vergangene mit Groll noch einmal an sich vorüberziehen. Dem Bürgermeister Erasmus Cronast geht die Galle über.

»Wir könnten jetzt schon befreit sein von dem Landshuter Übel! Verdammt noch einmal! Warum hat das so ausgehen müssen!« Dabei schlägt er wütend mit der Faust auf den Tisch.

»Keine Vorwürfe«, meint der Peter Wider. »Du kannst

nichts dafür, Bürgermeister – und der Torknecht Anselm auch nicht. Wir müssen abwarten.«

»Wir hätten denen da draußen helfen sollen«, meint der schlaue Freudenreich großmäulig.

»Wie denn?«, fragt der Bürgermeister böse.

»Ganz einfach; während die Münchner über den Graben geschossen haben, hätten wir sie vom Markt heraus angreifen sollen.«

»Warum kommst jetzt erst daher mit deinem Ratschlag, Freudenreich?«, will der Scheuchenstuel wissen.

»Ich hab ja vorher keine Gelegenheit gehabt mit euch zu reden. Wie's angefangen hat zu krachen, habt ihr euch alle in den Ecken verkrochen und die Schwänze eingezogen. Wie hätte ich da gegen die Landshuter einen Krieg anfangen sollen?«

Der Bürgermeister und die Räte schauen den Freudenreich mit großen Augen an. Jetzt verschlägt es ihnen aber wirklich die Sprache.

Der Bürgermeister fängt sich als Erster. Er schüttelt den Kopf und meint: »Freudenreich, du bist ein hoffnungsloser Fall. Manchmal mein ich, es wär besser gewesen, du wärst zu den Soldaten gegangen als ein Ratsherr geworden.«

Da meldet sich der Herr Pfarrer: »Cronast, meinst nicht, wir sollten dem Münchner Fähnleinführer sagen, dass wir Rosenheimer zu unserem Herrn Albrecht stehen? Wir sollten den Hauptmann von Au über unsere missliche Lage aufklären!«

»Hochwürden«, erwidert der Bürgermeister erfreut über diesen Vorschlag, »das ist ein schlauer Gedanke. Es wäre sicherlich nicht gut, wenn die Münchner einen falschen Eindruck von uns mit nach Hause nehmen würden.« Dann wendet er sich dem Freudenreich zu: »Freudenreich, wenn wir schon nicht unseren Markt verteidigt haben, wie du es gern gesehen hättest, so kannst du jetzt mithelfen Rosenheim ins rechte Licht zu rücken. Stell einen Reiter zur Verfügung und schick ihn dem Hauptmann Jörg von Au nach. Lass ihm die wahre Geschichte ausrichten und dass uns die Sache Leid tut.«

Der Freudenreich macht ein saures Gesicht, steht vom Tisch auf und verlässt murrend die Ratsstube. »Ausgerechnet ich …«

Die Herren Räte feixen ihm gehörig nach.

Lediglich der Herr Pfarrer lässt sich nichts anmerken und trägt eine ernste Miene zur Schau. Innerlich aber freut er sich ebenso wie die anderen, dass das Großmaul Freudenreich eine kleine Abreibung bekommen hat. Ein bisschen Schadenfreude, denkt sich Hochwürden, ist durchaus vereinbar mit der christlichen Lehre.

Der Bürgermeister steht auf und will gehen, da kommt ein Herold ganz aufgeregt die Treppe heraufgepoltert.

»Wichtige Nachricht von Landshut«, schnauft er. »Herzog Ruprecht ist tot.«

Als hätte er es nicht richtig verstanden, fragt der Bürgermeister: »Wer ist tot?«

»Herzog Ruprecht!«, wiederholt der Herold laut und vernehmlich.

Als die Rosenheimer es das zweite Mal hören, scheinen sie erst die Tragweite der Meldung richtig zu begreifen.

Der Peter Wider meint: »Das ist eine Fügung Gottes. Jetzt gibt's nur noch einen Herzog und der heißt Albrecht!«

Da steht der Herr Pfarrer langsam auf, schlägt das Kreuz und spricht dabei salbungsvoll: »Requiescat in pace.«

Die Herren Räte, des Lateinischen unkundig, schauen ihn mit großen Augen an. Hochwürden merkt dies und meint erklärend: »Er möge in Frieden ruhen.«

»Ja, jetzt ist endlich Frieden!«, ruft der Schmidinger. Die anderen sehen sich stumm an. Frieden?

»Hört ihr, Frieden!«, ruft der Schmidinger deshalb noch einmal laut und eindringlich.

Jetzt haben sie's begriffen. Erst vereinzelt, dann immer lauter jubeln sie los und fallen sich in die Arme. »Frieden! Frieden! Frieden!«

Der Herold unterbricht das Geschrei und dämpft die Freude: »Halt, liebe Leute, langsam. Mit dem Frieden ist's nicht so gut bestellt, wie Ihr glaubt.«

Lange, fragende Gesichter. »Warum? Wieso? Weshalb?«

»Der Verstorbene hinterlässt seine Witwe Elisabeth und die will den einmal begonnenen Streit fortsetzen. Dass sie es ernst meint, entnehmt folgender Tatsache: Ihr Gemahl Ruprecht ist am 6. August verstorben und erst vierzehn Tage später, also gestern, hat Elisabeth den Todesfall öffentlich gemacht.«

»Das ist ja grausig«, entfährt es dem Scheuchenstuel. »Vierzehn Tag' lässt die den toten Herzog rumliegen.«

»Sie will den Kampf alleine weiterführen«, verkündet der Herold stolz. Er ist auch ein Landshuter.

Der Bürgermeister will nicht glauben, dass der Krieg weitergeht. Unmöglich, denkt er, eine Frau als Feldhauptmann, eine Frau an der Spitze eines wilden, ungezügelten Heerhaufens. Dass Elisabeth Mut hat, weiß man. Aber ein Heer zu führen, dreißigtausend Mann stark, wie man hört, das traut er ihr nicht zu.

»Den Kampf alleine weiterzuführen wird ihr nicht gelingen.«

Der Herold aber scheint es besser zu wissen. Er kommt von Landshut, kennt die Herzogin und weiß um die Verhältnisse am Hofe genauer Bescheid als jeder hier im Markt: »Täuscht Euch nicht! Elisabeth hat ihre Hauptleute auf sich erneut eingeschworen und sich jetzt an die Spitze des kriegerischen Unternehmens gestellt. Vierzehn Tage hat das gedauert, dann hat sie alle auf ihrer Seite gehabt. Und so lange hat sie den Tod Ruprechts verschwiegen. Ich komme gerade vom Hauptmann Seitz von Terring, dem ich diese Botschaft ebenfalls überbracht habe. Ihr hättet ihn sehen sollen, wie er gejubelt hat, als ich ihm sagte, der Krieg gehe weiter. Und noch lauter haben die Obrister-Hauptleute zu Landshut gejubelt!«

»Ich muss weiter: Gott mit euch!«

Schon poltert er die Treppe des Rathauses hinab und hinaus geht's im Galopp zum Tor in Richtung Kufstein.

Die Rosenheimer schauen ihm fassungslos nach.

Der Bürgermeister spricht aus, was sie alle denken: »Verdammt noch mal, hat denn der Herrgott kein Einsehen mit dem geschundenen Volk. Für uns heißt's immer nur den Kopf hinhalten. Warum hilft uns denn keiner?«

❧

Der Hauptmann Jörg von Au führt mit grimmiger Wut im Bauch sein Fähnlein in Richtung Aibling. Wie sie über die kleine Brücke an der Kalten kommen, ruft einer der vorausgeeilten Späher aufgeregt: »Feurio, Feurio, dort drüben!« und fuchtelt wie wild mit seinem Spieß in Richtung eines hellen Feuerscheins.

Sofort gibt der Jörg von Au seinem Pferd die Sporen und ruft dem Fähnrich zu, der mit den Landsknechten zu Fuß marschiert, seit er bei dem Scharmützel vor Rosenheim sein Pferd eingebüßt hat: »Ich schau mir das aus der Nähe an. Komm du schnell mit den anderen im Laufschritt nach!«

»Ist recht, Hauptmann!«, ruft der Fähnrich und brüllt dann laut: »Marsch, im Laufschritt.«

Der Jörg von Au prescht in Richtung Feuerschein davon.

Kurz vor der Brandstelle stehen Männer und Frauen ängstlich am Wegesrand. Kleine Kinder klammern sich an die Rockzipfel der Mütter.

Beim Anblick des heranjagenden Hauptmanns versuchen die Bauersleute im Straßengraben Deckung zu suchen.

»Keine Angst, Leute, ich tu euch nichts. Sagt, wer euch die Häuser angezündet hat und warum!«

Einer der verängstigten Bauern kommt aus dem Graben gekrochen und tritt vor den Hauptmann. »Gnädiger Herr, das waren ruprechtische Soldaten. Die hausen oben auf dem Schloss beim Pfleger Perckhofer. Die sind einfach gekommen, haben unsere Sauen gestohlen, die Häuser und Stadel angezündet und uns aus dem Dorf gejagt, damit wir nicht löschen können. Drei von uns haben sie erschlagen und fünf von unseren Dirndln mitgenommen.«

»Wann war das?«

»So vor einer halben Stunde. Richtung Inn sind sie. Wahrscheinlich wollen sie zur Rosenheimer Brücke und dann aufs Schloss hinauf.«

»Wie heißt euer Dorf?«, will der Jörg von Au wissen.

»Wir nennen's Aufm Wasn.«

Während der Jörg noch mit den verängstigten Bauern redet, kommt der Fähnrich mit den Soldaten im Laufschritt angehetzt.

»Fähnrich, nimm dir ein Pferd dort von der Koppel und sieh zu, wo die ruprechtischen Lumpen geblieben sind. Die Bauern sagen, sie halten sich am Inn auf. Wenn du sie gesehen hast, melde es uns. Wir kommen nach.«

Da jagt »Hoi!« und »Hopp!« schreiend und in eine riesige Staubwolke eingehüllt der vom Freudenreich in Marsch gesetzte Rosenheimer Reiter auf die Gruppe zu. »Heda, seid ihr das Fähnlein vom Jörg von Au?«

»Der Hauptmann bin ich und das Fähnlein ist meins! Was willst du?«

Schon steht der Reiter in der Staubwolke neben dem Jörg von Au. »Gnädiger Herr, der Rat von Rosenheim schickt mich um Euch zu sagen, dass es ihm Leid tut wegen Eures missglückten Überfalls auf den Markt!«

»Das erstaunt mich. Haben die Pfeffersäcke jetzt eine Kehrtwende gemacht oder was soll dein Gerede?« Der Jörg von Au erwidert scharf und zeigt damit seinen Unmut an.

»Nein, gnädiger Herr. Das war so: …«

Und nun erzählt der Reiter den ganzen Hergang vom armen Torknecht Koller, von der Entwaffnung der Wache und der Besetzung des Münchner Tores durch die Landshuter. Und dabei verwendet er immer wieder den Satz: »Das tut uns Rosenheimern wirklich Leid!«

Der Hauptmann Jörg von Au macht nun ein etwas zufriedeneres Gesicht als vor einigen Stunden beim Abzug vom verschlossenen Münchner Tor.

»Ich freu mich, dass die Rosenheimer doch auf unserer Seite stehen. Ich hab schon ernsthaft daran gezweifelt. – Diesem Landshuter Pack werde ich noch kräftig aufmischen, das schwör ich euch! Da, seht, jetzt haben sie das Dorf geplündert und angezündet und sind jetzt auf dem Weg zum Schloss. Dafür werd ich sie jagen wie die Hasen!«

Dabei deutet er auf das Dorf Aufm Wasn, das bis aufs letzte Haus niedergebrannt ist.

»Gnädiger Herr«, meint der Rosenheimer Reiter, »kann ich Euch den Weg zeigen, wo die Horde entlang muss? Bei mir ist's egal, ob ich am Innweg oder über die Wiesen in den Markt zurückreite.«

»Recht so, Freund!«, ruft der Hauptmann von Au begeistert.

Während der Reiter noch redet, läuft der Fähnrich zur Koppel, ein Sprung aufs Pferd und ohne Sattel und Zaumzeug galoppiert er mit dem Rosenheimer in Richtung Inn davon.

»Wenn einer von euch Mannsbildern mit uns will, so hol er sich Sense und Dreschflegel, denn wir können jeden von euch gebrauchen!«

Der Aufruf des Jörg von Au an die umstehenden Bauern wird begeistert aufgenommen und schon stehen sechzehn bewaffnete Wasner mitten unter dem Münchner Fähnlein.

»Marsch!«, brüllt der Jörg von Au und die Kolonne setzt sich in Bewegung.

Der Fähnrich und der Rosenheimer Reiter haben die Übeltäter bereits ausgemacht. Vorsichtig pirschen sich die beiden durch die Büsche und das Gestrüpp heran. Das geschieht auf Höhe des Dorfes Happing.

Die Landshuter Soldaten ziehen grölend auf dem Uferweg in Richtung Innbrücke. Sie haben's nicht eilig. Vor sich treiben sie die fünf gestohlenen Schweine her, hinter sich ziehen sie die wehrlosen Dirndl an Stricken nach.

Es dauert auch nicht lange, da kommt der Hauptmann Jörg von Au schon angehetzt.

»Los Männer, wir jagen dem Lumpenpack nach und schmeißen es in den Inn!«

Der Hauptmann ist kaum noch zu halten. Immer mehr treibt er seine Leute an.

Die Innbrücke ist schon in Sicht, die Übeltäter kurz davor.

Diese müssen aber zwischenzeitlich gemerkt haben, dass sie verfolgt werden. Im Eilschritt streben sie der Brücke zu.

Von den Dirndln haben sich die Landshuter befreit, weil sie die Flucht beeinträchtigen. Die armen Dinger sitzen nun heulend am Ufer.

An der Innlände, kurz vor dem Brückenaufgang, werden die Flüchtenden mit großem Gebrüll der Verfolger gestellt. Sofort beginnt das Hauen und Stechen.

Ängstlich ziehen sich die Schiffsleute und Handwerker, die sich auf der Lände aufhalten, hinter die Scheunen und die an Land liegenden Plätten zurück.

Wild dreschen die Leute des Jörg von Au auf die Landshuter ein. Schon liegen einige tot oder verwundet im Sand. Die anderen flüchten zur Brücke hinauf.

Oben auf dem Schloss haben die Turmwächter die Flucht ihrer Leute auf der anderen Uferseite beobachtet und gleich Hilfe nach unten zur Brücke gesandt. Nun treffen die einen vom rechten und die anderen vom linken Ufer in der Mitte der Brücke aufeinander.

Der Jörg von Au und sein Fähnrich hauen von ihren Pferden herab alles nieder, was sich ihnen in den Weg stellt. Die Münchner Landsknechte und die Bauern vom Wasn werfen sich ohne auf ihr Leben zu achten dazwischen.

Im Handumdrehen haben die Leute des Jörg von Au den Widerstand gebrochen und etliche der Landshuter erstochen. Diese merken ihre Schwäche und beginnen sich fluchtartig in Richtung Schloss zurückzuziehen.

Der Jörg von Au hetzt hinterher und bald sind die Brücke und der Weg den Berg hinauf mit Toten und Verletzten übersät.

Und weil nun das Schloss ungeschützt vor ihnen liegt, wird es auch gleich besetzt.

Als kein Widerstand mehr zu spüren ist, sammelt der Hauptmann seine Leute.

Die Bauern schickt der Jörg von Au mit den zwischenzeitlich eingefangenen Sauen und zwei leicht Verletzten heim ins abgebrannte Dorf Aufm Wasn.

Die toten Landshuter werden auf Befehl des Hauptmanns von den Münchnern mit großem Hallo von der Brücke in den Inn geworfen. Ein paar Schwerverletzte sind auch darunter, aber auch sie landen im wilden Wasser und ersaufen kläglich.

Der Hauptmann Jörg von Au ist stolz auf seinen Erfolg. Wenngleich er nicht den Markt zu Rosenheim eingenommen hat, wie es ihm von München befohlen wurde, so ist ihm der Überfall auf die Landshuter Marodeure und die Einnahme des Schlosses wohl gelungen.

❧

Um den Tod Herzog Ruprechts ranken sich wilde Gerüchte. Die Ursache seines Hinscheidens lässt so manche Zweifel aufkommen. Und so schleichen Vermutungen und Verdächtigungen durch die Gassen der gebeutelten Stadt Landshut, an denen durchaus etwas Wahres dran sein könnte.

Da meinen die einen, der Herzog sei, wie so viele Tausende, der Ruhr zum Opfer gefallen. Andere aber sind der festen Überzeugung, es habe sich um Gift gehandelt. Wenngleich die Krankheit, die Ruprecht den Tod bescherte, so verlief, als sei es die Ruhr gewesen, so gibt es aber genug Sorten von Gift, die ähnliche Symptome hervorrufen können und auch in der gleichen Zeit zum Tode führen.

Die Herren Doktores diagnostizierten die Ruhr und bleiben bei ihrer Meinung.

Folgt man aber jenen, die von einem Giftanschlag reden, so ist man schnell bei den Münchnern angelangt: bei Herzog Albrecht, aber auch den kaiserlichen Ratgebern. Es ist sicherlich nicht von der Hand zu weisen, dass den hohen Herren in der oberbayrischen Residenz viel dran gelegen sein muss, den Krieg schnell und vor allem zu ihren Gunsten zu beenden.

Ein Krieg findet nicht nur auf dem Schlachtfeld statt; auch auf dem Parkett der Diplomatie, im Bett einer Hure oder mit einem vergifteten Becher Wein.

Erst neulich, bei der Zusammenkunft des Kriegs- und Hofrates in der Residenz zu München, hat Herzog Albrecht erklärt:

»Meine Herren, ich erwarte, dass die Auseinandersetzungen mit den Landshutern zügig fortgesetzt werden und Ihr zu einem baldigen Ende gelangt!«

»Durchlaucht«, antwortete ihm der Obrister-Hauptmann Hannsen von Sunnenberg, »Ihr wisst, dass es uns nicht leicht fällt, die vielen, aufs ganze Land verteilten Landshuter Scharen in einem Zuge zu erledigen. Wir müssen unzählige Scharmützel führen und unsere Fähnlein mannigfaltig auf das ganze Land verteilen.«

»Ich weiß, lieber Sunnenberg, dennoch meine Ermahnung, ein baldiges Ende einzuleiten.«

Da meinte der Michael von Pientzenau, der ebenfalls zur Besprechung von Kufstein angereist war: »Ein baldiges Ende kann vorerst nicht auf dem Schlachtfelde gesucht werden, hoher Herr. Dazu benötigen wir noch die kaiserlichen Truppen. Doch diese sind, da Kaiser Maximilian zur Zeit noch zu sehr mit Frankreich und der Pfalz beschäftigt ist, im Westen des Reichs, am Rhein, gebunden.«

»Ihr mögt Recht haben, Pientzenau. Doch solltet Ihr Euch – und ebenso Ihr anderen Herren – Gedanken machen, wie die Lage schnell zu unseren Gunsten gewendet werden kann. Nicht immer ist Pulver und Blei die richtige Waffe.« Dabei deutete der Herzog auf den Ritter von Ahaim und den Herrn Wolf von Weichs.

Vom Herzog angesprochen meldete sich der Ritter von Ahaim: »Durchlaucht, wenn das Schwert seine Schärfe verliert, so sollte man sich des Bechers bedienen.«

»Keine schlechte Idee, mein Lieber. Ihr habt doch schon einschlägige Erfahrungen. Aus jenen Brunnen, an denen Ihr vorbeigeritten seid, trinkt keiner mehr. Kümmert Euch darum, dass wenigstens ein Becher daraus auch auf der Trausnitz landet!«

Mit einer tiefen Verbeugung nahm der Ahaim den Auftrag des Herzogs an. Es war ein teuflischer Auftrag. Doch den Krieg führenden Münchnern ist jedes Mittel recht, ihr angestrebtes Ziel zu erreichen.

Herzog Albrecht wendete sich jetzt an seinen Obrister-Hauptmann: »Und Ihr, Sunnenberg, seht zu, dass Ihr die bayrischen Fähnlein ordnet. Ich gehe davon aus, dass unsere Majestät bald den Kriegsschauplatz wechseln wird. Die Auseinandersetzungen am Rhein zeichnen sich positiv für meinen lieben Schwager Maximilian ab. Wenn die kaiserlichen Truppen anmarschieren, so werden wir uns mit ihnen vereinen. Ich denke, Sunnenberg, dann kommt unsere große Stunde, dann seid Ihr dran! Denn so wie es aussieht, braucht Landshut Druck von allen Seiten.«

Der Sunnenberg verbeugte sich freudig erregt. Ihm schlug das Herz vor Freude bis zum Hals. Denn als zuvor der Ritter von Ahaim erklärte, der Krieg könne auch mit anderen Mitteln als mit Pulver und Blei geführt werden, da dachte der Obrister-Hauptmann schon, er sei seines Handwerks enthoben. Doch als der Herzog befahl, das Kriegsbanner weiter wehen zu lassen, war die Welt des von Sunnenberg wieder in Ordnung.

Als die Herren auseinander gingen, meinte der Herzog noch nebenbei zu Michael von Pientzenau: »Und Ihr, mein Bester, seht zu, dass Ihr zu Kufstein meine Geschäfte ordnet. Achtet mir auch gut auf die anderen Städte am Inn. Habt ein Auge besonders auf Wasserburg und lasst die Rosenheimer nicht im Zweifel über mein Wohlwollen.«

Der Pientzenau hörte dies gerne. »Ich werd mich dran halten, edler Herr!«

❧

Ob der Ritter von Ahaim mit seinem Vorschlag, statt des Schwertes den Becher Wein als Mittel der Kriegsführung einzusetzen, Glück hatte, weiß man nicht. Eins aber steht fest: Herzog Ruprecht ist kurz nach dieser Münchner Ratssitzung verstorben.

❧

In der Stadt Landshut herrscht unbeschreibliche Not. Alle Leiden und Schrecken des Krieges vereinen sich in der einst so fröhlichen, blühenden Stadt: Hunger, Krankheit, Tod.

Und nicht viel besser sieht es auf der Burg Trausnitz, oben auf dem Berge, aus. Wenngleich Hunger und Krankheit nicht die schrecklichen Ausmaße wie drunten in der Stadt haben, so ist es das plötzliche Hinscheiden Herzog Ruprechts, das dort den größten Schrecken verbreitet.

Herzogin Elisabeth aber wäre nicht jene mutige junge Frau, von der man mit Achtung und Ehrfurcht spricht, würde sie nicht bald nach diesem Schicksalsschlag die Fäden wieder in die Hand nehmen.

Schon einen Tag nach dem Ableben ihres Gemahls beruft sie auf Burg Trausnitz den Hofrat ein. Umfassend will sie die neue Lage erörtern und wichtige Anweisungen auch sofort in die Tat umsetzen. So wird die Versammlung um jene Herren erweitert, die für schnellen Vollzug derartiger Befehle geeignet sind, weil sie die Zuständigkeit innehaben.

Da ist an erster Stelle Hofmarschall Sigmund von Haag; es sind aber auch der Adam von Törring zum Stein mit dabei, dann Erasmus Seiboltsdorfer, Hanns von Closen, Wilhelm von Rohrbach, Graf Ulrich von Ortenburg, Doktor Sebastian Ilsang und viele andere. Von den Feldhauptleuten allerdings ist nur der Obrister-Hauptmann Doktor Dietrich von Witzleben anwesend, denn alle anderen hohen Offiziere stehen draußen im Felde bei ihren Fähnlein.

Eine tiefe Trauer ist im Versammlungsraum zu spüren.

»Liebwerte Frau«, eröffnet Sigmund von Haag die Beratung, »wir, die gebetenen Herren an diesem Tische, drücken unser tiefstes Beileid in offizieller Form Euch gegenüber aus. Euer Schmerz ist auch der unsere. Alle, die Euch gewogen sind, schließen wir in unsere Gefühle mit ein. Wir möchten Euch versichern, dass wir Eure Hoheit in diesen schweren Stunden nicht alleine lassen werden. Eure Sorgen sind auch die unseren. Verliert deshalb nicht den Mut, der Euch stets begleitet hat!«

»Ich dank Euch, Graf Sigmund, und auch Euch, meine Herren.« Elisabeths Stimme klingt schwach.

Nach kurzer Pause und einem unüberhörbaren Seufzer fährt sie fort: »Der Tod meines herzallerliebsten Gemahls wird den Münchnern gar gefallen. Er wird ihnen sicherlich nicht nur gelegen sein, sondern auch ihr Tun und Handeln wider uns verstärken. Unsere Verbündeten und Freunde aber wird er in dieselbe tiefe Trauer stürzen wie mich. Dies muss vermieden werden!«

Elisabeths klare Rede zeigt, dass sie trotz ihrer Trauer in der Lage ist ihre Gedanken zu ordnen und mutig in die Zukunft zu blicken.

Sigmund von Haag erwidert : »Ihr habt Recht, liebwerte Frau. Den Münchnern kommt das sicherlich gelegen. Ich gehe sogar davon aus, dass sie dieser Tatsache wegen den großen Kampf schnellstmöglich beginnen werden.«

Da spricht geschraubt der Obrister-Hauptmann von Witzleben: »Ich erlaube mir eine arge Befürchtung zu bemerken. Auch unsere eigenen Truppen werden Schwierigkeiten machen, wenn sie vom Tode Herzog Ruprechts erfahren. Denn ein Heer ohne Feldherrn ist wie eine Kanone ohne Pulver! Besonders aber denk ich an die Böhmen. Wenn diese spüren, dass keine starke Hand im Land regiert, dann werden sie scharenweise nach Hause laufen oder ins feindliche Lager überwechseln.«

»Ja, liebwerte Frau, der Doktor Witzleben hat Recht. Sobald die Nachricht ins Land hinausgeht, wird ein heilloses Durcheinander ausbrechen«, meint bedenklich Graf Sigmund von Haag.

Die Herren am Tisch sind derselben Meinung.

»Nun, Graf Sigmund, dann weist mir den rechten Weg um das Schlimmste zu vermeiden!«

»Hoheit, der für mich einzige Schritt, großen Schaden von Landshut abzuwenden, ist Albrecht und dem Kaiser ein Friedensangebot zu unterbreiten. So und nur so können wir unser Land vor dem Untergange retten.«

Elisabeth ist empört. »Glaubt Ihr, Graf, ich würde einen solchen Vorschlag annehmen? Seid Ihr von Sinnen? Ein Friedensangebot an meine Feinde würde einzig und alleine diese begünstigen.«

»Ich tue meine Meinung kund, liebwerte Frau, weil Ihr mich danach fragtet. Ich muss Euch nicht sagen, wie es draußen aussieht und wie ungünstig zur Zeit die Sterne für uns stehen.«

»Ich habe das Gefühl, Sigmund, Ihr steht plötzlich auf Münchens Seite! So ein Vorschlag ist kein Rat, sondern eine Bösartigkeit. Und darf ich Euch daran erinnern, dass Ihr meinem Vater unter Eid versprochen habt der Sache Landshuts treu zu dienen, also auch mir!«

»Hoheit, das tue ich. Es galt und gilt für mich, stets in Treue und Ergebenheit Eurem Vater und Euch zu dienen. Aber es ist auch stets mein Streben, Ehrlichkeit vornan zu stellen. Ich bin kein Speichellecker, der sein Fähnlein nach dem Winde dreht. Deshalb nehmt meinen Rat ohne Voreingenommenheit an.«

Elisabeths Augen funkeln böse. Weggeblasen ist ihre Trauer. Schon ist sie wieder die Kämpferin, wie man sie kennt: »Graf Sigmund, nun sag ich Euch eins: Ihr habt dem Kaiser Neutralität geschworen, als er Eure Grafschaft verwüstete. Das ist bekannt. Wie wollt Ihr mir nun beweisen, dass Ihr nach wie vor auf meiner Seite steht, wenn Ihr solche Reden führt?«

»Ich habe dem Kaiser Neutralität geschworen, indem ich erklärte, keine eigenen Truppen in das Kriegsgeschehen einzubringen. Dieses Versprechen ist mir leicht gefallen, weil die Zahl meiner Soldaten durch die Böhmischen weit mehr als ausgeglichen werden konnte. Ich habe aber dem Kaiser nicht versprochen, Euch auch in meiner Funktion als Hofmarschall zu vernachlässigen oder gar zu verraten, wie Ihr mir das jetzt unterstellt. Ich halte zu Euch wie eh und je!«

Dieses Treuebekenntnis des Grafen lässt Elisabeth etwas milder klingen, als sie sagt: »Ich nehm's zur Kenntnis, Sigmund. Doch müsst Ihr mir glauben, dass der vorhin abgegebene Ratschlag auf ein Friedensangebot mich stutzig machte.«

Ein Aufatmen geht durch die Runde. Eine ernsthafte Auseinandersetzung, wie sie sich andeutete, konnte durch die klugen Worte des Hofmarschalls vermieden werden. Allen Teilnehmern am Gespräch ist bewusst, dass der Graf dem Kaiser zwangsläufig entgegenkommen musste um nicht sein Land zu verlieren. Sie wissen aber auch, dass trotz der erklärten Neutralität Graf Sigmund zu Haag bisher immer nur das Beste für Landshut erreichen wollte.

Dessen ist sich Elisabeth ebenfalls bewusst; nur widerstrebt es ihr, an Friedensangebot, Unterwerfung oder gar Niederlage zu denken. Deshalb erklärt sie: »Ihr Herren, mein Entschluss steht fest: Wir werden diesen Kampf nicht beenden! Gebt mir also Ratschläge, die nicht von Rückzug, sondern von Vorwärtsstürmen bestimmt sind.«

Da meldet sich wieder der Doktor von Witzleben: »Hohe Frau! Ich darf noch einmal an das vorhin Gesagte anknüpfen. Die Truppe darf nicht in Unordnung geraten. Deshalb sollte unser Augenmerk in erster Linie auf sie gerichtet sein!«

»Zweifelt Ihr an meiner Entschlossenheit, Witzleben?« Die Worte Elisabeths klingen vorwurfsvoll.

»Nein, liebwerte Frau! So wie ich Euch kenne, habt Ihr stets mehr Mut bewiesen als mancher von uns in dieser Runde. Doch bedenkt die Lage: Allein die Nachricht vom Tode Eures Gatten wird Unruhe ins ganze Land hinaustragen. Schnell wird uns der Sturm dann ins Gesicht blasen.«

»So müssen wir eben verhindern, dass Sturm aufkommt!«, ist die kurze Erklärung des Grafen von Haag.

»Besser gesagt als getan. Wie wollt Ihr das auf die Reihe bringen?«, fragt der Adam von Törring zum Stein.

»Ja, Sigmund, erklärt mir das bitte genauer.« Die Herzogin sieht den Grafen wieder versöhnlich an. Die Herren am langen Tische sind höchst interessiert an der Lösung des Problems.

»Liebwerte Frau, so hört meinen Vorschlag: Im Verlaufe der Auseinandersetzungen hat sich die Kriegsführung mehr und mehr auf Euren Gemahl konzentriert. Die Herren Obrister haben zwar manchmal Scharmützel glorreich bestanden; auch Ihr habt kräftig von Landshut aus mitgestritten. Doch draußen im Felde war Herzog Ruprecht der große Feldherr. Diese Stelle ist nun vakant. Wenn Ihr den Kampf weiterführen wollt, so müsst Ihr diese Position neu besetzen. Ich frage Euch, Hoheit, und auch Euch, meine Herren: Kann das einer unserer Obrister-Hauptleute? Ich sage freiweg nein, denn allen fehlt der Glanz der Geburt!«

»Sigmund von Haag, wollt Ihr damit sagen, ich soll die Führung des Heeres übernehmen?«

»Das will ich damit sagen, Hoheit. Wenn Ihr weiterkämpfen wollt, so seid Ihr es, die unser Land vor dem Untergang retten kann. Euer Herr Vater hat Euch zu seinen Lebzeiten zur Nachfolge bestellt. Wer die Nachfolge in Anspruch nehmen will, muss auch den Mut haben, die Aufgabe der Regentschaft in vollem Umfange zu übernehmen!«

Erwartungsvolle Stille herrscht im Raum.

Elisabeth sieht den Grafen nachdenklich an. Die hohen Herren halten den Atem an.

Da erhebt der Obrister-Hauptmann von Witzleben seine

Bedenken: »Herr von Haag, Ihr seid ein kluger Kopf. Doch habt Ihr auch bedacht, dass meine Hauptleute draußen im Lande grobe Klötze sind, die von zarter Frauenhand nur schwer geführt werden können?«

»Sagt das nicht, lieber Doktor. Erinnert Ihr Euch an den heldenhaften Überfall auf die Kanzlei? Die hohe Frau hat den Kampf beschlossen und siegreich durchgeführt. Die damals erworbenen Lorbeeren gereichen ihr auch heute noch zur Ehre!«

»Mag sein, Graf Sigmund, doch gilt dies allerhöchstens für die Landshuter und die pfälzischen Landsknechte, die diese heldenhafte Tat erlebt haben. Alle anderen, besonders die Böhmen, kennen unsere tapfere Frau nicht und werden sich darum wenig scheren! Und manch einer unserer Hauptleute sieht ein Weib lieber auf dem Strohlager als im Feldlager!«

Zustimmendes Gemurmel am Tisch.

Auch Elisabeth teilt die Bedenken des Doktor von Witzleben, obwohl dessen Vergleiche immer ein wenig grob und zweideutig klingen. »Graf Sigmund, wenn ich Eure Rede abwäge und mit der des Doktors verknüpfe, so fehlt mir dennoch der Schlüssel zur Lösung«, bemerkt die Herzogin.

Da meint der Sigmund von Haag bedächtig: »Ich nehme ernsthaft zur Kenntnis, was der Doktor von Witzleben gerade erklärte. Und ich gehe davon aus, dass Ihr nicht widersprecht, die Führung des Heeres zu übernehmen. Damit Letzteres gelingt, muss Ersteres gefestigt werden.

Mein Vorschlag: Alle Hauptleute draußen im Felde müssen Euch Treue schwören. Damit habt Ihr die Sicherheit, dass niemand ausbricht. Wenn dies geschehen ist, so könnt Ihr den Tod Eures Gatten verkünden. Keiner wird es dann wagen, Euch den Rücken zu kehren. Wer seinen Treueschwur dennoch bricht, verliert sein Leben. Dazu bedarf es keiner Erklärung!«

Erstauntes Schweigen bei den erlauchten Herren. Was der Sigmund von Haag mit wenigen Worten sagt, klingt überzeugend. So müsste es gehen!

Elisabeth nickt dem Grafen zu Haag mit leuchtenden Augen begeistert zu: »Gut geraten, Sigmund von Haag! Ich danke Euch. Ihr Herren, wollt Ihr mir die Treue weiterhin halten und den Schwur erneuern?«

»Wir wollen!«, kommt's freudig aus allen Kehlen.

Ein Weg ist gefunden um Landshut zu retten!

»Meine Herren, ich danke Euch von ganzem Herzen! Witzleben, Ihr nehmt die Erneuerung der Erbhuldigung unter den Hauptleuten vor. Seht zu, dass es schnell geht, denn die Nachricht vom Tode meines lieben Gemahls darf nicht zu lange hinausgezögert werden. – Und Ihr, löbliche Herren, verschweigt mir zunächst einmal den Tod Ruprechts in Euren Kreisen. Graf Sigmund, Ihr achtet auf das Personal auf der Burg.«

Elisabeth erhebt sich, auch die Herren stehen von ihren Plätzen auf.

Die Herzogin ist sichtlich erleichtert. Mit einem leichten Nicken verabschiedet sie sich. Sie verlässt den Raum.

In kleinen Gruppen miteinander redend, folgen die Herren der Herzogin hinaus auf den Gang.

Da ruft der von Witzleben herüber: »Sigmund, Ihr seid ein kluger Kopf! Meine Hauptleute werden's Euch danken, weil der Krieg so schnell kein Ende findet!«

Sigmund kann und will darauf wenig sagen. Denn nun wird es weitergehen bis zum bitteren Ende. Danach wird es im ganzen Niederbayern so aussehen wie vor kurzem in seiner Grafschaft. Die Stärke Albrechts ist dem Hofmarschall von Haag bewusster als allen anderen.

❧

Das Schloss in Flammen

Eine gedrückte Stimmung herrscht im Markt zu Rosenheim, seitdem gestern der Landshuter Herold die Nachricht vom Tode Herzog Ruprechts verkündete und gleichzeitig bekannt gab, dass es weitergehe mit dem Krieg um das bayrische Erbe.

Der schon greifbar nahe Friede ist in weite Ferne gerückt.

Herzogin Elisabeth ist, so wie es aussieht, nun der alleinig treibende Keil, der das bayrische Land spaltet. Sie müsste aber doch aufgrund der letzten militärischen Entwicklungen merken, dass ihr Stern am Sinken ist!

Doch je mehr Unglück auf Landshut hereinstürzt, umso hartnäckiger setzt die Herzogin auf Krieg.

Ihr Grundsatz scheint zu heißen: Jetzt erst recht!

Die Truppen des Münchner Herzogs Albrecht werden von Tag zu Tag zahlreicher, weil immer neue Verbündete hinzukommen. Auch der Kaiser unternimmt immer härtere Schritte um ein siegreiches Ende der Auseinandersetzung herbeizuführen. Sein Ziel ist das Erreichen seiner »Interessen«, wie er es immer nennt.

Die »Interessen« des Kaisers sind hinreichend bekannt seit dem Reichstag zu Augsburg im April: Landgewinn und finanzielle Abfindung für seinen Einsatz um die Sache seines Schwagers Albrecht.

Die Abmachung, die einst als geheim und vertraulich eingestuft war, pfeifen zwischenzeitlich die Spatzen von den Dächern.

Zu Augsburg war vereinbart worden, dass einerseits der Krieg so schnell als möglich beendet werden soll, andererseits aber nicht früher, als Kaiser Maximilian seine »Interessen« erreicht hat.

Es ist eine komplizierte Lage. Der Friede ist in weite Ferne gerückt, denn Herzog Albrecht muss erst ausreichend Land und Reichtum erobern um von der Beute den Kaiser in angemessener Weise entschädigen zu können. Und dass Elisabeth den Krieg weiterführen will, kommt Maximilian gerade entgegen.

Solche Dinge und mehr erzählt sich das Volk im ganzen Lande.

Die Menschen im niederen und im oberen Bayern sind bedrückt von der Ohnmacht gegen die Söldnerhorden, von den räuberischen Überfällen auf unschuldige Bürger und Bauern, von Mord, Totschlag, Brand, Folter und Vergewaltigung, Verwüstung der Felder.

Hunger, Krankheit, Seuchen und die Angst vor dem nächsten Winter quälen das ganze Land.

Auch die Rosenheimer spüren mehr und mehr das um sich greifende Elend. Flüchtlinge aus allen Ecken des Landes drängen in den Markt und es wird eng auf der Schranne.

Die Durchziehenden müssen verpflegt und untergebracht werden. Viele kleine Kinder und ältere Menschen sind darunter, viele Kranke und Geschändete müssen versorgt und gepflegt werden.

So mancher verbleibt für ewig auf Rosenheims Gottesacker.

Der Krieg wird auch für Rosenheim teuer. Die Marktkasse beginnt sich sichtlich zu leeren. Was man zwischenzeitlich durch die zusätzlichen Einnahmen beim Salzweg hereinbrachte, geht nun wieder hinaus um den Ärmsten zu helfen.

Zu all diesen Nöten und Sorgen kommt noch der böse Streit mit dem Kastner.

Dieser Kastner Reich hat wahrlich arge Anschuldigungen hinterlassen. Und das Schlimme daran ist, dass der Kristof Pernauer, den der Reich ins schlechte Licht stellte, nichts ahnt von diesen Vorwürfen.

Die Katharina hat durch die Knechte auf dem Kuglmoos davon erfahren und sich vorgenommen den Kristof zu warnen, sobald er von der Reise zurückkommt.

Wenn der Kristof jetzt nicht auf der Hut ist, befürchtet Katharina, so droht ihm große Gefahr. So hat sie sich wieder einmal an den Schiffsknecht Peter Strobl gewandt.

Der Peter Strobl ist zur Zeit mit anderen Aufgaben betraut und hat die Fahrt mit dem Kristof nicht mitgemacht. Er arbeitet drunten in den Lagerschuppen an der Innlände.

Da er bereits informiert ist, wann der Kristof heute zurückerwartet wird, hat er der Katharina gleich den Treffpunkt bekanntgegeben.

»Ich schlage vor: zehn Uhr abends am Innspitz. Wenn's dir recht ist, dann geh ich jetzt zur Innlände und warte, bis er kommt.«

Dann ist der Peter wieder schnell hinunter zur Anlegestelle.

Der Peter hat den Kristof zur vereinbarten Stelle an der Einmündung der Mangfall in den Inn begleitet. Jetzt hält er sich etwas abseits und beobachtet den Weg am Fluss, der entlang des Inns hinaufführt zur Brücke und dann zur Lände.

Die Katharina ist schon früher losgegangen und wartet bereits auf Kristof.

Dass kein ungebetener Gast auftaucht, dafür wird der Peter schon sorgen. Die Zeiten werden immer unruhiger, deshalb heißt es besonders vorsichtig sein. Von streunenden Landshuter Horden hat man in den letzten Tagen immer wieder gehört. So ein Mädchen wie die Katharina wäre schutzlos diesen wilden, gottlosen Gesellen ausgeliefert.

Nun stehen sich die Liebenden atemlos gegenüber; beiden schlägt das Herz bis zum Hals.

Kristof nimmt seine Katharina stürmisch in die Arme. Fest drückt sie sich an seine Brust.

»Kristof, mein Lieber!«

Stille umgibt sie, glückliche Stille.

Tief blickt Kristof in ihre vom Mondlicht erhellten Augen. Tränen des Glücks glänzen auf ihren Wangen.

»Katharina! Endlich hab ich dich wieder.«

»Kommst du jetzt erst zurück von der Fahrt, Kristof?«

»Ja, Katharina, gerade bin ich eingetroffen.«

Gott sei Dank!, denkt die Katharina. Dann haben ihn außer den Schiffsknechten an der Lände noch keine Leute aus dem Markt gesehen. Wenn bekannt werden sollte, dass der Kristof wieder im Lande ist, werden die Herren vom Rat alle verfügbaren Knechte und Schergen zusammenrufen und auf ihn hetzen. Der Freudenreich hat's ja dem alten Pernauer angedroht.

»Kristof, nimm dich in Acht. Der Kastner führt Böses im Schilde gegen dich«, meint beschwörend Katharina.

Der Peter Strobl hat dem Kristof schon angedeutet, dass er vom Kastner nichts Gutes zu erwarten hat. Er wollte ihm nichts Genaueres sagen und hat gemeint, die Katharina wisse mehr.

»Warum, Katharina, was ist geschehen?«, fragt Kristof drängend.

»Der Rat hat den Kastner beschuldigt, mit Herzog Ruprecht Geschäfte gemacht zu haben. Der Reich hat daraufhin erklärt, du warst mit dabei, als die Waren verladen und weggebracht worden sind, und du hättest ihn erst auf den Gedanken gebracht!«

Der Kristof ist von einer solchen Anschuldigung überrascht.

»Ich führ dem Kastner die Schiffe, Katharina«, meint er betroffen. »Ich bin immer dabei, wenn's darum geht, Waren für den Reich zu verladen und zu transportieren. Ich bin einer seiner Schiffsführer.«

Dem Kristof erscheinen die Vorwürfe lächerlich. Die Katharina aber hat's anders gehört.

»Eben«, meint sie ängstlich, »und so war's für den Kastner ein Leichtes, dich zu beschuldigen.«

»Was sind das für Vorwürfe?«

»Der Kastner Reich hat Wein und Getreide an Herzog Ruprecht verkauft. Waren, die dem Markt gehörten. Der Rat hat daraufhin dem Reich Rache geschworen. Und dich werden sie auch bestrafen, weil du ihm dabei geholfen haben sollst!« Fest nimmt sie den Kristof bei den Händen: »Bring dich in Sicherheit, Kristof, ich bitte dich, flieh!«

Der Kristof kann's nicht glauben.

Er hat dem Reich stets die Aufträge ausgeführt, hat stets seine Arbeit ohne Beanstandung gemacht und deswegen soll er nun fliehen.

»Warum beschuldigt der Reich mich?«, fragt er erstaunt.

»Der Kastner ist eifersüchtig auf dich. Man hat ihm zugetragen, dass wir uns gern haben, dass wir uns treffen, wann und wo es geht.«

Daher weht der Wind! Der Reich ist eifersüchtig! Den Kristof überkommt es siedend heiß: Hat die Katharina etwas mit dem Reich zu tun?

Bisher war er immer der Meinung, der Kastner schimpft und mault nur, weil sich seine Bediensteten zu oft und zu lange miteinander unterhalten und weil sie dem lieben Gott die Zeit stehlen. So oder ähnlich hat sich der Reich auch immer ausgedrückt.

Sollte er sich täuschen? Hat die Katharina vielleicht doch eine engere Beziehung zum Kastner? Hat sie mit ihm nur gespielt?

Der Kristof ist nachdenklich geworden.

»Wieso eifersüchtig, Katharina? Du bist doch nur des Kastners Magd – oder bist du mehr für ihn?«

Der Kristof spricht aus, was ihn bewegt.

»Nein, Kristof, nein!«, beeilt sich Katharina zu erwidern. Dabei verschließt sie ihm mit der Hand den Mund.

Sprich nicht weiter, Kristof!, will sie damit sagen. Bitte! Ich liebe dich doch, lass nichts zwischen uns kommen, nicht den Reich und sonst auch nichts!

Der Kristof begreift. »Mach dich los vom Reich, Katharina, geh mit mir weg von hier!«

Der Kristof hat diesen Entschluss schnell gefasst. Ihm liegt nicht viel daran, beim Reich weiter in Diensten zu stehen. Das Weggehen würde ihm leicht fallen. Besonders jetzt, wo er weiß, wie der Kastner zu ihm und seiner Katharina steht.

»Mach dich los«, wiederholt Kristof noch drängender als zuvor.

»Ich kann nicht, Kristof«, erwidert die Katharina traurig.

»Warum?«

»Später erzähl ich dir alles. Geh du jetzt alleine. Bring dich in Sicherheit!«

Die Katharina ist so besorgt um Kristof, dass sie versucht ihn von sich wegzuschieben, weg von diesem Ort, weit weg.

Der Kristof spürt, dass die Katharina Angst um ihn hat. So geht er auf ihre Bitte ein. »Katharina, wann seh ich dich wieder?«

»Ich weiß nicht. Ich muss weiter.«

Katharina gibt ihm einen flüchtigen Abschiedskuss. Ihre Lippen zittern. Angst schwebt mit. Angst und Sorge um Kristof und ihre Liebe. »Was wirst du machen, Kristof?«

»Ich gehe weg, Katharina, wenigstens eine Zeit lang. Vielleicht wird alles wieder gut.«

Die Katharina ist trotz ihrer Traurigkeit glücklich über die schnelle Entscheidung Kristofs. Denn nur auf diese Weise entkommt er dem Reich und bleibt ihr erhalten.

»Kristof, es wird bestimmt wieder gut! Wo wirst du hingehen?«

»Nach Innsbruck. Ich geh nach Innsbruck. Der Kaiser braucht Soldaten.«

Da erschrickt Katharina. Zu den Soldaten? Der Kristof kommt vom Regen in die Traufe!

Doch was bleibt ihm für ein Ausweg? Vielleicht ist Innsbruck das kleinere Übel!

»Gott beschütze dich, Katharina!« Fest nimmt er sie noch einmal in die Arme und küsst sie.

»Ich hab dich lieb, ich will auf dich warten. Und wenn du

wiederkommst, werd ich dir gehören mit Leib und Seele. Gott beschütze dich, Kristof.«

Das sind Katharinas letzte Worte, bevor sie sich in der Dunkelheit der Nacht verliert.

Allein und traurig bleibt Kristof zurück. Er ist wie gelähmt. Da spürt er eine Hand auf seiner Schulter. Der Peter Strobl ist's.

»Komm, Kristof. Es wird schon wieder. Komm!«

❧

Der Hauptmann Jörg von Au ist ein tapferer Bursche. Wenngleich ihm die Erstürmung des Marktes zu Rosenheim nicht gelungen ist, so hat er doch überzeugend seinen Mut bei der Verfolgung der Landshuter Marodeure und der Einnahme des Schlosses bewiesen.

Nun sitzt er oben auf dem Berg jenseits des Inns und schielt mit seinem Fähnlein lüstern hinunter auf den Markt. Gerne hätte er im Handstreich die dort drinnen lagernden Landshuter hinausgeworfen. Doch seine Kräfte reichen dazu nicht aus.

Seit vier Wochen hält er das Schloss schon besetzt. Den Pflegsverwalter Perckhofer hat er gleich nach der Einnahme verjagt. Der wohnt jetzt drüben auf dem Edelsitz beim Kastner Reich und lamentiert um den Verlust seiner Behausung.

Von München ist bisher noch keine Verstärkung eingetroffen. Die zurückgekehrten Boten berichteten, die Statthalter zu München seien guten Muts gewesen, als sie für Rosenheim und das Schloss Hilfe zusagten. Doch damit ist dem Jörg von Au nicht geholfen. Die Zeit drängt. Vor zwei Tagen hat ein Bauer dem Fähnrich berichtet, er habe eine größere Abteilung Landshuter Soldaten bei Griesstätt lagern sehen. Man muss befüchten, dass sie in Richtung der Rosenheimer Innbrücke wollen.

Der Jörg von Au hat seinem Fähnrich befohlen mit einigen Reitern die Gegend auszukundschaften.

Gestern ist der Fähnrich losgeritten, hat das Land um Vogtareuth und Griesstätt abgesucht und dabei hat er auch gefunden, wonach er suchte.

»Hauptmann«, meldete er heute morgen nach seiner Rückkehr dem Jörg von Au aufgeregt, »da kommt etwas auf uns zu, mit dem ist nicht zu spaßen. Ich schätze, mindestens doppelt so viele Landsknechte, wie wir sie haben, und dazu noch etliche Geschütze.«

»Wo hast du sie gesehen?«

»In Goßmaning, oberhalb Griesstätt, waren es drei Geschütze und zu Vogtareuth und Tödtenberg jeweils mindestens einhundert Mann. Und alles zieht auf der Straße in unsere Richtung.«

»Wann werden sie hier sein?«

»Wenn denen nichts dazwischenkommt, so stehen sie morgen bei Sonnenaufgang vor unseren Mauern.«

»Verdammte Bande!«, fängt der Jörg von Au zu fluchen an. »Das fehlt mir gerade noch. Ich will Rosenheim befreien und nicht ein Scharmützel mit diesen Wegelagerern eingehen.«

»Was soll ich machen, Hauptmann? Soll ich alles alarmieren für die Verteidigung oder wollt Ihr abziehen?«

»Alarmieren!«, ist des Jörgs Antwort. »Glaubst du, ich bin so dumm und besetze zuerst unter Einsatz meines Lebens das Schloss um dann einfach aufzugeben? Nichts da! Lass die Mauern besetzen. Schau zu, dass die Tore in Ordnung sind, und stell doppelte Wachen auf!«

Der Hauptmann Jörg von Au ist fest entschlossen den Landshutern bei einem Angriff die Stirn zu bieten.

Die Feldwebel werden sofort angewiesen die Lichtschützen mit ihren Schießprügeln einzurichten, die Hieb- und Stichwaffen schärfen zu lassen und die Rüstungen auf Tauglichkeit zu untersuchen.

Mit all den wichtigen Vorbereitungen ist es Abend geworden. Früher Zapfenstreich wird angeordnet und die Nachtwachen werden ausgelost. Sie werden vom Hauptmann besonders scharf eingeschworen, weil der Himmel heute Nacht bedeckt sein wird und das besonders gefährlich werden kann.

Nichts passiert. Vorerst bleibt alles ruhig und still.

Doch morgens, gegen fünf Uhr, bricht die Hölle los!

Mit mehreren Donnerschlägen aus nahe postierten Geschützen ist es um die Nachtruhe geschehen. Kugeln schlagen im Mauerwerk des Schlosses ein, eine zertrümmert mitten im Schlosshof einen abgestellten Karren. Dazwischen krachen die Landshuter Schießprügel und senden ihr Feuer in die Fenster und zwischen die Schießscharten des Schlosses. Schnell sind Tote und schwer Verwundete unter den Soldaten des Jörg von Au zu beklagen.

»Zurück von den Scharten und Fenstern«, befiehlt der Fähnrich vom Schlosshof den Wachen. »Begebt euch in den Schutz der Mauern!«

Verschlafen taumeln die Landsknechte aus ihren Quartieren.

»Los, in die Armierung und sofort antreten!«, ruft der Fähnrich den Feldwebeln zu.

Dann hetzen er und der Jörg von Au in das obere Stockwerk des Turmes um die Lage zu prüfen. Vorsichtig schleichen sie an ein Fenster und sehen die Macht des Feindes. Tatsächlich sind da mehrere hundert Soldaten aufmarschiert und nicht weit hinter den Büschen blinken die Rohre von mindestens drei Geschützen. Eifrig hantieren die Kanoniere und bereiten eine neue Ladung vor. Noch ehe der Hauptmann und der Fähnrich so richtig den Aufmarsch auskundschaften können, dröhnt ihnen erneut fürchterlicher Donner entgegen. Schon rauschen, hinter dickem Pulverdampf, mächtige Kugeln hervor. Die beiden ziehen die Köpfe ein und retten sich hinter die schützende Mauer der Fensterbrüstung. Krachen, Splittern und Poltern ringsherum, dann ist wieder beängstigende Stille.

Da dröhnt von unten eine mächtige Stimme herauf: »Heda, ihr Münchner Scheißer, ergebt euch auf der Stelle oder wir schießen euch alle zusammen!«

Der Jörg von Au hält sich zurück. Er antwortet nicht. Zuerst muss er sich über die Lage klar werden.

»Wollt ihr nicht mit uns reden?«, kommt's von unten herauf.

Was soll der Hauptmann Jörg von Au da auch antworten?

Er erinnert sich an seinen Sturm auf den Markt zu Rosenheim vor etlichen Wochen. Die Lage ist nun gerade umgekehrt. Und doch ist sie ein wenig anders. Denn die Landshuter haben große Geschütze, wie er sie damals dringend gebraucht hätte, und die machen ihm nun mächtig zu schaffen.

Vorsichtig schleicht der Hauptmann ans Fenster und späht hinunter. Kaum hat er seine Nase über die Fensterbrüstung gesteckt, da kracht's aus einem Dutzend Schießprügel herauf. Schnell zieht er den Kopf ein.

»Fähnrich«, ruft der Au, »lasst unsere Schützen postieren und gebt anständig zurück!«

Der Fähnrich winkt und verschwindet.

Derweilen schallt's von unten wieder herauf: »Hauptmann von Au, Ihr seid ein feiger Hund! Glaubt nur ja nicht, wir wüssten nicht, wie es um Euch bestellt ist. Ihr habt keine Munition und Eure Leute sind in der Minderzahl. Also, macht die Tore auf und ergebt Euch.«

Da wird der Au aber doch böse und gibt zurück: »Ich nehme doch nicht zuerst das Schloss mit Gewalt um es euch dann auf silbernem Tablett zu präsentieren? Haut ab, ihr verdammten Landshuter Erbschleicher.«

Solche Reden erfreuen die Landshuter unten. Lauthals kreischen sie los und tun so, als habe der Jörg von Au einen Spaß gemacht.

In diesem Augenblick, als die Landshuter ungeschützt in

kurzer Entfernung vor der Mauer stehen, gibt der Fähnrich seinen Schützen leise »Feuer frei«.

Ein scharfes Krachen zwischen den Zinnen, stinkender Pulverdampf quillt auf, und ehe sich's die Landshuter versehen, liegen etliche von ihnen tot im Gras.

»Deckung!«, schreit der Hauptmann unten vor der Mauer. Die Landshuter verkriechen sich hinter Gras und Gebüsch, lautes, hämisches Lachen begleitet die Flüchtenden nun von oben.

»Das werdet Ihr mir büßen, Au!« Der Landshuter Hauptmann tobt.

Und mächtig krachen wieder seine Geschütze und schicken eine Salve nach der anderen auf das Schloss, dass die Mauern nur so beben.

In den Ladepausen feuern die Landshuter Lichtschützen gewaltige Mengen von Streukugeln in Richtung Zinnen und Scharten.

Die Münchner wagen kaum noch ihre Köpfe hinter den Brüstungen hervorzuheben. Etliche von ihnen liegen schon im Schlosshof in ihrem Blut.

Zur Mittagszeit ist es plötzlich still. Als der Hauptmann von Au vorsichtig hinunterspäht, sieht er die Landshuter um die Kochstellen in der Nähe der Geschütze versammelt und gemütlich ihr Mittagsmahl einnehmen.

Da wird er so wütend, dass er seinen Schützen befiehlt dort hineinzuschießen.

Aber da hat er wahrlich in ein Wespennest gestochen!

Jetzt schlagen die Landshuter mit aller Gewalt zurück. Mächtige Breschen schießen sie ins Mauerwerk.

Bedenklich unsicher wird es am Tor, harte Rammschläge dröhnen dagegen. Bei jedem Schlag springen die Querriegel in ihren Halterungen und es hat den Anschein, als würden sie jeden Augenblick brechen.

Zwar lässt der Jörg von Au immer wieder hinunterfeuern und auch die Bogen- und Armbrustschützen legen sich anständig ins Zeug. Aber die Übermacht der Landshuter ist offensichtlich.

Nun geht der Sturm schon in die späten Abendstunden hinein und es hat den Anschein, als gäbe es ein baldiges, aber schreckliches Ende.

Der Hauptmann von Au hat bisher immer noch gehofft, dass die Münchner Statthalter ihr Versprechen wahr machen und Hilfe senden. Doch es sieht nicht danach aus.

»Hauptmann«, ruft der Fähnrich außer Atem und von oben bis unten schwarz vom Pulverdampf, »die Munition geht uns aus. Wir können nicht mehr lange aushalten.«

»Ist gut, Fähnrich. Ich seh, dass es keinen Sinn mehr hat. Zieh leise die Soldaten ab und befehle sie zum kleinen Tor dort drüben. Wir setzen uns ab.«

Behutsam wird der Rückzug eingeleitet. Die Landsknechte versammeln sich bei einbrechender Dunkelheit am kleinen Tor. An dieser Seite des Schlosses, hangabwärts zum Inn hin, stehen keine feindlichen Söldner. Diese haben all ihre Kräfte auf die gegenüberliegende Seite konzentriert.

»Feldwebel«, gibt der Hauptmann von Au Befehl, »während wir durchs Tor flüchten, zündest du mit ein paar deiner Leute das Schloss von innen an. Dann folgst du uns schleunigst. Wir gehen derweilen den Steig hinunter zum Inn und versuchen über die Brücke zu entkommen. Folgt uns so schnell als möglich!«

Während der Jörg von Au und seine Soldaten im Dunkel den Steig hinabschleichen, züngeln bereits oben im Schloss die Flammen aus den Fenstern.

Die Landshuter sind so überrascht, dass sie das Schießen einstellen und sprachlos in den himmelwärts lodernden Brand starren.

Dass die Münchner zwischenzeitlich unbehelligt das andere Innufer erreicht haben, ist ihnen völlig entgangen. Sie stehen nun da und müssen mit ansehen, wie das Schloss niederbrennt, um das sie einen ganzen Tag gekämpft haben.

❧

Als die Landshuter heute früh um fünf Uhr die erste Salve auf das Schloss abfeuerten, riss es die Rosenheimer aus den Betten. Verängstigt liefen viele, nur flüchtig angezogen, auf die Schranne, andere standen an den geöffneten Fenstern ihrer Schlafstuben und schauten erschrocken in den düsteren Morgenhimmel.

Eiligst trafen der Bürgermeister Cronast und die Herren Räte vor dem Rathaus ein.

Kaum waren die Rosenheimer Honoratioren alle beieinander um nach dem Grund zu forschen, da polterte auch schon der Hauptmann Seitz von Terring mit einigen Feldwebeln an.

Brüllend und mit den Armen wild in der Luft herumfuchtelnd schrie er: »Besetzt mir die Tore, alle Mannschaften sofort antreten lassen! Los, los! Macht schon!«

Die Feldwebel flitzten davon und waren froh dem Seitz von Terring ausgekommen zu sein. In solchen Situationen ist der Hauptmann meist unausstehlich.

Schon schnaufte auch der dicke Hanns von Bodmann kurzatmig herbei: »Was gibt's, Seitz?«

»Ich weiß nicht. Mir scheint, ein paar Meilen in Richtung Inn ist ein Gefecht im Gange.«

Gerade wie der Seitz von Terring mit seiner Erklärung zu Ende war, da hörte man aus der angegebenen Richtung erneut drei gewaltige Donnerschläge, dazwischen auch Schüsse aus Schießprügeln.

»Was sag ich«, brüllte der Seitz von Terring sich selbst bestätigend, »ein Gefecht, da drüben am Inn!«

Dann wandte er sich dem von Bodmann zu: »Schick sofort einen Reiter zur Innbrücke, der soll auskundschaften, wer gegen wen kämpft.«

Der beleibte Hauptmann lief gleich los, denn auch er war neugierig zu erfahren, was da vor sich ging.

Und wie zur Bestätigung hörte man vom Turm der Nikolauskirche den Wächter auf die Schranne herabrufen:

> »Liebe Leute, lasst euch sagen,
> Fünfe hat die Uhr geschlagen,
> Beim Schloss gibt's Donner, Blitz und Knall
> Von Feldgeschützen drei an Zahl.«

Also scheinen Landshuter dort oben aufmarschiert zu sein, folgerte der Seitz von Terring, denn im Schloss sitzt der Jörg von Au mit seinem Fähnlein. Den werden kaum eigene Leute angreifen.

Er rieb sich genüsslich die Hände. Auf den Hauptmann Jörg von Au hat er nämlich seit dem versuchten Überfall auf den Markt eine Stinkwut.

Während alles noch aufgeregt durcheinander redete, kam der Reiter im gestreckten Galopp von der Innbrücke zurück und rief dem Seitz von Terring zu: »Hauptmann, Landshuter beschießen das Schloss! Die heizen dem Au jetzt mächtig ein. Mindestens zwei Fähnlein sind's. Der Hauptmann Graf von Sichelfeld führt die Truppe an.«

Der Seitz von Terring und die Landshuter waren begeistert.

Die Rosenheimer aber sahen dem Kommenden mit gemischten Gefühlen entgegen.

Am meisten Angst hatte der Schreiber Wolfgang Schmidinger.

Nicht so sehr die Sorge um den Markt bewegte den Schreiber, sondern vielmehr die um seine Tochter Katharina.

Die Katharina steht beim Reich in Diensten und wohnt in dessen Haus oben auf dem Schlossberg. Wenngleich der Edelsitz des Kastners ein Stück vom Schloss entfernt ist, so muss man bei so einer kriegerischen Auseinandersetzung immer mit dem Schlimmsten rechnen.

Denn schnell hat sich eine Kugel verirrt und richtet dort verheerenden Schaden an, wo es nicht gewollt ist. Schnell tauchen aber auch verwegene Landsknechte auf, wenn es darum geht, den Weiberröcken nachzustellen.

Der Schmidinger wollte wissen, was genau vor sich ging, deshalb stürmte er im Geschwindschritt die vielen Stufen auf den Turm von Sankt Nikolaus hinauf.

Oben hatte der Wächter Sebastian Bauermeier Dienst.

»Schmidinger, was ist los?«

Atemlos und aufgeregt stammelte der Schreiber: »Sebastian, ich will sehen, was sich auf dem Schlossberg tut. Du hast gerade gerufen, dass da droben geschossen wird. Ist's nur auf das Schloss oder auch aufs Kuglmoos?«

Der Torwächter brauchte keine Erklärung abzugeben. Im selben Augenblick krachte es schon wieder oben auf dem Berg. Beide sahen drei Feuerblitze, die genau auf das Schloss zielten. Dann verschwand alles hinter dichtem Pulverdampf.

Der Schmidinger atmete auf. Gott sei Dank liegt nur das Schloss unter Beschuss!

So beruhigte er sich wieder. Und im Übrigen, sagte er sich, das sind Landshuter Truppen, der Reich ist ebenfalls landshuterisch, also wird das schon gut gehen mit meiner Katharina.

Und da hatte der Schreiber gar nicht so Unrecht.

Denn als der Hauptmann von Sichelfeld zur nächtlichen Stunde, also noch vor dem Angriff auf das Schloss, seine Späher aussandte, berichteten diese von den Gebäuden auf der anderen Seite des Schlosses, die der Kastner Reich bewohnt.

Also zitierte der Hauptmann den Kastner und den Pflegsverwalter Perckhofer zu sich. Schnell hatten ihn die beiden von ihrer Loyalität zu Landshut überzeugt; besonders der Reich ereiferte sich überschwänglich.

»Verehrter Hauptmann«, erklärte er untertänig auf seine schleimige Art, »mein Herz gehört Landshut, mein Leben ist Landshut, all mein Trachten gilt Landshut.«

Der Pflegsverwalter Perckhofer konnte dem Reich'schen Treuebekenntnis nur noch beipflichten: »So ist's, Hauptmann, genau so ist's auch bei mir!«

»Nun, Ihr Herren, geht zurück, packt Euer Gesinde und was Euch sonst noch lieb ist und verkriecht Euch hinter Eure Mauern. Wenn's kracht, bleibt so lange im Haus, bis wir Euch vom geglückten Ende berichten.«

Mit vielen Verbeugungen und rückwärts gehend schlichen die beiden heim aufs Kuglmoos.

So war sichergestellt, dass dem Haus auf dem Kuglmoos kein Schaden zugefügt werden sollte.

Und die Katharina Schmidinger überlebte, wenngleich mit Angst und Schrecken, wohlbehalten den Überfall auf das Schloss an jenem denkwürdigen 15. Juli des Jahres 1504.

❧

Wie nun das Schloss in Flammen gehüllt ist, befiehlt der Hauptmann Seitz von Terring einigen seiner Soldaten mit ihm auf den Schlossberg zu reiten um sich über die tatsächliche Lage zu informieren.

Am Nachmittag hatte der Hauptmann von Sichelfeld einen Boten in den Markt geschickt, der dem Seitz von Terring ausrichtete, dass ein Eingreifen nicht notwendig sei, da mit einem baldigen Fall des Schlosses gerechnet werde.

Der Seitz von Terring aber ist ein neugieriger Mensch. So will er sehen, was sich da oben tat.

Die Nacht ist hereingebrochen, es ist rabenschwarz. Wolkenverhangen ist der Himmel, weder Sterne noch Mond sind zu sehen.

Mitten auf der Mangfallbrücke vernehmen die Landshuter Geräusche rings um sich herum und plötzlich taucht eine Menge Münchner Soldaten vor ihnen auf.

Es ist der Hauptmann Jörg von Au, der auf der Flucht vom

Schloss herab zur Mangfallbrücke will um sich dann den Fluss aufwärts über Aibling in Richtung München abzusetzen.

Das Zusammentreffen der Fähnlein ist so plötzlich, dass beide überrascht sind.

Der Jörg von Au erkennt als Erster die gefährliche Lage.

»Auf die Landshuter«, brüllt er, zieht sein Schwert und versucht im Dunkeln den Nächstbesten zu treffen. Doch es ist schwierig, Freund und Feind genau auszumachen.

Der Seitz von Terring gibt das Kommando zum Rückzug, weil er die Stärke und Überlegenheit des Jörg von Au im freien Kampfe kennt.

Dennoch prallen einige der Landsknechte aufeinander und schlagen wild drauflos. Schatten tauchen auf und verschwinden. So mancher Hieb mit dem Schwert, so mancher Stich mit der Lanze endet im Nichts. Laute Befehle wechseln sich ab mit dem Aufschrei Getroffener. Waffen klirren, Holz splittert. Drüben ein Klatschen im Wasser der Mangfall von einem, der über das Brückengeländer gestoßen wird.

Plötzlich ist alles wieder still. Die Landshuter haben sich Richtung Markt zurückgezogen; die Münchner sammeln sich oberhalb der Brücke am linken Ufer der Mangfall.

»Abzählen«, ruft leise der Jörg von Au. »Ist noch alles beisammen?«

Nach kurzem Hin und Her kommt ein Feldwebel und flüstert dem Jörg von Au zu: »Hauptmann, der Fähnrich fehlt.«

»Sucht ihn, aber schnell!«

Der Feldwebel nimmt sich ein paar Landsknechte und schleicht noch einmal zur Brücke zurück.

Einer der Landsknechte stolpert über einen toten Münchner, der unterhalb des Brückengeländers liegt.

Dann ruft ein anderer leise: »Feldwebel, hier ist der Helm vom Fähnrich.«

»Weitersuchen!«, flüstert der Feldwebel.

»Hierher, schnell!« Der Ruf kommt von der Mitte der Brücke.

»Da liegt der Fähnrich. Fasst mit an!«

Schnell ziehen sie den Fähnrich über die Brücke und in die schützende Stellung.

Der Feldwebel meldet dem Jörg von Au.

»Hauptmann, der Fähnrich ist getroffen, seht ihn Euch an.«

Der Jörg von Au beugt sich zu dem Leblosen hinab und prallt entsetzt zurück.

Des Fähnrichs Schädel ist von einem mächtigen Schwerthieb bis zum Hals gespalten.

»Armer Teufel«, flüstert der Jörg von Au, »jetzt brauchst du dich nicht mehr um ein eigenes Fähnlein bemühen!«

❧

Die Strafexpedition

Bisher haben sich die beiden verfeindeten Lager, die Landshuter Allianz und die Münchner, gescheut einen großen Kriegsschauplatz zu eröffnen. Die Streitigkeiten um das Erbe wurden in vielen kleinen, aber nicht minder bösen Scharmützeln ausgetragen. Hier ein Überfall auf eine Stadt oder einen Markt, dort eine Strafexpedition wegen versagter Erbhuldigung. Ständiges Morden und Brennen, um den Besitzstand zu wahren oder abzurunden, wie die durchlauchtigsten Herren es zu nennen pflegen.

Vor einigen Tagen ist Kaiser Maximilian nun endlich in Bayern eingetroffen. Die Offensive am Rhein gegen Philipp von der Pfalz, den Vater des verstorbenen Herzogs Ruprecht, haben die kaiserlichen Truppen mit Bravour beendet.

Der Kaiser nahm sich Philipp von der Pfalz vor, als dieser ankündigte, er werde seinem Sohn Ruprecht mit Waffengewalt beistehen. Sofort zog er mit seinem Heer in den Rheingau und schlug hart und gnadenlos zu.

Nach der verlorenen Schlacht hat Herzog Philipp Maximilian den Frieden angeboten. Nun hat der Kaiser den Rücken frei und kann sich voll und ganz der angekündigten Unterstützung seines Schwagers Herzog Albrecht zu München widmen.

❧

Ende Juni kommen die von Herzog Ruprecht im April angeworbenen böhmischen Truppen auf das Gebiet des bayrischen Nordens. Zwar brachte Herzog Ruprecht damals schon einige Fähnlein der böhmischen Landsknechte mit, doch erst jetzt rückt die Hauptmacht der gedungenen Söldner an.

Marodierend ziehen sie über Schwandorf, Burglengenfeld und Sulzbach gen Süden. Sie gleichen dem Schwarm wilder Heuschrecken, die einst zu Moses' Zeiten die alten Ägypter in Angst und Schrecken versetzten.

Wenngleich die Böhmischen von Landshut angeworben wurden und nun in deren Sold stehen, zerstören sie das Land, das es für sie zu schützen gilt. Sie zerschlagen alles, was sich ihnen in den Weg stellt. Es scheint, als könnten sie nicht unterscheiden, was niederbayrische und was oberbayrische Lande sind.

Sie nehmen mit, was nicht niet- und nagelfest ist und was sie mit ihren gierigen Händen greifen können. Sei's der Reichtum der Städte, das Hab und Gut der Bauern, das Gold der Kirchen und Klöster oder die Unschuld der Weiber. Und dort, wo sie wieder abziehen, hinterlassen sie verbrannte Erde und geschundene Leiber.

Mittlerweile haben sie sich mit den Landshuter Truppen des Obrister-Hauptmanns Georg von Wispeck vereint. Der führt schwere Reiterei und eine Menge von Geschützen mit. Die böhmischen Truppen, meist per Fuß, sind aber nicht minder gut gerüstet. Sie führen Feuerbüchsen, Dreschflegel, lange Schwerter und Spieße mit sich.

Auf 300 Wagen haben die Böhmen zusätzlich ihre Pafesen verladen. Die Pafesen sind riesige Eisenschilde, manche so groß wie Scheunentore, die sie vor das erste Glied der Fußknechte in den Boden rammen. Wie eine eiserne Mauer stehen die Riesenschilde dann den anstürmenden feindlichen Reitern entgegen; dahinter lauern die Böhmen mit langen Lanzen, Ahlspießen und den gefährlichen Schießprügeln.

Die Reitertruppen Herzog Albrechts und des Kaisers werden da ihre liebe Not haben, sollten sie es wagen, die Böhmen anzugreifen.

Ende August haben die Böhmischen die Gegend nördlich von Regensburg erreicht.

Ihr Oberbefehlshaber, der Feldhauptmann und Obrister

Hannsen von Rosenberg, hat seine liebe Not die wilden Haufen zusammenzuhalten. Zwar stehen ihm hilfreich böhmische und Landshuter Hauptleute zur Seite, aber die ungezügelte Rauf-, Sauf- und Mordlust der Söldner und die Gier nach dem Weibervolk kennt keine Grenzen.

❧

Des Kaisers Heer hat sich zur selben Zeit formiert, als die Böhmen bei Regensburg angekommen sind.

Am 4. September marschiert die Truppe wohl geordnet unter Führung Maximilians von Donauwörth ab.

800 bayrische Reiter Herzog Albrechts bilden den Kern des riesigen Heeres.

Während des Marsches entlang der Donau stoßen dann ein ums andere Mal die Verbündeten hinzu: Markgraf Friedrich von Brandenburg mit seinem Heer, Soldaten der Stadt Nürnberg und Herzog Erich von Braunschweig mit seinen Mannen.

Besonders die Nürnberger sind dem Kaiser willkommen, denn sie besitzen etliche weit reichende Feldgeschütze.

Schnell kommen die kaiserlichen Truppen voran. Eine Woche später setzen sie bei Ettershausen bereits über die Naab. Einen Tag und eine Nacht dauert das Übersetzen, so viel Reiter, Fußvolk, Rüstwagen und Marketenderinnen sind hinüberzuführen.

Danach eilt es dem Kaiser, schnellstens nach Regensburg zu kommen.

Die Fußtruppen marschieren deshalb an diesen Tagen rund um die Uhr im Geschwindschritt voraus. Etlichen Landsknechten geht dabei die Luft aus, doch der Kaiser ist ungeduldig und daher auch unerbittlich. Sein Spruch lautet gegenüber seinen Hauptleuten, wenn diese das Tempo verringern wollen: »Voraus ist der Feind; frischauf, ihr Fähnlein!«

Der Baierecker, ein wegekundiger Edelmann, geleitet Maximilian und die Vorhut von zweitausend Landsknechten noch in der Nacht über die unwegsamen Hügel nach Steinweg und vor die Tore Regensburgs. Der Weg ist nur einige wenige Meilen lang, aber bei Dunkelheit umso beschwerlicher.

Bei Sonnenaufgang erreichen sie die Donaubrücke.

Die Stadt ist in heller Aufregung. Der Kaiser so schnell vor den Mauern, das begeistert die Menschen. Die Regensburger läuten alle Glocken, so freuen sie sich. Maximilian zieht mit seinen Landsknechten in die Stadt ein. Und in überschäumender Freude ruft er beim Klang der Glocken aus: »Nun helf uns Gott, wir haben Fürbitter!«

Jubel in den Gassen der ehrwürdigen Stadt. Jubel aber nicht nur wegen Kaiser Maximilian, sondern auch wegen der augenscheinlichen Hilfe gegen alles aus Landshut und Böhmen, das sich um Regensburg zum Kampf versammelt hat.

❧

Die Landshuter sind in den letzten Tagen nicht untätig gewesen. Ihre böhmischen Hilfstruppen, 3 000 zu Fuß und 900 zu Pferd, stehen zu Schönberg bereit. Nur zwei Stunden östlich von Regensburg haben sie ihr Lager aufgeschlagen.

Man schreibt den 12. September 1504. Gespannte Stimmung herrscht in den Reihen der Landshuter.

Da kommen die böhmischen Reiter, die Erkundigungen über den Feind einholen sollten, aufgeregt zurück. Sie berichten von der großen Überzahl der kaiserlichen Truppen in und vor Regensburg.

Sofort wird Kriegsrat unter den Böhmischen gehalten: Damit sie nicht beim ersten Ansturm untergehen, wird das Feldlager in Brand gesetzt.

Dann ziehen sie sich auf der Straße nach Cham zurück.

Zu Regensburg ist Feldhauptmann Graf Endriß von den Kaiserlichen bereits bestens über die Absicht der Böhmen informiert. Denn in deren Lager befinden sich unter den fahrenden Händlern und Marketenderinnen Spione Herzog Albrechts.

So verhindert der Graf die Flucht der abziehenden böhmischen Fähnlein; er wirft sich ihnen entgegen und bringt sie zum Stehen.

In aller Eile formieren sich die Böhmischen daraufhin erneut nahe dem Flüsschen Wenzenbach.

Als den günstigsten Ort erwählen sie einen Hügel, den man Wenzenberg nennt und von dessen Kuppe sie eine gute Übersicht über das Tal haben.

Den Rücken halten sie sich durch den dahinter liegenden Wald frei.

Vorne an der Kuppe rammen sie ihre großen eisernen Pafesen, die Wehrschilder, in den Boden und verbinden sie mit starken Klammern. Trotzig und abweisend blickt die eiserne Mauer den Kaiserlichen entgegen.

Im Schutze des böhmischen Schutzwalls verschanzen sich deren Lichtschützen, die Knechte mit den langen Ahlspießen und die Hellebardiere. Und hinter der ersten Schlachtreihe werden die vielen Rüst- und Trosswagen schnell zu einer Wagenburg zusammengestellt. 800 schwer bewaffnete Böhmen warten dort zusätzlich auf den Angriff, falls die Schutzmauer brechen sollte.

Um allen kaiserlichen und Münchner Angreifern ihre Standhaftigkeit und Entschlossenheit zu demonstrieren, zünden die Böhmischen das unten am Bach liegende Dorf Wenzenbach an.

Als die Reichstruppen von Steinweg her kommen, sehen sie den Brand.

Der Kaiser und Herzog Albrecht sind erzürnt über das verwerfliche Handeln. Am liebsten würden sie sofort angreifen; doch Ross und Reiter, vor allem aber das Fußvolk, brauchen Erholung. So wird erst einmal im Angesicht des stark befestigten feindlichen Lagers Rast angeordnet.

Mehr noch als alle anderen ist der Brandenburger Markgraf Kasimir über die Brandschatzung durch die Böhmischen erbost. Er bittet um Erlaubnis, sofort und unverzüglich den Sturm auf den verhassten Feind aufnehmen zu dürfen. Der Kaiser genehmigt, weil er weiß, dass der Markgraf kaum zurückzuhalten ist. Zum anderen weiß der Kaiser aber auch, dass so ein Vorgeplänkel nie schaden kann um Stärke, Taktik und Bewaffnung des Gegners vor dem großen Sturm zu erkunden.

Kampfbegierig und ungestüm jagt Kasimir mit 400 fränkischen Reitern und acht Feldgeschützen den Wenzenberg hinan. Als er auf halbem Wege ist, feuern die böhmischen Lichtschützen hinter den eisernen Pafesen hervor und schießen so manchen Ritter aus dem Sattel. Vor der eisernen Schilderwand angekommen, empfangen die Böhmen Markgraf Kasimirs Fähnlein so grob, dass die Reiterordnung ins Wanken gerät und Kasimir zum eiligen Rückzug blasen muss.

Die mitgeführten Geschütze bleiben an Ort und Stelle. Die Böhmen drehen diese kurz um und jagen die Kugeln den flüchtenden fränkischen Reitern nach, dass diesen Hören und Sehen vergeht.

Den Böhmen kam dieser eher spontane als gut durchdachte Angriff des Heißsporns Kasimir gerade recht. Ihre schon gesunkene Moral hat sich wieder gehoben und so brennen sie darauf, Maximilian bald das Fürchten zu lehren.

Darauf brauchen sie nicht allzu lange warten. Denn zwischenzeitlich sind die restlichen Truppen des Kaisers eingetroffen.

Maximilian formiert seine Fähnlein zur Schlacht. Es ist später Vormittag. Die Zeit drängt, will man den heutigen Tag siegreich beenden.

Der Kaiser, der als standhafter Ritter und furchtloser Kämpfer im ganzen Reich bekannt ist, sieht die nächsten Stunden als ganz persönliche Herausforderung an.

»Heute«, so verkündet er seinen Obristern, »ist der Tag, an dem die Würfel fallen werden.«

Ganz vorne, an der Spitze seines Reiterfähnleins, sitzt er

aufrecht im Sattel. Das Pferd schnauft und ist ungeduldig, als wisse es um die Bedeutung der kaiserlichen Absicht. Neben Maximilian Herzog Albrecht, die bayrischen Fürsten sowie die Herzöge von Braunschweig und Brandenburg. Auch deren Pferde tänzeln ungeduldig.

Die Nerven aller sind zum Zerreißen angespannt.

Der Kaiser hebt die Rechte.

Die Fanfaren werden hochgerissen.

»In Sankt Georgs Namen«, ruft Maximilian laut und vernehmlich in Richtung der böhmischen Abwehr.

Die Fanfaren blasen zum Sturm.

»Zwölf Uhr Mittag«, sagt der Kriegsschreiber und notiert geflissentlich die Zeit in sein Tagebuch. Sein Bericht soll stolzes Zeugnis für die Nachwelt sein.

Der Kaiser wartet das Ende der Fanfaren nicht mehr ab. Voraus stürmt er den Berg hinauf, direkt auf das Zentrum der böhmischen Eisenmauer zu.

Links und rechts preschen die Flankenreiter den Hügel hinan, mit ungeheurem Gebrüll jagen die Fußknechte mit vorgehaltenen Stangen nach.

Hei, das ist ein Angriff, der Geschichte schreiben wird!

Der Kaiser, mutig, in Todesverachtung, voraus!

Ihm nachzueifern gilt es für das ganze Heer. »Aufwärts, Brüder, aufwärts!«, hallt es rundum in den Schlachtreihen.

Aufwärts für Kaiser und Bayern!

Die Böhmischen stehen oben, fest verschanzt, hinter den hohen, eisernen Pafesen. Kaum preschen die ersten Reiter, mit Maximilian an der Spitze, auf die Schildmauer zu, da krachen auch schon Schüsse zwischen den Pafesen hervor. Die langen Ahlspieße stechen dazwischen gegen die anstürmenden Ritter und versuchen mit ihren Widerhaken diese von den Pferden zu reißen.

Der Kaiser ist bis an die Mauer herangekommen. Ohne auf die Gefahr zu achten drischt er mit seinem langen Schwert von oben über die Eisenschilde in die dahinter stehenden

Lichtschützen. Da sticht ein Ahlhaken blitzschnell zwischen den Pafesen hervor, erfasst Maximilian bei der Rüstung, hängt sich fest und bringt ihn und sein Pferd ins Wanken. Das Pferd rutscht hinten aus, geht nach unten. In diesem Augenblick fegt ein Schlag mit einer Streitaxt den Kaiser aus dem Sattel. Maximilian stürzt schwer in seiner eisernen Rüstung zu Boden und kann sich nicht mehr bewegen.

Das Pferd kommt hinten wieder hoch und steht zwischen Eisenwall und dem Kaiser, so, als wisse es um die Bedeutung seines kaiserlichen Herren.

Der neben dem Kaiser kämpfende Herzog Erich von Braunschweig wird just, als des Kaisers Pferd wankt, von einem Schuss getroffen. Der Schuss dreht den Herzog samt Pferd um die eigene Achse, doch er bleibt im Sattel. Er wendet sein Streitross und stellt sich einem in vergoldeter Rüstung auf den Kaiser zupreschenden Böhmen in den Weg. Der Böhme rennt dem Pferd des Braunschweigers die Lanze in die Brust. Des Herzogs Pferd bricht zusammen und Erich von Braunschweig erhält im Fall noch zwei Lanzenstiche vom Reiter in der goldenen Rüstung.

Noch nicht am Boden angelangt, treffen den Braunschweig zwei Armbrustbolzen in den Arm. Obwohl schwer verwundet, springt der Braunschweiger auf, stürzt sich über den Kaiser und schützt ihn so mit seinem eigenen Leben.

Die nachstürmenden Landsknechte sind gerade zur rechten Zeit beim Schauplatz vor der Eisenmauer angelangt. Sie ziehen den Böhmen in der goldenen Rüstung vom Pferd und hauen ihn mit kräftigen Schwerthieben auseinander.

Erich von Braunschweig bringt man sofort nach rückwärts zur Versorgung. Der Kaiser wird wieder aufs Ross gesetzt. Damit zeigt er allen, dass heute Mut und Tapferkeit angesagt sind.

Das Jubelgeschrei derer, die diese Heldentat miterleben durften, peitscht die links und rechts an den Flügeln kämpfenden und die noch nachfolgenden Landsknechte zu unglaublicher Kampfbegeisterung auf.

»Wir machen es dem Kaiser nach«, hallt es übers Schlachtfeld. »Schlagt die Böhmen tot! Hoch lebe Kaiser Maximilian!«

Die Kaiserlichen zeigen heldenhaften Mut; sie dreschen die eisernen Verbindungsklammern der Pafesen auseinander, reißen die Verankerungen aus dem Boden und überrennen die böhmische Schlachtreihe.

Wie die Böhmen merken, dass sich der Kampf zu ihren Ungunsten wendet, stellen sich jeweils vier der böhmischen Landsknechte mit dem Rücken zusammen und wehren sich, solange ihr Atem hält.

Die anderen Böhmen, die sich nicht mehr ordnen können, flüchten in panischer Angst.

Mit Hurra und Horrido folgen ihnen die Reiter des Kaisers. Alles hauen sie nieder, was sich ihnen als Landshuter Söldner in den Weg stellt.

Oben auf der Kuppe des Wenzenberges angelangt steht Maximilian mit seinen Getreuen und blickt den Hang hinunter.

Mehr als 1 600 Böhmen und etliche Landshuter liegen erschlagen auf den Matten. Teils bis zur Unkenntlichkeit zerstochen und zerhauen. Köpfe rollen den Hang hinunter, abgeschlagene Arme und Beine liegen neben und über gespaltenen Körpern. Aufgeschlitzte Leiber, blutige Gedärme, von Streitkolben zerschmetterte Schädel. Dazwischen bebende, zitternde Leiber, die vor Schmerz um den erlösenden Tod betteln, überall Stöhnen und Leiden, überall unsägliche Qualen. Tote Pferdeleiber, die ihre Reiter beim Sturz unter sich begraben haben. Auch die Tiere aufgerissen von den langen Spießen mit ihren scharfen Widerhaken. Und so weit das Auge reicht, zersplitterte und zerbrochene Hellebarden und Spieße, verbogene Schilde, zerfetzte Kettenhemden und Rüstungen. Ein Bild des Grauens.

Allmählich färbt sich das satte Grün des Hügels dunkelrot.

Eine Stunde nur dauerte das Gemetzel.

Die Wagenburg des Feindes mit dreimal hundert Doppelachsern ist dem Kaiser unversehrt in die Hände gefallen. Und drüben am Wald hat man mehr als siebenhundert Böhmen gefangen genommen.

Maximilian ruft hinüber: »Einen Teil bringt nach Österreich zum Festungsbau, den anderen schickt in die Heimat. Sie sollen denen drüben sagen: Wenn sie wieder Gelüste haben, gegen das Deutsche Reich zu ziehen, dann sollen sie nur kommen. Ich werde mit gleicher Münze wie jetzt bezahlen. So wird's jedem gehen, der als Feind deutschen Boden betritt!«

Trotz des militärischen Erfolges ist die Freude des Kaisers getrübt. Ein bitterer Wermutstropfen bleibt: Sein Freund und Lebensretter, Herzog Erich von Braunschweig, ist schwer verwundet und auf dem Wege zum Feldscher nach Regensburg.

Ähnlich geht es Herzog Albrecht. Auch er bedauert das Missgeschick des Herzogs zu Braunschweig, umso mehr, als dieser sein Großvater ist. Über das heldenhafte Streiten auf dem Schlachtfeld hinaus verbinden die beiden enge Familienbande.

Kaiser Maximilian und Herzog Albrecht sind sich nach geschlagener Schlacht einig: Zu Regensburg, heute Abend, werden sie beim Herzog zu Braunschweig sein und ihm Dank und Anerkennung abstatten.

Doch bevor der Kaiser das Zeichen zum Abmarsch vom Schlachtfeld in Richtung Regensburg gibt, ordnet er die Beerdigung der Toten an; das gilt für die eigenen und die fremden.

So müssen nun die Landsknechte am Fuße des Wenzenberges riesige Gruben ausheben. Neun sind's an der Zahl, damit man die vielen Gefallenen bestatten kann.

Es ist keine leichte Arbeit nach den Anstrengungen der vorhergegangenen Schlacht.

Allen fällt es schwer, die Hacken und Schaufeln zu führen, die Erde beiseite zu schaffen, die Gruben abzustützen und Freund und Feind in der kühlen Erde zu bestatten. So manchen kommt dabei das Weinen an.

Drüben am Hügel, dort wo zwei Geschütze der Böhmen zerfetzt im Grase liegen, inmitten der Trümmer, sitzt ein Landsknecht, der bei der Schlacht den Verstand verloren haben muss. Er beobachtet mit glasigem, starrem Blick seine Kameraden, wie sie die zerhauenen Leiber in die Gruben werfen. Mit leiser, monotoner Stimme singt er: »Als wär's im Maientaue, waten die Deutschen in der Ketzer Blut …«

❧

Von der großen Niederlage Landshuts bei Schönberg spricht man nun im ganzen Land. In Windeseile hat sich die Nachricht verbreitet.

Vielleicht, so hoffen die Menschen, ist dies der große Durchbruch, vielleicht wird jetzt endlich Frieden in Bayern.

Die Herolde Herzog Albrechts sind in den letzten Tagen landauf, landab unterwegs um von der gewonnenen Feldschlacht zu berichten.

So hat man auch den Rat zu Rosenheim darüber unterrichtet.

Der Erfolg des Kaisers macht die Bürger im Markt wieder hoffnungsvoll. Schließlich dauert der Krieg nun schon fast ein dreiviertel Jahr.

Viel wird geredet über das große Ereignis, über die »Böhmenschlacht«, wie der Herold diese Neuigkeit nannte.

Dass die Schlacht für die Landshuter verlorenging, ist für viele Menschen nicht verwunderlich. So musste es ja kommen, denn die Herzogin Elisabeth hat sich gewaltig überschätzt.

Nach dem Tode ihres Gemahls, Herzog Ruprecht, hätte sie eine Einigung mit Herzog Albrecht und dem Kaiser anbieten sollen. Aber nein! Mit den Hauptleuten hat sie sich zusammengetan, hat diese auf sich eingeschworen und die Auseinandersetzung weiter geschürt. Zusätzliche Truppen hat sie angekauft, neue Waffen schmieden lassen und das Volk weiter in Krieg und Verderben gehetzt.

Diejenigen, die zu Elisabeths Lager gehören, behaupten dagegen, der Kaiser sei schuld, dass der Frieden noch nicht eingekehrt ist. Sie unterstellen ihm Rachsucht und Geldgier. Reichtümer anzuhäufen und weitere Landschaften zu gewinnen sei für den Kaiser oberstes Gebot. Und mit einem Krieg lasse sich das leichter verwirklichen als auf friedlichem Wege.

So und ähnlich denken und reden die Menschen im ganzen Lande und die Rosenheimer denken und reden nicht anders.

Zum Beispiel die Thalerin, die Schweighartin, die Thurnerin und die Beslin. Sie stehen an diesem Morgen zusammen am Waschplatz und schnattern aufgeregt über die verlorene Schlacht bei Schönberg. Was sich da genau ereignete, wissen sie nicht. Der Bericht des Herolds war kurz und hat nur den Sieg verkündet.

Die anderen Nachrichten, die bis Rosenheim dringen, sind schon arg verstümmelt oder auch aufgebläht. Je nachdem, wer eine zusätzliche Neuigkeit auf die Schranne bringt. Mancher lässt eben gern etwas weg, der andere tut etwas hinzu, gerade wie's der Erzählerlaune entspringt. Dass bei so viel Gerede die Phantasie freien Lauf nimmt, ist nicht verwunderlich.

Die vier Weiberleut sind also voller Hoffnung. Der Friede scheint greifbar nahe, so nahe wie noch nie, und das macht sie richtig froh. Maximilian wird sicher jetzt wieder alles ins Lot bringen.

Herzog Albrecht kann sich glücklich schätzen den Kaiser zum Schwager zu haben. Seine Gemahlin nämlich, die Münchner Herzogin Kunigunde, ist des Kaisers Schwester. Und, so folgern die Waschfrauen, bleibe alles in der Familie.

Gerade als sie mit ihrer Arbeit fertig sind und ihre Körbe, gefüllt mit sauberer Wäsche, nach Hause tragen wollen, kommt ihnen der Lindl-Götz entgegengewatschelt.

Einen hochroten Kopf hat er auf, der eiserne Helm sitzt schief im Genick. Weit hält er seine Hellebarde mit der

Rechten von sich, damit sie ihm nicht wieder beim schnellen Gehen zwischen die Beine kommt. Das ist dem Lindl-Götz früher schon des Öfteren passiert, wenn er in Eile war. Schon ein paar Mal lag er dann im Straßenkot. Und alle, die ihn sahen, spotteten ihn aus. Nein, denkt der Torknecht, das kommt mir nicht mehr vor. Und so hat er sich eben jenen seltsamen Gang zugelegt, der an einen watschelnden, voll gefressenen Erpel erinnert.

Die vier Waschfrauen beachten den Lindl-Götz gar nicht, als er ohne Gruß an ihnen vorbeieilt. Es lohnt sich nicht, sich über sein seltsames Verhalten zu wundern; der Götz ist immer so. Das kennen die Frauen.

Als er einige Schritte an den Frauen vorbei gewatschelt ist, ruft er ohne sich umzudrehen: »Keine Zeit, keine Zeit! Muss weiter!«

Die Thalerin meint, indem sie ihm lachend nachblickt: »Hält dich doch keiner auf!«

»Könnt ja sein, dass mich jemand fragt«, schreit der Lindl-Götz aufgeregt zurück und verlangsamt dabei seinen Schritt. Die vier beginnen zu kichern.

»Es fragt dich aber keiner«, ruft die Susanna Schweighartin ihm zu, denn sie kennt die Art des Lindl-Götz nur zu gut und sie weiß, dass er sowieso gleich stehen bleiben wird.

Schon ist es auch passiert. Der Lindl-Götz bleibt stehen, dreht sich um und geht einen Schritt auf die Waschfrauen zu. Dann meint er ganz ernsthaft: »Schad, schad! Ich hätt nämlich eine narrisch wichtige Neuigkeit!«

»Behalts' für dich, es ist doch nichts Gescheites!«

Die Schweighartin ist zwar genauso neugierig wie die anderen drei. Aber wenn sie den Lindl-Götz jetzt fragen würden, was er denn so weiß, dann würde der sicherlich mit erhobenem Haupt, geschwellter Brust, die Hellebarde weit von sich gestreckt, seiner Wege gehen und vor sich hinbrummeln: »Alles wollens' wissen, die neugierigen Weiberleut! Alles wollens' wissen!«

Also fragen sie ihn lieber nicht und tun so, als interessiere sie es überhaupt nicht. So lockt man alles aus dem Lindl-Götz heraus, was man wissen möchte.

Und schon ist der Torknecht auf die vier hereingefallen. »Eine ganz grausige Neuigkeit. Von einer Toten!«

»Da schau her, von einer Toten, was du nicht sagst!«, lockt die Thurnerin weiter und tut so, als halte sie das, was der Lindl-Götz gesagt hat, für ein Märchen.

Da ruft der Lindl-Götz beleidigt: »Meinst, ich spinn?«

»Bei dir weiß man's nie so recht!«

»Aber heut spinn ich nicht!« Er merkt, dass er den Waschfrauen nichts vorspielen kann; so dreht er den Spieß um und biedert sich an. »Wollt ihr's nicht wissen?«

»Von mir aus red!«, fordert ihn die Thalerin auf, weil sie das Katz- und Maus-Spiel jetzt satt hat.

»Ja«, ereifert sich der Lindl-Götz schnell und findet zu seiner alten Form zurück. »Die Elisabeth ist tot.«

»Ich kenn keine Elisabeth«, meint die Beslin kopfschüttelnd. Auch die anderen schütteln die Köpfe. Dabei haben sie schon ganz lange Ohren, weil sie die Neugier arg plagt.

Und da sprudelt er's heraus: »Die Herzogin von Landshut.«

Darauf waren die vier Waschfrauen aber nun doch nicht gefasst. Die Herzogin Elisabeth, die noch vor drei Tagen in der Schlacht bei Schönberg dabei war, die Herzogin, die Schuld am Krieg und den ganzen Unbilden dieses Jahres trägt, die soll nun plötzlich tot sein?

Die Thurnerin kann sich nicht halten: »Jetzt spinnst aber schon, Lindl! Schau, dass du weiterkommst! Mit so was macht man keinen Spaß!«

Aber da kommt sie dem Lindl-Götz gerade recht: »Nix da, der Bürgermeister hat mir's grade gesagt«, betont er wichtigtuerisch. »Ich und der Bürgermeister haben gerade über diese Sache geredet. Die Nachricht ist brandneu. Vier Wochen nachdem Herzog Ruprecht gestorben ist, ist jetzt auch sein Weib verschieden.«

Die Thalerin kann's immer noch nicht glauben, was der

Lindl-Götz da erzählt. »Aber die Herzogin war doch nie krank«, meint sie nachdenklich.

Ob die Herzogin nun gesund oder krank war, weiß sie natürlich ebenso wenig wie die anderen drei. Aber da die Thalerin nie etwas über eine Krankheit der Herzogin erfahren hat, folgert sie eben, dass die Herzogin immer gesund gewesen sein muss.

»Seltsam, gell?«, meint der Lindl-Götz mit einem breiten, dummen Grinsen und fügt dann mit verhaltener Stimme hinzu: »Vielleicht Gift!« Dabei wackelt er mit seinem dicken Kopf und verdreht viel sagend seine Glotzaugen.

»Was weißt du darüber?«, fragt die Thalerin schon etwas ungeduldig.

»Ah, ich weiß nichts Genaues«, meint der Lindl-Götz mit einem geheimnisvollen Unterton in der Stimme. Es klingt so, als wisse er etwas mehr, möchte aber vorerst damit nicht herausrücken.

»Ich trauer der Elisabeth nicht nach«, beeilt sich die Beslin zu sagen, weil ihr die Rede um das Gift nicht ganz geheuer ist. Und mit einem Seufzer der Erleichterung fügt sie hinzu: »Vielleicht gibt's jetzt endlich Frieden im Land.«

Aber der Lindl-Götz scheint tatsächlich noch einiges zu wissen: »Der Bürgermeister hat gesagt, die Landshuter Hauptleute, die auf Elisabeth eingeschworen sind, machen weiter!«

Die Schweighartin kann diesen Ausführungen des Lindl-Götz nicht ganz folgen: »Was hätten die denn für einen Grund?«

Der Lindl-Götz schweigt. Er zieht die Augenbrauen hoch, schaut mit seinen großen Glotzaugen zum Himmel und sieht dabei aus wie ein unschuldiges Kalb. Es freut ihn, dass diese dummen Waschfrauen keine Ahnung haben, was so alles in der weiten Welt vor sich geht.

»Red!«, faucht ihn die Thurnerin an, weil sie selbst schon so gespannt ist, dass sie's nicht mehr aushält.

»Der Grund?«, meint der Lindl-Götz, bläst sich wie ein

Frosch auf und lässt dann genüsslich und hörbar die Luft durch seine große Nase entweichen: »Die Buben von der Elisabeth, die Prinzen Ottheinrich und Philipp zu Landshut.«

Die Beslin meint daraufhin gleichgültig: »Das sind doch Kinder! Der eine zwei und der andere noch kein Jahr alt.«

»Das ist doch den Hauptleuten zu Landshut Wurscht. Prinz ist Prinz – Krieg ist Krieg!«

Damit ist für den Lindl-Götz das Thema beendet. Er hat es wieder einmal geschafft, eine Neuigkeit im Markt auf seine Weise loszuwerden. Und er kann davon ausgehen, dass es auch bald alle Leute wissen werden

»Ich hab keine Zeit, muss weiter«, setzt er noch drauf und fort watschelt er, weit von sich gestreckt die Hellebarde in der Rechten, sorgsam auf seine Beine achtend, hochrot der Kopf und voller Wichtigkeit, der Helm schief darauf gesetzt, geschwellt die Brust.

Die Thurnerin meint betrübt: »Jetzt stehen wir wieder mittendrin. Und kein Frieden in Sicht.«

Nachdenklich geht jede ihres Weges.

Prinz ist Prinz – Krieg ist Krieg!, hat der Lindl-Götz gerade gesagt und hat dabei, trotz seiner Einfalt, ins Schwarze getroffen. Denn den Landshuter Hauptleuten geht's tatsächlich nur um Krieg und sonst um nichts.

Krieg ist ihr Handwerk und das Handwerk wird ausgeübt bis zum bitteren Ende.

❧

Herzogin Elisabeth ist tot.

Die Nachricht, die der Bote vor einer Stunde überbrachte, war eigentlich nicht für Rosenheim gedacht. Sie war für die Landshuter Truppen am Chiemsee bestimmt.

Dort, am Chiemsee, treiben sich die Hauptleute Sixt von Truettsam und Jörg von Niederthal mit ihren Fähnlein herum und traktieren die Bauern und Fischer zwischen Prien und Seebruck.

Der Bote machte im Markt Rosenheim Zwischenstation um sein Pferd zu tränken und sich zu laben. Dabei meldete er auch gleich dem Bürgermeister die Neuigkeit. Weil er in der Schänke hörte, dass im Markt auch noch etliche Landshuter Soldaten untergebracht sind, brachte er seine Botschaft auch hier an. Er informierte den Hauptmann Seitz von Terring.

Der Tod Elisabeths bewegt nun die Gemüter der Herren vom Rat. Sie sitzen im Ratszimmer beieinander. Oben an der Stirnseite des Tisches der Bürgermeister Erasmus Cronast; an den beiden Längsseiten die Räte. Sie diskutieren über die möglichen Folgen dieses neuesten Ereignisses.

»Es wundert mich, wenn ein so junges Weib schon den Weg alles Irdischen gehen muss«, meint der Bürgermeister nachdenklich.

»Mich nicht«, erwidert der Freudenreich, der ja bekanntlich das Gras wachsen hört. »Wenn du die Meldungen und Berichte aus letzter Zeit bedenkst und dann alles zusammenzählst, so war das abzusehen!«

»Aus deiner Rede kann ich keinen Schluss ziehen«, mischt sich der Scheuchenstuel ein. »Wieso war das abzusehen?«

»Da braucht man nicht lange nachdenken. Das Weib ist an Gram gestorben! Zuerst hat sie ihren Vater, Herzog Georg, verloren, dann kam der Krieg, bald der Tod des Gatten, dann die verlorene Schlacht zu Schönberg und dazu noch die grausliche Krankheit, die Ruhr, die in ihrem Land grassiert.«

Der Bürgermeister schüttelt den Kopf. »Mit Gram brauchst mir nicht kommen, Freudenreich. So ein junges Weib stirbt nicht an Gram. Sie war erst 26 Jahre, voller Kraft und Saft. Sie hat den Hauptleuten das Fürchten gelehrt, dem Kaiser und Albrecht die Stirn geboten. Nein, mein lieber Freund, da steckt was anderes dahinter.«

»Also, ich denke eher an die Ruhr. Eine solche Krankheit macht vor niemandem halt. Da könnte schon was dran sein«, meint nachdenklich der Peter Wider.

Der Bürgermeister aber hält dagegen: »Ich glaub's nicht

ganz. Solche hohen Herrschaften sind doch sicher vor derartigen Krankheiten. Ruhr kriegst doch nur, wenn du nichts zum Fressen hast oder dich im Dreck suhlen musst, wie die armen Leut in den Gossen zu Landshut.«

»Mit der Ruhr braucht mir auch keiner kommen«, nimmt der Freudenreich den Faden auf. »Ich hab da so meine Bedenken. Ihr habt ja gehört, was der Bote berichtet hat. Elisabeth war vorher nicht krank, plötzlich verfällt sie in hohes Fieber und stirbt. Wie ich den Boten weiter gefragt habe, ob's etwas anderes auch hätte sein können, hat er gemeint: Warum nicht auch Gift.«

»Die Ruhr ist doch auch fiebrig«, meldet sich da der Wider nochmals. »Ich weiß das, denn ich hab solche kranken Leute schon einmal vor vielen Jahren gesehen. Zu Regensburg war's. Fiebrig waren sie und Flecken haben sie am ganzen Körper gehabt.«

»Das mag schon sein. Aber ich bin der Meinung, dass da etwas anderes dahintersteckt.«

Der Bürgermeister will nichts von der Ruhr wissen. »Erinnert ihr euch an den Tod vom jungen Herzog Ruprecht vor vier Wochen? Da hat man auch von der Ruhr geredet, aber anscheinend war's doch Gift. Er ist auch so schnell gestorben wie jetzt die Elisabeth. Nur ein paar Tage hat die Krankheit gedauert. Was mich nachdenklich stimmt, ist die Tatsache, dass zur gleichen Zeit in Landshut und weiter oben im Norden Brunnenvergifter und Giftmischer gefangen genommen und hingerichtet worden sind.«

»Ach, ich weiß nicht, wer soll denn den Herzog vergiften wollen?«, wirft der Peter Wider ein, denn der denkt immer nur an das Gute im Menschen.

Da geht der Freudenreich in die Luft. »Da kann ich dir sofort drei nennen, die das liebend gerne tun: der Kaiser, Herzog Albrecht und ich.«

Da müssen die Herren am Tisch trotz aller Ernsthaftigkeit des Gesprächs und der drückenden Sorgen doch ein wenig schmunzeln.

Ja, der Freudenreich ist wieder in seinem Element!

»Oder meint ihr«, fährt er fort, »die Münchner hätten kein Interesse am Tode Elisabeths und Ruprechts gehabt? Ich sag euch, wer so gnadenlos sein Kriegshandwerk ausübt wie der Kaiser und Herzog Albrecht, dem ist jedes Mittel recht um den Gegner zu beseitigen. Und ich sag euch weiter: Recht so!«

Für den Bürgermeister wird es Zeit, das Thema zu wechseln, sonst ereifert sich der Freudenreich noch so, dass ihn der Herzschlag trifft.

»Ist gut, Freudenreich, ist gut«, meint er deshalb beschwichtigend, »lass uns von was anderem reden.«

»Nichts da, Cronast«, poltert der Freudenreich weiter. »Wenn wir schon bei den Landshutern sind: Wann willst denn dem Reich ans Leder?«

Diese Frage bringt sofort Unruhe in die Runde. Alles redet durcheinander.

Richtig, der Reich steht auch noch an! Dem hat man ja mit einstimmigem Ratsbeschluss Rache geschworen. Das Haus soll geplündert und abgebrannt werden.

»Wie man hört, ist der Reich seit einigen Tagen nicht mehr auf dem Kuglmoos gesehen worden. So wäre die Zeit gerade recht um unser Vorhaben zu verwirklichen!«

Der Freudenreich ist in seinem Element, nicht minder aber auch die anderen Räte.

Der Bürgermeister macht ein saures Gesicht. Er hatte gedacht, dass sich die Herren seit dem etwas übereilten Beschluss damals auf der Schranne beruhigt und die Angelegenheit längst vergessen hätten. Aber der Brüllhals Freudenreich macht alle Hoffnung zunichte.

»Also«, sagt der Scheuchenstuel, der sich auf einmal als Wortführer hervortut, »Bürgermeister, du musst das sofort in Angriff nehmen. Ich schlag vor, heute Abend geht's los. Was meint ihr, Freunde?« Dabei schaut er die anderen aufmunternd an. Die nicken alle und reden wieder wild drauflos.

Der Bürgermeister knirscht mit den Zähnen. Widerwillig

stimmt er auch das zweite Mal zu. »Wenn ihr meint, dann heute Abend.«

Er dreht sich um und ruft zur Tür hinaus: »Schmidinger, komm rauf!«

»Ich komm schon!«, ruft der Schmidinger aus der Schreibstube zurück. Und schon stapft er eilig die Treppe hinauf.

»Was gibt's?«

»Schmidinger, du bist mir verantwortlich, dass heute noch dem Reich die Bude geplündert und angezündet wird!«

Der Schmidinger erschrickt. Ist es so weit, dass dem Reich nun die Leviten auf Rosenheimer Art gelesen werden sollen? Zwar kennt der Schreiber den geheimen Ratsbeschluss, doch hat er, so wenig wie auch der Bürgermeister, mit seinem Vollzug gerechnet.

Und dann ist da noch etwas, das dem Schreiber durch den Kopf geht. Auf dem Kuglmoos ist seine Katharina. Sie darf auf keinen Fall Schaden an der Sache nehmen. Aber vielleicht ist es gerade deswegen besser, wenn er selbst mit dem Kommando betraut wird. Dann kann er seine Katharina warnen und gleich mit heim nehmen. Was interessiert ihn noch die Jahresfrist, die er gegenüber dem Kastner einzuhalten hat! Und wenn der Reich verjagt wird, dann braucht er auch keine Angst mehr zu haben, dass der ihn wegen der Schulden beim Markt anschwärzt.

Der Schmidinger nickt also und verlässt den Raum.

Als er unten an der Haustür ist, ruft er den Ratsboten Michael Kurzner: »Michael, lauf zum Linhart Stettner. Der soll gleich herkommen!«

»Was gibt's, Schreiber?«, meldet sich kurz darauf der Stettner beflissen.

»Ruf alle Torknechte zusammen, die heute frei haben. Lass Knüppel und Eisenkeulen ausgeben, richtet Brandstäbe und Lunten her. Wir treffen uns um die siebte Abendstunde drüberhalb der Innbrücke. Es geht aufs Kuglmoos. Wir zahlen's dem Kastner heim!«

Der Linhart Stettner grinst erfreut, macht auf der Stelle kehrt und will hinaus bei der Tür.

Da ruft der Schmidinger ihm nach: »Aber Vorsicht, dass die Landshuter Soldaten nichts merken! Auch die Leute vom Markt sollen nicht laut darüber reden. Es muss noch geheim bleiben. Wir wollen das Unternehmen erfolgreich abschließen!«

❧

Unbemerkt hat die Gruppe der Brandstifter den Edelsitz erreicht. Kein Mensch ist vor dem Haus oder im Hof bei den Scheunen zu sehen. Die Haustüre ist angelehnt. Der Schmidinger geht hinein.

»Jemand da?«, ruft er. Doch nichts rührt sich. Schnell eilt er durchs Gebäude. Alle Türen lassen sich öffnen, das Haus ist verwaist.

Als er aus der Haustüre herauskommt, steht der alte Nikolaus Fichtl bei den Torknechten.

»Schmidinger, Schreiber, bitte lasst mein Häuschen da drüben stehen!«, ruft ihm dieser ängstlich zu.

»Lass gut sein, Fichtl. Gegen dich haben wir nichts. Du und das Gesinde braucht nichts zu befürchten. Dein Haus lassen wir stehen, es geht nur um das vom Reich.«

»Ich dank Euch, Schreiber!« Dabei fällt der Fichtl auf die Knie und ergreift des Schmidingers rechte Hand. Dem Schreiber ist das peinlich.

»Nicht, Fichtl! Steh auf! Sag mir, wo ist der Reich und wo meine Katharina?«

»Der gnädige Herr ist seit ein paar Tagen auf Reise. Er hat gesagt, er müsse die Wege inspizieren, bevor der Winter einbricht.«

»Und meine Katharina, wo ist sie?«

»Ich weiß nicht, Herr Schreiber. Aber mein Weib hat gemeint, sie habe gesehen, wie die Katharina im Reisewagen gesessen ist, als der gnädige Herr weggefahren ist.«

Dem Schreiber überkommt eine gehörige Wut. Wieder hat es der Kastner geschafft, ihm eins auszuwischen.

»Sag deinen Leuten, Fichtl, sie sollen sich in deine Hütte verkriechen. Ich will jetzt keinen sehen und hören. Und sag ihnen noch, sie sollen mir ja die Wasserkübel nicht in die Hände nehmen!«

»Ist gut, Schreiber! Die Leute sind alle schon zu mir ins Haus geflüchtet. Wir werden uns an das halten, was du gesagt hast!« Dabei macht er eine tiefe Verbeugung, schlurft eilig in sein Häuschen zurück und schiebt laut hörbar den Riegel von innen vor.

»Auf geht's. Was nicht niet- und nagelfest ist, könnt ihr euch nehmen. Dann setzt die Lunte von oben an!«, gibt der Schmidinger die Anweisung an seine Leute.

Die können es schon gar nicht mehr erwarten und stürmen mit Gebrüll ins Haus. Im Handumdrehen werden Kästen, Tische, Stühle und andere Gegenstände herausgeschleppt. Aus den Fenstern im oberen Stock fliegen Betten, Decken, Felle und sonstiges Inventar. Noch ist unten im Erdgeschoß nicht alles aus dem Haus heraus, da lodern oben aus dem Dachstuhl schon die ersten Flammen.

❧

Die kaiserlichen Tiroler

Der Torwärter Linhart Stettner hat an diesem Samstag wachfrei. Er sitzt in seiner Turmstube, schneidet sich zum Frühstück ein saftiges Stück Speck ab und grübelt vor sich hin. Es ist die siebte Morgenstunde.

Unten an der Zugbrücke stehen die Torknechte, der Lindl-Götz und der Bartl Lenderer, und unterhalten sich in einfältiger Weise über das gestrige Tagesgeschehen.

Da wird's vom Innweg her zunehmend laut.

Zuerst sieht man ein paar Reiter durchs Inntor galoppieren. Einer davon führt ein rotes Banner mit einem weißen Kreuz darauf. Dann kommen etliche Wagengespanne und dahinter wieder ein paar Reiter.

»Stettner, Landshuter kommen«, ruft der Lindl-Götz stolz zum Turmfenster hinauf. Das hat er gleich erkannt, an der Fahne.

»Die Fahne ist die gleiche wie die auf der Schranne«, ruft der Bartl Lenderer zum Turmfenster hinauf. Er ist auch so ein Schnellspanner wie der Lindl-Götz.

Der ruft jetzt nochmals zum Turm hinauf: »He, Stettner, Landshuter kommen. Komm runter!«

Der Stettner ist ein pflichtbewusster Torwächter. Wenngleich er keinen Tordienst hat, so kommt er doch eilig die Treppe herunter. Gerade als er unten ankommt, poltern die ersten Reiter über die Holzbrücke des Mittertores. Die Torwächter öffnen das innere Eisentor und machen den Landshutern den Weg zur Schranne frei.

»Ihr seid Landshuter Fähnlein?«, ruft der Stettner dem Fähnrich zu.

Der nickt und meint: »So ist's!«

Also lässt der Stettner das Fähnlein, ohne es anzuhalten und ohne weitere Fragen zu stellen, passieren.

Warum soll der Torwächter auch ruprechtische Truppen nach dem Grund fragen? Die kommen und gehen, wie es ihnen passt. Wenn man da näher fragen würde und den Falschen erwischen tät, dann müsste man höchstens mit einer dummen Antwort rechnen oder man würde gleich eins auf den Helm bekommen.

Als pflichtbewusster Torknecht müsste er zwar jetzt das Fähnlein auf dem Rathaus ankündigen. Das mag der Linhart Stettner aber heute nicht.

Die sollen sich alleine zurechtfinden, was interessieren mich die Landshuter, sagt er sich und lässt sie ziehen.

Wie sie vorbei sind, macht den Stettner aber eins stutzig: Warum sind sie vom Innweg her gekommen und nicht über die Wiesen, direkt aus Richtung Wasserburg? Der Weg von Landshut über Wasserburg rechtsseitig des Inns ist doch länger und beschwerlicher als die ausgebaute linksseitige Straße.

Na ja, denkt sich der Stettner, der Anführer wird's schon wissen.

Der Einzug des Fähnleins in den Markt Rosenheim gestaltet sich so laut, dass viele Bürger ängstlich aus den Häusern schauen, andere sich aber schleunigst verdrücken.

Das Pferdegetrappel, die Fuhrwerke, die laute Unterhaltung und die Kommandos der ankommenden Soldaten sind unüberhörbar.

Während sich die Rosenheimer also im Hintergrund halten, eilen einige Belagerungssoldaten neugierig auf den Schrannenplatz.

Die Belagerer sind in einem liederlichen Zustand. Ihre Wämser tragen sie offen. Schlampig ihr ganzes Aussehen. Kaum ein Hut oder Helm auf dem Kopf. Nicht umgegurtet, kaum Waffen am Mann.

Das Etappenleben hat ihnen jedweden soldatischen Schwung genommen.

Die neuen, die da ankommen, sind dagegen gut gekleidet und gerüstet. Sie sitzen stramm in ihren Sätteln. Auch die

Fuhrknechte und Wagenbegleitungen, die sonst eher ein abenteuerliches Aussehen an den Tag legen, zeigen sich von ihrer besten soldatischen Seite.

Die Trosswagen bilden nun einen Halbkreis auf der Schranne. Links davor ein paar Offiziere und Feldwebel, rechts der Anführer, ein Feldhauptmann sowie sein Fähnrich mit der roten Fahne und dem weißen Kreuz darauf.

Gerade als der Tross sich formiert hat, taucht der Hauptmann Hanns von Bodmann aus der Heiligen-Geist-Gasse kommend auf.

Während er sich im Laufen noch sein Wams zuschnürt, ruft er kurzatmig hinüber zum Feldhauptmann: »Hoi, Ihr führt unsere Fahne. Gehört Ihr zu uns?«

»Richtig«, entgegnet ihm dieser vom Pferd herunter. »Auf Befehl wird Euer Fähnlein verdoppelt. – Wer seid Ihr?«

»Ich bin Hauptmann von Bodmann. Der Obrister von Leonstein hat mich zurückgelassen zum Schutz des Marktes. – Was bringt Ihr?«

»Wir bringen Waffen für neue Eroberungen«, meint der auf dem Ross.

Da freut sich der Hauptmann von Bodmann und mit ihm seine Söldner. Denn mit ihren alten Waffen und ihrer ungenügenden Ausrüstung können sie nicht mehr viel anfangen.

Sie haben nur überwiegend Spieße und Hellebarden, einige haben Schießprügel. Auch mit Pulver und Blei ist es zur Zeit nicht gut bestellt, seit beim Angriff des Jörg von Au fast alles verschossen worden ist. Der Nachschub von Landshut hat bisher nicht geklappt. Meist musste man sich alles zusammenrauben, mit Gewalt an sich bringen.

Wenn wieder gute Waffen vorhanden sind, dann sollen sich die albrechtischen Landsknechte aber umsehen, denkt der Hanns von Bodmann. Ganz egal ob die Schlacht bei Schönberg verloren gegangen ist oder nicht!

Das Herumsitzen im Markt Rosenheim ist sowieso schon lange nicht mehr das Wahre. Besser wäre es hinauszuziehen, den Bauern erst Feuer unterm Hintern zu machen und sie und ihre Knechte dann zu erschlagen. Und wenn noch Zeit sein sollte, so lohnte es sich allemal auch nachzusehen, was ihre Weiber unter den Röcken tragen. Dafür ist man Soldat geworden.

So ruft er erfreut aus: »Das ist gut! Wenn's zu neuen Scharmützeln geht, sind wir immer dabei!«

Er zupft an seinem Gürtel, bringt sein Gewand in Ordnung und tut so, als ginge es jeden Augenblick zu einer neuen Schlacht.

»Wo sind die anderen von euch?«, fragt der Hauptmann auf dem Ross. »Wenn ich so in die Runde schaue, so sehe ich nur einige wenige. Wie man mir berichtete, müssten es viel mehr sein.«

Just im selben Augenblick kommen noch zwei der Landsknechte angehetzt.

»Da fehlen noch etliche! Wo sind sie?«, ruft der Reiter noch einmal laut.

»Überall in den Häusern«, entgegnet ihm der von Bodmann mit einer weit ausholenden Armbewegung.

»Holt sie her, aber schnell. Wir müssen abladen. Sie sollen uns helfen, alle! Wir werden sonst nicht fertig. Ich möchte heute noch alles erledigt sehen!«

Der von Bodmann hört das natürlich gerne und so brüllt in den Platz hinein: »Sammelt euch!«

»Wer ist euer Anführer? Sei Ihr das etwa?«, will der auf dem Ross wissen.

»Nein, der Seitz von Terring«, schreit der von Bodmann zurück, denn es wird jetzt laut um ihn herum, weil die restlichen Landsknechte lärmend herbeieilen.

»Wo ist er denn, der Seitz von Terring?«

Mitten unter den Landsknechten läuft der Feldhauptmann Seitz von Terring herbei. Kurzatmig, mit rotem Kopf, das Barett in der Hand. Auch er ohne Armierung. Im Laufen gerade dabei, sich den Hosenladen zuzuknöpfen. Der vom Pferd grinst herunter, denn er denkt sich so seinen Teil. Schließlich ist auch er Soldat und manchmal auch nicht von der ganz vornehmen Seite. Er nimmt sich schon zur rechten Zeit so manches Weibsbild, wenn er Lust darauf hat. Doch der da scheint noch schlimmer zu sein. Aber so ist es halt mal in der Etappe.

»Wie ich höre, bringt Ihr uns Waffen?«, schnauft der Seitz von Terring aufgeregt.

»So ist's, Freund Terring!«, meint der Reiter und lächelt dabei zufrieden. »Man hat mir die Order gegeben: Bringt die Waffen nach Rosenheim, sie werden dort dringend benötigt!«

»Was habt Ihr alles dabei?«, will der Seitz von Terring wissen.

»Schöne Überraschungen. Wollt Ihr sehen?«

»Ja!«, klingt es begeistert aus den Kehlen der rauen Landsknechte.

»Auf unsere Landshuter ist Verlass!«, brüllt der Seitz von Terring und wirft vor Freude das Barett in die Höhe.

Schon wollen alle auf die Wagen und die neuen Waffen abladen, da schreit der auf dem Pferd aufrecht im Sattel stehend: »Noch mehr Verlass aber ist auf die Münchner! Es lebe Herzog Albrecht!«

Da werden blitzartig die Planen der Fuhrwerke zurückgeschlagen und die Deckel der mitgeführten Pulverwagen geöffnet. Herunter springen schwer bewaffnete Landsknechte mit Spießen, Streitkolben und Schwertern und dringen auf die zu den Wagen laufenden, unbewaffneten Landshuter ein. Ohne Vorwarnung hauen und stechen sie wie wild drauflos. Von den Wagen herunter schießen die Fuhrknechte und Trossbegleiter mit ihren Schießprügeln. Die Offiziere dreschen von den Pferden herab auf das Knäuel der kopflos durcheinander laufenden Landshuter, dass es kaum noch anzuschauen ist.

Alles brüllt und schreit. Einigen der Belagerern gelingt die Flucht in Richtung Mittertor. Darunter sind die Hauptleute Seitz von Terring und Hanns von Bodmann; die beiden sind als erste verschwunden.

Auf dem Pflaster der Schranne liegen viele Tote.

Die Verwundeten, die stöhnen und sich im eigenen Blut wälzen, werden kurzerhand mit einem Gnadenstich erledigt.

Kaum hat der Überfall begonnen, so ist er auch schon wieder vorbei.

Einen Teil der Belagerer hat man eingekreist. Sie werden in Schach gehalten. Ein Häufchen Elend ist das nun, und wie stark und wild haben sie sich in den letzten Monaten im Markt aufgeführt! Jetzt schlottern ihnen die Knie und sie bangen um ihr Leben.

Der Feldhauptmann steigt vom Pferd und sieht sich das Ergebnis genauer an.

»Die Gefangenen abführen und draußen vor dem Tor aufhängen«, befiehlt er dem neben ihm stehenden Feldwebel. Dieser dirigiert sofort seine Landsknechte, die die Gefangenen wegführen.

»Die anderen werden wir nicht verfolgen, lasst sie einstweilen laufen!« Damit meint er die Geflüchteten, die versuchen werden draußen in den Innauen oder den nahen Wäldern unterzutauchen. »Das Pack erschlagen wir bei nächster Gelegenheit.«

Dann wendet er sich an die verschüchterten Rosenheimer. Die stehen beidseitig der Schranne immer noch hinter Türen und Toren; sie sind noch ganz benommen vom Gemetzel, das sie mit Entsetzen beobachtet haben.

»Räumt die Toten weg«, befiehlt der Hauptmann.

Schnell beeilen sich die Männer aus dem Markt, zusammen mit einigen Soldaten, die Toten auf die Fuhrwerke zu werfen.

Jetzt, wo alles vorbei ist, geht der Bürgermeister mit zögerlichen Schritten auf den Feldhauptmann zu. Er traut dem Frieden nicht ganz. Noch weiß er nicht, warum dies inszeniert wurde. Noch hat er, wie alle anderen Rosenheimer, Angst, dass sich das Blatt wenden und die wilden Haudegen auf die Rosenheimer eindreschen könnten.

Trau keinem Soldaten über den Weg und sei es der eigene! Daran haben sich die Rosenheimer bisher gehalten und sind gut gefahren damit. Vorsicht!, sagt sich der Bürgermeister.

Der Feldhauptmann sieht den Bürgermeister auf sich zukommen. Aus Erfahrung weiß er, dass es in solch einem Fall nur der Bürgermeister oder ein Ratsherr sein kann, der als Erster den Mut hat, sich aus der Menge zu lösen.

So fragt er unumwunden: »Ihr seid sicherlich der Bürgermeister?«

»Ja, Euer Gnaden.«

Der Feldhauptmann grinst, weil er wieder einmal richtig geraten hat.

Tief verbeugt sich der Bürgermeister und spricht leise und etwas unsicher, so, als wisse er nicht genau, welchen Ton er anzuschlagen habe: »Habt Dank für die Befreiung.«

Als er merkt, dass kein Widerspruch von Seiten des Feldhauptmanns kommt, wagt er eine Frage: »Wer seid Ihr und wie seid Ihr so unbemerkt in den Markt hereingekommen?«

»Ich bin der Obrister-Hauptmann Hannsen von Sunnenberg. Mich schickt der Kaiser!«

Die Rosenheimer sind überrascht. Kaiserliche Soldaten. Was für eine Glücksstunde!

»Hurra!«, rufen einige vor Freude und fallen sich um den Hals und plötzlich haben sie keine Angst mehr vor den Spießen und Schießeisen der Soldaten. Sie gehen auf sie zu und drücken ihre Freude durch Händeschütteln und Umarmen aus.

Da redet der Hauptmann von Sunnenberg weiter: »Von Kufstein sind wir heute Nacht mit 16 Plätten den Inn heruntergefahren. Damit hat keiner von den Landshutern gerechnet.«

»Bei Nacht auf dem Inn, kaum zu glauben!«, erwidert erstaunt der Bürgermeister und bezeugt damit seine Anerkennung und Hochachtung für diese Tat. Alle, die den Inn kennen, wissen um die Gefahren des reißenden, unberechenbaren Stromes.

Stolz meint der von Sunnenberg: »Ihr könnt mir's glauben, es war ganz einfach!«

Es klingt so, als bekäme er solche Aufträge jeden Tag und würde sie auch stets zur Zufriedenheit Seiner Majestät erfüllen.

Eines verschweigt er aber den Rosenheimern. Bevor er dieses Unternehmen eingeleitet hatte, setzte er sich tüchtig mit der Gefährlichkeit seines Auftrages auseinander. Er hatte vorher schon gewusst, dass das eine brenzlige Expedition werden würde. Auf dem Fluss hat es sich dann bestätigt. Mehr als einmal ist es bedrohlich geworden. Stromschnellen, Untiefen, Wirbel, Sandbänke, denn das ist der Inn von seiner bösen Seite und die hat er dem von Sunnenberg trotzig gezeigt.

»Wir haben aber einen guten Schiffsführer«, meint der von Sunnenberg nebenbei. »Der fährt nachts so sicher wie am helllichten Tag. Und dann …«, – jetzt macht er eine große Kunstpause und schnauft kräftig durch. Alles wartet gespannt auf die nächsten Worte.

»Und dann haben wir noch das falsche Fähnlein aufgezogen. Rot mit weißem Kreuz. Die Landshuter im Markt und am Tor da vorne glaubten, wir gehörten zu ihnen.«

Der Obrister-Hauptmann von Sunnenberg lacht so laut und hellauf, dass es nur so über die Schranne hallt. Mit ihm freuen sich auch die Soldaten und lachen lauthals mit.

Richtig! Viele Rosenheimer bemerken erst jetzt die Täuschung, auf die die Belagerer hereingefallen sind. Die Fahne des kaiserlichen Kommandos aus Kufstein sieht genau so aus wie die der Landshuter.

An der Ecke vom Schrannenplatz, dort, wo der Platz enger wird und zum Mittertor hin verläuft, da steckt so eine Fahne.

Und damit die böse Zeit der Landshuter nun auch augenscheinlich ein Ende hat, gibt der Obrister-Hauptmann dem Fähnrich ein Zeichen. Der holt die Fahne des Münchner

Herzogs Albrecht aus einem der Wagen und tauscht die Landshuter Fahne gegen sie aus. Die Landshuter Fahne, das rote Tuch mit dem weißen Kreuz, wirft er achtlos auf den Wagen. Jetzt steckt im Fahnenschuh die richtige Fahne, die auf München hinweist: weißes Tuch mit einem roten Kreuz darauf.

»Was habt Ihr jetzt vor, gnädiger Herr?«, fragt der Bürgermeister in die fröhliche Stimmung hinein.

»Meine Soldaten bleiben zum Schutz bei euch. Versorgt sie mir gut.«

Aber das hätte der Hauptmann nicht zu sagen brauchen. Selbst wenn die Rosenheimer nichts mehr zu essen und zu trinken hätten, für diese tapferen Burschen würden sie zum Stehlen gehen.

»Der Jörg von Au«, meint der Obrister-Hauptmann von Sunnenberg und deutet auf einen der neben ihm stehenden Offiziere, »der bleibt als Kommandant. Der Jörg möchte sich den Markt nämlich einmal so richtig von innen anschauen. Bis jetzt hat er immer nur den Graben und das Münchner Tor von außen gesehen.«

Dabei grinst der von Sunnenberg den Jörg von Au unverschämt an, als wolle er sagen: Jetzt hast du endlich die Befreiung des Marktes miterlebt, die dir bei deinem Sturm Anfang Juni nicht gelungen ist.

Der Jörg schaut seinen Obrister-Hauptmann von Sunnenberg mit süßsaurem Lächeln von der Seite an. Bisher hatte er schon einiges bei den Saufgelagen der Offiziere aushalten müssen. Für die Zukunft wird er deshalb noch starke Nerven brauchen. Wenn sich die Kameraden einmal auf einen eingeschossen haben, braucht's lange Zeit, bis das Übel vergessen ist und die Fopperei ein Ende hat. Manchmal hält das auch ein Leben lang an.

»Also«, meint der Obrister-Hauptmann von Sunnenberg, »ich reite mit den anderen Offizieren zurück nach Kufstein. Unser Kaiser braucht uns.« Dann wendet er sich an den zurückbleibenden Hauptmann von Au: »Jörg, schickt mir unverzüglich die Plätten nach Kufstein zurück. Unser tapferer Schiffsführer soll das übernehmen. Wir brauchen die Schiffe in Kufstein.«

Er wendet sein Pferd und winkt seinen Offizieren ihm zu folgen.

»Gehabt euch wohl!«, ruft der Obrister-Hauptmann von Sunnenberg noch zurück und schon sind die Reiter unterwegs. Man hört das Hufgetrappel in der Ferne verhallen.

Der Bürgermeister gibt dem im Hintergrund stehenden Torknecht Lindl-Götz die Anweisung, die neuen Landsknechte im Zeughaus einzuquartieren. Die Landshuter Soldaten waren ja auch dort untergebracht.

»Zuvor aber sollen die Torknechte den Saustall, den die Landshuter hinterlassen haben, ausmisten«, meint der Cronast noch nebenbei.

Der Hauptmann Jörg von Au wird vom Torknecht Stettner in das Privatquartier begleitet, das der Hauptmann von Bodmann bis zu seiner Flucht bewohnte.

Langsam gehen die Bürger aufgeregt und schnatternd zurück in ihre Häuser. Das war ein Ereignis!

Auch die Räte und die Wahlmänner wollen nach Hause oder an ihre Arbeit. Doch der Bürgermeister gibt ihnen ein Zeichen zu bleiben.

»Ich möchte mit Euch noch die weitere Lage besprechen. Es wäre gut, wenn sich mehrere den Kopf über die Zukunft unseres Marktes Rosenheim zerbrechen würden statt alles immer nur mir zu überlasen. Schließlich ist die Verantwortung, den Markt zu führen, nicht allein in meine Hände gelegt worden. Ihr Räte seid auch mitverantwortlich und sollt mir mit Rat und Tat zur Seite stehen. So will es nun einmal das geltende Landrecht und so soll es auch in Rosenheim sein.«

Das waren klare und deutliche Worte des Bürgermeisters Erasmus Cronast.

Das hat die Herren Honoratioren schon ein wenig getroffen. Widerspruch ist an dieser Stelle nicht angebracht, denn zweifelsohne haben die Herren schon des Öfteren ihren Bürgermeister bei wichtigen Entscheidungen im Regen stehen lassen.

❧

Es ist später Nachmittag, so um die fünfte Stunde.

Draußen an der Innlände sind die kaiserlichen Schiffsleute und ihre Hilfsknechte dabei, die Transportplätten nach Kufstein zurückzuführen.

Die Schiffsknechte haben ihre Plätten gedreht und in Position gebracht.

So ein Schiffszug hat eine gewaltige Länge, gut 300 Schritt. Insgesamt sind es acht Schiffe, die mit Seilen zusammengehalten werden. Da ist zuerst einmal das Hauptschiff, man nennt es die »Hohenau«, dann der »Nebenbeier«, dann folgt der »Schwemmer«, ferner führt der Zug drei »Rossplätten«, dahinter hängen zwei »Seilmutzen« und am Ende des Zuges gibt es noch die »Stoierplätte«.

Zwei solcher Schiffszüge wurden also zusammengestellt, insgesamt sechzehn Plätten. So viele Schiffe brauchte der Hauptmann von Sunnenberg, denn für den Überfall auf den Markt Rosenheim musste er eine große Zahl von Soldaten, Fuhrwerken, Reit- und Zugpferden mitnehmen. Und natürlich brauchte der Hauptmann auch noch an die dreißig Pferde, die jetzt den Zug wieder flussaufwärts ziehen. Dazu waren schon zwei der drei »Rossplätten« in jedem Schiffszug nötig.

Nun ist alles bereit für das Ablegen.

Der hinterste der Pferdeknechte am Gespann des ersten Schiffzuges, der »Afterknecht«, ruft dem Schiffsführer, den sie in ihrer Sprache den »Sesstaler« nennen, laut zu: »Nahui, in Gotts Nam!«

Da trabt der Pferdezug mit seinen dreißig Tieren langsam an, bis die Zugseile zum Schiff hin gespannt sind und der ganze Schiffszug gegen den Strom gehalten wird. Dann wird das

Seil am Heftstock draußen am Ufer gelöst und beinah mit einem Jubelschrei des »Sesstalers«: »Heft ab, in Gotts Nam!« setzt sich der lange Schiffszug in Bewegung.

Heute sind die Pferde aber nicht sehr gefordert, denn alle Soldaten und Gerätschaften sind im Markt verblieben. So geht es rasch den Innpfad hinauf.

Und kaum hat der erste Schiffszug abgelegt, da folgt der zweite.

Der »Sesstaler« vom zweiten Zug ist ein noch recht junger Bursche, keine dreißig Jahre; er winkt mit seinem Hut herüber zu den Knechten am Ufer, bevor er sich wieder seiner schwierigen Aufgabe widmet. Denn an ihm liegt es, ob beide Schiffszüge wohlbehalten Kufstein erreichen werden.

»Nahui«, rufen die zurückgebliebenen Rosenheimer den Schiffsleuten nach und wünschen damit eine gute und glückliche Fahrt.

Nachdem die Schiffszüge bereits mehr als eine Stunde unterwegs sind, kommt der Peter Strobl zur Innlände. Er war zuvor im Markt und hatte bei einem Becher Roten ausführlich mit den Rosenheimern die Befreiung durch die Kaiserlichen gefeiert.

»Hoi, Strobl!«, hört er jemanden hinter den Erlen am Ufer rufen. Er dreht sich um und da sieht er den Ludbrecht Thüsslinger auf sich zulaufen. Der Thüsslinger ist einer von den Schoppern. Er arbeitet in der Werkstatt unterhalb der Innbrücke und dichtet die Plätten und Kähne mit Moos, Pech und Harz ab. Und so sieht er auch aus: Sein langer Lederschurz ist über und über voll von klebrigem Schwarz.

»Strobl, da ist ein Brief. Den hat mir einer von den kaiserlichen Schiffsleuten gegeben. Den sollst dem Dirndl bringen, das da draufsteht, hat er mir aufgetragen. Ich kann's aber nicht lesen, wies' heißt!«

Mit schwarz-klebrigem Daumen und Zeigefinger seiner rechten Hand hält er dem Peter den Brief hin. Der Peter nimmt den Brief. Jetzt sind neben dem Namen des Mädchens auch noch mehrere große schwarze Fingerabdrücke drauf.

»Hat er sonst noch etwas gesagt?«

»Er hat nicht viel Zeit zum Reden gehabt. Er hat nur noch gemeint, dass du schon alles recht machen wirst. Und dann hat er mir einen Gulden gegeben.«

Dabei öffnet der Thüsslinger seinen Beutel am Gürtel und kramt etwas Rundes, Schwarzes hervor, das einmal ein glänzendes Geldstück gewesen sein muss. Freudestrahlend hält er es dem Peter unter die Nase.

»Seinen Namen hat er nicht genannt?«, fragt der Peter Strobl.

»Ich hab ihn nicht danach gefragt. Irgendwie ist er mir schon bekannt vorgekommen. Aber weißt du, Soldaten sehen alle gleich aus.«

»Ich dank dir, Thüsslinger. Behüt dich Gott!«

»Dich auch, Strobl«, erwidert der Thüsslinger und geht wieder hinunter zur Schopperwerkstatt um kräftig mit Moos, Pech und Harz seiner klebrigen Beschäftigung nachzugehen.

Der Peter betrachtet den Brief in seinen Händen: »An Katharina Schmidinger«, steht darauf.

Der Peter steckt den Brief in sein Wams.

Er muss die Katharina erst suchen, denn seit einigen Tagen hat er sie nicht mehr gesehen. Nachdem die Rosenheimer das Anwesen auf dem Kuglmoos niedergebrannt haben, ist der Kastner Reich nicht mehr zurückgekehrt. Und mit ihm scheint auch die Schmidinger-Tochter weggegangen zu sein.

Dem Peter Strobl ist es ein Rätsel, warum die Katharina nicht gleich ins Elternhaus zurückgekehrt ist. Als sich der Reich kurz vor dem Brand abgesetzt hatte, wäre es für sie doch ein Leichtes gewesen, fortzugehen. Aber es sieht so aus, als hätte sie sich dem Reich angeschlossen.

Der Peter Strobl geht hinauf ins Kuglmoos. Neben dem abgebrannten Edelsitz steht noch das Gesindehaus. Das haben die

Rosenheimer unbeschadet gelassen. Da wohnt der alte Diener Nikolaus Fichtl mit seiner Frau drin. Der wird sicher wissen, wo die Katharina steckt, denkt der Peter Strobl und fragt nach.

»Ja, Strobl«, meint der Alte, »musst nach Prutting. Auf der Straße nach Halfing, kurz vor Söchtenau, steht oben der Hof vom Eßbach. Da fragst nach der Katharina. Sagst aber nicht, dass du das von mir weißt, wenn dich jemand fragen sollt.«

»Ich dank dir, Fichtl!«

»Willst heut noch 'naus zu ihr?«

»Ja, wenn's geht, weil morgen muss ich auf Fahrt.«

»Nimmst mein Pferd und stellst es wieder ein, wennst zurückkommst. Brauchst mich aber nicht wecken.«

Schon eine Stunde später steht der Peter Strobl auf dem Hof vom Eßbach. Ein Knecht läuft ihm über den Weg.

»He, du, kennst du die Katharina Schmidinger?«

»Hab keine gesehen, kenn auch keine«, gibt dieser mürrisch zurück.

»Ein junges Ding, blonde Haare; die hast bestimmt schon auf'n Hof gesehen.« Der Peter lässt nicht gleich locker mit der Fragerei.

»Wenn ich's so bedenk, dann meinst du das Mensch von Rosenheim. Ja, die wohnt drüben im Zuhäusl.«

Und damit lässt er den Peter Strobl einfach stehen.

Der Peter reitet hinüber, bindet das Pferd an einen Pflock und klopft an die Tür.

Ein leises »Herein« lässt ihn öffnen.

Im spärlich erleuchteten Raum sitzt die Katharina an einem Tisch, die Hände im Schoß gefaltet, so, als bete sie. Wie sie den Peter Strobl erkennt, zuckt sie zusammen.

»Peter, du?«

»Katharina, wie geht's dir?« Der Schiffsknecht ist besorgt. Die Katharina sieht müde und traurig aus.

»Es geht, Peter, ich werd mich schon durchschlagen«, meint sie ohne aufzusehen. »Setz dich, Peter.«

Der Strobl setzt sich der Katharina gegenüber an den Tisch. »Katharina, ich hab eine Nachricht von Kristof. Da, schau, den Brief hab ich für dich.«

»Hast du den Kristof gesehen?«

»Nein, Katharina; ein Schopper hat mir den Brief gegeben. Es scheint so, als ob der Kristof in Rosenheim an der Lände gewesen wär. Der Markt ist nämlich heute von den Tirolern im Handstreich befreit worden.«

Die Katharina nimmt den Brief und legt ihn vor sich auf den Tisch; sie öffnet ihn nicht.

»Willst nicht lesen?«, fragt der Peter besorgt.

»Später werde ich ihn lesen, später.«

Das Mädel, denkt der Peter Strobl, sieht nicht gut aus. »Katharina, warum bist nicht heimgegangen, wie das Kuglmoos abgebrannt worden ist?«

»Ich steh beim Kastner in Dienst. Ich kann nicht weg von ihm.«

»Du kannst, Katharina. Schau mich an. Ich bin auch weg. Der Markt hat die Schiffe vom Reich eingezogen und die Bediensteten übernommen. Meine Arbeit geht weiter und mein neuer Herr ist jetzt der Bürgermeister Cronast. Darüber bin ich sehr glücklich!«

»Bei dir Peter, geht's leichter. Du bist frei von Anfang an.«

»Was meinst du damit, Katharina?«

»Später erzähl ich dir das einmal. Aber jetzt geh! Es muss dich der Reich nicht sehen, wenn er von Vogtareuth zurückkommt.«

»Katharina, ich mach mir Sorgen um dich! Möchtest nicht mit mir kommen? Kannst auch bei mir wohnen, wenn du nicht heim willst.«

»Dank dir, Peter. Aber geh jetzt, bitte, geh!«

Der Peter Strobl steht auf.

Im Hinausgehen meint er noch: »Wennst etwas brauchst, ich bin immer auf der Innlände zu finden. Behüt dich Gott, Katharina.«

Die Katharina nickt schwach.

Leise schließt der Peter Strobl die Tür und reitet aus dem Hof.

Zurück lässt er eine traurige Katharina.

Langsam greift sie nach dem Brief und öffnet ihn.

Liebste Katharina,
leider hab ich dich heute nicht angetroffen. Ich war an der Innlände. Aber ich werde den Brief an den Peter Strobl weitergeben; der wird ihn dir sicherlich bald zukommen lassen.

Ich bin bei den Tiroler Schiffsknechten und stehe bei unserem Kaiser in Sold.

Das Leben ist nicht beschwerlicher als anderswo, eher noch leichter, weil es keinen Kastner Reich gibt. Zur Zeit liegen wir zu Kufstein. Unsere Majestät Maximilian will die Festung einnehmen. Ich hoffe, der Krieg wird bald ein Ende haben.

Warte auf mich! Ich weiß, es wird nicht mehr lange dauern, dann werde ich dich wieder in meine Arme schließen können.

Der Allmächtige beschütze dich!

In Liebe
Dein Kristof.

Langsam sinkt Katharinas Kopf auf den Brief. Schmerz und Sehnsucht lassen den Tränen freien Lauf.

Die Tinte löst sich allmählich auf und die Schwärze, die auf dem Papier entsteht, ist Spiegelbild ihrer großen Trauer.

Mit einem tiefen Seufzer flüstert sie leise: »Kristof, ich liebe dich!«

Beunruhigende Nachrichten

September ist es nun geworden in diesem Schreckensjahr 1504. Allenthalben hört man verstärkt von Scharmützeln im ganzen Inn- und Chiemgau.

Trotz Herzog Ruprechts und Herzogin Elisabeths Tod, trotz der verlorenen Schlacht bei Schönberg, trotz Not und Elend der Bauern und Bürger, trotz Hunger, Krankheit und unsäglicher Leiden, trotz der immer stärker werdenden Angriffe der kaiserlichen und albrechtischen Truppen geben die Landshuter Hauptleute nicht auf.

Die aus Rosenheim geflüchteten Landshuter Söldner haben sich wieder im Inngau zusammengerottet und jagen die Bauern willkürlich übers Land. Wer den Münchner oder den kaiserlichen Soldaten Hilfe gewährt, wird traktiert bis aufs Blut. Vor Mord und anderen Gräueltaten schrecken die Marodeure nicht zurück.

Die Hauptleute Sixt von Truettsam und Jörg von Niederthal tun sich da besonders hervor. Immer wieder ziehen sie in die Wildenwarter und Priener Gegend. Dort jagen und fangen sie die Richter, Kastner und Pflegsverwalter und sperren sie ohne Urteil ein. Wenn einer dabei zu Tode kommt, war es des Herrn Wille!

Bevor der Obrister-Hauptmann von Sunnenberg, der ja bekanntlich den Markt Rosenheim im Handstreich genommen hatte, sein Versprechen wahr machen kann, die Landshuter zu verfolgen, sind diese schon wieder zu einer bösen Landplage geworden. Auch die geflüchteten Hauptleute Hanns von Bodmann und Seitz von Terring mischen kräftig mit.

So ist in kürzester Zeit ein stattlicher Haufen marodierender Landsknechte zwischen Mühldorf, Ötting, Wasserburg und Rosenheim unterwegs.

Da ihnen aber allmählich der Boden zu heiß wird, ziehen sie sich in Richtung Prien zurück. Dort treffen sie mit dem Landshuter Haufen zusammen, der schon seit einigen Wochen den nördlichen Chiemgau bis hinauf nach Obing, Rabenden und Trostberg unsicher macht.

Jetzt haben sie's alle zusammen auf Frauenwörth abgesehen.

Die Dörfer am Ufer des Chiemsees sind schon geplündert oder abgebrannt. Die Bauern sind erschlagen, die Frauen und Kinder sitzen trauernd auf der Asche ihrer einstigen Habe. Da gibt's nichts mehr zu holen, nicht einmal mehr die Unschuld der Jungfrauen.

Aber auf der Fraueninsel, da müsste sich das Plündern noch lohnen. Dort steht ein riesiges Kloster. Wo Klöster sind, das wissen die Landshuter Knechte, ist auch Reichtum: Vieh, Fleisch, Getreide, Vorräte aller Art, die geweihten Gerätschaften zur heiligen Messe, Gold und Silber. Und auch Klosterschwestern gibt es, vor deren gottgefälligem Gelübde keiner der groben Landsknechte Halt macht. So manche der unschuldigen Dinger in anderen Klöstern mussten, bevor sie sich richtig umschauten, schon eine Wiege in Auftrag geben.

Es sieht also nicht gut aus um Frauenwörth, um die hilfreichen Schwestern und die vielen Flüchtlinge dort.

Neulich, als der Bote von Prien in den Markt kam und berichtete, es sei alles in bester Ordnung auf der Insel, da gab es ein Aufatmen unter den Zurückgebliebenen.

Nun aber kommt dieser Bote erneut nach Rosenheim und anstatt die gute Nachricht zu wiederholen meldet er den Rosenheimern das Gegenteil:

»Bürgermeister, ich komm von Prien. Die Landshuter wollen Frauenwörth einnehmen.«

Das ist ein Schlag für die Rosenheimer.

»Guter Gott!«, entfährt es dem Balthasar Zächenperger, der gerade mit den anderen Wahlmännern und den Räten beim Bürgermeister Cronast weilt. »Dort auf der Insel sind unsere Frauen und Kinder!«, lamentiert er.

Der Zächenperger aber hätte das gar nicht zu sagen brauchen. Jeder der Anwesenden hat den gleichen Gedanken: Unsere Frauen und Kinder sind auf der Insel! Wehe ihnen, wenn es dem Feind gelingt, dorthin überzusetzen.

»Es war dumm von den Frauen, dass sie weggegangen sind«, schimpft der Amann gleich drauflos.

»Ich hätt sie nicht gehen lassen«, klagt der Freudenreich in Richtung Bürgermeister Cronast, denn auch die seine hält sich auf Frauenwörth auf. »Aber unser Bürgermeister hat sich nicht zu widersprechen getraut.« Dabei schaut er den Cronast an, als wolle er ihn fressen.

»Du weißt genau so gut wie ich, dass die Weibsbilder nicht aufzuhalten waren. Hätt ich sie einsperren sollen?«, gibt der Bürgermeister grollend zurück. Er hat es manchmal richtig satt, für alles, was im Markt in diesen schrecklichen Zeiten geschieht, geradestehen zu müssen. Er will doch nur sein Bestes geben, aber es geht nicht immer. Und jetzt schiebt man ihm schon wieder die Schuld in die Schuhe. So ist es bei diesen Klugscheißern! Hinterher sind sie immer alle so furchtbar schlau! Aber vorher das Maul auftun, das trauen sie sich nicht, weil sie zu feig oder gar zu faul und zu gleichgültig sind.

Erst vor kurzem hat es der Bürgermeister allen Räten und Wahlmännern deutlich gesagt. Die Verantwortung trifft jeden Einzelnen von ihnen. Sie können und dürfen sich nicht immer nur auf ihn verlassen. Und wenn eine Entscheidung gefallen ist, dann sollen sie auch gefälligst dazu stehen.

Doch es scheint, bei den Herren geht das zum einen Ohr hinein und zum anderen hinaus.

Der Amann fängt zu winseln an: »Die Landshuter werden die Naueninsel einnehmen und dann ist's um unsere Frauen und Kinder geschehen, das sag ich euch! Und was mach ich dann? Dann kann ich mich gleich aufhängen!«

Der Pernauer findet als erster tröstliche Worte für ihn: »Ach was! Erst einmal müssen sie auf der Insel sein!« Dabei legt er dem Amann den Arm um die Schulter.

Der Priener Bote fährt in seinem Bericht fort und ruft noch mehr Angst und Sorgen beim Amann hervor.

»Die Landshuter haben bereits die Krautinsel besetzt. Alle Stadel und Vorratshäuser haben sie in Brand gesteckt. Und jetzt feuern sie mit ihren Geschützen auf Frauenwörth.«

Bei so einer schrecklichen Nachricht werden auch den anderen Zuhörer die Knie weich. Und anstatt die sowieso schon leidgeprüften Rosenheimer behutsam über die Lage am Chiemsee zu unterrichten, plappert der Bote lauthals drauflos.

»Also, das war so: Da haben sich die Landshuter Kriegsknechte mit fünf Schiffen aufgemacht um die Fraueninsel einzunehmen. Von dort kam aber sofort Widerstand. So haben sie abgedreht und erst einmal die Krautinsel eingenommen. Von der Insel kam keine Gegenwehr. Auf der Krautinsel arbeiten nur einige Gärtner und wenige Knechte und die nur tagsüber. Als die Landshuter anrückten, machten diese sich in ihren Booten schnell auf und davon.«

Der Bote merkt nicht, wie er die Zuhörer in immer größere Schrecken und Angst versetzt.

»So fiel den Landshutern die Krautinsel ohne feindliches Feuer und andere Gegenwehr in die Hände. Das war für die Landshuter eine fette Beute. Denn auf der Insel lagern die barmherzigen Schwestern von Frauenwörth und die Mönche von der Herreninsel in großen Stadeln und Schupfen die Vorräte ein. Der ganze Wintervorrat ist auf der Krautinsel gestapelt.«

Jetzt macht der Bote eine Pause um kräftig Luft zu holen und berichtet weiter:

»Die Landshuter Soldaten aber scheinen gar dumme Gesellen zu sein. Anstatt alles von der Krautinsel für sich zu nehmen und über den See abzutransportieren, haben sie nichts Besseres gewusst als den roten Hahn auf die Firste der Vorratslager zu setzen. Alles wurde zerstört. Und jetzt sitzen sie dort auf der verbrannten Erde und schielen begierig auf Frauenwörth.«

Der Fröhlich gerät bei der Schilderung so in Panik, dass er

einen dummen Entschluss fasst, der ins Auge gehen kann. »Ich fahr heute Nacht mit dem Boot auf die Insel und hol mein Weib!«

So eine Rede kann wirklich nur von einem kommen, der den Verstand verloren hat. Beim Fröhlich scheint's zuzutreffen. Der wirkt ganz verstört und abwesend.

Behutsam und beruhigend meint der Bürgermeister: »Setz dein Leben nicht aufs Spiel, Fröhlich! Sei gescheit, bleib vernünftig, bleib da!«

Er nimmt ihn bei den Armen und schüttelt ihn kräftig. Das hilft! Der Fröhlich lässt sich beruhigen.

Der Priener Bote hat jetzt offenbar gemerkt, was er mit seinem Bericht angestellt hat. Deshalb versucht er nun etwas Zuversicht zu verbreiten.

»Aber auf Frauenwörth befiehlt Hanns Herzheimer, ein Vetter der Äbtissin Ursula Pfeffingerin. Der Herzheimer, der kann mit Geschützen und Spießen gut umgehen. Wartet ab! Da wird nicht viel geschehen!«

Das hat seine Wirkung, nicht nur auf den Fröhlich.

Der Hanns Herzheimer ist ein bekannter Haudegen. Die Rosenheimer haben schon einiges von diesem tapferen Burschen gehört. In vielen Auseinandersetzungen hat er sich in der Vergangenheit Sporen verdient.

»Der Herzheimer, das ist einer von echtem Schrot und Korn«, beteuert der Priener Bote. »Die Landshuter, die sich auf der Krautinsel eingenistet haben, werden so lange festsitzen, bis sie schwarz sind. Frauenwörth werden sie nie und nimmer einnehmen.«

Davon ist er fest überzeugt und das sagt er auch so. Und weiter:

»Die Äbtissin Ursula Pfeffingerin hat das Sagen auf der Insel. Das ist eine Frau mit weit reichendem Verstand. Zusammen mit ihrem Vetter Hanns bildet sie ein segensreiches Gespann in dieser schrecklichen Zeit. Deshalb werden sich die dummen Landsknechte die Zähne an der Insel ausbeißen. Rund um die Insel hat die Äbtissin Palisaden aufstellen lassen, so dass zu keiner Stelle ein unbemerkter Zutritt möglich ist. An den Toren sind schwere Geschütze aufgefahren und neun Rohre davon alleine zielen in Richtung Krautinsel. Das ist des Herzheimers Handwerk! So sind beide, der Herzheimer und die Äbtissin, bestrebt Unheil von der Insel abzuwenden. Den Landshuter Räubern wird das Fürchten gelehrt, wenn sie angreifen sollten!«

Die Rosenheimer hören dies gern.

»Vorerst schießen die Feiglinge nur aus weiter Entfernung auf das Kloster. Da aber deren Geschütze von geringem Ausmaße und schwacher Durchschlagskraft sind, gibt es außer ein paar Löchern in der Erde oder ein paar Kratzern im Mauerwerk keine bemerkenswerten Schäden. So können denn auch die vielen Flüchtlinge, die die Einladung der Äbtissin angenommen haben, einigermaßen ruhig schlafen.«

Den letzten Satz betont er besonders um seine vorherige Rede etwas abzuschwächen und Zuversicht zu verbreiten. Das gelingt ihm auch.

»Was auf Dauer eher unangenehm sein könnte, das ist die Enge auf der Insel. Viele hundert Menschen leben dort und das schon seit Wochen. Anfangs haben sie im Kloster Zuflucht gefunden. Doch als immer mehr kamen, mussten Zelte auf dem Wasen hinter dem Klosterfriedhofe aufgestellt werden um die Menschen vor Wind, Regen und der jetzt heranahenden Herbstkälte zu schützen.

Trotz der Beengtheit und der fehlenden Häuslichkeit aber herrscht Ruhe und Eintracht unter den Flüchtlingen. Die Äbtissin führt ein strenges, aber gerechtes Regiment. Ursula Pfeffingerin lebt nach dem christlichen Grundsatz: Liebe deinen Nächsten wie dich selbst. So gibt sie den Armen, was sie und ihre Mitschwestern entbehren können. Sie heilt die Kranken und Verwundeten und gibt jenen Trost, deren Seelen argen Schaden in diesem Krieg genommen haben. Sie hilft, wo sie kann. Sie erwartet aber dafür Zucht und Ordnung.

Die Flüchtlinge auf der Insel haben das schnell erkannt und respektieren die notwendigen Regeln eines gedeihlichen

Zusammenlebens. Die Frauen helfen gemeinsam mit beim Waschen und Kochen, bei der Betreuung der Kranken und Alten. Die größeren Kinder kümmern sich um die kleineren und die jungen Burschen und Männer stehen dem Herzheimer zur Seite. Die einen bauen weiter die Schutzmauern und Palisaden aus, andere übernehmen den Wachdienst rund um die Uhr und wieder andere werden vom Herzheimer im Umgang mit den Geschützen vertraut gemacht.

Das ist gut so und von der Äbtissin auch gewollt. Je mehr alle eingespannt sind, umso weniger Zeit haben sie über Angst und Sorgen zu reden oder sich gar gegenseitig verrückt zu machen.«

So weit der ausführliche Bericht des Boten aus Prien.

Der Freudenreich, der sich das alles angehört hat, hat so seine Bedenken. »Ich weiß nicht, ob das alles so stimmt, was du da erzählt hast. Du redest und redest. Erst so, dann so. Ich glaub dir kein Wort.«

»Lass es bleiben, wenn du mir nicht glaubst. Aber eines sag ich dir. Alles, was ich berichtet habe, hat mir der Fischer Loberger aus erster Hand erzählt. Der fährt nämlich nachts von der Insel nach Gstadt und zurück. Der Fischer lügt nicht, glaub mir!«

Es verbreitet sich Zuversicht bei den Rosenheimern.

»Geh du zurück, schau, wie's weitergeht, und berichte bald wieder!«, meint schließlich der Bürgermeister zum Priener Boten und verabschiedet ihn mit einem kräftigen Handschlag.

Der Bote verlässt eiligst den Markt.

Die Rosenheimer können heute Nacht sicherlich wieder etwas besser schlafen.

❧

Die Verräterin

Der Überfall der kaiserlichen Tiroler auf die Landshuter Belagerer steckt den Rosenheimern noch in den Knochen. Wenngleich sie ihren Vorteil aus der Befreiung ziehen können, müssen sie nun mit den Soldaten zurechtkommen, die der Obrister-Hauptmann Hannsen von Sunnenberg unter dem Kommando des Jörg von Au zurückgelassen hat.

Neben dem Hauptmann Jörg von Au sind etliche Feldwebel und eine nicht unbedeutenden Zahl von Landsknechten im Markt einquartiert: Franken aus Würzburg, Ansbach und Bayreuth, aus der Reichsstadt Nürnberg, Braunschweiger und Brandenburger, Hessen, Württemberger und einige wenige aus dem oberbayrischen Lande.

Die Rosenheimer haben die Landshuter Soldaten gefürchtet. Die verhielten sich ungebührlich, forderten und forderten und kümmerten sich nicht um die Nöte der Bürger. Ihnen war es egal, ob der Markt Geld hatte um die notwendige Fourage zu beschaffen. Immer hieß es nur: Wir brauchen dies und jenes, und zwar sofort!

Mit den Soldaten, die jetzt im Markt sind, so hofften die Rosenheimer, werde es besser werden. Schließlich sind das die kaiserlichen Truppen, die eigenen, die zur Befreiung Rosenheims geschickt wurden.

Aber nach wenigen Tagen schon hat sich das Blatt gewendet. Es sieht nicht danach aus, dass die Münchner Landsknechte besser sind als diejenigen, die man erschlagen oder vertrieben hat.

Der Kommandant, Hauptmann Jörg von Au, hat seine ersten Forderungen gestellt: vernünftige Unterkünfte, frisches Stroh für die Lager der Soldaten und Tiere. Ferner Heizmaterial für das Zeughaus, in dem die Landsknechte untergebracht sind, weil die Nächte schon sehr stark abkühlen. Dann zwei warme Mahlzeiten, mittags und abends, und ein kräftiges Morgenessen pro Tag und Mann, des Weiteren täglich ein Liter Bier.

Für die Herren Offiziere pro Tag einmal Fleisch, dazu Wein in der Menge nach eigenem Wunsch und zu Abend Musik und ausreichend Weibervolk.

Das Letztere allerdings in Ermangelung eigener Marketenderinnen; der Jörg von Au hat das entschuldigend hinzugefügt, als der Bürgermeister bei dieser Forderung vor lauter Überraschung die Augenbrauen hochzog. Der Jörg meinte, das eigene Weibervolk sei nur deshalb nicht dabei, weil die Truppe unter erschwerten Bedingungen von Kufstein nach Rosenheim beordert wurde. Die Weiber seien bei so einem Unternehmen eher hinderlich. Sollte sich der Verlauf des Krieges für die Kaiserlichen zu deren weiterer Zufriedenheit und Vorteil entwickeln, werde man selbstverständlich den Tross und damit auch die eigenen Marketenderinnen aus dem Feldlager zu Kufstein nachziehen. Dann könne man die Rosenheimerinnen entbehren und wieder zurückgeben. Darauf könne er sogar sein Ehrenwort als Hauptmann geben.

Aus diesem Grunde sitzen die Herren Räte nun in dem schwach beleuchteten Raum um den Ratstisch und bereden aufgeregt das Für und Wider dieser Forderungen.

Die Ermahnung des Bürgermeisters an seine Ratsherren, mehr am Ratsgeschehen mitzuwirken und nicht immer ihn alleine entscheiden zu lassen, trägt Früchte. Jeder redet und gibt schlaue Ratschläge. Jeder möchte die Probleme des Marktes lösen helfen um zu beweisen, wie unentbehrlich er doch ist.

Nur, wenn die Herren weiter so durcheinander reden, werden sie bestimmt zu keinem vernünftigen Ergebnis kommen. So sieht sich der Bürgermeister genötigt mit der flachen Hand mehrmals ermahnend auf den Tisch zu schlagen:

»Bitte, bitte, meine Herren. Silentium! Ruhe! Einer nach dem anderen.«

Das war eine Aufforderung an alle, doch halten tut sich keiner daran. Das aufgeregte Gerede geht munter weiter.

»Also, bitte, meine Herren!« Der Bürgermeister wird unwirsch. »Ich hab gesagt, einer nach dem anderen.«

Nun wird es doch allmählich still im Raum.

Der Peter Wider hebt artig die rechte Hand. Er erhält vom Bürgermeister das Wort.

»Bürgermeister«, fängt er umständlich und bedächtig zu reden an, »wenn's um die allgemeinen Forderungen geht, Fourage und diese Dinge, stimm ich zu. Wir müssen halt den Gürtel noch ein bisserl enger schnallen. Die Forderungen sind von uns zu erfüllen, da beißt die Maus keinen Faden ab.«

Die anderen fallen lautstark und wild durcheinander redend dem Wider ins Wort. Jeder hat die besseren Vorschläge.

»Aber, aber!« Der Wider bittet um Ruhe, denn er ist noch nicht zu Ende. »Nur, das mit den Weibern, wie soll das denn gehen?«

Betretenes Schweigen.

»Ihr wisst doch«, meint da der Bürgermeister etwas zögerlich, jedes Wort bei diesem heiklen Thema abwägend, »dass die Landshuter in ihrem Tross auch Weibsbilder mitgeführt haben?«

Alles nickt und brummelt, was so viel wie »ja« heißen soll.

»Und diese sind nicht geflüchtet, als der Obrister-Hauptmann Hannsen von Sunnenberg den Markt eingenommen hat. Die Dirnen hausen immer noch draußen am Roßacker. Also holen wir sie. Wir zahlen ihnen für die Nacht mit den Herren Offizieren und den Feldwebeln ein paar Kreuzer und schützen damit die Unschuld unserer Frauen.«

Das ist kein schlechter Vorschlag! Die Ratsherren sind froh über die so einfache Lösung des Problems. Dass sie nicht selber draufgekommen sind? Sie stehen auf, umringen den

Bürgermeister und klopfen ihm so kräftig auf die Schultern, dass es ihm beinah schwindlig wird.

»Gut, gut«, meint er etwas überrascht über die Freude und wehrt ab: »Bitte, bitte, nicht so stürmisch, setzt Euch bitte«!

Dann schiebt er die so freudig erregten Herren wieder auf ihre Plätze zurück.

»Martha«, ruft der Bürgermeister bei der Tür hinaus zur Haushälterin, »den großen Humpen Roten und Becher!«

Dabei lacht er zufrieden.

Der Freudenreich reibt sich die Hände. »Manchmal ist der Bürgermeister schon auch zu etwas zu gebrauchen!«, meint er in kameradschaftlichen Ton.

Die Martha ist schnell zur Stelle, der Wein im Nu verteilt.

Der Bürgermeister hebt seinen Becher: »Auf unsere Zukunft und die der hübschen Marketenderinnen.« Dabei lacht er genüsslich, als wäre er einer von jenen Offizieren, die bald das Lager mit den Dirnen teilen werden.

»Der Herr Pfarrer wird die Nase schon rümpfen, aber in der Not frisst der Teufel Fliegen!«, stellt der Scheuchenstuel lakonisch fest.

»Auf den Cronast«, brüllt der Freudenreich.

»Hoch«, schreien die anderen dreimal.

Sie haben noch nicht richtig die Becher an die Lippen geführt, da poltern schwere Stiefel mit großer Eile die Treppe zum Ratszimmer herauf. Die Tür wird ohne Anklopfen aufgerissen und atemlos keucht der Lindl-Götz:

»Da ist sie, Bürgermeister. Wir haben sie erwischt, wie sie nach Landshut hat wollen.«

Der Lindl zittert vor Aufregung am ganzen Körper. Er tritt in das Zimmer und macht den Türrahmen frei. Von zwei Knechten geführt wird die Katharina Schmidinger in den Raum gestoßen, die Hände vorne mit einem Strick zusammengebunden, an den Füßen eine Fesselkette. Die Haare aufgelöst, blass im Gesicht, den Blick gesenkt, das Kleid zerrissen und schmutzig, barfuß, so steht die sonst so stolze und hübsche junge Frau im Raum.

Der Bürgermeister und die Räte sind überrascht, dass die Katharina so schnell gefunden wurde.

Als sich der Reich kurz vor der Zerstörung des Edelsitzes auf dem Kuglmoos aus dem Staub machte, erhielt der Bürgermeister einen Hinweis: Der Kastner berichte über die Lage im Markt und über sonst noch bedeutende militärische Ereignisse nach Landshut.

Der Bürgermeister erfuhr davon auf der Schranne. Beim Getreidemessen hatte ihm ein unbekannter Rossknecht die geheimnisvolle Nachricht überbracht.

»Schaut besser auf die Katharina Schmidinger«, hat er hinter vorgehaltener Hand geflüstert, »sie erweist dem Kastner Reich seltsame Liebesdienste. Es sind Briefe, die sie nach Landshut bringt. Sorgt, dass das bald beendet wird!«

»Wer sagt Euch das?«, wollte der Bürgermeister wissen.

»Mein Herr!«, flüsterte der Fremde. Und verschwunden war er zwischen Fuhrwerken, Pferden, Menschen und Getreidesäcken.

Daraufhin gab's eine sofortige Besprechung mit dem Rat und ein Suchauftrag erging an die Knechte. Und nur einige Tage später hat man die Katharina schon gefangen.

»Wo habt ihr sie erwischt?«, will der Bürgermeister wissen.

»Bei Söchtenau«, verkündet der Knecht Pürchinger stolz. »In der Gegend, wo Ihr auch den Reich vermutet.«

Der Bürgermeister und die Räte fühlen sich bestätigt. Wo der Reich ist, haben sie sich gesagt, muss auch die Katharina sein.

»Sie wollte den Weg nach Landshut hintenherum über Wasserburg nehmen, weil sie was zu verbergen gehabt hat«, meint der andere Knecht.

»Was war das?«, der Bürgermeister und die Räte sind gespannt.

Da zieht der Pürchinger ein Schreiben aus seiner Gürteltasche und hält es triumphierend hoch: »Der Brief da ist's!«

Er übergibt das Papier dem Bürgermeister.

Während der Bürgermeister das Siegel bricht, poltert der Scheuchenstuel los: »Dann stimmt's also! Der Reich schickt Briefe nach Landshut!«

So bekräftigt er noch einmal den Grund zur Festnahme Katharinas.

Schnell überfliegt der Bürgermeister das Schreiben des Kastners an den Hof zu Landshut und erkennt die Tragweite des Inhalts.

»Katharina, warum bist du für den Reich als Bote unterwegs?«

Der Cronast kann nicht begreifen, warum die Katharina dem Reich zu Gefallen ist. Warum tut sie das? Was steckt dahinter? Welche böse Macht verführt die Katharina? Heißt das Böse Reich oder gibt es da noch etwas anderes?

Nur die Schmidinger-Tochter selbst kann das Rätsel lösen, also muss sie befragt werden.

»Katharina, wo hält sich der Reich auf? Sei vernünftig, rede!« Des Bürgermeisters Stimme ist ruhig, ja väterlich. Er kennt die Katharina von Kind auf, sie ist zart besaitet. Sie braucht keine drohenden Worte. Man muss in Ruhe mit ihr reden, da kommt man am schnellsten ans Ziel

In ihrem Elternhaus gab es nie ein lautes Wort. Die Katharina hat weder Vater noch Mutter herausgefordert. Sie ist ein braves Ding. Darum geht auch der Bürgermeister sanft und zurückhaltend mit ihr um.

Aber heute nützt die Zurückhaltung nichts. Die Katharina gibt keinen Ton von sich. Sie presst die Lippen aufeinander, beißt die Zähne zusammen und blickt starr zu Boden.

Da meint der Pürchinger: »Bürgermeister, es ist vergeblich. Das Ding redet kein Wort. Wir haben's schon probiert.«

Der Bürgermeister sieht's. Aber, so sagt er sich, vielleicht redet die Katharina, wenn ich ihr den Brief vorlese?

Also schlägt er diesen wieder auf und beginnt:

»An die hochwohlgeborenen Herren zu Landshut, die edlen Herren Hauptleute!

Meinen Gruß zuvor Euch allen, die Ihr um die gerechte Sache kämpft in unserem niederbayrischen Lande zum Wohle der allergnädigsten Herren Prinzen Ottheinrich und Philipp.

Vernehmet Neues, denn so ist es eingetreten, wie ich Euch schon mit Angst und Schrecken in vorderen Briefen angemeldet.

Mein Haus ist geplündert und danach verbrannt worden. Dies haben die auf dem Rathaus zu Rosenheim so betrachtet und beschlossen. Sie haben ihre bürgerlichen Pflichten an mir vergessen, mich nicht geachtet und sich nicht daran gehalten, mich zu behandeln wie jeden anderen Mitbürger auch. Und ohne Not wollen etliche von ihnen mich mit dem Tode bedrohen.

Weiter gibt es zu vermelden: Obwohl sie unserem, nun toten, Herrn Ruprecht gehuldigt, scheint doch ihr Ansinnen albrechtisch zu sein, wie sich zeigt. Sie trachten nach allem um Euch Schaden zuzufügen.

Item, die Lage des Krieges: Nehmet Euch in Acht vor kaiserlichen Truppen, die zu Rosenheim liegen. Auch gibt es Landsknechte des Albrechts zu Nußdorf, Rott und Traunstein und der Kaiser begehret Kufstein einzunehmen mit seinen argen Geschützen.

Euer aller Gnaden untertänigster Kastner, Erhart Reich.«

Als der Bürgermeister mit dem Vorlesen fertig ist, faltet er langsam den Brief zusammen und verharrt in Gedanken.

Was ihm der geheimnisvolle Zuträger neulich auf der Schranne gesagt hat, trifft zu. Der Inhalt ist mehr als bedenklich. Und die Katharina als Bote erweist dem Kastner Reich fürwahr seltsame Liebesdienste.

»Katharina, hast du gewusst, an wen und was der Reich geschrieben hat?«

Der Bürgermeister will es nun wissen.

Zum ersten Mal reagiert Katharina zögerlich. Leicht schüttelt sie den Kopf. Dies ist zwar eine Antwort, doch der

Bürgermeister kann sich damit nicht zufrieden geben. Ob er die Katharina weiter quälen soll? Vielleicht sollte er ihr etwas Zeit lassen, in sich zu gehen um dann geradeheraus ehrlich zu antworten?

Der Bürgermeister ist von der Unschuld Katharinas überzeugt. Böse Mächte wirken auf sie ein.

Für die Herren Räte und die Knechte aber ist die Schreiberstochter eine Handlangerin des Kastners Reich und deshalb eindeutig schuldig. Sie ist auf die gleiche Stufe zu stellen wie ihr hinterlistiger Auftraggeber. Und wer weiß, was sich zwischen den beiden sonst noch abspielt!

Der Scheuchenstuel meint: »Dass die Katharina so verstockt ist, muss doch einen Grund haben. Ich krieg's noch raus!«

»Bürgermeister, hinter allem steckt der Reich«, hört man den Freudenreich wieder lospoltern, »lass ihn ausspähen. Wenn wir ihn haben, hau ich ihn kurz und klein und dann werden wir auch erfahren, warum dieses kleine Biest mit ihm gemeinsame Sache macht!«

Katharina bricht in Tränen aus. Die Kräfte verlassen sie und mit einem Aufschrei der Verzweiflung stürzt sie zu Boden.

Auf den Knien fleht sie den Bürgermeister an: »Nein, lasst ihn, bitte, lasst ihn – Hilf mir, Vater!«

Weinend sinkt sie in sich zusammen. Wie ein Bündel Elend kauert sie am Boden.

»Warum rufst du nach deinem Vater? Er ist unterwegs nach München mit dem Kufsteiner. Dein Vater kann dir jetzt nicht helfen!« Der Bürgermeister, der es immer noch gut mit ihr meint, wird nun etwas drängender. »Sag endlich, was ist, Katharina!«

Dabei beugt er sich zu ihr hinab, fasst sie an den Schultern. Er will sie beruhigen und ihr zeigen, dass er auf ihrer Seite steht, aber dennoch auf eine klärende Antwort wartet.

»Vater, hilf!«, das sind Katharinas einzige, von Tränen erstickte Worte.

»Lass, Bürgermeister, die Schergen sollen sich mit ihr abgeben«, meint der Freudenreich in barschem Ton.

Die anderen sind derselben Meinung. Wenn das widerspenstige Weibsbild nichts sagen will, dann muss man nachhelfen.

Denn das, was sich bisher in diesem Raum ereignete, geht sicherlich schnell hinaus in den Markt; dafür werden die Knechte sorgen.

Sie verfolgen sowieso schon mit Argwohn, wie Katharina sich den Herren Räten gegenüber verhält.

Also ab zu den Schergen! Dort gibt es probate Mittel, die bisher noch jedem zum Reden verhalfen.

Nur der Bürgermeister wehrt sich noch gegen ein Verhör in der Folterkammer.

»Ich weiß nicht«, meint er nachdenklich. »Ob die Katharina bei den Schergen richtig aufgehoben ist? Schaut sie doch an; das Kind ist ganz verstört.«

Aber wenn die Katharina nicht bald spricht, wird er mit seinen Räten Ärger bekommen. Ausgenommen natürlich mit dem Peter Wider.

Der durchleidet jetzt schon in seiner ängstlichen Vorstellung die Tortur eines peinlichen Verhörs: »Bürgermeister, das ist ein Kreuz! Oh Gott, oh Gott …!«, stöhnt er und ringt dabei verzweifelt die Hände.

Der Freudenreich aber lässt nicht locker: »Ach was! Bockig ist sie, Bürgermeister! Steck sie zu den Schergen! Ein paar Daumenschrauben, eine Streckbank, ein spitzer Sattel und schon sitzt die Zunge locker.«

»Ich bin auch dafür, Bürgermeister«, ruft der Scheuchenstuel.

Nun hat der Bürgermeister alle gegen sich: die Katharina, weil sie zum Reich hält, die Räte, weil sie nicht mehr länger warten wollen, die Knechte, die sicherlich alles herumerzählen werden, und den Lindl-Götz, der aus der betrüblichen Angelegenheit eine Schauergeschichte machen und diese in alle Ecken und Enden der Schranne hinausposaunen wird.

Er versucht noch einmal das Blatt zu wenden: »Was wird ihr Vater, der Schreiber, sagen? Wenn der das erfährt, wird er sich schön beschweren.«

Doch er hat damit kein Glück. Der Freudenreich beharrt auf strenger Befragung.

»Sie steckt mit dem Reich unter einer Decke, also ist sie peinlich zu verhören!«

Drohend spricht der Ratsherr diese Worte. Die anderen zeigen finstere Gesichter. Und die Knechte warten lüstern auf eine Entscheidung in ihrem Sinne.

Der Bürgermeister sieht keinen Ausweg mehr.

Er wendet sich Katharina zu und hofft, dass sie in letzter Minute noch vernünftig wird und irgendetwas sagt. Dann könnte er ablenken von der Forderung des peinlichen Verhörs.

Aber nein, am Boden kauert sie und weint leise in sich hinein. Das Herz tut ihm weh bei diesem Anblick.

Doch die Herren Kollegen vom Rat wollen ein Exempel statuieren. Ihr Entschluss steht fest! Ihre Blicke sind drängend! Da kann sich der Bürgermeister nicht mehr widersetzen. Er weiß genau, wenn er sich heute gegen den Beschluss stellt, wäre morgen der ganze Markt gegen ihn. So wie die Räte denken auch viele der 256 Seelen in Rosenheim. Ein Seufzer entringt sich seiner Brust: »Also gut! Führt sie in die Schergenstube und befragt sie peinlich.«

Die Knechte haben nur auf diesen Befehl gewartet. Grob reißen sie die Katharina hoch.

Dann stoßen sie das Mädchen zum Tor hinaus. Als letzter folgt der Lindl-Götz, der die Türe zur Ratsstube von außen schließt.

Hinab poltern die Schritte, zwei Stock tiefer in den Keller, zur Schergenstube.

Ein hilfloses, leises Wimmern dringt von unten herauf.

In der Ratsstube herrscht düsteres Schweigen.

Als Erster erhebt sich langsam der Bürgermeister. Schweren Schrittes, ohne ein Wort des Abschieds, geht er zur Türe hinaus und die Treppe hinab.

Die anderen folgen. Jeder ist, wenngleich überzeugt von der Richtigkeit der Entscheidung, betroffen.

Der Wein, den sie aus Freude anlässlich der glücklichen Befreiung des Marktes durch die kaiserlichen Soldaten trinken wollten, wird nun in den Bechern schal und sauer.

❧

Der Kaiser in Rosenheim

Die Katharina hat man in die Schergenstube gesperrt.

Das peinliche Verhör wurde bisher mehrmals statuiert: Entzug von Wasser und Brot, lange Befragungen unter Anlegen der Daumenschrauben.

Doch alles brachte kein brauchbares Ergebnis. Die Untersuchungskommission wirkt allmählich hilflos.

Der Freudenreich führt darin den Vorsitz.

Nun sitzt die arme Katharina Schmidinger am letzten Septembertag des Jahres 1504 schon den sechsten Tag in der Schergenstube. Das Einzige, was man von ihr vernimmt, ist ein leises Weinen.

Der Bürgermeister weigert sich in die Schergenstube hineinzugehen. Er kann das Unglück nicht mit ansehen.

So berichtet ihm der Freudenreich persönlich jeden Abend über das unbefriedigende Ergebnis des Verhörs.

Einige Leute im Markt sind nach der tagelangen Tortur, die die Katharina erleiden muss, nicht mehr so sicher, ob ihr nun tatsächlich eine Verfehlung nachgewiesen werden kann. Denn wer nach sechs Tagen unter den harten Händen der Schergen noch nichts gesagt hat, muss ein reines Gewissen haben.

Das wird zunächst hinter vorgehaltener Hand, aber bald auch laut gesagt.

So fragt sich der Bürgermeister, ob er nicht doch dem unguten Verlauf Einhalt gebieten sollte.

Aber noch ist die Sache nicht spruchreif. Die Zahl derer, die eine gnadenlose Bestrafung der Schreiberstochter sehen wollen, ist noch zu hoch. Also muss er zuwarten. Immerhin ist er zuversichtlich dem geschundenen Wesen bald helfen zu können.

Draußen, im Bayernland, sieht es düster aus; allenthalben Ärgernis und Pein. Landauf, landab nur Hiobsbotschaften!

Die Fürsten streiten unablässig und mit scharfer Klinge um die Landshuter Erbfolge.

Vor gut zwei Wochen, am 12. September, hat die Schlacht bei Schönberg stattgefunden, die der Kaiser siegreich für Herzog Albrecht beendete. Zwei Tage später starb Herzogin Elisabeth.

Der Kaiser und Herzog Albrecht warten nun auf ein Friedensangebot aus Landshut. Vergebens. So sehen sich die Verbündeten gezwungen, gegen alle Feinde im Lande weiterhin mit äußerster Gewalt vorzugehen. Ein Ende muss her, koste es, was es wolle. Was den Kaiser darüber hinaus besonders beunruhigt, ist die Lage in Tirol.

Kufstein zum Beispiel macht ihm große Sorgen. Dort auf der Burg sitzt der Pfleger und Schlosshauptmann Hanns von Pientzenau. Der ist noch von Herzog Georg ins Amt gesetzt worden, also ist er landshuterisch.

Maximilian schickte bereits im Juni diesen Jahres seinen Unterhändler, den Rat Caspar von Laubenberg, dorthin. Der forderte den Pientzenau auf, sich von Landshut loszusagen und ab sofort dem Kaiser und Herzog Albrecht treu zu dienen.

Der Pientzenau unterwarf sich nach längeren Verhandlungen und wurde daraufhin vom Kaiser ausreichend mit frischem Kriegsmaterial und Geld belohnt.

Auch zu Rattenberg vollzog sich Ähnliches.

Dort übergab der Christoph von Layming die Stadt an Maximilian und zog sich auf das Schloss zurück. Damit der Layming seinen Entschluss nicht mehr revidieren konnte, ernannte Maximilian ihn zum Stadtkommandanten. Ein kluger Schachzug: Somit machte er seinen Feind zum Freund.

Maximilian wusste, was er tat. Die neuen Waffen, die er den Tiroler Städten großzügig übergab, waren dazu gedacht, Landshuter Rache und Gegenwehr abzuweisen.

Der Kaiser hatte Recht. Denn kaum war Kufstein an ihn übergeben und aufgerüstet, da standen die Landshuter Fähnlein schon wieder frech vor der Feste. Im Handstreich eroberten sie die Stadt und holten sie für sich zurück.

Über die untere Schranne der Stadt drangen sie in Windeseile bis zum oberen Tor. Dort überwältigten sie die Torwache und besetzten die Stadt. Sofort begannen sie die Burg zu belagern. Drei Tage später, es war der 13. August, gab der Schlosshauptmann Hanns von Pientzenau die Burg unversehrt wieder an die Landshuter zurück.

Der Kaiser war wütend, als er dies vernahm. Der Hanns von Pientzenau hätte nach seiner Meinung keinen Grund gehabt, die Burg abzugeben. Maximilian verkündete im ganzen Lande, dass der Pientzenau und seine Verbündeten ihm in den Rücken gefallen seien. Und als die Anschuldigung laut wurde, der Pientzenau habe sich für die Übergabe an die Landshuter mit 30 000 Gulden bestechen lassen, stand für den Kaiser fest, dass er eine Strafexpedition nach Tirol entsenden müsse.

Sofort ließ er verkünden, dass er sich entschlossen habe die Unternehmung gegen Kufstein selbst anzuführen. Damit hatte er die notwendigen Mitstreiter schnell auf seiner Seite. Landsknechte aus dem ganzen Inntal und aus Südtirol sammelten sich in Rattenberg; auch die Schwazer Bergknappen meldeten sich freiwillig. Waffen kamen aus Triest, von Innsbruck führte man Geschütze und die dazugehörige Munition in ausreichender Menge herbei.

Der Landtag bewilligte Maximilian 100 000 Gulden für den Kriegszug.

Am 30. September ordnet der Kaiser die Musterung in Tirol an. Und am selben Tag noch erscheint er mit 8 000 Landsknechten und 1 000 Reitern vor Kufsteins Toren.

Einige Tage später trifft er mit Herzog Albrecht auf dem Schloss zu Maxlrain in der Nähe Rosenheims zusammen.

Albrecht ist von München kommend auf dem Weg nach Kufstein. Beide beschließen, dass Maximilian vorerst Kufstein allein belagern werde und Herzog Albrecht ihm von Rosenheim aus Rückendeckung geben solle.

Bald nach der Besprechung kehrt Maximilian wieder nach Kufstein zurück.

❧

Die Rosenheimer haben zwischenzeitlich ausreichend Kenntnis über des Kaisers Absicht erlangt, Kufstein einzunehmen. Wenn Kufstein fällt, so hoffen sie, ist der Krieg endgültig vorbei.

Und auch von des Kaisers Order an Herzog Albrecht haben die Rosenheimer erfahren: die Landshuter unverzüglich aus dem Inngau zu vertreiben!

Das kann wirklich nur heißen, bald wird Ruhe einkehren.

Bei diesen Neuigkeiten wird dem Bürgermeister Cronast erst so richtig bewusst, dass die Katharina Schmidinger umsonst in der Schergenstube sitzt.

Was sollte sie jetzt noch verraten können? Kann sie dem Kastner Reich überhaupt noch von Nutzen sein? Es gibt nichts mehr zu verheimlichen! Die Landshuter sind auf dem Rückzug. Der Kaiser steht vor Kufstein und Herzog Albrecht sichert den Inngau.

So beschließt der Bürgermeister in Abstimmung mit den Räten, die Katharina Schmidinger freizusetzen. Eine Auflage allerdings macht der Rat: Die Katharina darf den Markt Rosenheim nicht verlassen und sie muss sich in ihrem Elternhaus aufhalten.

Dass sich der Bürgermeister endlich gegen die starre Haltung der Räte durchsetzen konnte, hat auch mit der Rückkehr des Schreibers Schmidinger und des Kufsteiners aus München zu tun.

Kurz vor der Festnahme der Katharina gingen beide im Auftrag des Marktes nach München um bei den Herren Hofräten gegen die starre Haltung der Wasserburger in der Salzangelegenheit zu intervenieren. Sie wollten die Münchner Räte bewegen Herzog Albrecht noch einmal auf die ungute Lage Rosenheims hinzuweisen und eine baldige Entscheidung herbeizuführen.

Zwar hätte der Kufsteiner diese Angelegenheit auch ohne den Schreiber erledigen können, doch gegenüber dem Bürgermeister meinte er: »Bürgermeister, es stünde dem Markt nicht schlecht an, wenn Ihr oder einer Eurer Herren Räte mich begleiten würde. Es macht sich immer gut, wenn ein Verantwortlicher vom Rat bei so einer Betteltour dabei ist.«

Der Ratschlag an sich war gut gemeint, doch des Bürgermeisters Neigung, nach München zu reisen, gering.

»Ihr müsst verstehen, dass ich in dieser unruhigen Zeit den Markt nicht verlassen kann. Doch schlag ich vor, dass Ihr den Schmidinger mitnehmt. Der Schreiber hat bei der Erbhuldigung zu Wasserburg den Rat mit vertreten, so kennt er sich gut aus in dieser Geschichte. Die Legitimation hat er und unser Vertrauen auch!«

So wurde der Schreiber als Vertreter des Rates dem Kufsteiner an die Seite gegeben.

Der Schreiber selbst hatte nichts dagegen. Ein Besuch in München ist eine aufregende Sache, besonders wenn man mit den hohen Herren in der Residenz zusammentreffen kann. Und mit dem Kufsteiner zu reisen und von seiner Art zu lernen und von seiner Klugheit zu profitieren kam dem Schmidinger gerade recht.

Also zogen beide in freundschaftlicher Eintracht gen München.

Drei Tage später hatten die Knechte die Katharina gefangen genommen und der Rat sie den Schergen übergeben.

Als der Schreiber Schmidinger mit dem Kufsteiner nach gut einer Woche von der Reise aus München zurückkam, erfuhr er gleich die Hiobsbotschaft von der Verhaftung und peinlichen Befragung seiner Tochter.

Der Kufsteiner erklärte dem Bürgermeister freiweg die Unsinnigkeit dieses Handelns. Und nachdem wegen der veränderten Kriegslage auch bei den Räten ein Sinneswandel eingetreten war und sich in der Bevölkerung große Zweifel über die Notwendigkeit eines peinlichen Verhörs der Katharina breit machten, setzte man das arme, geschundene Ding nach acht Tagen endlich frei.

❧

Lange sitzen der alte Schmidinger und seine Katharina nun am Abend dieses denkwürdigen Tages zusammen.

Der Schreiber berichtet seiner Tochter von der wunderbaren Fügung, die er durch den Juden Samuel Leeb erfahren hat; Katharina erzählt ihrem Vater von der erpresserischen Bösartigkeit des Kastners Reich.

Beide wollen über diese Angelegenheiten zunächst Stillschweigen bewahren.

Der Schreiber kann noch nicht abschätzen, wie der Bürgermeister und die Räte seine Geschäfte mit dem Reich beurteilen werden. Bevor er sich darüber nicht im Klaren ist, meint er zur Katharina, sei es besser, den Mund zu halten. Katharina stimmt dem Vater zu.

Trotz aller Freude über die Wende zum Guten aber macht sie sich Sorgen um Mutter und Geschwister. Zwar versichert ihr der Vater, dass auf Frauenwörth der Feind kein Glück hatte und sich von der Krautinsel zurückziehen musste, doch Katharina hätte es lieber gesehen, wenn die ganze Familie wieder in Frieden vereint gewesen wäre.

Und noch eine Sorge quält Katharina, von der sie aber ihrem Vater nichts erzählt. Es ist die Angst um Kristof, die sie tief in ihrem Herzen verschlossen hält.

Das letzte Lebenszeichen von Kristof war der Brief, den der Peter Strobl ihr auf dem Eßbach-Hof bei Söchtenau übergeben hat. Diesen Brief hütet sie wie einen Goldschatz.

Bei der Festnahme durch Rosenheims Knechte hatte man bei ihr den Brief des Reich gefunden, den sie nach Landshut bringen sollte. Sie trug diese Botschaft in ihrer Gürteltasche. Nachdem die Knechte auf das Schreiben des Reich gestoßen waren, war ihr Bemühen um Suche nach weiteren Indizien gestillt. Sie hatten gefunden, wofür sie ausgesandt worden waren, und gaben somit Ruhe. Den Brief Kristofs aber barg Katharina unter ihrem Mieder, direkt am Herzen.

Als man sie dann in die Schergenstube warf, versteckte sie sogleich den Brief unter den lockeren Fußbodenbrettern.

In der tagelangen Einsamkeit, besonders in den schweren Stunden nach den peinlichen Verhören, gaben die liebevollen Zeilen Kristofs ihr immer wieder Halt und Kraft, die unendlichen Qualen zu überstehen.

❧

Nach dem Gespräch mit dem Vater liegt Katharina nun auf dem Bett in ihrer kleinen, nur von einer Kerze erleuchteten Stube und hält in zittrigen Händen Kristofs Brief. Immer und immer wieder liest sie ihn, obwohl ihr jedes Wort, jeder Buchstabe aufs innigste vertraut ist. Kaum noch lesbar ist die Schrift von dem vielen Öffnen und Zusammenfalten, vom Schmutz des Verstecks unter den Brettern in der Schergenstube und den unzähligen Tränen. Aber je unlesbarer und unansehnlicher der Brief wird, umso mehr gewinnt er an Bedeutung für Katharina.

Eine Frage quält das Mädchen: Wie ergeht es Kristof? Ist er wieder in Innsbruck, wo er sich anfangs hinbegeben hatte, oder ist er zu Kufstein, wo der Kaiser den Sturm auf Stadt und Feste vorbereitet?

Doch am meisten lässt der Gedanke, ob Kristof dann überhaupt noch am Leben ist, ihr Herz ängstlich schlagen. Denn nicht ein Tag vergeht, an dem nicht Hunderte von Soldaten dem immer gefräßiger werdenden Krieg zum Opfer fallen; und das auf beiden Seiten der streitenden Lager.

»Komm wieder, Kristof!«, flüstert sie, »ich warte auf dich mein Leben lang!«

Zärtlich nimmt sie den Brief und drückt ihn fest an ihre Lippen. Tränen benetzen erneut das Papier.

»Heiliger Sankt Nikolaus, Beschützer aller Schiffsfahrer, steh meinem Kristof bei und bring ihn mir wieder gesund zurück! Lieber Gott, hilf!«

Langsam brennt die kleine Kerze herab, die Flamme verlöscht und die Dunkelheit hüllt Angst und Sehnsucht ein in einen erlösenden, tiefen Schlaf.

❧

Kaiser Maximilian, der vor die Mauern Kufsteins zurückgekehrt ist, nimmt sofort das Heft in die Hand.

Für ihn gilt es zuerst einmal die Stadt einzunehmen und dann die Burg zu erstürmen.

Die Stadt ist gut gesichert. Die Wälle und Gräben sind wehrhaft ausgebaut. Die beiden Tore, unten am Inn und oben am Stadtplatz, haben starke Türme. Die Mauern sind hoch und mächtig.

Drinnen in der Stadt liegen 400 böhmische Landsknechte. Die Soldaten in der Stadt befehligt der Stadthauptmann Hanns Wamboldt.

Der Kaiser und seine verantwortlichen Hauptleute können die Lage in der Stadt gut beurteilen. Kufstein gehörte ja noch bis vor kurzem zu ihrem Hoheitsgebiet.

Zu Herzog Georgs Zeiten konnte jedermann ein- und ausgehen, auch jene Hauptleute, die jetzt zusammen mit dem Kaiser die Stadt belagern. So wissen alle um die Stärken und Schwächen der Verteidigungsanlagen. Das bestimmt auch des Kaisers Entscheidung, drei Lager rund um die Stadtwälle anzulegen: eines beim Maistall mit dem kaiserlichen Hauptquartier, eines auf den Sparchener Feldern und eines in Weißach.

Daneben lässt der Kaiser noch sieben Geschützstellungen ausbauen und bestückt sie mit den neuesten Feldschlangen.

Die in der Stadt drinnen, besonders die auf der Burg, sehen die Vorbereitungen mit Gelassenheit. Sie vertrauen darauf, dass dem Kaiser, wie bei vielen anderen Belagerungen schon geschehen, die Zeit oder gar das Geld ausgehen wird und er deshalb den Sturm auf die Mauern abbrechen muss. So lehnen sie auch die Aufforderung nach einer sofortigen und bedingungslosen Übergabe von Stadt und Burg an Seine Majestät ab.

Kaiser Maximilian ist diesmal aber fest entschlossen durchzuhalten. Man merkt es ihm geradezu an, mit welcher Hartnäckigkeit er die Landsknechte anfeuert die Stellungen auszubauen und jedwede Vorbereitung auf den Sturm ernst zu nehmen.

Er selbst legt mehr als einmal bei der Schanzarbeit und den sonstigen Angriffsvorbereitung Hand an. Ständig ist er unterwegs, nahezu rastlos erteilt er seine Weisungen.

Was ihn dazu treibt, wissen die Vertrauten in seiner nächsten Umgebung wohl. Es ist nicht ausschließlich die Verpflichtung seinem Schwager Albrecht zu helfen, nein, es sind eher seine eigenen Gelüste nach dem schönen, so bergreichen Gebiet Nordtirols, nach den Gerichten Kufstein, Rattenberg und Kitzbühel. Und es ist der Ärger, der ihn vorantreibt, weil er nun Gebiete erobern muss, die er früher schon als sein Eigen in Händen hielt.

Deshalb kam ihm auch der Erbstreit zwischen München und Landshut gelegen; deshalb hat er auch ohne großes Zögern beim Augsburger Reichstag so schnell seine Hilfe zugesagt.

Wie sehr Maximilian das Tiroler Land am Herzen liegt, beweist sein Ausspruch, den er neulich freudig erregt im Anblick der Feste Kufstein seinen Hauptleuten gegenüber tat: »Dieses Land gleicht einem rauen Bauernkittel, an dem man sich aber gar sehr das Herz erwärmen kann.«

Und darum nimmt der Kaiser sich auch höchstpersönlich dieser für ihn so wichtigen Sache an.

Im Hauptquartier gehen alle Befehle ausschließlich von Maximilian selbst aus.

Draußen aber kommandieren die Feldhauptleute Graf Sigmund zu Lapfen und Rudolf von Anhalt.

In diesen beiden hat der Kaiser seine größte Stütze. Offiziere sind sie von Rang und Namen, von großer Kriegserfahrung. Es sind getreue Untertanen, dem Kaiser verschworen mit Haut und Haar. Ihnen ist es in erster Linie zu verdanken, dass die notwendigen Vorbereitungen bisher ohne Anstände abgelaufen sind und die vom Kaiser vorgegebenen Zeiten genau eingehalten werden.

Maximilian will den schnellen Sturm auf Stadt und Burg Kufstein. Er will ein baldiges, siegreiches Ende und sein geliebtes Nordtirol der habsburgischen Hausmacht wieder zuführen.

❧

Am 1. Oktober 1504 ist es so weit. Für diesen Tag ist der Sturm auf die Stadt Kufstein angesetzt.

Schon zu früher Morgenstunde wird es unruhig in den Lagern am Maistall, auf den Sparchener Feldern und in Weißach.

Die Kriegstaktik Maximilians steht fest: zuerst die Mauern der Stadt Kufstein einschießen, bevor es zum Sturm kommt.

So eröffnen die Kartaunen und Feldschlangen aus allen Rohren und Stellungen zur gleichen Zeit das Feuer auf die wehrhaften Befestigung. Viel Gepolter und Geschrei begleitet die Kugeln, die gegen die riesigen Quadersteine prallen. Doch es zeigt sich wenig Erfolg. Viel zu schwach sind die kaiserlichen Geschütze, die man mühselig von Innsbruck herbeigeschafft hat. Die Kugeln sind viel zu klein, die Feuerkraft viel zu gering, um die gewaltigen Mauern Kufsteins zu durchbrechen.

Vierzehn Schuh dick sind die Wälle rund um die Stadt. Die Kugeln, wie sie die Kaiserlichen verschießen, verursachen nur kleine Kratzer am harten Stein und die wenigen sich verirrenden Kugeln, die hinter den Mauern landen, richten wegen ihrer geringen Schlagkraft kaum Schaden an.

Anders die Kugeln der Festungsgeschütze; sie rauschen und jaulen mit lauten Getöse ohne Unterlass von oben herab und verursachen großen Schaden an den kaiserlichen Stellungen. Viele Kanoniere und Landsknechte werden getötet oder schwer verwundet; einige der Geschützstellungen werden zertrümmert.

Drei Tage bereits dauert der Beschuss der Kufsteiner Wälle durch die Kaiserlichen.

Maximilian ist wütend über den bisherigen Misserfolg. Er ordnet an dem verantwortlichen Büchsenmeister bei der Auszahlung des Soldes eine strenge Buße abzuziehen.

Was Maximilian aber am meisten erregt, ist das Verhalten des Festungskommandanten.

Jedes Mal nach einer Beschusssalve lässt der Pientzenau die getroffenen Stellen am Mauerkranz mit Besen abkehren. Damit zeigt er Maximilian augenscheinlich, wie unwirksam seine Geschütze sind und wie wenig Angst sie dort oben haben müssen. Das ist eine böse Art, dem Kaiser zu demonstrieren, wie schlecht er doch gerüstet ist.

Maximilians Grimm ist über diesen Hohn wird von Stunde zu Stunde größer.

Als der Pientzenau wieder einmal nach einem erfolglosen Beschuss die Mauern abkehren lässt, holt der Kaiser seine Hauptleute zusammen und ruft erzürnt nach oben: »Seht, ein neues Ritterstücklein; dieser Kriegsmann will die Wunden der Mauern mit einem Besen heilen; ich hoffe aber, dass aus diesem Rutenbunde ein Beil herausspringen werde um diesem Frevler damit den Kopf abzuschlagen.«

Dies ist eine Drohung, an die sich so mancher möglicherweise noch erinnern wird.

Jetzt stellt der Kaiser seine Taktik um. Noch schwerere Geschütze mit einer bis zu vierfachen Feuerkraft der bisherigen lässt er auffahren und konzentriert sich ausschließlich auf den Beschuss der unterhalb der Burg gelegenen Stadt.

»Die schöne Katharina«, »die Burgunderin« und »die türkische Kaiserin« – solche Spitznamen haben die riesigen Geschütze, die ab sofort Tag und Nacht die Wälle beschießen. Daneben treiben die Soldaten Laufgräben nach vorne und rücken mit den Schanzen immer weiter an die Mauern heran. Jetzt gibt es für die Verteidiger keinen Ausweg mehr. Widerstand ist zwecklos und so übergeben sie die Stadt. Das geschieht am 12. Oktober 1504.

Der Stadtkommandant Hanns Wamboldt flüchtet mit wenigen seiner Getreuen hinauf in die Burg zu Hanns von Pientzenau. Die Bürger ergeben sich und legen ihr Schicksal in die Hände des Kaisers.

Nach dem Fall der Stadt Kufstein sind die Kaiserlichen nicht mehr zu halten. Die Hauptleute drängen darauf, auch die Festung zu stürmen.

Um das Debakel bei der ersten Beschießung der Stadt nicht zu wiederholen ordnet der Kaiser an, noch größere Geschütze für die Erstürmung der Burg herbeizuschaffen. Die größten will er sehen, die die Welt kennt. Von Innsbruck werden sie zu Wasser und zu Land in Teile zerlegt herbeigeschafft und schnellstens wieder von den Kanonieren schießbar gemacht.

Der Kaiser selbst beaufsichtigt den Zusammenbau der gewaltigen Rohre und Lafetten.

Die zwei Riesenkanonen mit den Namen »Purlapaus« und »Weckauf« werden in Zell in Stellung gebracht. Diese Kanonen können Kugeln mit einem Gewicht bis zu 300 Pfund abfeuern. Jeweils vier Mann braucht man um eine einzige Kugel am Tragbalken, der durch ein Loch in der Kugel gesteckt wird, zu transportieren und von vorne ins Rohr zu schieben.

Alles wartet gespannt auf die Beschießung der Burg.

Um es aber nicht so weit kommen zu lassen, macht der Kaiser dem Hanns von Pientzenau noch einmal ein Angebot auf Waffenstillstand und Übergabe der Burg. Dem Kaiser und auch Herzog Albrecht ist daran gelegen, sie unbeschädigt in die Hände zu bekommen. Denn bei einer siegreichen Beschießung und Zerstörung hätte nur der Kaiser selbst den Schaden.

Doch der Pientzenau und auch der nach oben geflüchtete Wamboldt gehen nicht darauf ein. Sie weisen das Angebot ab.

Nun beginnt das Bombardement.

Tag für Tag kracht eine Kugelsalve nach der anderen gegen die dicken Mauern. Türme stürzen ein, die Breschen werden immer größer. Kaum einen Platz gibt es noch auf der Burg, wo man sich sicher fühlen kann.

Wild entschlossen sind der Kaiser, die Fürsten und die Hauptleute. Sie wollen dem Pientzenau endlich das Fürchten lehren.

Am Abend des vierten Tages taucht eine weiße Fahne am Burgtor auf.

Zwei junge Adelige, die Grafen von Redwitz und von Stauff, bitten den Kaiser um freien Abzug der Verteidiger bei Übergabe der Burg.

Dieses Begehren aber kommt um einige Tage zu spät. Der Kaiser ist über den Hanns von Pientzenau und den von ihm zu verantwortenden Widerstand so aufgebracht, dass er die jungen Herren auf der Stelle wieder zurückschickt mit den Worten:

»Dünkt es jetzt Eurem Herrn an der Zeit sich gegen uns zu demütigen oder hat er bisher genug seinen Spott über uns ausgelassen? Will Euer Hauptmann den Besen endlich weglegen, mit dem er uns zuvor verhöhnt hat? – Nein, liebe Gesellen, zieht wieder zu Eurem Herrn hinauf und sagt dem Spottvogel, dass wir keinen ungeschoren davonkommen lassen werden. Er hat die Burg zerschießen lassen, so soll er auch die Trümmer haben.«

Damit hat der Kaiser bereits vor der Einnahme der Festung das Todesurteil über den Hanns von Pientzenau und seine Gesellen ausgesprochen.

❧

Heute Nacht, am 17. Oktober des Jahres 1504, sollen die Vorbereitungen für den letzten Sturm abgeschlossen werden. Die Landsknechte und ihre Sturmabteilungen sowie die Geschützbedienungen haben einen engen Ring um die Festung gezogen.

Herzog Albrecht, der in den letzten Tagen wegen der Verfolgung feindlicher Truppen in Richtung Oberaudorf marschierte, wird für den bevorstehenden Sturm Kufsteins dorthin geladen. Der Kaiser möchte, dass sein Schwager Albrecht mit dabei ist, wenn die Festung fällt. Er möchte dem Herzog persönlich vorführen, wofür er in Bälde seinen Tribut zu entrichten hat. Denn auch der Fall Kufsteins wird im Rechenbuch des Kaisers sein erwünschtes Soll erhöhen.

Bei Tagesanbruch trifft Herzog Albrecht bei den Geschützstellungen ein.

Kurz danach eröffnet der Kaiser persönlich das Feuer. Er ist der Erste, der die Lunte zündet. Die Kanoniere quittieren dies mit Jubel. Schuss auf Schuss, zertrümmert wird nun alles, was sich Maximilians Landsknechten entgegenstellt.

Die dicken Mauern der Festung bröckeln ab und stürzen ein. Bald liegt das meiste in Schutt und Asche.

So kann der letzte Anlauf, der Sturm hinauf auf den Berg, beginnen.

Trommler und Pfeifer formieren sich, Landsknechte stehen bereit mit kurzen Spießen, Armbrüsten, Kampfbeilen, Streitkolben und Schießprügeln.

Auf ein Zeichen Maximilians geht es mit klingendem Spiel den steilen Burgweg hinauf.

Im Handumdrehen werden die noch wenigen Widersacher überwältigt und gefangen. Dann werden sie gefesselt und an Händen und Füßen gebunden hinuntergeführt zum Richtplatz.

Es ist ein trauriger Zug.

Vorneweg der Hanns von Pientzenau, gefolgt von seinen Mitstreitern, dem Stadtkommandanten Wamboldt, dem Landrichter Eginger, dem Büchsenmeister Zöttl und den anderen Adeligen, dreiundzwanzig an der Zahl, sowie zweihundert weiteren Mitstreitern.

Während der Zug die Richtstätte erreicht, kommen der Kaiser, Herzog Albrecht und die am Sturm beteiligen Fürsten und Hauptleute hinzu um dem angeordneten sofortigen Strafvollzug beizuwohnen.

Bevor man die Rebellen zum Richtplatz führt, werden sie noch in ein nahe gelegenes Bauernhaus gebracht. Dort wartet der Beichtvater.

Einer nach dem anderen kniet nieder und offenbart seine Sünden. Nach der Absolution geht es sofort weiter zum Schafott. Alles muss sehr schnell gehen, denn so hat's der Kaiser befohlen.

Für den einen oder anderen der Delinquenten wird die Zeit deshalb kaum ausreichen, die auferlegte Buße abzubitten.

Dann ist es so weit: Trommelwirbel. Die Todgeweihten werden nach vorne geführt.

Als Erster ist der Hanns von Pientzenau an der Reihe. Groß und aufrecht steht der Ritter da. Sechsunddreißig Jahre ist er erst alt, ein Mann von kriegerischem Mut und gehörigem Trotz.

Der Henker reicht ihm den Becher Johannisbeerwein. In einem Zug leert er ihn aus. Es ist die letzte irdische Gnade, die der Verurteilte erfährt.

Dann werden ihm mit einem Tuch die Augen verbunden. Zwei Henkersknechte drücken den Pientzenau nach unten. Aufrecht kniend zeigt er sich, die Hände vorne zusammengebunden.

Einer der drei Henker reißt ihm das Wams oben auf und zieht es rückwärts über die Schulter. Die Brust ist frei, blank leuchtet der Hals dem scharfen Eisen entgegen. Der Schwertführer neben ihm hält es schon bereit.

Hinter dem Henker stehen in kurzem Abstand, von Wachen zusammengepfercht, zehn weitere Delinquenten. Sie warten auf ihren Aufruf um ebenfalls ins Jenseits befördert zu werden.

Links und rechts haben sich die hohen Herren aufgestellt.

Auch viele Landsknechte sind dabei. Lüstern erwarten die rauen Burschen den ersten Streich.

Dahinter stehen Kufsteins Bürger, geschlagen und gedemütigt, zum Zuschauen verpflichtet. Die Strafe für den Widerstand.

Kaiser Maximilian hebt seine Rechte. Der Henker nickt. Und als ob's der Pientzenau hinter seiner schwarzen Augenbinde gesehen hätte, ruft er laut und vernehmlich: »Bayern hoch!«

Mit weit ausholendem Schwung zischt der blanke Stahl durch die Luft und durchtrennt den Hals des jungen Adeligen in einem Streich. Der Kopf fällt zur Seite, Blut spritzt in dickem Strahl aus dem offenen Hals, dann fällt der Körper nach vorn.

Ein heller Schrei aus der hinteren Reihe der Kufsteiner. Ein junges Weib bricht weinend zusammen. Das kleinste von drei Kindern hält die Frau fest im Arm, während sie stürzt. Die anderen zwei Kinder halten sich fest am Rock der Mutter. Die Pientzenauin ist's, die in ihrem Schmerz um den Verlust des Gatten die Sinne verliert.

Ein Stöhnen geht durch die Reihen der anderen Verurteilten. Sie müssen diese Prozedur mit ansehen, die nun auch an ihnen vollzogen werden wird.

Viele der Kufsteiner Bürger wenden sich entsetzt ab vom großen Strafgericht, sie haben Tränen in den Augen.

Nur des Kaisers Augen leuchten hell vor Genugtuung!

Einer nach dem anderen wird vorgeführt. Einer nach dem anderen legt sein Leben in die Hand des Henkers. In wenigen Augenblicken ist das Strafgericht vollzogen. Reiche Ernte hielt der Tod im Auftrag des Kaisers.

Aber noch sitzen weitere Rebellen im Gefängnis zu Kufstein und warten auf das Schwert des Henkers. Auch ihnen hat der Kaiser im Angesicht des Widerstandes den Tod geschworen. Wild und böse rief er gestern in das Krachen und Pfeifen der pausenlos abgeschossenen Kugeln hinein:

»Sie müssen alle sterben, die mir Widerstand leisten! Wer sich für diese Frevler nur im Geringsten verwendet und um Gnade bittet, erhält von mir eine kräftige Maulschelle, dass das Blut nur so spritzt!«

❧

Der Tag nach dem Kufsteiner Strafgericht, der 18. Oktober 1504, verspricht ein schöner, warmer Herbsttag zu werden.

Die Berge sehen seit Mitte des Monats so aus, als wären sie überzuckert. Der Wendelstein trägt sogar schon ein weißes Hütchen. Aber es ist mild; ein leises, warmes Lüftchen weht über Rosenheim.

Doch die Bürger können die friedvolle Stimmung nicht auskosten; alles ist in Aufregung. Es heißt, der Kaiser komme in den Markt!

Schon seit den frühen Morgenstunden reiten ununterbrochen Vorboten der kaiserlichen Truppen ein, geben sich gegenseitig Anweisungen, inspizieren Schänken und Bürgerhäuser, Werkstätten, Vorratshäuser und Stallungen, ordnen einfahrende Trosswagen, führen Gespräche mit dem Bürgermeister und den Räten. Lagerplätze für Tausende von Landsknechten und Reitern werden gesucht und bestimmt, Futter und Vorräte für viele hundert Tiere müssen bereitgestellt werden. Zeltplätze vor dem Markt auf den Wiesen werden abgesteckt.

Die Fourageoffiziere haben alle Hände voll zu tun.

Bei einem solch hohen Besuch muss an alles gedacht werden, zumal nicht nur der Kaiser mit seinem engeren Gefolge Aufenthalt begehrt, sondern auch noch Herzog Albrecht von München mit Ross und Reiter und die Fürsten des Reichs, die den Kaiser im Kampf gegen die Landshuter unterstützt haben.

Und im Tross der hohen Herren fährt viel Begleitung mit; vor allem Damen, die den Herren vom Adel bei lustigen Gelagen die Nächte versüßen.

Dem Bürgermeister graut jetzt schon vor den nächsten Stunden.

So wie es aussieht, will der Kaiser nicht nur kurz im Markt verweilen.

Also muss Rosenheim sich auf unruhige Tage, viel Unvorhergesehenes und hohe Ausgaben einstellen.

Die Kriegskasse, die die hohen Herren mitführen, ist meist fest verschlossen. Die Zahlmeister schielen auf die Kassen der Märkte und Städte. Denn jeder Gulden, der aus der Kriegskasse aufzubringen ist, fehlt dem Kaiser später in seiner Privatschatulle.

Nachdem Rosenheim von den kaiserlichen Tirolern befreit wurde, wird der Kaiser sicherlich eine noch größere Dankbarkeit einfordern als üblicherweise.

Solche und ähnliche Gedanken bewegen den Bürgermeister. Dies teilt er auch seinen Ratskollegen mit.

Viel Unterstützung wird er von den Herren des Rates allerdings nicht erwarten können. Einerseits sind sie tatsächlich überfordert durch die Ankündigung des kaiserlichen Aufenthalts und rennen wie aufgescheuchte Hühner durch den Markt, andererseits sitzen sie auf ihrem Geld wie die Glucke auf dem Ei.

Jeder wird eine Ausrede finden, so wenig als möglich beisteuern zu müssen. Jedem wird etwas ganz besonders Wichtiges einfallen um der Zahlung zu entgehen.

Gegen Mittag wird es immer unruhiger und lauter auf der Schranne. Immer mehr Boten, immer mehr Reiter kommen beim Münchner Tor herein.

An den geöffneten Fenstern im oberen Stock des Rathauses stehen der Bürgermeister, der Hanns Freudenreich, der Caspar Scheuchenstuel, der Peter Wider und der Sebastian Pernauer. Auch der Schreiber Schmidinger ist dabei. Das Herz schlägt allen sechsen bis zum Hals.

Der Kaiser wird bald kommen!

Unten auf der Schranne hat sich schon viel Volk eingefunden. Rund um den Platz stehen Menschen scharenweise und diskutieren laut und freudig erregt. Viele erhoffen sich ein Schauspiel besonderer Art, denn sie haben von des Kaisers und des Herzogs Pracht und aufwendigem Lebensstil gehört. Heute, so hoffen sie, werden sie Zeugen dieses märchenhaften Glanzes werden.

Fanfarenklänge!

Die Hälse der Rosenheimer werden lang. Alles blickt aufgeregt und munter durcheinander redend in Richtung des Münchner Tores.

Und da kommen sie!

Herolde zu Pferde sind die Ersten, die man erkennt, dahinter Reiter mit eingesteckten Lanzen, Fähnriche mit den Fahnen des Kaisers, des Münchner Herzogs, aller anwesenden Fürsten und der vielen Abteilungen der Verbündeten.

Dann sieht man Landsknechte zu Fuß in bunten Gewändern mit langen Spießen, andere mit Hellebarden und wieder andere mit den todbringenden Schießprügeln.

An den unterschiedlichen Formen ihrer Helme und Rüstungen kann man die Zugehörigkeit zu den verschiedenen deutschen Landen erkennen.

Dann kommt der Kaiser zu Pferd.

Herrlich ist Maximilian anzusehen! Stolz sitzt er im Sattel, mit einer Rüstung in Gold. Ein reich verziertes Schwert am Gürtel. Das Visier des Helms geöffnet. Locker die Hände an den Zügeln. Stolz sein Blick, alles beherrschend seine Gestalt. Er ist fürwahr der Mittelpunkt des prunkvollen Aufzuges.

In diesem Augenblick wird der kleine Markt zu Rosenheim zum Nabel der Welt. Heute wird hier Geschichte geschrieben auf der Schranne, dem Platz zwischen Mittertor und Münchner Tor, zwischen den Häusern der Händler, Handwerker und Kaufleute. Geschichte wird geschrieben, die bis in alle Ewigkeit ihre Gültigkeit behalten wird.

Neben dem Kaiser reitet Herzog Albrecht von München. Auch der Herzog gewappnet und geharnischt, nicht minder stolz im Sattel, silbern glänzt das Eisen, das er trägt.

Der Platz an der Rechten des Kaisers gebührt dem Bayern; Herzog Albrecht ist des Kaisers erster Bundesgenosse. Doch er ist als sein Schwager auch gleichzeitig sein engstes Familienmitglied im ganzen Gefolge.

Hinter den beiden reiten die weiteren Fürsten: die Herzöge Erich von Braunschweig und Ulrich von Württemberg, die Markgrafen Wilhelm von Hessen, ferner Kasimir und Georg von Brandenburg, die Ritter der Stadt Nürnberg und der Bischof von Freising. Eine Allianz der Macht, eine Demonstration für München und das Deutsche Reich. Und eine Warnung an jene, die immer noch glauben, Landshut habe die Nase vorn im Streit um das Wittelsbacher Erbe.

Hinter den hohen Herren zu Pferde folgen die prächtigen Wagen der feinen Damen, der Hofschranzen, der Zofen und Pagen, die stets der Lust und Freude am Hofe dienen.

Dann kommen wieder Reiter, viele Landsknechte und ein unendlich langer Zug von Trosswagen: Geschütze, Pulverlader, Waffenwerkstätten, Schmieden und Schreinereien,

Plättner und Gürtler, Schneidereien und Ledermeister, Fouragewagen, Futterwagen, Bäckereien, Proviantwagen und vieles, vieles mehr.

Mitten auf dem Platz gebietet der Kaiser mit einem kaum merkbaren Wink Halt.

Das Volk kniet ehrfurchtsvoll nieder. Die Männer ziehen ihre Hüte und Kappen, die Frauen blicken untertänig zu Boden. Eine gespannte Erwartung zieht auf dem Platze ein. Nur das Stampfen der Pferdehufe, das Schnauben der Rösser, das Klirren von Zaumzeug unterbricht die Stille.

Rosenheims Bürgermeister Erasmus Cronast kommt aus dem Rathaus; in seinem Gefolge die Räte und der Schreiber Wolfgang Schmidinger.

Sie treten vor den Kaiser und machen in geziemendem Abstand ehrfurchtsvoll einen Kniefall. Dabei entblößen sie ihre Häupter.

»Majestät, der Markt Rosenheim heißt Euch und alle hohen Herren willkommen«, beginnt der Cronast. Er blickt auf zu seinem Kaiser und zu Herzog Albrecht und fährt fort: »Wir versichern Eurer Majestät unsere untertänigste Verbundenheit, Liebe und Treue.«

Die Ratsherren und der Schmidinger haben den Blick nach wie vor zu Boden gerichtet. Kniend halten sie ihre Kopfbedeckung in den Händen. Ihre Ergebenheit ist so unendlich groß, dass sie es nicht wagen, den Kopf zu heben.

»Wir danken Euch, Bürgermeister.« Seine Majestät nickt huldvoll.

Dann steigt er vom Pferd. Dabei sind ihm Pagen behilflich und stellen ihm die Steighilfe zu Füßen; Rossknechte führen das Pferd zur Seite.

Auch Herzog Albrecht steigt vom Pferd und ebenso die Fürsten, die dahinter eingeritten sind.

Neugierig schieben die feinen Damen die Vorhänge an den Fenstern ihrer Wagen ein wenig zur Seite und beobachten das Geschehen.

Der Kaiser tritt vor die Rosenheimer Ratsherren, die es immer noch nicht wagen, aufzublicken. Ein paar Schritte davor bleibt er stehen. Eine kurze Pause, dann spricht er: »Ihr versichert Uns Verbundenheit, Liebe und Treue, Bürgermeister?«

Es ist eine laute und deutliche Frage. Der Bürgermeister sieht auf und nickt mit dem Kopf.

»Sehr wohl, Majestät«, kommt es verhalten aus seinem Munde. Der Cronast weiß nichts mit der Frage des Kaisers anzufangen. Und bis er einen vernünftigen Gedanken fassen kann, erwidert der Kaiser streng:

»Doch habt Ihr, wie ich höre, den Landshutern gehuldigt.«

Dem Bürgermeister fährt es eiskalt über den Rücken. Auch die Herren Räte, ja die ganze anwesende Bürgerschaft des Marktes, alle, welche die Worte Seiner Majestät vernommen haben, sind erschrocken und befürchten nun das Schlimmste!

Das ist der Lauf der Dinge. Irgendwann musste es ja ans Tageslicht kommen, denken sie nun alle. Warum haben sie die Erbhuldigung dem Landshuter Ruprecht damals zu Wasserburg nicht versagt? Warum haben sie auf den Kufsteiner gehört und sich in eine falsche Richtung lenken lassen? Aber nun ist es zu spät!

Der Bürgermeister tut das einzig Richtige und hält sich an den Grundsatz: Ehrlich währt am längsten!

»Majestät, wir hatten keine andere Wahl. Es galt den Markt zu schützen. Unser hoher Herr Albrecht war weit weg. Guter Rat war teuer!«

Die den Kaiser begleitenden Vertrauten wissen, dass Seine Majestät den Vorfall um Rosenheim und Wasserburg genau kennt. Heute früh hat er sich erst kundig gemacht. So zu fragen wäre eigentlich nicht notwendig. Aber Seine Majestät liebt ab und zu mit seinen Untertanen zu scherzen. Heute ist Rosenheim dran!

Maximilian sieht die Rosenheimer eine kurze Spanne an. Dann nickt er und meint mit gespielter Strenge, indem er den Zeigefinger erhebt: »Man soll sich nicht auf andere verlassen, Bürgermeister.«

Nun erkennt der Bürgermeister den Schalk in den Augen Maximilians und lächelt erleichtert zurück.

Der Kaiser reicht dem Bürgermeister die rechte Hand zum Kuss. Schnell ergreift dieser die Hand Seiner Majestät und kommt mit großer Freude und Heftigkeit seiner Untertanenpflicht nach.

Dem Cronast fällt ein riesiger Stein vom Herzen.

Ein erlösender Seufzer entringt sich der Brust des Bürgermeisters, als er seinen Kopf nach dem Handkuss hebt und Seine Majestät mit großen, treuen Augen ansieht.

Der Kaiser gebietet dem Bürgermeister mit einem leichten Wink aufzustehen.

Leutselig meint er, so als habe er Verständnis für das damalige Handeln der Rosenheimer: »Ihr habt es gut gerichtet mit Wasserburg. So nach dem Spruche: Hilf dir selbst, dann hilft dir Gott.«

Dann gebietet der Kaiser mit einem Wink auch allen anderen Rosenheimern sich zu erheben.

Herzog Albrecht, der über die Erbhuldigung zu Wasserburg und die genaueren Hintergründe des Rosenheimer Handelns bestens informiert ist, kommt dem Markt zu Hilfe. Er wendet sich dem Kaiser mit der Bemerkung zu: »Majestät, die Rosenheimer haben sich trotz des bösen Drucks auf Erbhuldigung für Landshut klug verhalten. Denn zur Huldigung nach Wasserburg haben sie nur ihre zweite Garnitur geschickt: den Schreiber und dazu vier Wahlmänner.«

»Das war klug mit der zweiten Garnitur«, meint Seine Majestät anerkennend. Maximilian weiß, dass die Rosenheimer wegen der Landshuter Bedrohung und wegen der fehlenden Hilfe aus München den einzigen, richtigen Weg gegangen sind.

Der Bürgermeister hört die Worte mit Freude. Er fühlt sich nachträglich von höchster Seite bestätigt.

Da bemerkt Herzog Albrecht nebenbei: »Der Kufsteiner hat's eingefädelt, Majestät.«

»Kufsteiner!«, ruft der Kaiser nach rückwärts in die Mitte der hinter ihm stehenden Paladine und winkt den Michael von Pientzenau nach vorne.

Der Kufsteiner tritt lachend aus der Runde der kaiserlichen Vertrauten hervor.

»Kufsteiner, Ihr habt doch überall Eure Finger drin!«

Der Kufsteiner unter des Kaisers Günstlingen! Da bleibt den Rosenheimern vor Staunen der Mund offen. Selbst der Bürgermeister, der bisher glaubte den Pientzenau gut zu kennen, ist überrascht. Zwar weiß er, dass der Kufsteiner als gelehrter Mann Anerkennung am Hofe hat. Er hat bisher vielen Städten und Märkten in Tirol und Bayern geholfen die oft schwierigen Reichsanordnungen und Landesgesetze richtig zu lesen und danach zu handeln. Aber dass er dem Kaiser so nahe steht, ist auch für ihn eine große Überraschung.

»Ich hab den Rosenheimern das mit der zweiten Garnitur in Eurem Sinne so geraten, Majestät. Eure Rede war immer, den Städten am Inn das Rückgrat zu stärken und sie aus Landshuts Abhängigkeit zu lösen.«

Der Kaiser bestätigt dies durch einen Blick zu Herzog Albrecht. Der erwidert mit einem Lächeln.

Wie der Kufsteiner merkt, dass die Sterne günstig für ihn und Rosenheim stehen, fügt er schnell hinzu: »Dass dabei die Rosenheimer Abordnung nach der Erbhuldigung zu Wasserburg in Sachen Salzrechte zu Schaden kam, ist ein betrüblicher Casus, Majestät.«

Ein schlauer Fuchs, denkt sich der Bürgermeister. Gut, dass Rosenheim solche Freunde hat!

»In Sachen Salzweg, mein lieber Schwager, solltest du endlich eine schnelle und verbindliche Klärung herbeiführen.«

Zum ersten Mal, in aller Öffentlichkeit, spricht Maximilian Herzog Albrecht mit »lieber Schwager« an und duzt ihn gar vor allen Bürgern. Ein Zeichen, dass Seine Majestät heute wirklich gut gelaunt ist.

»Zuerst muss Ruhe im Lande herrschen, dann wird entschieden«, antwortet Herzog Albrecht zurückhaltend.

Damit ist die Angelegenheit für Maximilian erledigt. Das geltende Landrecht in Bayern hat nicht der Kaiser, sondern Herzog Albrecht zu vollziehen. Da möchte Seine Majestät auch nicht allzu viel dazwischenreden.

Der Kufsteiner hört's nicht gerne, dass Herzog Albrecht die Entscheidung hinausschiebt. Deshalb sieht er etwas säuerlich drein. Er dachte, die Sache mit dem Salzweg könnte jetzt, an Ort und Stelle, entschieden werden. Dem ist aber leider nicht so. Doch er tröstet sich damit, dass Herzog Albrecht im Beisein der Rosenheimer erklärt hat diesen Punkt später wieder auf die Tagesordnung zu setzen. Dies ist eine günstige Aussage, die hoffen lässt.

Der Kaiser wendet sich dem Bürgermeister Erasmus Cronast zu: »Bürgermeister, wollt Ihr die Erbhuldigung für Euren Herrn Albrecht öffentlich vollziehen, so wie Ihr mir im Schreiben nach Rattenberg versichert habt?«

»Von Herzen gern, Majestät.«

Auf diese Frage hat der Bürgermeister schon gewartet. Die Erbhuldigung, so hofft er nun, wird endlich eine klare Linie schaffen. Sie wird Kaiser Maximilian und Herzog Albrecht vor aller Öffentlichkeit und im Beisein vieler Würdenträger beweisen, auf welcher Seite Rosenheim tatsächlich steht.

Mit einer Handbewegung gibt Kaiser Maximilian dem Bürgermeister zu verstehen, dass er beginnen kann.

Der Bürgermeister kniet vor dem Kaiser und Herzog Albrecht nieder. Die Herren Räte tun es ihm nach. Alle entblößen die Häupter, so wie sie's vor wenigen Minuten schon einmal getan haben.

Feierlich beginnt der Bürgermeister mit lauter und klarer Stimme seinen Eid zu sprechen.

»Wir, die Gewählten des Marktes zu Rosenheim, erkennen Herzog Albrecht als den einzigen rechtmäßigen Erben in unserem Bayernlande an. Wir versichern untertänigst ewige Treue und Gehorsam.«

Dann hebt der Bürgermeister die rechte Hand und fährt feierlich fort: »Wir schwören treu zu dienen bis in alle Ewigkeit. Wir schwören dies vor den Augen Seiner römischen Majestät. So wahr uns der allmächtige Herr im Himmel helfe!«

Mit großer Inbrunst und Ergebenheit sprechen die Herren Räte den Schwur des Bürgermeisters nach: »So wahr uns der allmächtige Herr im Himmel helfe!«

Dabei heben sie alle die rechte Hand zum Schwur.

Herzog Albrecht geht auf Bürgermeister Cronast zu. »Ich dank Euch, Bürgermeister.«

Der Freudenreich brüllt mit seiner lauten Stimme über den Platz: »Alles lebe hoch!«

Dreimal brüllen die Räte und die Rosenheimer Bürger ein kräftiges »Hoch! Hoch! Hoch!« und sind glücklich über den vollzogenen Schwur. Damit ist die Unsicherheit, die durch die Wasserburger Erbhuldigung entstand, endgültig beseitigt.

Mit einer weiten Armbewegung gebietet der Kaiser Ruhe; dann spricht er laut und vernehmlich: »Der Markt Rosenheim gehört endgültig dir, lieber Albrecht. Du hast ihn mit dem Herzen genommen, ohne Pulver und Blei.«

Weil es dem Freudenreich beim ersten Mal schon so gut gelungen ist, die Rosenheimer zum Jubeln zu bewegen, brüllt er erneut: »Alle leben hoch!«

Diesmal schreien die Rosenheimer so laut, als wollten sie sich die Seele aus dem Leib brüllen; das dreimalige »Hoch« hallt donnernd über die Schranne.

Vergnügt wendet sich der Kaiser dem neben ihm stehenden Herzog Erich von Braunschweig zu, der dieses Freudengeschrei mit einiger Verwunderung über sich ergehen lässt.

»Na, Braunschweig, habt Ihr nicht gestern zu Kufstein noch gesagt: Geht nicht nach Rosenheim, die Sache ist zu unsicher!«

»Es ist mit Rosenheim eben anders gekommen als mit Kufstein, Majestät, Gott sei Dank!«, meint der Herzog von Braunschweig etwas kleinlaut.

Darauf Herzog Albrecht: »Die Rosenheimer sind brave Leute und hier gibt's auch keinen Hanns von Pientzenau. Der Schurke hat gedacht, er könne auf ewig für Landshut streiten und uns die Feste vorenthalten.«

Der Kaiser gibt ihm Recht: »Richtig, da hatte der Pientzenau sich aber getäuscht! Wir haben die Rebellen runtergeschossen von der Burg wie die Fliegen von der Wand und sie dann im Staub zertreten!«

»So ist es, Majestät, zertreten«, meldet sich der Braunschweig zu Wort. »Der Pientzenau und zehn seiner Gefolgsleute sind um einen Kopf kürzer.«

»Principiis obsta!«

Der Kaiser will das Gespräch beenden.

Man merkt ihm an, dass er nicht mehr über den Kufsteiner Vorfall reden möchte. Der Braunschweig aber ist noch nicht zu Ende. Er muss etwas loswerden, was ihn schon die ganze Zeit bewegt.

»Alle wurden ›zertreten‹, ohne gerechtes Verfahren, Majestät!«

Ein schwerer Vorwurf, den der Braunschweig dem Kaiser in aller Öffentlichkeit macht. Die umstehenden Edelleute erschrecken.

Zornig ruft der Kaiser dem Braunschweig zu: »Was heißt ohne gerechtes Verfahren? Ich bin das Recht! – Hätte ich mir die Frechheit des Pientzenau und seiner Rebellen, die mir Widerstand geleistet haben, gefallen lassen sollen?«

»Majestät, gehört es nicht zu den Tugenden eines Soldaten, Widerstand zu leisten?«

Der Herzog zu Braunschweig kennt seinen Kaiser nur zu gut. Er weiß, wie weit er gehen kann. Viele, die Zeugen dieses Gesprächs sind, besonders die Rosenheimer aber, wissen es nicht. So sind sie entsetzt über den Widerspruch des Herzogs.

Der Kaiser gibt dem Braunschweig zur Antwort: »Widerstand, ja, Braunschweig, dafür bin auch ich: Aber im ehrlichen, ritterlichen Streite! – Zuerst hat der Pientzenau mir Kufstein übergeben. Dann hat er es wieder landshuterisch werden lassen. So war die Strafe gerecht. Und die noch zu Kufstein im Gefängnis sitzen, erfahren ebenfalls ihre gerechte Strafe.«

Dabei denkt Maximilian an jene Rebellen, die mit dem Pientzenau oben auf der Burg standen und heftigen Widerstand leisteten. Weil ihnen aber nicht gleich nachgewiesen werden konnte, in welchem Umfang sie verantwortlich sind und wie weit sie maßgeblich beim Widerstand mitgewirkt haben, hat man sie erst einmal in Eisen gelegt. Der Kaiser ist aber fest entschlossen auch hier hart durchzugreifen. Dass auch sie dann um einen Kopf kürzer gemacht werden, ist jedem heute schon klar. Und gerade das geht dem Braunschweig zu weit. So lässt er nicht locker.

»Majestät, ist nicht schon genug Blut geflossen?«

»Herzog Erich von Braunschweig!« – nun wird Maximilian schon deutlicher – »Ihr wisst genau, dass ich bei Strafe verboten habe für die Rebellen zu bitten.«

»Ich bin mir dessen bewusst, Majestät. Doch was habt Ihr davon, wenn auch die Köpfe derer noch zu Euren Füßen liegen, die nur Befehle ausführten, weil der Pientzenau, der Wamboldt und die Landshuter sie dazu zwangen? Bedenkt und richtet Euren Blick in die Zukunft: Wir brauchen diese Männer um das Land weiter regieren zu können!«

Der Kaiser kennt seinen Braunschweig. Wenn der sich einmal etwas in den Kopf gesetzt hat, dann bohrt er so lange, bis er sein Ziel erreicht hat. Das ist oft nicht schlecht, denn seine Art ist gefragt. Doch manchmal ist die Zähigkeit des Braunschweig unangenehm für den Gesprächspartner.

So ruft der Kaiser ihm streng zu: »Braunschweig, ich bitt Euch, schweigt!«

Doch der Herzog gibt nicht auf. »Majestät, die Männer haben sich Euch widersetzt, weil der Pientzenau ihnen mit dem Tode drohte. Und nun droht auch Ihr!«

»Ich sollte Euch in Ketten legen lassen, Braunschweig. Ihr widersetzt Euch dem kaiserlichen Verbot, um Gnade für die Rebellen anzuhalten.«

»Ich spreche, weil Eure Majestät vor Fehlern bewahrt werden soll. Das bin ich Euch verpflichtet, ich hab Euch Treue geschworen.«

»Werft Ihr mir Unvermögen vor, eine gerechte Sache zu vertreten? – Aug um Aug, Zahn um Zahn! So sagt's die Bibel schon!«

Die Menschen halten den Atem an.

Viele der einfachen Bürger, die eine solche Art von Auseinandersetzung noch nie miterlebt haben, denken schon, dass sie mittendrin sind in Aufruhr und Rebellion gegen den Kaiser. Für sie ist dieser Streit ein Aufbegehren gegen die höchste Autorität im Reich. Die Konsequenz kann nur die Todesstrafe sein!

Die vom kaiserlichen Hof aber kennen solche Reden. Die Fürsten und geistlichen Herren nehmen oft kein Blatt vor den Mund, wenn es darum geht, das eigene Interesse vor Seiner Majestät zu vertreten. Jeder von ihnen hat sich schon einmal in dieser Weise mit Maximilian auseinander gesetzt. Aber immer ging es um ihre persönlichen, um ihre ureigensten Angelegenheiten: um Landbesitz, um Geld, um Streitigkeiten mit anderen Fürsten, Mehrung der Hausmacht.

Dass der Braunschweig sich aber für Leute einsetzt, die mit Schuld beladen sind, weil sie am Widerstand mitgewirkt haben, leuchtet nicht allen ein. Nur wer Herzog Erich kennt, der weiß, dass er ein Mann von großer Gerechtigkeit ist. Sein Bestreben ist Leben zu schonen, wo es möglich ist.

Am besten weiß dies Herzog Albrecht.

Denn Erich von Braunschweig ist Albrechts Großvater mütterlicherseits. Anna von Braunschweig, Albrechts Mutter, ist die Tochter Herzog Erichs. Aber obwohl der Bayernherzog weiß, welche Stellung sein Großvater beim Kaiser hat, wird ihm im Verlaufe des Gesprächs bang wegen dessen störrischen Verhaltens.

Anstatt nun einzuhalten und dem Kaiser das letzte Wort zu überlassen, fährt der Braunschweig ungeniert fort: »Für mich gilt es, Schaden von Eurer Majestät und unserem lieben Albrecht abzuwenden. Schont die Kufsteiner! Denkt an die Zukunft.«

Schaden abwenden von unserem lieben Albrecht. Der Kaiser hört die Worte genau; von unserem lieben Albrecht. Damit spricht der Braunschweig auch die Familienbande an, die ihn, den Kaiser und Herzog Albrecht verbinden.

Schaden von der Familie abzuwenden ist auch für den Kaiser oberster Grundsatz: So Unrecht hat also der Braunschweig nicht.

Doch andererseits hat Maximilian in aller Öffentlichkeit vor dem Fall Kufsteins verkündet, dass er jeden bestrafen werde, der für die Rebellen ein gutes Wort einlegt.

Nun muss der Kaiser sein Gesicht wahren.

So sagt er mit strengen Worten zum Herzog von Braunschweig: »Ihr habt mein Verbot missachtet, Braunschweig! Dafür gebührt Euch die angedrohte Strafe. Kniet nieder.«

Der Herzog kniet vor seiner Majestät mit gesenktem Haupte und erwartet die Strafe.

Was für eine Strafe wird es sein?, denken die Rosenheimer. Legt der Kaiser selbst Hand an Herzog von Braunschweig, hier direkt vor ihnen, auf der Schranne? Übernimmt Maximilian die Rolle des Henkers? Wird die Schranne, die gerade noch ein Ort der Freude und des Glücks war, zum blutigen Richtplatz?

Warum muss der Braunschweig sich hinknien?

Der Kaiser umfasst den Knauf seines Schwertes mit der Rechten. Ein ängstliches Raunen geht durch die Reihen der Zuschauer.

Doch da löst der Kaiser seine Hand vom Schwert, geht einen Schritt auf Herzog Erich von Braunschweig zu und gibt ihm vor allen Leuten einen sanften Backenstreich. Damit ist seiner Kufsteiner Strafandrohung Genüge getan.

Dann hilft der Kaiser dem Braunschweig beim Aufstehen.

»Damit sei's bewendet. Ihr seid mein treuer Freund und Lebensretter. Eure heldenhafte Tat in der Schlacht zu Schönberg, lieber Braunschweig, rechne ich Euch hoch an und den guten Rat wegen der Kufsteiner ebenfalls!«

Maximilian dreht sich um und befiehlt seinem Kanzler: »Lasst die Kufsteiner Rebellen frei und setzt sie wieder in ihre Ämter ein.«

Zum Braunschweig gewandt meint er freundschaftlich: »Zufrieden, Braunschweig?«

Der Braunschweig macht eine leichte Verbeugung: »Ich dank Euch, Majestät!«

Da meldet sich Herzog Albrecht zu Wort: »Auch ich dank, Majestät! Diese Entscheidung ist ritterlich!«

»So soll es sein – ritterlich wie unser ganzes Leben.«

Nachdenklich fügt der Kaiser hinzu: »Es gibt aber noch genügend Rebellen, die mir auf den Magen schlagen. Bei diesen möcht ich keine Gnade walten lassen. Ihre Verfehlungen sind zu groß. – Du, Albrecht, bleibst deshalb in Rosenheim und gibst mir Rückendeckung. Ich nehme mir die Landshuter aufs Korn. Wie ich höre, gibt es bei Obing, Traunstein und Trostberg noch Schlupflöcher, die es auszuräuchern gilt. Doch vorerst wird für uns alle erst einmal eine Ruhepause eingelegt – danach geht es weiter!«

Unter den Soldaten bricht Jubel aus. Sie freuen sich schon auf das nächste Hauen und Stechen und auch auf die Siege, die sie an ihre Fahnen heften werden. An die Möglichkeit, den Tod zu erleiden, denken sie nicht. Es sind raue und grobe Gesellen, ihr Leben ist Krieg.

In den Jubel der Soldaten hinein ruft Kaiser Maximilian: »Bürgermeister, führt Uns nun zur Tafel. Wir haben Hunger und Durst! Wir wollen das Regieren für eine Weile vergessen!«

Der Bürgermeister und die Räte weisen die Majestät, die Fürsten, die Gefolgsleute und die vielen feinen Damen des Hofes hinüber in die Schänke.

Nach dem Aufruf des Kaisers zum Mittagsmahl hat sich die Schranne schnell geleert.

Nur der Lindl-Götz und der Linhart Stettner verweilen noch vor der Schänke.

Der Lindl-Götz starrt mit großen Augen sprachlos auf das leere Pflaster. Was sich da in der letzten Stunde im Markt abspielte, hat ihn stark beeindruckt. So meint er zum Torwächter Linhart Stettner: »Linhart, Linhart, ich möcht kein Kaiser sein! Nie und nimmer!«

Dann dreht er sich um und geht eilig, mit watschelnden Schritten und kopfschüttelnd, seiner Wege. Der Lindl-Götz hat es auf einmal sehr eilig, weil ihm eingefallen ist, dass er den am Färbertor verbliebenen Wächtern alles erzählen muss, was er erlebt hat und vor allen Dingen, warum er niemals ein Kaiser sein möchte!

❧

Wiedergutmachung

Fast zwei Wochen hält sich Kaiser Maximilian mit seinem Gefolge bereits im Markt auf.

Vor seinem Einzug in Rosenheim hatte er ruhmreich die Feste Kufstein eingenommen.

Nicht so ruhmreich, so meinen zwischenzeitlich viele Tiroler, hat er sich gegen den Festungskommandanten Hanns von Pientzenau und seine Getreuen verhalten. Dass er diese gleich an Ort und Stelle enthaupten ließ, nimmt man ihm bereits sehr übel.

Schon tauchen da und dort wandernde Sänger und Straßenmusikanten auf und geben die Moritat von der Belagerung und Einnahme Kufsteins zum Besten, von den tapferen Verteidigern um den Pientzenau und ihrem schmählichen Tod.

Es brauchte nicht lange, nur ein paar Tage, und der Pientzenau wurde zum Helden. So etwas geht schnell.

Heute, am Donnerstag, wo auf der Schranne zu Rosenheim wieder mit Getreide, Salz, Wein, Gewürzen und vielerlei anderen kostbaren Waren gehandelt wird, hört man von den Fuhrknechten bereits dies und jenes über den Pientzenau und seine toten Kameraden.

Vorerst spricht man nur hinter vorgehaltener Hand. So manches wird weitergegeben, wobei zwischen Wahrheit und Dichtung schwer zu unterscheiden ist.

Zu Rosenheim muss man mit solchen Neuigkeiten allerdings behutsamer umgehen als anderswo. Schließlich weilt Seine Majestät im Markt und überall lauschen Zuträger mit langen Ohren und spitzer Zunge.

Wehe, es schnappte einer der Speichellecker oder Ohrenbläser ein Wort der Kritik über Seine Majestät auf! Schnell wäre das Ganze nach oben getragen und dann stünde es sicherlich nicht zum Besten für den, der solche Rede führt.

Einen Mutigen aber gibt es im Markt. Es muss ein Tiroler sein, der drüben beim Stier-Bräu hinter der Scheune einige Rosenheimer um sich versammelt hat. Andächtig lauschen sie dem jungen Burschen, wie er mit verhaltener Stimme zur Drehleier seine Ballade vom Pientzenau vorträgt. Aufgeregt vor Grusel und Spannung rutschen die Rosenheimer auf den Bänken herum bei dieser schauerlichen Geschichte.

Als der Bursche in seiner Ballade vom traurigen Ende des Hanns von Pientzenau berichtet, kommt der Ratsherr Freudenreich hinzu. Etwas abseits stehend und von den anderen Zuhörern unbemerkt hört er die ergreifenden Strophen.

Er war der Allererste,
Den man führet hinein,
Sein Wammes war geschnüret,
Man bracht' Sankt-Johannes-Wein;
Hab Urlaub, liebe Welte,
Gesegn dich Laub und Gras,
Hilft mir denn heut kein Gelte,
So wird mir nimmer bass.

Elfen tät man richten,
Den ein'n Teil ließ man stan,
Das Recht tät man verlängern,
Herzog von Braunschweig hat's getan,
Zum König tät er eilen:
Gnädiger König, hochgeborn,
Gebt mir die armen Knechte,
Man hat den Besten geschorn.

Da antwort' ihm der König:
Wir schwuren einen Eid,
Wer für einen tät bitten,
Dem würd ein Backenstreich.

Zorniglich war er diesem,
Hub auf sein rechte Hand,
Des lacht der Herzog von Braunschweig,
Den schlug er an sein Wang.

Beim letzten Reim muss der Freudenreich schmunzeln. Das hat er selbst miterlebt. Es ist noch gar nicht so lange her. Vor ein paar Tagen war's und schon singt man davon, als wär's Geschichte aus grauer Vorzeit.

Gerade als der Sänger zur nächsten Strophe anheben will, schreit der Lindl-Götz eifrig um die Ecke watschelnd: »Freudenreich! Du sollst zum Bürgermeister kommen. Der Kaiser hat was vor!«

Da ist's schlagartig aus mit dem Singen.

Verschüchtert dreht sich alles nach dem Freudenreich um. Der Freudenreich ist für die Zuhörer zwar kein kaiserlicher Ohrenbläser, aber immerhin ein honoriger Ratsherr. Und denen ist nach Meinung der Zuhörer ebenso wenig über den Weg zu trauen wie den Kaisertreuen.

Schnell reagiert der Barde, als er die gefährliche Lage erkennt, und tut so, als habe er von etwas anderem gesungen als vom Pientzenau.

So setzt er eine neue Strophe auf die alte Melodie:

Heißa, heißa, heißassa,
Der Kaiser steht zu Rosenheim,
Des Reiches Schützer steht uns nah,
Doch er weiß weder aus noch ein.
Die Sorgen um sein Deutsches Reich,
Die rauben ihm den Mut,
Drum fragt er jetzt den Freudenreich,
Der ihm gut raten tut.

Das ist ein gar heiteres Lied!

Da müssen die Zuhörer laut und heftig lachen. Einmal, weil es dem schlagfertigen Burschen gelungen ist, ein paar lustige Zeilen aus dem Stegreif zu dichten, und zum anderen, weil dem Freudenreich der Wind aus den Segeln genommen wurde, falls er plaudern sollte.

Aber da kennen sie den Freudenreich schlecht.

Auch er lacht über den schlagfertigen Kerl. Er winkt ihm zu, so, als gratuliere er ihm zu diesem lustigen Vers. Und er gibt dem Barden zu verstehen, dass er ruhig weitermachen solle, denn er werde ihn nicht verraten.

Dann dreht sich der Freudenreich um und geht in Richtung Rathaus davon.

Der Lindl-Götz, der den Inhalt der Strophe nicht verstanden hat, meint, während er dem Freudenreich wie ein Hund in der Heiligen-Geist-Gasse nachläuft: »Wieso, Freudenreich, wieso weiß der Sänger jetzt schon, was der Kaiser von dir will?«

Der Freudenreich hebt nur die Schulter: »Der weiß eben mehr als du«, und eilt weiter.

An der Türe zum Rathaus erwartet den Freudenreich schon voller Ungeduld der Bürgermeister. Von diesem erfährt er, dass nicht der Kaiser, sondern Herzog Albrecht alle Ratsherren sprechen will.

Der Kaiser, so meint der Bürgermeister, sei schon in den frühen Morgenstunden aufgebrochen und inspiziere seine vor dem Markt liegenden Truppen.

Er will baldmöglichst seine Absicht wahrmachen, die versprengten Landshuter Fähnlein zu jagen und endgültig zu vernichten.

Der Lindl-Götz hat den Herzog mit dem Kaiser verwechselt. Aber für den Lindl-Götz sind die beiden hohen Herren sowieso eins.

Neulich hat er das ja auch deutlich zum Ausdruck gebracht, als er sagte: »Ja mei, die stehn alle zwei so weit droben! Die sind alle gleich.«

Der Kaiser hat vor einigen Tagen angeordnet, dass Herzog Albrecht und seine Söldner im Markt bleiben sollen. Sie müssen ihm den Rücken freihalten, wenn er mit seinen Hauptleuten zur Befriedung des Umlandes unterwegs sein wird.

So empfängt der Herzog auf der Schranne an diesem herrlichen 29. Oktober 1504 den Bürgermeister und die Herren Räte. Alle stehen ehrfurchtsvoll vor ihm. Auch eine große Schar von Bürgern des Marktes hat sich eingefunden.

Als der Freudenreich eintrifft, beginnt der Bürgermeister: »Wir stehen jetzt vollzählig Eurer durchlauchtigsten Gnaden zu Diensten.« Der Cronast macht artig seine Verbeugung und entblößt sein Haupt. Die Herren des Rates tun's dem Bürgermeister gleich.

Der Herzog neigt stumm sein Haupt.

Auf einen Wink übergibt ihm einer seiner Hofräte einen Brief.

»Bürgermeister, ich hab ein ernstes Wort mit Euch zu reden! Der Kastner Erhart Reich hat sich bei Kurfürst Philipp von der Pfalz, dem Schwiegervater der verstorbenen Elisabeth, über Euer Verhalten bitter beschwert. Philipp hat mir diesen Beschwerdebrief übergeben.«

Dabei hält Herzog Albrecht den Brief hoch. »Philipp hat mich gebeten, ich solle mich für den Kastner verwenden. Wie steht Ihr dazu?«

Dabei übergibt er den Brief an Bürgermeister Cronast. Dieser nimmt ihn und überfliegt kurz den Inhalt.

Bisher war der Bürgermeister der Meinung, der Kastner habe sich im Untergrund verkrochen, weil er keinen Rückhalt mehr aus Landshut zu erwarten habe. Aber nein! Frech wie eh und je begehrt er auf, schlägt um sich und versucht nach wie vor Zwietracht zu säen.

Weil zu Landshut die Sterne aber langsam untergehen, so hat er sich an den Kurfürsten in Heidelberg gewandt.

Unwirsch meint der Cronast: »Gnädiger Herr! Der Reich ist ein elender Hundsfott. Warum wir so wütend auf ihn sind, das mögt Ihr aus dem Schreiben ja ersehen.« Dabei deutet er auf den Brief, den er in Händen hält. »Ad eins: Wein und Getreide hat er an Herzog Ruprecht verkauft. Zum Transport hat er sich einen Rosenheimer Schiffsführer gesucht.«

Zustimmung erhält der Bürgermeister von allen Seiten seiner Rosenheimer Bürgerschaft. Zwar nur verhaltenes Gemurmel, aber immerhin so, dass der Herzog spürt, wie die Rosenheimer ihre Abneigung gegenüber dem Reich kundtun.

Der Bürgermeister fühlt sich durch das Verhalten seiner Bürger bestätigt und fährt nun laut und deutlich in seiner Klarstellung fort: »Ad zwei: Nachrichten über Eure und des Kaisers militärische Absichten hat er nach Landshut gemeldet. Die Briefe hat seine Magd transportiert. – Ad drei: …«

Da unterbricht ihn Herzog Albrecht mit einer Handbewegung.

»Alles ist hinlänglich bekannt, Bürgermeister. – So habt Ihr daraufhin dem Reich das Haus durch Ratsbeschluss plündern und anzünden lassen.«

»Das ist richtig, hoher Herr«, bestätigt der Bürgermeister mit vor Wut zitternder Stimme. »Dies war die Strafe für einen Verräter an unserer gemeinsamen Sache.«

Der Herzog aber vermittelt durch seine strenge Art der Befragung den Eindruck, als hätten sich die Rosenheimer nicht rechtmäßig verhalten.

Sollten sie doch zu weit gegangen sein? Kommt jetzt das große Donnerwetter?

Nach einer kurzen Weile, die den Rosenheimern wie eine Ewigkeit vorkommt, meint der Herzog mit versöhnlicher Stimme: »Ihr habt die Verhältnismäßigkeit richtig gewählt, Bürgermeister!«

Gott sei Dank, der Herzog ist mit dem Vorgehen der Rosenheimer einverstanden. Ein Aufatmen geht durch die Reihen.

»Nur eins habt Ihr übersehen, Bürgermeister, Ihr habt dabei mein Eigentum vernichtet!« Der Herzog blickt streng in die Runde.

Alle senken die Blicke, ziehen die Köpfe ein.

»Das Haus im Kuglmoos war herzogliche Liegenschaft. Und dem Kastner Reich nur kraft seines Amtes übergeben.«

Verdammt noch mal!, sagt sich der Bürgermeister, daran hätte er denken sollen, als die Ratsherren ihn zu diesem Schritt zwangen. Es stimmt, das Kuglmoos gehört nicht zum Besitztum des Marktes. Da hat der Herzog Recht.

Der Bürgermeister wartet mit gesenktem Haupte auf die Standpauke.

Doch bevor der Herzog dazu ausholen kann, springt der Kufsteiner in die Bresche: »Euer Gnaden! Die Rosenheimer sind damals davon ausgegangen, der Edelsitz sei Landshuter Eigentum und nicht Münchner. Rosenheim ist, oder besser gesagt war rechtlich gesehen ein Landshuter Kastenamt. So haben sich die Bürger nicht absichtlich an Eurem Eigentum vergriffen.«

Das ist eine geschickte Begründung pro Rosenheim.

Der Herzog hebt die Augenbrauen, schüttelt belustigt den Kopf und gibt dann lachend zurück: »Kufsteiner, Ihr mit Euren juristischen Finten.«

Dann wendet sich der hohe Herr wieder den Rosenheimern zu: »Bürgermeister, ich will die Verteidigung des Kufsteiners für Euch gelten lassen.«

Noch hält der Bürgermeister den Beschwerdebrief des Reich in Händen. Er will ihn dem Herzog zurückgeben.

Der Herzog aber winkt ab und meint: »Bürgermeister, behaltet diesen Brief und legt ihn in Eurer Schreibstube ad acta. Lasst die nachfolgenden Generationen daran teilhaben, wie Euch der Kastner Reich betrogen und Ihr Euch tapfer dagegen gewehrt habt!«

Der Bürgermeister faltet den Brief zusammen und steckt ihn in die Tasche seines Wamses. Mit einer stummen Verbeugung bedankt er sich für das Verständnis und die Gnade des hohen Herrn.

»Hört, Kufsteiner«, wendet sich der Herzog dem Michael

von Pientzenau zu, »ich brauche einen Mann, der das Haus auf dem Kuglmoos wieder aufbaut. Ich denk an Euch.«

Der Kufsteiner ist so überrascht, dass er kein Wort herausbringt.

Zu den Rosenheimern meint Herzog Albrecht: »Ihr helft sicherlich kräftig mit das Haus wieder aufzubauen: mit Geld und Spanndiensten.«

»Sehr wohl, Euer Gnaden«, stimmt kleinlaut der Bürgermeister zu.

Jetzt haben wir's, denkt er. Der Herzog entlässt uns doch nicht ungeschoren aus der Sache, die wir uns selbst eingebrockt haben. Weil wir den schönen Edelsitz niedergebrannt haben, verlangt er nun auf seine Weise Wiedergutmachung.

»Und wenn die Rosenheimer mit dem Haus fertig sind, Kufsteiner, dann schenk ich es Euch.«

Über diese Lösung ist der Bürgermeister nicht ganz unzufrieden. Er denkt an die Zukunft Rosenheims, so, wie's ein guter Bürgermeister machen soll. Er sagt sich, wenn der Rechtsgelehrte das Haus bekommt, dann wohnt er in der Nähe des Marktes. Sollte der Rat Hilfe brauchen, so kann er schnell auf den Kufsteiner zurückgreifen.

Eine gute Entwicklung bahnt sich da an. Die Kosten für den Wiederaufbau des Hauses kann man unter diesen günstigen Voraussetzungen leicht verschmerzen!

Den Bürgermeister überkommt das Gefühl, als habe Albrecht sein Herz für Rosenheim entdeckt.

Michael von Pientzenau will sich bei seinem Herzog bedanken.

»Gnädiger Herr, ich …«, beginnt er deshalb zögerlich.

Doch da fällt ihm der Herzog ins Wort. »Ihr habt mir gute Dienste geleistet, Kufsteiner, dies ist der gerechte Lohn. Ihr braucht Euch weder zu zieren noch zu bedanken.«

»Mein edler Herr, ist das nicht doch zu viel des Guten?«, erwidert untertänig der Rechtsgelehrte.

Mit einer wegwerfenden Handbewegung meint der Herzog: »Ach, Kufsteiner, für das, was ich unserem Kaiser für die Unterstützung in diesem Kriege zu zahlen habe, erscheint mir die Schenkung des Kuglmooses eher ein freudiger Akt. Nehmt es und seid damit glücklich!«

Dann geht er auf den Michael von Pientzenau zu, ergreift dessen Hände und drückt sie fest. Man spürt die Freundschaft, die beide verbindet.

Von der Kirche her hört man Frauen hastig und laut durcheinander reden; dazwischen das helle, freudige Lachen von Kindern. Da taucht auch schon die Gruppe auf.

Vorneweg gehen resolut die Schmidingerin und die Amannin, dahinter die Frau des Bürgermeisters, die Irmingard Cronast, dann die Freudenreich'sche, die vom Bäcker Obermair, des Lebzelter Astmeiers Angetraute, dann die Baderin, die Zächenpergerin, die vom Hufschmied Zeltl und all die anderen, die vor Wochen unter Protest den Markt in Richtung Frauenwörth verlassen haben.

Dazwischen laufen aufgeregt ihre Kinder herum.

Kaum haben einige der Männer erkannt, dass ihre Frauen heimgekehrt sind, da stürmen sie auch schon auf sie zu.

Heftige Umarmungen, Tränen der Freude; ein rührendes Wiedersehen.

Der Bürgermeister würde am liebsten ebenfalls loslaufen und seine Irmingard in die Arme schließen. Doch dann müsste er seinen Landesherrn allein stehen lassen. Das wäre ungebührlich! Es reicht schon, wenn die anderen dem Herzog den Rücken kehren. So bleibt er also bei Albrecht und schielt mit einem Auge hinüber zu seiner Angetrauten.

»Was ist da los, Bürgermeister?«, fragt der Herzog überrascht.

»Das sind unsere Frauen und Kinder, hoher Herr, die von Frauenwörth zurückgekehrt sind.«

Die Amannin, die an der Spitze des Zugs geht und dem Bürgermeister am nächsten steht, hört die Frage des Herzogs. Sofort mischt sie sich in das Gespräch ein.

»Wie wir erfahren haben, dass Kufstein gefallen ist und Ihr mit dem Kaiser nach Rosenheim gezogen seid, haben wir uns aufgemacht um wieder heimzukehren.«

Der Herzog weiß um den Auszug der Rosenheimerinnen. Er hat auch von den vergeblichen Angriffen der Landshuter auf Frauenwörth erfahren.

Auch kennt er die mutige Äbtissin Ursula Pfeffingerin und weiß von ihrer Art, Nächstenliebe nicht nur zu predigen, sondern auch zu praktizieren.

So ist seine Frage mehr eine Höflichkeitsfloskel: »Ist es Euch auf der Insel gut gegangen?«

»Hoher Herr! Die lieben Schwestern haben uns wohl versorgt«, mischt sich die Schmidingerin da ein. Und weil sie sowieso nie ein Blatt vor den Mund nimmt, fügt sie laut und deutlich hinzu: »Aber wenn Ihr, hoher Herr, früher gekommen wäret, hätten wir Rosenheim nicht verlassen müssen.«

Der Herzog hört solche Reden nicht gerne, denn er hat alles getan um sein Land so schnell als möglich zu befrieden.

So fragt er barsch und ungehalten: »Wer bist du, Weib?«

Bevor die vorlaute Schmidingerin etwas erwidern kann, schiebt sie der Bürgermeister schnell zur Seite, stellt sich vor sie hin und meint: »Das ist die Frau unseres Schreibers, hoher Herr, und die Mutter der Magd, die für den Kastner Reich die Briefe nach Landshut gebracht hat.«

Damit ist die Situation zunächst gerettet. Mit seiner Rede aber hat der Bürgermeister die Katharina ins Spiel gebracht. Das hätte er besser bleiben lassen sollen.

Jetzt hat er des Herzogs Interesse geweckt: »Warum hat diese Magd dem Kastner Reich den Dienst eigentlich erwiesen?«

»Wir wissen es nicht, gnädiger Herr«, bedauert der Bürgermeister. »Obwohl wir sie acht Tage in die Schergenstube eingesperrt haben, hat sie trotz peinlichen Verhörs nichts gesagt.«

»Wo ist das Mächen jetzt?«

»Dort!« Der Bürgermeister weist auf die Schmidingerin und ihren Mann. Dazwischen stehen Katharina und ihre drei kleineren Geschwister.

Die Katharina drängt sich an den Vater, als sie von sich reden hört. Dabei wird dem Schmidinger plötzlich klar, dass er seine Tochter nicht länger in Angst und Nöten lassen darf. Und in dieser Minute wird ihm auch bewusst, dass das zwischen ihm und Katharina vereinbarte Geheimnis nicht auf ewig ein Geheimnis bleiben kann.

Also sagt sich der Schreiber, raus mit der Sprache, Schmidinger! Er gibt sich einen Ruck und tritt beherrscht nach vorne, vor den Herzog: »Hoher Herr, darf ich sprechen? Ich bin der Vater dieser Magd.«

»Sprecht!«

Tief atmet der Schmidinger durch, dann hebt er an: »Meine Katharina ist beim Kastner Reich in Diensten gestanden, weil ich dem Reich in Schulden ausgeliefert war. Ich hab mir vom Reich Geld geliehen.«

Der Schmidinger blickt in die Runde. Überall aufmerksame Zuhörer, manche überrascht, manche auch entsetzt. Der Schreiber Schmidinger in Schulden dem Reich ausgeliefert?

Diejenigen, die den Reich näher kennen oder gar schon mit ihm zu tun hatten, ahnen Böses.

Der Schmidinger schaut seine Frau an. Die nickt ihm ermunternd zu, so als wolle sie sagen: Los, Mann, red!

So berichtet der Schreiber stockend: »Ich hab das Geld dem Reich bald wieder zurückgezahlt. Der Samuel Leeb hat mir aus der Patsche geholfen. Dem Juden kann ich das Geld zurückzahlen, ohne Zins und Zinseszins und so, wie es mir ausgeht. Als ich dem Reich das Geld zurückgegeben hatte, hat er jedoch mein Mädel nicht freigegeben. Er hat sie im Glauben gelassen, dass das Geld noch nicht zurückgezahlt sei. Die Katharina hat gedacht, dass sie mir helfen könne, wenn sie weiter in seinen Diensten bliebe, auch als er schon geflüchtet war und sich in Söchtenau aufhielt. So hat sie dem

Reich die Botendienste nach Landshut ausgeführt. Nach ihrer Festnahme hat sie vor dem Rat geschwiegen um mir nicht zu schaden. Das Mädel hat mich schützen wollen.«

So, jetzt ist es endlich heraus!

Der Schmidinger fühlt sich wie von einer schweren Zentnerlast befreit. Herzog Albrecht, der unterrichtet ist über die Machenschaften des Kastners Reich, kann sich schnell ein Bild von der heiklen Angelegenheit machen.

»Wie steht Ihr zu dem Casus, Bürgermeister?«, will der Herzog wissen.

»Ich hab es von Anfang an nicht glauben wollen, hoher Herr, dass das Mädchen Böses im Schilde führte. Schuld war der Reich!«, gibt der Bürgermeister zur Antwort.

Damit bezieht er öffentlich Stellung für Katharina. Und er stellt auch gleichzeitig den Beschluss, die Katharina peinlich zu verhören, in Frage.

Damals, als der Freudenreich den Antrag stellte, die Katharina in die Schergenstube zu stecken, wollte der Bürgermeister schon nicht mitziehen. Aber er hatte nachgegeben. Heute zeigt sich das als großer Fehler!

Damals hätte er hartnäckig bleiben sollen! Es hätte sicherlich noch andere Möglichkeiten gegeben. Der Katharina hätte man zum Beispiel Arrest im elterlichen Hause verschreiben können. Aber in die Schergenstube einsperren, dazu noch Daumenschrauben und andere peinliche Torturen, war sicherlich nicht das geeignete Mittel.

Nun muss der Bürgermeister versuchen alles wieder ins Lot zu bringen.

»Was meint Ihr«, fragt er deshalb die Herren vom Rat, »Schuld an der ganzen Sache hat doch der Reich? Er hat das Dirndl in die Irre geführt!«

Die Herren schauen sich an und ihr Schweigen ist eine eindeutige Antwort.

Gut, denkt der Bürgermeister.

Er wendet sich Katharina zu: »Wir bitten dich um Verzeihung, Katharina.«

Diese Entschuldigung des Bürgermeisters ist der einzig richtige Weg.

Von überall vernimmt man wohlgefälliges Gemurmel.

Als Katharina die Entschuldigung des Bürgermeisters hört, überkommt sie ein Gefühl des Glücks. Endlich!

Vater und Mutter umarmt sie in ihrer Freude.

Man hat sie öffentlich vom Schuldvorwurf befreit.

»Danke, ihr Herren.« Tränennass sind ihre Augen. »Ich hätt's nicht ertragen, wenn der Vater zu Schaden gekommen wäre.«

Was Katharina da so schlicht und ehrlich mit verhaltener Stimme sagt, beweist ihre ungebrochene Liebe zum Vater.

Der Bürgermeister weiß, dass der Schreiber Wolfgang Schmidinger mit einem blauen Auge davonkommen wird. Ärger hat der Mensch ja genug gehabt in den letzten Wochen.

Und das mit den Schulden, denkt der Bürgermeister, wird sich auch einrenken. Ich werd schon einen Weg finden, damit der Schreiber und seine Familie keinen allzu großen Schaden davonträgt. Vielleicht, so sagt er sich, kann der Rat eine einmalige Zahlung leisten oder den Jahreslohn des Schreibers erhöhen. Schließlich, so sagt sich der Cronast weiter, möchte ich ungern einen so tüchtigen Menschen wie den Wolfgang Schmidinger als meine rechte Hand auf dem Rathause verlieren.

❧

Glück und Frieden

Herzog Albrecht ist gerade dabei, zur späten Morgenstunde ein wenig frische Luft zu schnuppern. Von einigen seiner Hofräte und einer Hand voll Pagen begleitet steht er auf der Rosenheimer Schranne und zieht die feuchtkalte Luft hörbar durch die Nase ein.

Sehr spät ist er aus den Federn gekommen, denn bis tief in die Nacht hat er mit seinen Getreuen die Lage des Krieges beraten, eilige Briefe diktiert und Anweisungen an seine Hauptleute erteilt. Nun überlegt der Herzog, ob er seine Geschäfte wieder aufnehmen oder Vorbereitungen für einen Jagdausflug in die angrenzenden Auwälder treffen soll.

Da kommt Kaiser Maximilian aufgeregt in Begleitung seiner Sekretäre, Schreiber, Hofbeamten und Hauptleute schon von weitem freudig rufend auf ihn zu.

»Heureka, Albrecht! Heureka!«

So erlebt man den Kaiser selten.

»Die vier haben die Gegend zwischen Wasserburg, Mühldorf und Traunstein gesäubert.«

Dabei dreht er sich im Gehen um und deutet auf vier Hauptleute, die ihm mit schnellem Schritt in gehörigem Abstand folgen. Es sind dies Sigmund Graf zu Lapfen und Rudolf von Anhalt, die zu Kufstein schon dem Pientzenau das Fürchten gelehrt haben, dann noch Reimprecht von Reichenberg und Steffan von Schauberg.

Stolz verkündet der Kaiser weiter: »Sie haben den Landshutern das Genick gebrochen.«

Der Kaiser schaut voller Stolz auf seine Heerführer. Gut gelaunt meint Maximilian: »Kommt mit mir, Albrecht, und Ihr vier edlen Recken auch. Lasst uns das Morgenmahl gemeinsam einnehmen und uns dabei von den tapferen Taten genauer berichten.«

Albrecht und die Hauptleute nehmen die Einladung des Kaisers gerne an. Sie gehen gemeinsam hinüber zum Hause des Bäckers Freundl, in dessen oberem Stockwerk der Kaiser einquartiert ist, und besprechen das freudige Ereignis.

Der Kaiser hatte vor Tagen seine Truppen in das Gebiet um Traunstein, Obing und Trostberg geschickt. Die versprengten Fähnlein der Landshuter wurden aufgerieben. Wenig Gnade hat man walten lassen. Nach des Kaisers Order sollte kurzer Prozess gemacht werden mit den aufrührerischen Rebellen.

Die Hauptleute haben sich strikt daran gehalten. Es war denn auch ein übles Hauen und Stechen. Und die Folge: erbärmliches Jammergeschrei zu Landshut.

❧

Während der Kaiser, Herzog Albrecht und die Hauptleute das Morgenmahl einnehmen, betritt der Fähnrich Albert von Grimmeisen von den tirolerischen Lichtschützen die Schänke neben dem Rathaus.

Der Fähnrich gehört zu einem der Fähnlein des Grafen zu Lapfen.

Die Schänke hat es ihm ganz besonders angetan. Denn dort findet er die Dirn, die es mit ihm, seitdem er im Markt zu Rosenheim liegt, besonders gut meint.

Aber heute hat die Angebetete keine Zeit, gleich mit dem Herrn Fähnrich den warmen Heuhaufen aufzusuchen.

Mit einem leichten Kopfschütteln gibt sie ihm das zu verstehen. Zu viele Gäste sind heute da, meist Fuhrknechte und Getreidehändler.

»Setzt Euch, Herr Fähnrich, hier an den Tisch«, meint sie ganz auf Distanz bedacht. Sie möchte nicht, dass ihre intime Beziehung gleich an die große Glocke gehängt wird. So weist sie dem Soldaten einen Platz gleich beim Ausschank zu, dort, wo das große Fass steht und sie des öfteren auch hingehen muss.

Der Fähnrich setzt sich an die Stirnseite des langen Tisches.

Jedes Mal, wenn die Dirn zur Schänke geht, muss sie bei ihm vorbei. Weil es so eng an dieser Stelle ist, streift sie bewusst sachte des Fähnrichs Rücken.

So aufgeheizt von der verstohlenen Zuneigung der Dirn, fühlt er sich aufgerufen den starken Mann zu spielen. Er schaut mächtig in den Becher und beginnt von seinen Heldentaten zu prahlen.

Die Fuhrknechte und Schiffsleute um ihn herum sind ganz neugierig auf seine Erlebnisse und so stacheln sie ihn an, alles frank und frei zu erzählen.

Der Fähnrich lässt sich das nicht zweimal sagen. So fängt er an zu berichten und seine Stimme wird immer lauter und lauter.

Immer stiller und stiller werden die Fuhrknechte am Tisch. Auch die von den Nachbartischen hören bald aufmerksam zu, was der Soldat an Neuigkeiten von sich gibt.

»Also ich sag euch, das war ein Zug, so wie ich in mir immer vorgestellt habe«, erzählt der junge Heißsporn und dabei tut er so, als gehöre er zu den erfahrensten Kriegern des Kaisers.

»Ich sag euch, es ist mir manchmal richtig heiß dabei geworden. Der Schweiß lief mir die Stirn herab, wie ich einen nach dem anderen der Landshuter im Kampf niedergestreckt hab. Zuerst hab ich meine Büchse abgefeuert, da sind schon etliche umgefallen und haben ins Gras gebissen. In der Zwischenzeit, als die Büchse wieder geladen wurde von meinen Pulverknechten, bin ich mit dem Schwert auf die Landshuter los und hab auf sie eingedroschen, dass das Blut nur so um mich spritzte. Hier, seht mich an, mein Wams ist noch blutverkrustet.«

Stolz zeigt er sein ledernes Oberkleid. Der neben ihm sitzende Fuhrknecht fährt ehrfurchtsvoll mit den Fingern über die braunen Flecken.

»Ja, richtig, das ist Blut«, meint er anerkennend und betrachtet dabei den Fähnrich voller Ehrfurcht.

»Hast du vielleicht gemeint, ich erzähl dir Märchen?«, stupst der den anderen freundschaftlich an und lacht fröhlich drauflos.

»Weiter, Fähnrich, erzähl, was sonst noch war«, ruft ein anderer von der unteren Seite des Tischs.

»Was soll ich euch sagen? Zuerst ging's den versprengten Landshutern und Böhmen an den Kragen. Diejenigen, die sich zum Kampfe stellten, haben wir mit unserer Übermacht zerquetscht wie die Flöhe zwischen den Fingern. Diejenigen, die aus Angst vor uns geflüchtet sind, haben wir wie die Hasen gejagt. Die meisten auch davon eingefangen. Und dann ward über sie ein Strafgericht gehalten. Jeden Tag waren es Dutzende, ja oft Hunderte, deren Köpfe auf dem Richtplatz rollten. Vorher aber haben wir den meisten der Landshuter Taugenichtse zuerst die Hände und Füße abgehackt oder sie aufs Rad gebunden und ihnen sämtliche Knochen gebrochen. Und wenn sie dann recht laut geschrien haben, dann haben wir ihnen die Zunge herausgeschnitten und danach die Schädel abgeschlagen!«

»Das kann ich aber gar nicht so recht glauben«, meint da ein etwas zart besaiteter Gast am Nachbartisch. »Ihr könnt doch nicht so grob gewesen sein.«

Der Fähnrich hat sich bereits so in Rage geredet, dass er aufspringt, einen Schritt hinübermacht und den Kerl bei der Gurgel packt. »Meinst, ein Fähnrich des Kaisers lügt?«, schreit er wild und stößt den Zweifler auf seinen Stuhl zurück, dass dem guten Mann Hören und Sehen vergeht.

»Los, erzählt weiter«, ruft ein anderer.

Der Fähnrich steht breitbeinig vor dem Tisch und hält sich mit der Rechten an der Tischkante fest. Das Stehen bereitet ihm schon erhebliche Schwierigkeiten; der Wein zeigt seine Wirkung!

»Die Schädel, die wir abgeschlagen haben, haben wir dann auf Pfähle gesteckt um alle Feinde vor weiterem unvernünftigen Handeln zu warnen. Wenn ihr heute den Inn abwärts fahrt, dann könnt ihr sie sehen, wie sie entlang des Wassers und der Straßen mit glasigem Blick in die Ewigkeit glotzen.« Dabei lacht er vor Begeisterung.

Die Dirn, die hinter dem Fähnrich immer wieder vorbeischleicht, weil sie zum Fass muss, nutzt jede Gelegenheit, ihn sanft anzustoßen. Sie will ihm zeigen, was sie für ihn und seine Heldentaten empfindet. Und das stachelt den jungen Heißsporn noch weiter an.

»Dann haben wir Burghausen in Schutt und Asche gelegt. Ich sag euch, das war ein gewaltiges Feuer. Aber auch Griesbach und Pfarrkirchen haben wir angezündet, dass der Himmel über uns im roten Schein erstrahlte.«

»Und was war mit den Menschen, die ihre Häuser verloren haben, das sind doch keine Soldaten oder täusch ich mich?«, fragt da einer interessiert.

»Du täuschst dich schon, guter Freund. Denn wer den Landshutern Unterschlupf gewährte, war wie ein solcher zu behandeln. Keinen Unterschied haben wir gemacht zwischen den Landsknechten und den Bürgern und Bauern. Die haben ja gewusst, auf was sie sich eingelassen haben. Darum sind wir auch auf sie los und haben sie gejagt über Feld und Flur. Jede Nacht haben die Bauernhöfe lichterloh gebrannt. Die Knechte und Bauern haben wir allesamt erschlagen; was sollten wir uns auch mit ihnen lange aufhalten!«

»Was habt ihr mit den Frauen und Kindern gemacht? Habt ihr die auch erschlagen?«, will einer wissen.

»Die Kinder haben wir natürlich auch erschlagen oder an ihren Windeln aufgehängt. Sollten wir diese Natternbrut, die sich eines Tages gegen Kaiser und Herzog stellen könnte, auch noch großziehen? Nein! Die Hauptleute haben gesagt, wir sollen nichts übrig lassen, wenn's nicht unbedingt sein muss. Es musste nicht sein! Ja, und die Weiber, die haben wir natürlich mitgenommen. Die konnten wir doch gut gebrauchen, vor allem die jungen.« Dann lacht er laut und aus seinen Augen leuchtet geradezu die ungezügelte Wolllust.

Aber da merkt der Fähnrich, dass er einen großen Fehler begangen hat. Denn die Schankdirn schaut ihn plötzlich von der Seite mit großen Augen an, als wolle sie sagen: Du hast dich an Frauen vergangen?

So macht er schnell eine Wendung und meint abwehrend: »Wie gesagt, das war das Spiel der einfachen Landsknechte! Wir Offiziere haben mit den Weibern natürlich nichts am Hut gehabt. Die Landsknechte waren's nur, die haben sich geholt, was sie brauchten.«

Die Schankdirn nimmt's erleichtert zur Kenntnis.

Bei dieser lauten Angeberei des Fähnrichs werden einige der Rosenheimer Bürger, die ebenfalls aufmerksam zuhören, wieder an die schlimmen Wochen erinnert, als die Landshuter den Markt besetzt hielten.

Diese Soldaten waren auch nicht schlimmer als die Kaiserlichen, deren Schauergeschichten sie gerade vernehmen.

Andererseits, so denkt manch einer, gilt immer noch der alte Spruch: Wie du mir, so ich dir! Warum sollte es den Landshutern zum Ende des Krieges besser ergehen als den Münchnern am Anfang?

Der Fähnrich Albert von Grimmeisen redet und redet und redet, vom Morden, Rauben, Plündern und all den bösen Schandtaten, bis sich die Tische allmählich leeren und sich mittendrin die Gelegenheit bietet, mit der Schankdirn doch noch unbemerkt in die Scheune zu entwischen.

Und während der Fähnrich mit der Schankdirn im Heu versinkt, beruft der Bürgermeister auf Geheiß Herzog Albrechts die Rosenheimer Bürgerschaft auf die Schranne.

Alle Torknechte laufen von Haustüre zu Haustüre und klopfen die Bürger heraus und sagen ein.

Mitten auf der Schranne steht der Lindl-Götz und schlägt auf eine große Trommel, die die Landshuter bei ihrer Flucht liegen gelassen haben. Laut ruft er: »Alles auf die Schranne, Neuigkeiten gibt's!«

Ein solches Rufen hören die Rosenheimer gern und sind flugs auf dem Pflaster versammelt.

Schon kommen Kaiser Maximilian und Herzog Albrecht auf den Platz.

Alle machen gehörig einen Bückling, ziehen die Hüte und warten gespannt auf das, was der Lindl-Götz lauthals angekündigt hat.

»Hört her, Rosenheimer«, ruft der Kaiser, »ihr sollt es als Erste erfahren: Wir haben den Landshutern des Genick gebrochen!«

Die Menschen auf der Schranne sind plötzlich ganz still, schauen ungläubig drein.

»So ist endlich Frieden im Bayernland?«, fragt der Bürgermeister verhalten, denn auch er kann mit des Kaisers Rede noch nicht viel anfangen.

Zu neu ist diese Nachricht, fast unglaublich! Und wenngleich man fast ein Jahr darauf gewartet hat, so kommt sie jetzt doch zu plötzlich.

»Ja!«, ruft der Kaiser laut und vernehmlich, »es ist Frieden! Landshut und München sind wieder vereint! Vereint unter Unserer Obhut!«

Langsam begreifen die Rosenheimer die Bedeutung dieser Worte.

Erst eine zaghafte Stimme, dann zwei, dann drei und auf einmal bricht ein Jubelschrei los, der sich noch im Geviert der Schranne vervielfacht.

Die Rosenheimer haben es aus erster Hand erfahren: Es ist Frieden! Sie gehören endlich wieder zu München!

Hochrufe auf Kaiser und Herzog wechseln sich ab, die Menschen fallen sich um den Hals. Kinder tanzen im Kreis.

Sogar die vom grausamen Kriegshandwerk abgebrühten

kaiserlichen Landsknechte stimmen in den Jubelschrei mit ein.

Auch sie sind froh, dass das Morden ein Ende hat. Zwar hat ihnen das Kriegführen anfangs großen Spaß gemacht. Mit zunehmender Heftigkeit aber wurde selbst den wildesten Haudegen das Schießen und Stechen zu viel.

Herzog Albrecht, der einer der Hauptverantwortlichen dieses Erbfolgestreits ist, spricht aus, was Tausende und Abertausende im Bayernland bewegt: »Es ist gut, nun nicht mehr an den Waffengang denken zu müssen.«

Der Kaiser stimmt ihm da zu.

Doch seine Gedanken bewegen sich schon in eine ganz andere Richtung: Er muss jetzt sehen, wie er schnell zu seinem Vorteil kommt, denn er hat sich an diesem Krieg nicht umsonst beteiligt. Sein »Interesse«, wie er es immer nennt, müsste nun schnellstens eingefordert werden.

»Richtig!«, meint er deshalb an seinen Schwager Albrecht gewandt, als dieser vom Ende des Waffengangs spricht, »doch denkst du auch an meine Mühe, die ich für dich aufgebracht habe?«

»Sehr wohl! Euch gilt mein ganz persönlicher Dank, Majestät!«

Der Kaiser zieht die Augenbrauen hoch, er glaubt nicht richtig gehört zu haben. »Nur ein ganz persönlicher Dank?«

Albrecht merkt den Fehler, den er gerade begangen hat. So beeilt er sich hinzuzufügen: »Und mein Versprechen vom Augsburger Reichstag löse ich selbstredend ein: Die Herrschaften Kufstein, Rattenberg und Kitzbühel gehören Euch.«

Die Rosenheimer, die von den Vorgängen draußen in der Welt wenig wissen und denen die Absprache des Augsburger Reichstages ein Buch mit sieben Siegeln ist, bekommen große Augen. Sie finden, der Kaiser lasse sich seine Unterstützung für Albrecht ganz schön hoch bezahlen. Und was die Rosenheimer besonders erschreckt, ist die Tatsache, dass die hohen Herren mit einem Federstrich oder einem einfachen

Satz ganze Landstriche mitsamt den darin lebenden Menschen von einem Fürstenhaus zum anderen verschieben oder gar verschachern.

Jetzt bestätigt sich, was der Freudenreich einmal gesagt hat. Das war damals, als sie im Frühjahr dieses Jahres beim Tanz auf der Schranne wegen des Kastners Reich in Streit gerieten. Damals sagte der Freudenreich: »Wenn sich zwei streiten, freut sich der Dritte und der heißt Maximilian.«

So mancher vom Rat erinnert sich jetzt an diese Rede.

Die Forderung Maximilians auf Entschädigung scheint aber damit noch nicht beglichen zu sein.

»Und die Barschaft, lieber Albrecht?«, fragt er den Herzog listig.

Dieser nickt nur.

Doch der Kaiser will's genau wissen: »So wie vereinbart? 500 000 Gulden?«

»Sehr wohl, Majestät!«

Was soll Herzog Albrecht auch anderes sagen? Diese Summe wurde ebenfalls in Augsburg zwischen ihm und dem Kaiser geheim ausgehandelt. Jetzt muss Albrecht zu seinem Wort stehen.

Herzog Albrecht wird sich nun so richtig bewusst, auf was er sich zu Augsburg eingelassen hat. Doch damals stand ihm das Wasser bis zum Hals. Hätte er seinen Schwager Maximilian nicht auf seine Seite ziehen können, wer weiß, was aus Bayern geworden wäre.

Andererseits ist Bayern so groß, dass es sicherlich die aufgestellten Forderungen verschmerzen kann.

Bayern wird nicht untergehen! Der liebe Gott wird schon dafür sorgen, dass über dem weiß-blauen Himmel die Sonne auch weiterhin leuchtet.

Zur Überraschung der Rosenheimer, aber auch Herzog Albrechts ist der Kaiser noch nicht am Ende seiner Forderungen.

»Ach, und dass ich's nicht vergesse«, meint er nebenbei.

»Den Landshuter Prinzen Ottheinrich und Philipp schneiden wir Neuburg an der Donau als kleines Herzogtum aus Eurem Besitz heraus. Man kann sie doch nicht verhungern lassen, die Kinder, meint Ihr nicht auch?«

Von dieser Forderung wird Herzog Albrecht aber nun doch überrascht. Davon war bisher nie die Rede.

In einem Gespräch vor kurzem mit dem Kaiser hat der Herzog zwar Verständnis für die jungen Prinzen bekundet, doch damals ging es nur um die Frage, was mit den elternlosen Buben zu Landshut weiterhin in Sachen Erziehung geschehen solle. Herzog Albrecht hatte in diesem Gespräch dabei seine Bereitschaft bekundet, für die Waisen zu sorgen. Jetzt aber scheint es, als habe der Kaiser an wesentlich mehr gedacht.

Widerspruch regt sich bei Herzog Albrecht. Doch er kann sich gegenüber Maximilian keinen Eklat leisten. Dass Bayern vereint ist, ist höher einzuschätzen als der nun angedeutete Verlust Neuburgs.

»Nolens volens, Majestät!«, stimmt er deshalb zähneknirschend und mit süßsaurer Miene zu.

Der Klügere gibt nach! Nicht umsonst nennt man Herzog Albrecht auch den Weisen!

Kaiser Maximilian hat in dem Erbstreit erreicht, wofür er angetreten ist. Er hat sein »Interesse« von Anfang an bekundet und jetzt eingefordert.

»Pacta sunt servanda!«, meint er lächelnd und fügt halb entschuldigend hinzu: »Jeder versucht sein Schäflein ins Trockene zu bringen.«

Der Kaiser spricht offen aus, wonach er sich stets gerichtet hat: mitnehmen, was und wo es nur geht!

Geld regiert die Welt!

Also gilt es, die Gulden einzusammeln, wo sie gerade geschlagen werden. Hält sich der Kaiser nicht daran, dann muss er Kredite aufnehmen, so wie schon des Öfteren bei den Augsburger Fuggern. Dabei begibt er sich dann in die Abhängigkeit von Webern, Kaufleuten und Krämern. Diese Herren verlangen ihre anfangs großzügige Hilfe stets zurück mit Zins und Zinseszins.

Die Fürsten des Reiches nehmen Maximilian diese Art der Geldbeschaffung mehr als übel. Er muss aufpassen, dass er deren Wohlwollen nicht ganz verspielt.

So führt er lieber Krieg. Dass andere dabei gerupft werden, wie jetzt der Münchner Herzog Albrecht, ist ein notwendiges Übel im Spiel der Mächte.

Als der Cronast die Rede des Kaisers vom »Schäflein ins Trockene bringen« hört, fährt es ihm blitzartig durch den Kopf, dass auch er noch auf die Klärung eines für den Markt Rosenheim wichtigen Problems wartet: nämlich die Frage nach dem Salzrecht!

»Hoher Herr! Verzeiht!«, meldet er sich untertänig, »wir Rosenheimer hätten auch ganz gerne unser Schäflein im Trockenen.«

»Wie meint Ihr das, Bürgermeister?«

»Die Frage nach dem Salzweg ist noch ungelöst, Majestät.«

Da schmunzelt Maximilian über die Hartnäckigkeit des Rosenheimer Bürgermeisters.

»Siehst du, lieber Schwager«, meint er wohl gelaunt zu Albrecht gewandt, »nun steht sie doch noch an, die wichtige Entscheidung, vor der du dich bisher gedrückt hast! Gleich bei unserer Ankunft im Markt hatte der Kufsteiner schon einmal diese Frage angeschnitten. Da wollte ich, dass du eine Lösung findest. Doch du ziertest dich und suchtest Ausreden. Erst sollte Ruhe im Lande sein, dann wolltest du entscheiden. Nun ist Ruhe im Lande, also muss entschieden werden! Den Rosenheimern darf der Spruch nicht vorenthalten bleiben!«

Herzog Albrecht sieht das ein. Er nickt seinem kaiserlichen Schwager zustimmend zu. Dann räuspert er sich tüchtig und beginnt mit leicht belegter Stimme: »Rosenheimer! Ihr habt euch zu Oberbayern bekannt, im Gegensatz zu Wasserburg, das sich bei mir übel ans Brett geschrieben hat. So verkünde ich euch: Salz, gefertigt in Scheiben und Grätln, das von Bad Reichenhall nach München und weiter ins Schwabenland geführt wird, darf nun in Rosenheim niedergelegt werden. Alle Rechte, die ehedem Wasserburg zustanden, stehen euch zu!«

Nun kennt der Jubel keine Grenzen mehr!

Heute ist ein segensreicher Tag, ein Festtag für die Rosenheimer! Zuerst wird Frieden im Land verkündet und jetzt das Ende eines langen, langen Streits zwischen Wasserburg und Rosenheim.

Die Bürger sind glücklich.

Hüte fliegen durch die Luft, helle Jauchzer klingen über die Schranne.

Am lautesten schreit der Freudenreich. »Alles lebe dreimal hoch!«

Und auf sein Zeichen tönt der dreimalige Jubelruf: »Hoch! Hoch! Hoch!«

»Kufsteiner«, ruft der Herzog, als der Jubel abklingt, »Ihr fertigt die Urkunde über das Salzrecht, damit jedermann und auch die Nachwelt weiß, wie man künftig mit Rosenheim umzugehen hat!«

»Sehr wohl, Euer Gnaden!«

Der Kufsteiner freut sich unbändig. Sein Plan ist aufgegangen! Genauso ist es gelaufen, wie er es im Frühjahr dieses Jahres 1504 eingefädelt hatte.

Der Bürgermeister geht voller Freude auf den Kufsteiner zu und schüttelt ihm kräftig die Hand. Tränen stehen dem Cronast in den Augen. Er nimmt den Michael von Pientzenau fest in die Arme und gibt ihm den Bruderkuss.

Dem Bürgermeister ist die Fürsorge des Kufsteiners für den Markt gerade in dieser Stunde besonders bewusst. Wenn wir ihn nicht gehabt hätten, denkt er, wäre so manches in den letzten Monaten schief gelaufen.

So ist es geradezu eine Pflicht, wenn der Cronast seine Dankbarkeit und Achtung dem Kufsteiner in der Öffentlichkeit beweist.

Die Räte wollen ihrem Bürgermeister in nichts nachstehen und so stürmen auch sie auf den Kufsteiner ein und umarmen ihn. Lachend entzieht sich dieser den freundschaftlichen Zugriffen und den teilweise groben Händen, besonders denen des Freudenreich.

Der Kaiser ist's zufrieden, als er dies alles sieht. So liebt er sein Volk. Es macht ihm Spaß mitten unter diesen einfachen, ehrlichen und glücklichen Menschen zu weilen.

Herzog Albrechts schnelle und für Rosenheim äußerst günstige Entscheidung um den Salzweg liegt auch im Sinne Maximilians.

Doch eines interessiert den Kaiser noch brennend: »Kufsteiner, habt Ihr's verdaut, das Schicksal des Hanns von Pientzenau?«

Der Kaiser weiß, dass der Kufsteiner in letzter Zeit mit dem Hanns von Pientzenau seine liebe Not hatte.

Michael von Pientzenau war zeitweise im Auftrag des Kaisers Mittler zwischen den verfeindeten Lagern gewesen. Es gelang ihm aber nicht, den Sturm auf Kufstein zu verhindern, weil der Hanns von Pientzenau und seine Hauptleute nicht auf ihn hören wollten.

Jetzt steht der Rechtsgelehrte betroffen vor dem Kaiser und ringt nach Worten.

»Majestät, ich weiß nicht, was in den Hanns gefahren ist. Ich denk, man hat ihn hinters Licht geführt; so hat er sich gegen Euch und Herzog Albrecht gestellt.«

»Dann tragt auch Ihr meine Entscheidung?«

»Ja, Majestät, doch schweren Herzens.«

In diesem Satz steckt all die Niedergeschlagenheit, die den Kufsteiner über das traurige Schicksal Kufsteins und besonders des Hanns von Pientzenau befällt.

»Paritur pax bello!«, erwidert der Kaiser beinah entschuldigend.

In diesem Satz steckt des Kaisers Philosophie: Frieden erhält man durch Krieg.

Wer möchte hier und heute, in der Stunde des Glücks, dem Kaiser widersprechen? Frieden hat der Kaiser geschaffen, indem er den Krieg auf seine Fahne geheftet hat.

Dieser schlimme Krieg aber hat Wunden geschlagen, die nicht so schnell verheilen werden. Der Kaiser weiß das und darum fügt er bedauernd und tröstend zugleich hinzu: »Auch ich fühle mit Euch, Kufsteiner, um den Tod Eures Bruders!«

Die Rosenheimer sind bei dieser Neuigkeit wie vom Blitz getroffen.

Der Hanns von Pientzenau und der Kufsteiner sind Brüder? Nicht zu glauben!

Der eine ehrlich und treu seinem Herrn Maximilian ergeben, der andere wankelmütig, widerborstig, verräterisch.

Den einen hat der Kaiser unter seinen ganz persönlichen Schutz gestellt, den anderen hart und gnadenlos ins Jenseits befördert.

»Michael von Pientzenau, noch eins: Ich schulde Euch Dank! Ihr habt bei der Befreiung Rosenheims durch meine Tirolerischen kräftig mitgeholfen.«

Zum ersten Mal spricht der Kaiser den Kufsteiner mit seinem vollen Namen an.

»Majestät«, erwidert der Michael von Pientzenau, »mitgeholfen wohl, aber es ist mir leicht gemacht worden durch die kluge und mutige Hilfe des Schiffsführers.«

»Wer war's?«, fragt Herzog Albrecht interessiert.

»Der Kristof Pernauer«, sagt der Kufsteiner und weist dabei hinüber zu den Reihen der Landsknechte.

Dort steht verdeckt in zweiter Reihe der Rosenheimer Schiffsführer, als gehöre er dort hin. In seiner Soldatenmontur ist er von den Rosenheimern bisher nicht erkannt worden.

»Komm, Kristof«, ruft der Kufsteiner und winkt ihn zu sich. Der junge Pernauer tritt aus der Reihe der Soldaten hervor und begibt sich an die Seite des Pientzenau.

»Der Kristof hat uns sicher den Inn herabgeführt, Majestät!«

Die Rosenheimer kommen aus dem Staunen nicht mehr heraus. Ausgerechnet der Pernauer-Sohn hat die kaiserlichen Tiroler auf dem Inn sicher von Audorf nach Rosenheim geführt. Der junge Mann, der mit dem Reich krumme Geschäfte gemacht, der seinen Markt Rosenheim betrogen und verraten haben soll?

Bestrafen wollte der Rat ihn, der Freudenreich hat ganz besonders laut danach geschrien: einsperren, Daumenschrauben, glühende Kohlen, Eisenzangen, peinliche Befragungen!

Eine noch schlimmere Prozedur sollte es sein als jene, mit der sie die Katharina Schmidinger drangsaliert hatten.

Doch der Kristof ist ihnen dank der Warnung Katharinas durch Flucht entkommen.

»Gut gemacht, Pernauer!«

Dem Kristof Pernauer alleine gebührt das kaiserliche Lob!

Was ist das für ein Tag für den kleinen, unscheinbaren Markt zu Rosenheim. Einer von ihnen ist es, der mitgeholfen hat diesen schrecklichen Krieg zu beenden.

Auch Herzog Albrecht zollt dem Schiffsführer Anerkennung, indem er ihm zuruft: »Mein Lob, Pernauer!«

Der Kristof verbeugt sich und meint bescheiden: »Danke, edle Herren.«

Viele der anwesenden Bürger fühlen sich beschämt.

»Verzeiht, Majestät, wir sind allesamt überrascht über den Kristof Pernauer und seine mutige Tat«, meint der Bürgermeister Cronast.

Gar noch verlegener sind die Räte.

»Ihr habt euch alle täuschen lassen vom Kastner Reich. Er hat den Kristof zu Unrecht beschuldigt«, meint der Kufsteiner.

»Pernauer, sag, wie's war«, fordert Herzog Albrecht den Kristof zum Reden auf.

»Edle Herren, das war so: Ich hab drei Plätten voll mit Getreide und Salz im Auftrag des Kastners Reich nach Wien geführt. Zur gleichen Stunde sind auch drei Plätten mit Getreide und Wein nach Wasserburg von der Innlände abgegangen. So war's dem Kastner Reich ein Leichtes, mich ins falsche Licht zu setzen. Ich aber hab Wasserburg links liegen lassen! Mein Ziel war Wien. Ich habe von dem Geschäft mit Ruprecht erst viel später erfahren!«

Dieser Reich! Ein hinterlistiger Bursche. Geschickt hatte er die Abfahrt der Plätten so gelegt, dass kein Verdacht auf seine dunklen Geschäfte fallen sollte.

Nur wegen der Festnahme der Rosenheimer Abordnung zu Wasserburg und der glücklichen Befreiung durch die falschen Patres ist das unehrliche Spiel des Reich aufgedeckt worden. Wären die Rosenheimer nach der Erbhuldigung für Herzog Ruprecht unbehelligt geblieben, hätte niemand etwas über die zwielichtigen Geschäfte des Kastners erfahren. Die Schiffsführer der drei Plätten, die nur bis Wasserburg gingen, waren ahnungslos, für wen Getreide und Wein bestimmt waren. Viele Waren wurden bisher zwischen Rosenheim und Wasserburg verfrachtet.

Die raffinierten Machenschaften des Reich können dem Kristof Pernauer also nicht angelastet werden. Für den Bürgermeister bleibt aber noch eine Frage offen, die ihn brennend interessiert: »Warum bist du geflüchtet, Kristof Pernauer? Du hast doch wissen müssen: Wer flieht, macht sich schuldig.«

»Weil die Katharina mich gewarnt hat.«

»Was hast du mit der Katharina zu tun?«

Schon wieder eine Neuigkeit! Der Kristof Pernauer und Katharina Schmidinger? Das hört ja heute überhaupt nicht mehr auf.

Die Rosenheimer Frauen werden plötzlich hellhörig. Tuschelnd drängen sie nach vorne, nur kein Wort überhören, sonst gibt es am Waschplatz und bei der Nachbarin nichts mehr zu bereden.

»Wir haben uns versprochen, die Katharina und ich. Der Reich hat's gemerkt und wollte mich deshalb bestrafen. So hat er mich bei Euch als Verräter angeschwärzt. Deshalb bin ich auch zu den kaiserlichen Schiffsleuten geflüchtet. Damals hätte ich mich bei Euch nicht freireden können. Ihr hättet mir sicherlich nicht geglaubt, hättet mich eingesperrt und unschuldig bestraft.«

Dieser verfluchte Kastner Reich! Er hat die Rosenheimer in seinen Fängen gehalten. Mit allen hat er Schindluder getrieben, jeden hat er benutzt und ausgenutzt. Und wenn er sie nicht mehr brauchte, dann hat er sie beschuldigt und in schlechtem Lichte dastehen lassen.

Maximilian spürt den Unmut der Bürgerschaft: »Trotz der bösen Machenschaften des Kastners und trotz Eurer bösen Anschuldigung hat der Pernauer dem Markt einen Vorteil verschafft. Meint Ihr nicht auch, Bürgermeister?«

»So ist es, Majestät. Wir haben den Kristof Pernauer zu Unrecht beschuldigt.«

Zum dritten Mal innerhalb kürzester Zeit muss der Bürgermeister eingestehen, dass Fehler gemacht wurden, die er und seine Herren Räte zu verantworten haben.

»Und was gedenkt Ihr nun zu unternehmen?«, will Herzog Albrecht wissen.

In den Reihen der Ratsherren macht sich betretenes Schweigen breit.

»Ich nehme die Anschuldigungen gegen den Kristof Pernauer in aller Form zurück!«, erklärt der Bürgermeister.

Bevor er jedoch weiterreden kann, wird es unruhig bei den Schmidingers drüben.

Vater, Mutter und Katharina reden leise, aber doch so, dass die Leute vom Markt es bemerken. Alles richtet die Blicke auf die Familie des Marktschreibers.

Dann tritt der Wolfgang Schmidinger einige Schritte auf den Bürgermeister zu: »Lasst die Kinder zusammenkommen, nach ihrem Wunsch, Bürgermeister. Mein Weib und ich, wir sind dafür!«

Er wendet sich Kristofs Vater zu und fragt laut: »Pernauer, was meinst du?«

Der alte Pernauer ist immer noch ganz benommen von der plötzlichen Wende zum Guten.

Sein Sohn ist unschuldig, er hat sich große Verdienste um den Markt erworben!

Und jetzt fragt ihn der Schmidinger, ob er einer Heirat seines Kristofs mit der hübschen Katharina zustimmen soll?

Er kennt die Katharina seit ihrer Geburt. Ein braves Ding. Die passt gut zu meinem Kristof, denkt er. Ein Paar, wie man sich's nicht besser wünschen könnte.

So meint der Pernauer zum Schmidinger, nachdem er kräftig Atem geholt hat: »Wenn der Rat die Heirat genehmigt, so soll's auch mir recht sein!«

Dann wendet er sich dem Bürgermeister zu, der für die Genehmigung einer Eheschließung im Markt zuständig ist.

»Nun, Bürgermeister, wie steht's?«

Der Bürgermeister blickt seine Kollegen vom Rat an. Die Herren nicken eilfertig.

»Wir stehen dem Glück nicht im Wege. Gottes Segen!«

Der Kristof hat schon darauf gewartet, endlich seine Katharina wieder in die Arme nehmen zu dürfen.

»Katharina, willst du mich heiraten?«, ruft er so laut, dass es alle hören.

»Ja, Kristof! Auf der Stelle!«, jubelt ihm die Katharina entgegen. Beide fallen sich in die Arme.

Ein lang ersehnter Kuss!

Neugierige Augen machen die Frauen des Marktes. Nur genau hinschauen, dass einem ja nichts entgeht!

Der alte Pernauer und die Schmidingers schütteln sich glücklich lachend die Hände.

Behutsam ziehen sich Kaiser Maximilian, Herzog Albrecht und die Edlen des Hofes zurück.

Nun stehen nicht mehr sie im Mittelpunkt des Geschehens, sondern zwei bescheidene junge Menschen. Deren Liebe überstrahlt für einen kurzen Augenblick den Glanz der Großen dieses Reiches.

Die Glocken von Sankt Nikolaus beginnen laut und jubilierend zu schwingen. Über die Dächer des Marktes hinweg, hinaus in die Auen und Wälder rund um Rosenheim, soll verkündet werden: Glück und Frieden!

Nachwort

In den Annalen wird vieles berichtet von dieser schrecklichen, verwirrenden Zeit des Erbfolgekrieges im Jahre 1504.

Manches aber ist auch der Rede nach erst später aufgezeichnet worden, so dass zwischen Dichtung und Wahrheit vielfach nicht mehr zu unterscheiden ist.

Und die Weitergabe der Ereignisse von Mund zu Mund hat es in sich; oft wird verharmlost oder vom Gegenteil berichtet.

Bei genauerem Betrachten der Geschichte aber halten sich Wahrheit und Dichtung gerecht die Waage.

❧

Gut ein halbes Jahr nach dem Ende der Erbstreitigkeiten im wittelsbachischen Hause, nämlich am 30. Juli 1505, wurde zu Köln der in Wirklichkeit schon längst vollzogene Friede zwischen Landshut und München als kaiserlicher Schiedsspruch offiziell verkündet.

Die Anhänger Ruprechts und Elisabeths wurden aus der Reichsacht entlassen.

Was der Kaiser zu Augsburg im Frühjahr 1504, bei seinem Eintritt in den Krieg, von Albrecht als Entschädigung gefordert hatte, wurde endgültig sanktioniert.

Für die Münchener Linie der Wittelsbacher war die Beendigung der Streitigkeiten aber eher ein Pyrrhussieg.

Nordtirol ging verloren; das holte sich der Kaiser zurück. Die Jungpfalz mit dem Zentrum Neuburg an der Donau fiel an die Prinzen Ottheinrich und Philipp zu Landshut; auch gingen für Bayern verloren: die Burggrafschaft Nürnberg, Lauf und Hersbruck, Altdorf und Heidenheim, Sulzbach,

Lengenfeld, Velburg, Hemau, Kallmünz, Weiden, Hilpoltstein, Schwandorf und Regenstauf.

Bayern hatte einen großen Aderlass erfahren.

Dennoch darf dabei auch nicht übersehen werden, dass dem Lande ein ungeheurer Gewinn daraus erwuchs. Seit Kaiser Ludwigs Tod 1347 fanden Ober- und Niederbayern erstmals wieder zu einer festen Einheit im Deutschen Reich zusammen.

Lediglich Landshut war der Verlierer im großen Spiel der Mächte, denn München wurde nun die alleinige Residenzstadt für das ganze Bayernland. Und dort entwickelte sich der Glanz bayrisch-wittelsbachischer Gesinnung und Lebensform.

❧

Drei Jahre später, am 18. März 1508, verstarb Herzog Albrecht.

Der Krieg um die Einheit Bayerns wäre sicherlich vergeblich gewesen, hätte der Herzog nicht noch in seinen letzten Lebensjahren die für die Wittelsbacher wohl wichtigste Regularie ihrer Geschichte geschaffen: das Primogeniturgesetz.

Danach durften die im Herzogtum Bayern zusammengeschlossenen Fürstentümer für alle Zukunft nicht mehr geteilt werden.

❧

Kaiser Maximilian hat in seiner langen Regentschaft viel für das Haus Habsburg erreicht. Er selbst aber konnte nie seinen Traum von einer Kaiserkrönung durch den Papst in Rom verwirklichen.

Wegen des lang anhaltenden Krieges mit der Republik Venedig verweigerte diese ihm den Durchzug nach Rom. So musste er sich mit dem Titel »Erwählter Römischer Kaiser«

begnügen, der ihn am 4. Februar a. D. 1508 im Dom zu Triest verliehen wurde.

Der Papst hat diesen Titel später bestätigt.

Als er 1486 als Erzherzog zum römisch-deutschen König gewählt worden war, war er bereits der designierte Nachfolger seines Vaters Kaiser Friedrich III. Niemand hätte ihm diesen Titel streitig machen können. So war es geradezu selbstverständlich, wenn das Volk in ihm seinen Kaiser sah und ihn von Anfang seiner Regentschaft an so nannte.

❧

Als engster Vertrauter Herzog Georgs und seiner Tochter Elisabeth war Sigmund von Haag während des Krieges bei dem Münchner Herzog Albrecht nicht gut angeschrieben.

Auch Kaiser Maximilian machte Sigmund das Leben schwer. Seine Grafschaft wurde durch die kaiserlichen Truppen verwüstet, Haag wurde beschossen und eingenommen, seine Bauern und Bürger arg bedrängt.

Doch Kaiser Maximilian erinnerte sich nach dem Kriege der klugen Handlungsweise Sigmund von Haags. Dieser hatte sich gegenüber dem Kaiser während des Überfalls auf seine Grafschaft für neutral erklärt und seine Truppen nicht mehr Landshut zur Verfügung gestellt. Sigmund von Haag war damals über seinen eigenen Schatten gesprungen, hatte damit sein Land vor der totalen Zerstörung bewahrt. Und Kaiser Maximilian hatte das nicht vergessen.

Nach dem Ende des Erbstreites berief Maximilian den Grafen von Haag in das höchste deutsche Richteramt als Reichskammerrichter nach Speyer; später nahm er ihn als persönlichen Berater mit an den Hof nach Wien.

1522 verstarb Sigmund von Haag.

❧

Anders erging es dem Kämmerer Wolfgang Kolberger zu Landshut. Herzog Georg hatte ihn am Ostersonntag des Jahres 1502 in Ketten legen lassen und eingesperrt. Der Herzog hatte ihm unterstellt das Testament, das er zu Gunsten Elisabeths fertigte, an Münchens Herzog Albrecht verraten zu haben.

Zuerst verbrachte Kolberger einige Zeit im Landshuter Verlies, später wurde er in den Kerker nach Burghausen und dann nach Neuburg an der Donau verlegt.

Nach Herzog Georgs Tod hoffte Kolberger auf eine schnelle Entlassung. Doch der blinde Zorn Georgs übertrug sich auf Elisabeth und Ruprecht und später auf die Statthalter der jungen Prinzen zu Neuburg.

Auch Herzog Albrecht sah keinen Anlass, Kolberger zu begnadigen, zumal dieser in ihm einen unerbittlichen Streiter für Landshuts Sache ansah.

Erst 17 Jahre nach seiner Festnahme wurde der ehemalige Kämmerer Wolfgang Kolberger aus dem Gefängnis entlassen.

In Armut und Einsamkeit verstarb er.

Viele Jahre nach dem Tode Kolbergers stellte sich dann heraus, dass nicht er, sondern der ebenfalls in Diensten Herzog Georgs gestandene Hanns von Paulsdorf der Verräter des geheimen Testaments an Herzog Albrecht gewesen war.

❧

Mit dem Aufstieg Münchens zur alleinigen Residenzstadt Bayerns gewann der kleine Markt zu Rosenheim mehr und mehr an Bedeutung und Wohlstand. Im Laufe der Zeit verliehen die Herzöge dem Markt immer wieder Privilegien, die sein Ansehen stärkten. Es hat sich für die Rosenheimer schon ausgezahlt, auf den richtigen Fürsten gesetzt zu haben.

❧

Auf dem Kuglmoos begannen die Arbeiten am Wiederaufbau des Edelsitzes im Frühjahr 1505. Tatkräftig packten die Rosenheimer mit an. Es war schließlich der Wunsch Herzog Albrechts, dem Michael von Pientzenau ein neues Zuhause in der Nähe Rosenheims zu geben. Und weil die Herren aus dem Markt es gerne sahen, dass ihr Freund und Berater in ihrer Nähe bleiben wollte, trugen sie die hohen Kosten des Wiederaufbaus mit Gelassenheit.

Noch viele Generationen später saßen die Pientzenaus nachweisbar auf dem Kuglmoos, bis sie sich in der Dunkelheit der Geschichte verlieren.

❧

Ende September des Jahres 1505 kam die Schankdirn nieder, die sich nach der Befreiung Rosenheims mit dem Fähnrich von Grimmeisen eingelassen hatte. Als die Dirn den Buben zur Taufe trug und dabei den Herrn Pfarrer um einen christlichen Namen bat, da meinte dieser, der Kleine könne ruhig den Vornamen des Vaters tragen, falls der noch bekannt sei.

»Sicher, Hochwürden«, meinte die Dirn ganz stolz, »Albert soll er heißen, wie sein Vater.«

Dem Herrn Pfarrer war's recht.

Der Fähnrich allerdings wurde nie mehr in Rosenheim gesehen.

❧

Viele ruhige, friedliche Jahrzehnte folgten nach dem schrecklichen Ereignis des Landshuter Erbfolgekrieges und bescherten den nachfolgenden Generationen Geborgenheit, Frieden und Wohlstand.

In diesen Nachkriegsjahren waren alle darauf bedacht, sowohl die hohen Herren als auch das gemeine Volk, dass sich die Grausamkeiten eines solchen Kriegs nicht wiederholen sollten. Diejenigen, die den Krieg überlebt hatten, wollten diese schaurigen Ereignisse, wie sie der Fähnrich von Grimmeisen in der Schänke berichtete, nicht noch einmal erleben. Und den folgenden Generationen klangen noch die Ohren, wenn sie von den Alten die Greueltaten erzählt bekamen.

Doch der Lauf der Geschichte ist bestimmt von einer tief im Menschen verborgenen Unruhe. Und so ist es nicht verwunderlich, wenn nach gut einem Jahrhundert wieder Mächte lebendig wurden, die alle Hoffnungen auf eine weitere friedvolle Zeit zunichte machten.

Der dann folgende große Krieg, den man den Dreißigjährigen nennt, ist erneut Zeugnis dessen, zu was der Mensch im Argen fähig ist.

Waren es im Erbfolgekrieg die Plage der Landshuter und Münchner, der Hessen, Franken, Württemberger oder Böhmischen, so war es in dem späteren, großen Kriege die Plage der Schweden, die den Markt zu Rosenheim wiederum in Angst und Schrecken versetzen sollte.

❧

Titelbild: Ausschnitt aus: Jörg Breu d. Ä., Die Schlacht bei Zama.
Foto: Blauel/Gnamm, Artothek, Peißenberg
Satz: Buch-Werkstatt GmbH, Bad Aibling
Druck und Bindung: Wiener Verlag, Himberg
Printed in Austria

ISBN 3-475-939-4